古典詩歌研究彙刊

第二七輯

龔鵬程 主編

第11冊

安居隨園
——袁枚詩中所映現的生命向度

王怡云 著

國家圖書館出版品預行編目資料

安居隨園——袁枚詩中所映現的生命向度／王怡云 著 — 初版
— 新北市：花木蘭文化事業有限公司，2020〔民 109〕
目 6+284 面；17×24 公分
（古典詩歌研究彙刊 第二七輯；第 11 冊）
ISBN 978-986-485-981-8（精裝）
1.（清）袁枚 2. 清代詩 3. 詩評
820.91 109000189

古典詩歌研究彙刊
第二七輯 第十一冊 ISBN：978-986-485-981-8

安居隨園
——袁枚詩中所映現的生命向度

作　　者 王怡云
主　　編 龔鵬程
總 編 輯 杜潔祥
副總編輯 楊嘉樂
編　　輯 許郁翎、張雅淋 **美術編輯** 陳逸婷
出　　版 花木蘭文化事業有限公司
發 行 人 高小娟
聯絡地址 235 新北市中和區中安街七二號十三樓
電話：02-2923-1455／傳眞：02-2923-1452
網　　址 http://www.huamulan.tw **信箱** hml 810518@gmail.com
印　　刷 普羅文化出版廣告事業
初　　版 2020 年 3 月
全書字數 207340 字
定　　價 第二七輯共 19 冊（精裝）新台幣 32,000 元 版權所有 · 請勿翻印

安居隨園
——袁枚詩中所映現的生命向度

王怡云 著

作者簡介

王怡云，新北市人。台大中文系，成大中文所碩士、博士畢業。研究興趣爲清代詩學與清代女詩人研究。博士論文曾獲科技部獎勵人文社會科學博士候選人計劃與教育部補助 HKR 人文暨社會科學博士論文改寫學術專書計畫。曾任逢甲大學博士後研究、國防大學通識中心兼任助理教授，現任龍華科技大學文化創意與數位媒體設計系專案助理教授。

提　要

本文是以袁枚的詩歌作品爲研究對象，以「安居隨園」作爲統攝，探討袁枚安居隨園背後所透顯的生命哲學與生活樣貌，並從主體性空間的建構、親情世界的安頓、社交活動的特質進行觀察，最後則思索袁枚安居隨園與詩歌創作的交互關係。全文分爲六章：

第一章爲「緒論」，說明本論文的研究動機與目的，並對自己的思考脈絡與切入視角進行陳述，其次對前人已有的研究成果進行回顧，並對本文的研究方式與取材範圍進行說明。

第二章爲「袁枚與隨園——盛年歸隱與安居處所的抉擇」，本章首先對袁枚何以盛年歸隱的背後因由進行探討，並在官場與草野的辯證中提出袁枚所主張及早「回車」的生命哲學。在故鄉與他鄉的抉擇間，袁枚選擇在隨園別創天地，重構一己的生命價值，以詩歌作爲自我最高的策勛，營造「一樓書卷萬花薰」的生活世界，體現「閒隱」的生命價值。

第三章爲「安處生命主體——作爲生活空間的隨園」，本章是從隨園的主體性建築與空間營造入手，探討袁枚與隨園相互定義的過程，其次論及袁枚在隨園的生活型態，最後則思索袁枚安居隨園所開展的意義。

第四章爲「隨園中的親情世界」，本章主要探討袁枚詩中的親情世界，從袁枚對長輩的安頓照護、平輩的護惜與對晚輩的不同期待中，得見親情之於隨園的價值與意義，亦見親族是袁枚隨園生活的一大重心，袁枚對於親族的安頓與照料，充分展現袁枚的苦心孤詣，而親族亦是袁枚維繫與拓展社會體系的一個重要管道。

第五章爲「隨園的詩性特質與詩歌創作」，本章主要探討袁枚在隨園生活中所創造的詩意氛圍，而這些詩意特質又如何承載、造就與影響袁枚的生命體會、社交活動與詩歌創作，而這顯現了袁枚生命、詩歌與空間相互影響建構的特質。

第六章爲「結論」，總論全文所得，並提出未來努力的方向。

誌　謝

終於等到寫誌謝的這一天了。三年前剛到府城，實在沒能預想三年後自己會是什麼模樣，只覺得這個地方非常晴朗，是個好地方。這三年也是我第一次離開家鄉到外地唸書，懵懵懂懂，一無所知，所幸遇到一群非常善良可愛的同學，帶給我許多美好的回憶，一起組讀書會、修課、討論的日子雖然辛苦，但今日回想也全成甘甜了。謝謝你們總是能夠包容我不大會表達的個性，那段一起奮鬥的歲月，終將成爲我們曾一同在府城學習、生活的美好印記。

當然，對我最是體諒包容，也是我最需要感謝的對象，莫過於我的指導教授廖美玉老師了。有幸能夠跟從廖老師學習，眞是我上輩子修來的福氣。感謝老師總是能點出我的盲點，每當我陷溺在思考的困境時，您的一句話往往都能啓發我許多未及深思的問題，如同靈光閃現，我常常苦於在研究室捕捉許多研究的吉光片羽，像是捕捉蝴蝶。感謝老師總是鼓勵我，幫助我，讓我覺得即使是一個人孤獨地面對論文，也有了繼續挑戰的勇氣。這本論文能夠完成，實在應該歸功於老師的敦促與指導。在此非常感謝老師，讓我能夠有成長的機會。只是限於學力，我明白自己仍有很多待加強之處，而這些都是成爲我未來繼續努力與克服的方向。

我也要感謝三年來曾教導我、幫助我的師長、學長姐、同學與朋友們。無論是在課堂上的傳授，亦或是在圖書館的巧遇，或者是在校園一角的咖啡時光中，都使我苦悶的生活增添了許多溫暖與樂趣。謝謝曾給我支持的朋友。最後，我要感謝我的家人，謝謝你們的鼓勵與支持，你們永遠是我最大的精神支柱。

怡云　己丑年　夏日

於 成大勝六舍 615 室

目次

第一章　緒　論

第一節　研究動機與論題義界

袁枚（字子才，號簡齋，晚年自號隨園老人，1716～1797）爲清代著名詩人、詩論家、文學家與美食家，以性靈詩說聞名於世，在清代詩壇與文化界具有重要地位。袁枚身處清代康乾盛世，社會富庶安平，政治上文字獄方興未衰，考據學正當時興之際，袁枚卻標舉性靈，反對理學，反對考據，強調詩應本出性靈，影響所及相當深遠，形成一代風氣，然後世對其評價毀譽參半。舒位《乾嘉詩壇點將錄》稱袁枚爲「及時雨」，贊云：

> 非仙非佛，筆札脣舌。其雨及時，不擇地而施。或膏澤之沾溉，或滂沱而怨咨。〔註1〕

袁枚強調性靈至上，不論在詩論、詩歌創作如此，更以一己的生命進行實踐，此種特立獨行的姿態，可謂風靡一時，卻也招來不少批判，使得袁枚其人與作品的評價受到不少影響，其中批判聲音最大的莫過於章學誠：

> 近日不學之徒，援據以誘無知士女，逾閑蕩檢，無復人禽

〔註1〕清．舒位，《乾嘉詩壇點將錄》（《叢書集成續編》，台北：新文豐，1989），第256冊，頁164。

之分，則解《詩》之誤，何異誤解《金縢》而起居攝，誤解《周禮》而啓青苗？〔註2〕

誠然，袁枚是一位爭議性人物，袁枚晚年廣收女弟子之舉，在當時禮教慎防的時代是一大衝擊，儘管就今日見之此非重大問題。事實上，袁枚秉持的生命價值往往超越他所身處的時代。就今日文學研究來說，這些評價有其歷史意義，反映當時的價值與視野，今日重新進行詮釋與評價時，則可以更客觀地進行重估，使其文學價值更清楚地呈現。袁枚作爲清代中期著名的詩論家與詩人，以往對袁枚的研究，偏重在其性靈詩論，尤其是《隨園詩話》的探討，對其詩歌創作與生命哲學的專門研究較少，殊爲可惜。筆者認爲，袁枚的詩歌創作正是其傾力創作的文學結晶，實有進一步研究的必要性，至少須有等量的關注。基於「詳人之所略，略人之所詳」的學術要求，本文選擇以袁枚的詩歌作品作爲主要的研究文本，在論題的選擇上，採取議題式的切入方式，以「安居隨園」作爲統攝，呈現袁枚詩所呈現的生命向度。此論題之提出原因與思考脈絡，關聯著袁枚詩歌的重要特質，依次論說如下：

一、安居隨園：隨園在袁枚個人生命史上的意義

袁枚的生命歷程與詩歌創作是其性靈詩說形成的重要基礎。袁枚 33 歲便選擇辭官歸隱，居於南京的隨園將近五十年。如此的生命經歷，與袁枚並稱爲「乾隆三大家」的趙翼曾云：

其人與筆兩風流，紅粉青山伴白頭。
作宦不曾逾十載，及身早定自春秋。
群兒漫撼蚍蜉樹，此老能翻鸚鵡洲。
相對不禁慚飯顆，杜陵詩句只牢愁。〔註3〕

〔註2〕清．章學誠，〈婦學篇書後〉，《文史通義》（台北：國史研究室，1973年），內篇5，頁175。

〔註3〕清．趙翼：〈讀隨園詩題辭〉，《小倉山房詩集》，《袁枚全集》第一冊（江蘇：江蘇古籍出版社，1993年），頁3。

袁枚的仕途尚稱順遂，卻選擇在 33 歲辭官，的確是「作宦不曾逾十載，及身早定自春秋」，自此袁枚便全心從事詩歌創作。嚴迪昌先生認爲袁枚是中國少數的「專業詩人」，且是唯一全心投入詩歌創作者〔註 4〕，便是基於袁枚很早便辭離官場的生命經歷上。歸隱田園在中國文學史上並不少見，但袁枚卻是有意識地爲之，且選擇不回返鄉里，而是選擇居住在南京的隨園。辭官後的袁枚不僅專心從事他的詩歌創作，更在其中實踐其生活美學，隨園可說是其生命哲學的具體展示，並從中經營出一個極其豐富的生活世界。事實上，從袁枚選擇盛年辭官，選擇隨園，袁枚的生命目標與意義便有了結構性的改變，隨園成爲他個體實踐的唯一場域。換言之，袁枚必須開始另一種生活情境的經營，便是他所構築的隨園世界，而「安居隨園」遂成爲袁枚詩歌表現的主要精神所在。因而對袁枚如何經營隨園與其在隨園中的生活進行瞭解，是理解袁枚詩的重要基礎。隨園的生活體驗對袁枚的詩歌創作、生命哲學與生活美學影響甚鉅，可以爲我們深入研究袁枚的詩歌創作亦或詩論主張開啓一個新的門徑。基於此，本文聚焦在袁枚安居隨園時期的詩作，以此作爲一個袁枚詩歌研究的時間斷限。

二、論題的開展：「安居」、「隨園」與「生命向度」

袁枚的詩作甚多，爲能更突顯其詩作特色，是以議題導向的方向進行研究，以三個角度進行開展並突顯袁枚詩的主要特質，分別爲「安居」、「隨園」與「生命向度」，試分述如下：

（一）「安居」：安身立命的問題

由於袁枚早年便選擇辭官歸隱，安居隨園，安身立命的議題便是其詩歌作品中值得發掘的一個重要面向，袁枚如何在這種人生抉擇間尋求自我安頓便是本文試圖解決的問題。自古以來，文人如何安身立命是亙古的議題，不論是投身仕途，得君行道，亦或是僻處

〔註 4〕嚴迪昌：《清詩史》（台北：五南，1998 年），頁 711。

山林，歸耕田園，皆展現不同的生命哲學與價值取向。就袁枚來說，他選擇盛年即辭離官場，退居園林五十年，並創作大量的詩歌作品，從中表現他對生命價值的獨到看法，並加以辯護與實踐，因而得以創造出繁華的園林生活。基於此，在安居的議題上，主要探討袁枚在官場與草野的辨證上所展現的及早回車的生命哲學，進而討論袁枚與隨園的遇合與此種生命態度的轉折意義。

（二）「隨園」：園林的空間探討

園林的研究一向相當蓬勃，無論在建築學還是文學研究上都自成一個研究領域，歷久不衰。在文學研究上，以臺灣學界爲例，園林文學的研究是以唐代與明清爲主，唐代有蕭麗華對王維輞川空間的探究、侯迺慧對唐代園林的整體考察，明清則有毛文芳觸及園林的文化書寫、曹淑娟之於祁彪佳寓山園林的研究等，皆獲得很高的研究成果，開展許多新的議題，諸如文人與空間的交互涵涉、園林的文化書寫面向與空間意義的探究等。在檢視袁枚之於隨園的相關詩文作品後，在園林的議題上，本文鎖定以「空間」作爲切入主軸，探討袁枚在隨園進行主體性空間營構的意義、隨園空間的詩性特質與隨園生活與其詩歌創作的關聯，進而思索隨園在生命史、文化史與園林史上的可能意涵。

（三）「生命向度」：文化史的考察

選擇以「生命向度」作爲袁枚詩歌研究中的探索方向，主要是受到明清文人文化的歷史研究的影響與啓發。袁枚是清代著名文人，影響力甚廣，在其詩歌作品尚未有箋注之前提下，對其詩歌作品的詮釋與理解若缺少歷史或文化史的關照，恐怕難以全面地瞭解其作品的精神本質。事實上，明清文人文化的形成是明清文化的重要特色，而文人文化與其生活經營密切相關。王鴻泰研究指出：

> 文人文化的形成與發展是明代後期逐漸發展成熟，而別具特色的社會文化。文人文化的發展與士人的社會處境及其

> 生活經營密切相關，特定的社會處境逼迫士人發展出獨特的生活形式，藉此以爲自我表現，藉此以肯認自我。如此，此特意經營之生活形式乃成爲特定社會身分——「文人」、特定文化——「文人文化」認同之表現憑藉。是故，生活經營乃與文人文化互爲表裡：一方面，生活經營是文人文化的發展基礎；另一方面，文人文化也具體表現在生活經營的內容上。……將文化問題放在實際生活層面上，從生活經營的角度來思考明清文人文化的成立與發展，由此全面地、結構性地建構明清文人文化的內涵。〔註5〕

由此可見，要瞭解文人文化，須從生活經營入手。明清之前的文人自然也有生活經營的面向，只是在明中期以後，由於科舉的劇烈競爭與社會風氣的轉向，文人所看重的目標不在全爲得君行道，而是有著另外的生命目標，進而形成獨特的生活方式與文化型態，例如袁枚之於隨園生活與著力於詩歌創作，「既是一種具體的生活方式，也是對某種生活形態的詮釋與價值的賦予」〔註6〕。袁枚的生活與詩歌實是密切不可分割的。生活經營的面向極廣，在袁枚詩歌作品中，主要呈現以隨園爲中心的生活世界，諸如袁枚在隨園的生活與活動型態，隨園中的親情世界與其輻射出的社交活動特質皆是探究的範圍，期能呈現袁枚隨園所代表的整體文化意涵。

第二節　文獻回顧

以下將針對袁枚詩歌創作與生命經歷的相關研究進行文獻回顧，且以對本文有所啓發者爲範疇。爲求討論的便利性，將採主題分類的方式呈現：

〔註5〕王鴻泰：〈閒情雅致——明清間文人的生活經營與品賞文化〉，《故宮學術季刊》第22卷第1期（2004年），頁70。

〔註6〕王鴻泰：〈閒情雅致——明清間文人的生活經營與品賞文化〉，《故宮學術季刊》第22卷第1期（2004年），頁70。

一、探討袁枚詩歌的思想內涵與時代意義

袁枚的性靈詩論研究相當盛行，但關注其詩歌創作的專門研究上卻不多，以概略性的介紹爲主，點出袁枚詩的思想內涵與時代意義，如以下諸篇：

王英志：〈袁枚詩歌的思想意旨〉《袁枚評傳》（南京：南京大學出版社，2002 年）

劉世南：〈論袁枚思想及其性靈詩〉《江西師範大學學報（哲學社會科學版）》第 29 卷第 1 期（1996 年 2 月）

廖師美玉：〈記憶蘇小——從袁枚詩看情欲理的攙合與肆行〉（明清文學與思想中之情、欲、理國際學術研討會，2007 年）

J. D. Schmidt: Harmony Garden: The life, Literary criticism and Poetry of Yuan Mei（1716～1798）

論起袁枚研究，王英志可說是最全面、系統性研究袁枚的學者，如他主編《袁枚全集》一套八冊，帶給後來研究者相當大的便利。較諸之前對袁枚的研究多偏重詩論，詩歌作品往往付之闕如的現象，王英志於《袁枚評傳》中專闢一章探討袁枚詩歌的思想意旨與藝術價值，歸納袁枚詩歌中具有狂放之性、風雅之懷、眞摯之於情與閑適之趣，有開創性的作用；劉世南的研究分兩部份，一是討論袁枚的思想，認爲袁枚思想具有特殊的思想意識，雖獨抒性靈，無所依傍，但是「孔子、莊子和史書，以及明清進步思想鑄造出他的特殊思想意識，表現爲一連串驚世駭俗的言行」〔註 7〕；其二探討袁枚詩歌的內容特色，如袁枚詩善從日常小事悟出哲理，是生活藝術化，並展現市民階層的審美藝術，在語言藝術上則力求通俗、白話，化雅爲俗，肯定袁枚思想與詩歌創作的意義。其中劉世南更提及「他的思想和他的詩公開否定了傳統人格，打破了人性的枷鎖，號召人性的全面復歸，實在代表了歷史的前進走向，眞正體現

〔註 7〕劉世南：〈論袁枚思想及其性靈詩〉，《江西師範大學學報（哲學社會科學版）》第 29 卷第 1 期（1996 年 2 月）頁 1。

了其作爲『清詩』的特色，對中國古典詩歌的發展做出了劃時代的貢獻」〔註 8〕劉世南的研究彰顯了袁枚生命思想與藝術成就的研究意義。其中以展現市民階層的審美藝術對我的啓發較大。廖師的研究旨在對袁枚詩歌與生命中所展現情、欲、理重新進行細膩的詮釋與評價，使得袁枚的詩歌、思想與生命相互啓發與建構，使得袁枚研究的面向更形擴展，啓發我思考袁枚詩歌、思想與生命相互討論的切入點，使得袁枚的研究得以更加具體而深入。J. D. Schmidt 的專著是西方世界繼 Arthur Waley 所著 *Yuan Mei-Eighteen Century Chinese Poet*（Taipei: Chung Shan, 1969）後第二部袁枚研究的論著，重要性可想而知。J. D. Schmidt 認爲，清代是中國古典詩的光輝時代（golden age），清詩研究之不振是受到許多偏見之影響，J.D.Schmidt 選擇以袁枚作爲清詩研究的起點。此書最特殊之處，在於他對袁枚詩歌的分析與詮釋，嚴志雄認爲：「在西方乃至於漢語學界都屬首創，值得重視」。〔註 9〕此外，J. D. Schmidt 主張從作品入手的研究方式與其研究成果，彰顯了袁枚詩歌，甚至清代詩歌的研究潛力與必要性，給予我相當大的啓發。

二、探討袁枚詩歌與生活中的生命意涵與安頓之道

袁枚辭官安居隨園將近五十年，故袁枚詩歌與生活中所呈顯的生命意涵與安頓之道自然是學者關注的焦點。目前對於明清文人的生命意涵與安頓之道的研究，是以中國的學者居多，有以整體的關照爲主，以清代士人心態研究爲例，有陳維昭所著《帶血的挽歌——清代文人心態史》（河北：河北教育出版社，2001 年），此書對清代士人心態進行分期研究，成就頗豐。以袁枚爲主的專門研究有但不多，如以下諸篇：

〔註 8〕劉世南：〈論袁枚思想及其性靈詩〉，《江西師範大學學報（哲學社會科學版）》第 29 卷第 1 期（1996 年 2 月）頁 7。

〔註 9〕嚴志雄：〈書評〉，《漢學研究》第 23 卷第 2 期（2005 年 12 月），頁 512。

張健：〈袁枚的不飲酒詩十二首析論〉《第五屆清代學術研討會》（高雄：中山大學中文系編，1997 年）

陳文新：《率性人生——袁枚的生命哲學》（台北：揚智，1995）

張紹華：〈爲生命而歌——袁枚自嘲、自贈詩作簡論〉《楚雄師範學院學報》第 22 卷第 11 期（2007 年 11 月）

這三篇除陳文新爲專著外，餘皆爲單篇論文。其中張健（臺灣）對袁枚〈陶淵明有《飲酒二十首》，余天性不飲，故反之作〈不飲酒二十首〉二十首的研究，此文雖題以袁枚與陶淵明之比較與對照研究，然實是對袁枚詩中的生命情調進行詮解。古之達人隱士多好酒，袁枚之不飲酒，實有其不同的理由，初步突顯袁枚與陶淵明不同之處。另外，張健肯定袁枚詩爲清代文學史的一大瑰寶，值得進行深入探究。然張健的處理方式是以逐詩詮解爲主，未能形成較爲完整的論述，頗爲可惜；陳文新的著作嚴格說來並非嚴謹的學術論著，但在袁枚的人生哲學的思考上頗有見地，其中以袁枚「以文人自命」的思想闡發對本文有所啓發。陳文新提出袁枚思想中極富挑戰性的思維：「文學自文學，政教自政教」，強調文學有獨立於政教之外的價值，「以文人自命」象徵著袁枚執著文學藝術的精神。此觀點使我對袁枚歸隱隨園的內在趨因與思維方式進行深入考索有所啓發。張紹華的研究是以袁枚自嘲、自贈詩切入探討袁枚的生命安頓之道。張紹華認爲，袁枚尊重個體的價值，「自家心要自家安」，只有自己方能安頓自己，認爲應以發揮一己獨特的個體精神爲重，有寄但是無求，生命重在過程而非結果，這些論點引發我對袁枚在隨園如何具體安頓身心，並如何建構一套自我的生命哲學的興趣與思考。

三、探討袁枚詩歌與生命的歷史意義與文化意涵

（一）從文化史的角度切入

從文化史的角度對袁枚進行研究，主要是以明清文人文化爲主，兼及園林美學、社會型態與文學傳播等議題，相關論文與研究如下：

李孝悌：〈皇權與禮教之外：十八世紀中國傳統中的自由〉，《當代》第67期（2001年）

陳國雄：〈袁枚的園林美學思想研究〉《理論月刊》第7期（2007年）

王標：《城市知識份子的社會形態：袁枚及其交游網絡的研究》（上海：上海三聯書局，2008年）

王鐿容：《傳播．聲譽．性別——以袁枚《隨園詩話》爲中心》（南投：暨南大學中文所碩士論文，2002年）

近來明清的文學研究頗爲盛行，是相當可喜的現象。然對於明清的研究，實是以歷史研究起步較早，至今發展亦相當蓬勃，成果豐碩，中研院文哲所、史語所與近史所等皆爲明清文學與歷史研究的重鎭。近來學術界多提倡跨領域的研究，明清的歷史研究，正可以提供文學研究一些新的視角與刺激。諸如文人研究、文化史、園林史等，可以提供我們詮釋袁枚詩（文學作品）更多的徑路、理解與參照。袁枚作爲一位清代著名文人，明清文人生活的歷史研究便是一個重要的參考點，爲此筆者參考甚多明清文人文化的相關研究，諸如王鴻泰：〈美感空間的經營——明、清間的城市園林與文人文化〉，《東亞近代思想與社會：李永熾教授六秩華誕祝壽論文集》（台北：月旦，1999年）、〈閒情雅致——明清間文人的生活經營與品賞文化〉，《故宮學術季刊》第22卷第1期（2004年）、〈明清間士人的閒隱理念與生活情境的經營〉，《故宮學術季刊》第24卷第3期（2007年）。王鴻泰研究指出，明清文人文化的形成是明清文化的重要特色，而文人文化與其生活經營密切相關：「將文化問題放在實際生活層面上，從生活經營的角度來思考明清文人文化的成立與發展，由此全面地、結構性地建構明清文人文化的內涵」〔註10〕。因此引發我想從袁枚對隨園的生活經營進行切入探討袁枚詩歌世界的動機。除了明清社會文化史、城市

〔註10〕王鴻泰：〈閒情雅致——明清間文人的生活經營與品賞文化〉，《故宮學術季刊》第22卷第1期（2004年），頁70。

史的相關研究，園林文化史與園林美學也給予我相當程度的啓示，如劉鳳雲：〈清代文人官僚與城市私家園林的興衰〉，《故宮博物院院刊》第 1 期總 93 期（2001 年）、王毅：《中國園林文化史》（上海：上海人民出版社，2004）等，使我進而思考袁枚的隨園生活在園林文化史上的意義。凡此皆擴大我對袁枚詩思考的面向。從文化史角度對袁枚進行專門研究者，以李孝悌的研究最爲深入。李孝悌近來從事明清時期士大夫文化與城市文化，袁枚曾是其關注的焦點之一。李孝悌的研究指出，袁枚看似放蕩的生活，其實並未脫離中國士大夫的生活傳統：「袁枚生活的每個面向，其實都以不同的強度，表現在不同的士大夫生活中的某些片段」〔註 11〕李孝悌強調，袁枚的特殊之處，在於他很早放棄仕宦生涯：「憑著過人的才氣，全心全意地在上述士大夫生活的每一個面向——庭園、情欲、飲食、宗教——都作了極致的演出」〔註 12〕，而袁枚之生命實踐，足以說明十八世紀的中國其實存在著一個皇權與禮教之外的私密領域。袁枚此種生命經歷的展演與反傳統的言論，也被若干學者將袁枚視爲清代前期反傳統的重要思想家。〔註 13〕基於對袁枚生活經營的研究，袁枚苦心經營的隨園亦是本文研究的方向，如陳國雄對袁枚營建隨園的園林美學思想進行初步研究，提供數個袁枚園林美學的基本方向，例如隨園具有主體性空間的建構意義，隨園象徵袁枚追求自由成功的意義等，對本文有相當的啓發。然此文是將袁枚的園林美學勾勒出一個輪廓，並未相當深入。另外，亦有對袁枚的交遊網絡進行全面的研究，如王標便將袁枚的交遊進行詳盡的分類與分析，系統性的呈現是其優點，但缺乏對袁枚本身作品的重視與分析，「是以犧牲文學的自身價値爲代價」（頁 32），此爲作

〔註 11〕李孝悌：〈皇權與禮教之外：十八世紀中國傳統中的自由〉，《當代》第 67 期（2001 年），頁 65。

〔註 12〕李孝悌：〈皇權與禮教之外：十八世紀中國傳統中的自由〉，《當代》第 67 期（2001 年），頁 65。

〔註 13〕高翔：〈論清前期中國社會的近代化趨勢〉，《中國社會科學》第 4 期（2000 年），頁 185。

者所自知，而這正是我想要彌補、扭轉與重視的地方。另外，亦有從傳播與聲譽的角度切入，圍繞袁枚的《隨園詩話》爲中心進行文化研究，王鐿容的論文是爲代表。凡此皆引發我想以生活經營的角度切入袁枚的詩歌世界的動機。

（二）從詩歌史的角度觀察

袁枚作爲清代中期的著名詩人，從詩歌史的角度對袁枚的詩歌進行重新詮釋是歷來學者研究的重要方向，相關研究如下：

石玲：〈承遞與開啓——袁枚詩歌的過渡意義〉《新亞論叢》總第4卷（2002年第1期）

梁文寧：〈明清文人的疏離心態及其意象載體〉，《廣東教育學院學報》第25卷第6期（2005年12月）

廖師美玉：〈世變之後的詩人選項——同榜異軌的沈德潛與袁枚〉，《東西方研究國際學術研討會論文集》，（香港：香港大學，2007年）

石玲的研究發現，袁枚身處晚明個性思潮與五四新文化運動的歷史中間，因而其詩歌創作在內容與形式上具有承繼與開啓的意義，與從思想角度切入類同。然對我影響較大者，在於他從詩歌史的角度論及袁枚的「詩人自覺」。袁枚詩有云：「我亦自立者，愛獨不愛同」，袁枚的詩人自覺體現在對個性的重視，具有先驅的意義。在梁文寧的研究中，雖不是專門討論袁枚，但袁枚的詩歌成就是其論述的一個重要例證。梁文寧認爲，袁枚的落花詩展現一種疏離心態，其所疏離的不是士大夫，不是統治者，而是主流的傳統觀念。因而袁枚選擇提早脫身仕宦生涯，疏離政治但不遠離社會，反而更細膩的享受人生，具有一種「精神自由」、「離心力量」的覺醒。凡此皆引發我對袁枚生命哲學的重新思考與詮釋。廖師美玉的論文是以同榜進士袁枚與沈德潛進行對照與比較，呈現世變之後詩人的不同選項，主要探討沈、袁二人與政治的離合關係，一個藉選詩回歸傳統，建構詩史，回歸詩教；一個藉寫詩挑戰傳統，解構詩史，獨抒性靈，各自尋繹詩的專業性與獨立性，藉由兩人在詩人意識與主體性意義的異同，進而突出沈、袁二人不同的價值意義，也啓發我對詩人與政治、詩人自覺的思考。從詩歌史的角度出發，反而能更突顯袁枚詩歌的意義，因此本文將對袁枚的詩人自覺進行深入的探究。

（三）從藝術特質與抒情意涵的角度考察

從藝術特質與抒情意涵的角度檢視袁枚的創作，是以大陸的學者爲多，相關論文如下

余群：〈論袁枚對情範疇的開展〉，《上饒師範學院學報》第 28 卷第 1 期（2008 年 2 月）

沈玲：〈隨任性情的私語化創作——論袁枚的詩歌創作風格〉，《雲夢學刊》第 27 卷第 5 期（2006 年）

梁結玲：〈袁枚詩歌的生命意識〉，《學術探索》第 5 期（2006 年）

林彬暉：〈袁枚抒情詩淺論〉《鎭江師專學報（社會科學版）》第 4 期（1998 年）

劉長泉：〈以眞達情——袁枚抒情詩的特色〉，《湖南教育學院學報》（1999 年）

探討袁枚詩歌創作與生命實踐的藝術特質與思想內涵，是以袁枚的詩歌創作中個性化的色彩濃厚，與其生命歷程往往相合無間，是其個人生命史的絕佳呈現，沈玲的研究即指出此點。此外，梁結玲的研究指出，袁枚詩歌表現對生命終極的探索，故選擇以灑脫自然的態度面對自我存在的問題，很早便辭離官場。袁枚對生命整體的關懷，使我對袁枚何以能夠及早抽離官場有不同的啓發。此外，袁枚的詩歌創作中呈現對於「情」的高度重視，「以眞達情」，且廣泛流露於友情、親情與閨情詩中，此爲袁枚抒情詩之特色，林彬暉與劉長泉的研究均提出此點，凡此引發我想對隨園詩中的情感世界做一全面的探索，以展現袁枚詩的特色所在。

第三節　研究範圍與研究方法

從上述研究回顧可知，無論是從清代詩史、文化史、心態史、園林史的脈絡，亦或是從個人生命經歷的轉折來看，袁枚的隨園實居於一個關鍵地位，其中展現袁枚與政治的離合、個人生活的經營、生命哲學的實踐等豐富的生命向度。本文希冀透過文學與歷史跨領域的啓發與對話，呈現袁枚詩歌與歷史／文化交會的多元面向。在研究範圍上，是以袁枚作品中與隨園具有相關性的文本，且以詩歌作品爲主，擴及尺牘、文集、詩話作品，以期能更完備地呈現。

在研究方法上，傳統古典詩歌的研究，是以詩歌內容與形式爲考察的主要範疇。基於議題切入的特質與需求，本文採取文本精讀的方式，透過對袁枚詩歌的考察，從「安居」、「隨園」與「生命向度」三個議題進行文本的理解與分類，是以詩歌內容爲重，而不強調形式的分析，逐步建構袁枚詩歌中的隨園世界。在研究架構的安排上，是以四個章節依次深入：其一從袁枚對官場與草野的辨證中，探討袁枚何以能夠「安居隨園」的生命哲學；其二則是從隨園的主體性建築與空間營造入手，探討袁枚與隨園相互定義的過程，其次論及袁枚在隨園的生活型態，最後則論及袁枚安居隨園所開展的意義。其三探討袁枚詩中的親情世界，從袁枚對長輩的安頓照護、平輩的護惜與對晚輩的不同期待中，得見親情之於隨園的價值與意義。其四則是探討隨園的詩性特質與詩歌創作，無論是隨園的詩性空間、詩友網絡，皆體現一種詩性的氛圍。最後則探討隨園與袁枚詩歌創作與生命特質的共構關係，突顯隨園在袁枚詩歌、生活與創作中的獨特地位。

第二章　袁枚與隨園——盛年歸隱與安居處所的抉擇

如何安身立命？是古今文人恆常思索的議題。「安身」往往連繫著家國，《呂氏春秋．有始覽．諭大》云：「天下大亂，無有安國；一國盡亂，無有安家；一家皆亂，無有安身」。安國、安家與安身有著先後的層次關係。就古代的知識份子來說，天下國家可說是中國文人安身立命的主要實踐場域，此種生命型態既是文人投身的目標，同時亦是背離的方向。從先秦屈原投水自沉，到魏晉陶淵明之隱逸田園，至唐代王維老居終南別業，再到宋代文人的宦海浮沉，皆體現中國文人與政治間諸多離合的複雜關係。時至明清，政治的專制影響更大，明末清初往往是關注的焦點，但進入清代後，文人的選擇展現出迥異於前代的面向，突顯了近代的特性。袁枚是清代中期著名的詩人與文學家，三十三歲即辭官退隱隨園，在隨園度過近五十春秋，如此的人生範式十分罕有，主動偏離一般人安身立命的方向，選擇開啓另一段人生路途。袁枚何以選擇盛年歸隱？辭離官場的袁枚必然面臨如何安居的問題，袁枚為何不返鄉里，而選擇寓居小倉隨園？如此的人生抉擇背後的意涵為何？是為本章處理的主要議題。

第一節　盛年歸隱——官場與草野的辯證

一、官場本質的體認：宦情風景兩難勝

對中國的知識份子來說，仕宦爲官常是人生的首要選項。其中以儒家思想中「學而優則仕」的影響尤大，學術與政治常是緊密不可分隔。明清時代的文人，由於政治上的壓迫與朝代交替的影響，文人對政治的參與呈現起伏的狀況，顯得更爲激烈。清代爲異族統治，盛清爲籠絡世人，官方主導的科舉考試與修纂書籍皆十分盛行，政治對中國文人更產生巨大的影響。康、雍、乾爲清代盛世，仕進管道可說暢通，乾隆對於文士相當禮遇，沈德潛便是一例。袁枚二十四歲即中進士，無緣入翰林，外放任官，但隨即在三十三歲以養親爲由退出官場，選擇居於南京隨園，長達五十年。袁枚此種盛年即主動辭離官場的生命型態在當時甚爲特別，不是因爲受到政治的壓迫，或是另有學術的追求，而是爲能全心投入生活的經營與詩歌的創作之中。李孝悌先生認爲：

> 袁枚生活的每個面向，其實都以不同的強度，表現在不同的士大夫生活中的某些片段。袁枚的不同之處，在他很早就放棄了仕宦生活，憑著過人的才氣，全心全意地在上述士大夫生活的每一個面向——庭園、情欲、飲食、宗教——都作了極致的演出。這樣的生活實踐，固然突出而別具創意，但並未眞正脫離中國士大夫的生活傳統。他不過是將這些個別的面向集於一身，並推向一個高峰。〔註 1〕

袁枚三十三歲便選擇辭離官場，此種生命目標的提早轉向饒富意義。袁枚的創意，在於匯集中國士大夫生活傳統中的個別面向，並且以一生來進行實踐。袁枚認爲，文學與政治是需要分離的，並且以之作爲其畢生實踐的目標。在「公」與「私」的抉擇間，袁枚無疑選擇了「私」，而這種思考傾向無疑突顯了袁枚與明清以來所發展

〔註 1〕李孝悌：〈皇權與禮教之外：十八世紀中國傳統中的自由〉《當代》67 期（2001 年 10 月），頁 65。

之「近代性」的連結意義〔註 2〕。袁枚對於官場政治本質的體認，便是首先需要討論的起點。

要仕宦爲官，科考是必須面對的難關。清代入主中原後，爲攏絡世人，除舉辦科考，更不定時廣開博學鴻儒科，仕進之途可說暢通。袁枚的科考經驗尚稱平順。據清史稿記載，袁枚幼有異稟，十二歲即補縣學生，二十一歲應博學鴻儒雖不第，但爲當屆年紀最輕者，可見其早慧。袁枚二十四歲成進士，改翰林院庶吉士，三年後考試散館分發。依規定成績優者留翰林任官，次者則改給他職〔註 3〕。袁枚二十七歲散館，卻因滿文不及格〔註 4〕而無緣入翰林院，被外放縣官，這對袁枚形成一種衝擊。其〈改官白下留別諸同年〉一詩云：

三年春夢玉堂空，珂馬蕭蕭落葉中。
生本粗才甘外吏，去猶忍淚爲諸公。
紅蘭委露天無意，黃鵠摩霜夜有風。
莫向河梁頻握手，古來溝水尚西東。

頃刻人天兩隔塵，難從宦海問前因。
夕陽自照平臺樹，修竹誰栽小苑春？

〔註 2〕明清以來，思想上產生由理欲二分轉向「理存乎欲」或「道不離器」的轉變，尤以李卓吾居於承先啓後的地位。其中李卓吾思想中將「自私自利」的明代新興思維注入萬物一體的傳統命題中，尤其顯現近代新傳統的特色，具有一種「近代性」意義。袁枚思想中對於「私」的重視，無疑也受到這個思潮的影響。詳參周昌龍：〈明清之際新自由傳統的建立〉《當代》67 期（2001 年 10 月），頁 49。

〔註 3〕《清史稿》選舉三：「凡用庶吉士曰館選。……三年考試散館，優者留翰林爲編修、檢討，次者改給事中、御史、主事、中書、推官、知縣、教職。」詳參趙爾巽等：《清史稿》（北京：中華書局，1977），卷 180，頁 3165。

〔註 4〕清代自順治 10 年（西元 1653 年）始，新科進士除了修習漢文，也應兼修滿文（又稱清文），以資奏對讀講，選授以少年爲主，以其易於學習。通滿文文義者，不拘資俸，以應陞之缺用，其全未通曉，不能成文者，理應外調。袁枚入翰林院年方二十，故得學習滿文。參見李宗侗：〈清代對年青翰林習滿文的辦法〉，《中華文化復興月刊》第 5 卷第 11 期（1972 年 11 月），頁 89～107；另見葉高樹：《清代前期的文化政策》（台北：稻鄉，2002 年），頁 85～86。

五月琴裝催下吏，一時九盞遍騷人。
相看行李無他物，剩有蓬山雪滿身。

青溪幾曲近家居，天許安仁奉板輿。
此去好修《循吏傳》，當年枉讀《上清書》。
三生弱水緣何淺，一宿空桑戀有餘。
手折芙蓉下人世，不知人世竟何如。

繞袖爐烟拂未消，征衫還帶五雲飄。
江山轉眼離雙闕，風物從頭問六朝。
報國文章公等在，出都僮僕馬蹄驕。
他時烟雨琴河外，遠聽鈞天碧玉簫。〔註5〕

翰林院爲中央官職，雖無政治實權，但極富清望，外放任官乃是次要的選擇。袁枚對自己期望甚深，因此形容此次外放爲「頃刻人天兩隔塵」，如同從天上下降凡塵，其內心沮喪不言而喻。三年的翰林院學習生涯宛如春夢一場，不勝唏噓。然袁枚畢竟是詩人，他將其中的心理曲折，藝術化地呈顯在〈落花〉一詩中：

江南有客惜年華，三月憑闌日易斜。
春在東風原是夢，生非薄命不爲花。
仙雲影散留香雨，故國臺空剩館娃。
從古傾城好顏色，幾枝零落在天涯？（其一）

也曾開向鳳皇池，去住無心鳥不知。
掃徑適當風定後，捲簾可惜客來時。
肯叫香氣隨波盡？尚戀春光墜地遲。
莫訝旁人憐玉骨，此身原在最高枝。（其二）

風雨瀟瀟春滿林，翠波簾幕影沉沉。
清華曾荷東皇寵，飄泊原非上帝心。
舊日黃鸝渾欲別，天涯綠葉半成蔭。
榮衰花是尋常事，轉爲韶光恨不禁。（其三）

〔註5〕袁枚著，王英志校點：《小倉山房詩集》，《袁枚全集》第一冊（南京：江蘇古籍出版社，1993年），卷3，頁35～36。此書爲本文主要參考版本，其後袁枚詩之徵引皆出自本書，爲避免繁瑣，將不再隨文加註，僅於詩末標註頁碼。

小樓一夜聽潺潺，十二瑤臺解珮環。
有力尚能含細雨，無言獨自下春山。
空將西子沉吳沼，誰贖文姬返漢關？
且莫啼烟兼泣露，問渠何事到人間。(其四)

不受深閨兒女憐，自開自落自年年。
清天飛處還疑蝶，素月明時欲化烟。
空谷半枝隨影墮，闌干一角受風偏。
佳人已換三年骨，拾得花鈿更黯然。(其五)

后土難埋一瓣香，風前零落曉霞妝。
丹心枉自填溝壑，素心曾經捧太陽。
疏雨半樓人意懶，殘紅三月馬頭忙。
莫嫌上苑遮留少，宰相由來鐵心腸！(其六)

似欲翻身入翠微，一番烟雨寸心違。
粗枝大葉無人賞，落月啼烏有夢歸。
垂釣絲輕飄水面，踏青風小上春衣。
勸君好認瑤臺去，十二湘簾莫亂飛。(其七)

玉顏如此竟泥中，爭怪騷人唱《惱公》？
茵溷無心隨上下，尹、邢避面各西東。
已含雲雨還三峽，猶抱琵琶泣六宮。
花總一般千樣落，人間何處問清風？(其八)

不妨身世自離群，開滿香心已十分。
小院來遲烟寂寂，深春坐久雪紛紛。
人間歌舞消清晝，天上神仙葬白雲。
飄落洞庭波欲冷，一枝玉笛弔湘君。(其九)

裁紅暈碧意蹉跎，子野聞歌喚奈何。
早發瓊林驚海內，倦開江國厭風波。
漢宮裙解留仙少，梁苑妝成墮馬多。
天女亭亭無賴甚，苦將清影試維摩。(其十)

金光瑤草兩三莖，吹落紅塵我亦驚。
讓路忍將香雪踏，開窗權當美人迎。

蛛絲力弱留難住，羊角風狂數不清。
昨夜月明誰唱別，可憐費盡子規聲！（其十一）

紅燈張罷酒杯殘，不照笙歌月亦寒。
此去竟成千古恨，好春還待一年看。
金鈴繫處堤防苦，玉匣開時笑語難。
擬囑司風賢令吏，也同修竹報平安。（其十二）

剪彩隋宮事莫論，天涯極目總銷魂。
旗亭酒醒風千里，牧笛歌回水一村。
游子相逢終是別，美人有壽總無恩。
流年幾度殘春裡，潮落空江葉打門。（其十三）

升沉何必感雲泥？到眼風光剪不齊。
愛惜每防鶯翅動，飄零只恨粉墻低。
高唐神女朝霞散，故國河山杜宇啼。
最是半生惆悵處：曲闌東畔畫堂西。（其十四）

怕過山村更水橋，休論鳳泊與鸞飄。
容顏未老心先謝，雨露雖輕淚不消。
小住色憑芳草借，長眠魂讓酒人招。
司勛最是傷春客，腸斷烟江咽暮潮。（其十五）

（卷 3，頁 35～36）

〈落花〉十五首寫於袁枚散館後，歷來多為研究者關注〔註 6〕。這

〔註 6〕「落花詩」可說是明清詩人喜歡書寫的題材，如唐寅、袁枚與龔自珍皆有落花相關詩作。目前對袁枚落花詩的討論，有廖師美玉認為袁枚的〈落花〉組詩展現其思想中對美好事物「無常」本質之體認。詳參廖師美玉：〈記憶蘇小——由袁枚詩看情欲理的攙合與肆行〉「明清文學與思想中之情、理、欲國際學術研討會」論文（台北：中研院文哲所，2007 年 11 月 21～23 日）；梁文寧則認為，袁枚的落花詩展現一種疏離心態，其所疏離的不是士大夫，不是統治者，而是主流的傳統觀念。因而袁枚選擇提早脫身仕宦生涯，疏離政治但不遠離社會，反而更細膩的享受人生，具有一種「精神自由」、「離心力量」的覺醒。詳參梁文玲：〈明清文人的疏離心態與意象載體〉，《廣東教育學院學報》第 25 卷第 6 期（2005 年 12 月），頁 65。另有從詩中的意象運用著手，得出袁枚是以落花比喻紅顏薄命之女子，詩中以西施、蔡琰、楊貴妃、王昭君、湘君、孫壽等為喻，兼具詠古與詠史性質。詳參邱

首詩雖詠「落花」，實是哀悼此次的仕途受挫。詩中透漏一些線索如「佳人已換三年骨，拾得花鈿更黯然」、「早發瓊林驚海內，倦開江國厭風波」。「春在東風原是夢，生非薄命不為花」，這些皆與袁枚的經歷暗合無間。袁枚將自己喻為落花，此次外放彷如由盛開而墮地，「莫訝旁人憐玉骨，此身原在最高枝」，袁枚深刻地感到一種懷才不遇之感。在袁枚的詩作中，「花」往往是美好事物的象徵，翰林院三年被袁枚視為人生中一個高峰，亦是他想要有一番政治作為的時期，因而此次挫折使袁枚受傷甚深，此次外放是可說是袁枚對官場本質認識的第一步，但還不是讓他整體轉向的關鍵。袁枚頗能自我調解，因為歷來文人仕宦之路很少是平順的，每個人的政治遭遇也各有不同，其十四首云：「升沉何必感雲泥？到眼風光剪不齊」，袁枚體認到政治地位上的不平衡，雖心中不是沒有憤恨，「容顏未老心先謝，雨露雖輕淚不消」，但袁枚將內心的哀愁美化，透過此種藝術性的轉化，袁枚轉而步上縣官的道路。

袁枚擔任縣官是其生命中重要的「官場體驗」，雖僅不到十年，但對袁枚來說卻是「十年官已嫌多」（節錄，〈自嘲三絕〉，卷 27，頁 586）儘管如此，擔任縣官的袁枚卻是以「能吏」〔註 7〕著稱。袁枚自二十七歲外放任官，初仕溧水知縣，再由溧水改官江浦，復從江浦改知沭陽，後再調任江寧（即南京古稱）知縣，在江寧知縣任內得南京隨園，遂「捨官而取園」，於乾隆十三年，時年三十三時解組歸園。其後一度因經濟因素離園赴陝任官，但旋以丁父憂歸，乞歸養母後不復出山〔註 8〕。總計袁枚擔任官職僅僅八年而已。袁枚雖對此次外放縣官感到失望，但在治民經濟上卻頗有心得，有其一套治民哲學，因

燮友：〈袁枚〈落花〉詩探微〉，收錄於彰化師大國文系主編：《第六屆中國詩學會議論文集》（台北：萬卷樓，2002 年），頁 69～92。

〔註 7〕嚴壽澂：〈近代實用型儒家循吏之學——袁簡齋論治發微〉第 27 卷第 2 期《國立編譯館館刊》（1998 年）

〔註 8〕詳參方濬師編：〈隨園先生年譜〉，附於王英志所著《袁枚評傳》之末，本文所據年譜即為此書。

而廣為人民愛戴。耐人尋味的是，正在擔任縣官的過程中，袁枚體認到自己並不適合投身於官宦生活，也聯繫著他何以盛年歸隱的原因。

關於袁枚之盛年辭官，歷來多有研究〔註 9〕，筆者以為可歸納為兩個主要因素，一是受時代的拘限，一是袁枚自身的個性緣故。自袁枚任縣令後，生活相當忙碌。清代縣令一職被稱作「親民之官，份當與民一體」，業務繁瑣，舉凡決訟斷僻，勸農賑貧，討猾除姦，興養立教皆包含在內，「靡所不綜」〔註 10〕，對於袁枚來說是一大挑戰。袁枚在沭陽任內遭逢蝗災、旱災〔註 11〕，皆讓袁枚深感「辦事人多解事少，愛民心易治民難」〔註 12〕。觀其〈署中感興〉云：

日飲黃河一寸冰，宦情風景兩難勝。
民驕已似衰年子，官苦原同受戒僧。
半局棋滿催客雁，滿庭秋影澹書燈。
爾來悟得孫登語，慚愧人前百不能。（卷 3，頁 43）

此詩作於沭陽任內，袁枚深感「官苦原同受戒僧」，事務的繁忙使他無暇其他。詩中用到晉代隱士孫登的典故，阮籍曾於蘇門山遇孫登，向其問詢皆不應，只好長嘯告退，回程忽聽見有嘯「若鸞鳳之音」，始領悟孫登隱逸精神所在。於此袁枚自言雖已「悟得孫登語」，卻「慚愧人前百不能」。就通篇詩意來說，此所謂「不能」非指「不能為良吏」也，而是不能為自己所愛之事。袁枚平生最喜作詩，卻只能借病吟詩：

嫌忙翻愛病，借病好吟詩。細雨苔三徑，春愁笛一枝。

〔註 9〕目前最完整之研究莫過王英志所著《袁枚評傳》（南京：南京大學出版社，2002）其中歸納袁枚辭官所述原因：1. 自己為官「有能有不能」2. 以文章報國 3. 激流勇退，全身遠禍。給予本文甚多啓發。詳見王英志：《袁枚評傳》（南京：南京大學出版社，2002 年），頁 120～124。

〔註 10〕《清史稿．職官三》：「知縣掌一縣治理，決訟斷辟，勸農賑貧，討猾除姦，興養立教。凡貢士、讀法、養老、祀神、靡所不綜」。詳見趙爾巽：《清史稿》（北京：中華書局，1977），卷 116，頁 3357。

〔註 11〕如〈火灾行〉，卷 4，頁 59、〈捕蝗歌〉，卷 4，頁 59～60 等。

〔註 12〕〈願持〉，卷 4，頁 63。

日長衙放早，官懶吏來遲。看見閑中物，游絲及地時。

（〈借病〉，卷3，頁42～43）

與官務繁忙相比，袁枚寧可選擇「病」，以生理的病痛，獲得心靈上的悠閒。偶然散衙較早，袁枚更是滿心歡喜，試看〈春日初長散衙甚早，喜而作詩〉

槐花春暖滿衙青，不著烏靴上訟庭。
牒少捲無三寸厚，心虛判許萬人聽。
紛紛雀角風將息，漸漸蒲鞭響亦停。
笑問功曹諸事畢，手攏詩草下西廳。（卷4，頁63）

由這些詩作可發現，袁枚往往在繁忙的公務中尋求空閑，無論是借病吟詩，亦或提早散衙，袁枚都積極掌握，勉力維持著詩人的角色。袁枚自己曾提及，在擔任縣官期間，他最喜歡的便是「交印」的這些空檔：

前印欣已交，後印喜未至。分明宰相身，而無宰相事。
人生此最樂，一刻千金貴。賓朋間何闊，張飲置歌吹。
我亦愛游閑，往來屏車騎。朝尋鍾阜烟，暮拾橫塘翠。
除道哂要章，微行訪稚季。青衫有時濕，赤棒無人避。
櫪馬暫脱銜，籠禽偶展翅。汲汲常顧景，翖翖無所畏。
小大莫從公，老子妨人戲。（〈交印〉，卷4，頁55）

在責任暫時交卸的時刻，是袁枚最感快樂的時刻。「櫪馬暫脫銜，籠禽偶展翅」可以說，袁枚是在任官後才發覺自己如此嚮往自由閒適的生活，「宦後始知貧賤好，瘦來頓覺早秋寒」〔註13〕。自由受到限縮，是袁枚對官宦生活不滿的因素之一。在這個看似遽然辭官的選擇背後，是袁枚對於官場本質的深切體認，呈現在〈答陶觀察問乞病書〉中：

凡人有能有不能，而官有可久與不可久。……民事，僕所能也；供張儲偫，僕所不能。今強以爲能，抑而行之，已四年矣。譬如渥洼之馬，滇南之象，雖舞於床，蹲於朝，

〔註13〕〈偶成〉，卷3，頁42。

> 而約束勉強，常有跅�泛駕之虞。性好晏起，於百事無誤。……竊自念曰：苦吾身以爲吾民，吾心甘焉。爾今之昧宵昏而犯霜露者，不過臺參耳，迎送耳，爲大官作奴耳。彼數百萬待治之民，猶齁齁熟睡而不知也。於是身往而心不隨，且行且慍。而孰知西迎者，又東誤矣；全具者，又缺供矣；怵人之先者，已落人之後矣。不踠膝奔竄，便瞪目受嗔。及至日昳始歸，而環轅而號者，老弱萬計，爭來牽衣，忍不秉燭坐判使寧家耶？判畢入內，簿領山積，又敢不加朱墨圍略一過吾目耶？甫脫衣息，而驛券報某官至某所，則又蘧然覺，鑿然行。一月中失膳飲節，違高堂定省者，旦旦然矣，而還暇課農巡鄉如古循吏之云乎哉？
>
> 且一邑之所入有限，而供一官之所供無窮。供而善，則報最在是；供而不善，則下考在是。僕平生以智自全，得不小小俯仰同異。然而久之，情見勢屈，非逼取其不肖之心而喪所守，必大招夫爲俗之累而禍厥身。及今，故宜早爲計也。……〔註 14〕

這篇書信宛如是袁枚對官場本質的報告書。袁枚認爲，「官有可久與不可久」，就這篇自述來說，作官爲人民服務，解決民眾問題，是他所勝任的，但是對「爾今之昧宵昏而犯霜露者，不過臺參耳，迎送耳，爲大官作奴耳」則深感到無力。光是應對這些官員就已筋疲力盡，遑論專心處理堆積如山的公文？而群眾的問題更是袁枚所繫心且需要優先解決的，因此不得不犧牲個人的生活作息。此番陳述令人無法不聯想到東晉陶淵明「不爲五斗米」折腰的故事。〔註 15〕事實上，袁枚嚮往的是如「古循吏」般的官場生活：

> 漢代有朱邑，受官於桐鄉。懷抱長者心，視民常如傷。春時巡隴畝，夏日勸耕桑。班白不負戴，歌者日相望。蕞爾小邑中，結構一虞、唐。入爲大司農，惻然猶不忘。謂我

〔註 14〕袁枚：〈答陶觀察問乞病書〉，《小倉山房文集》《袁枚全集》第二冊（南京：江蘇古籍出版社，1993 年），卷 16，頁 268～269。

〔註 15〕儘管這未必是實情，但成爲一種隱逸的典範。

子孫祭，不如彼一方。其時有汲黯，亦復稱循良。考其報最優，偃然臥在床。卓哉兩君子，身尊道彌光。古今人不及，請以古較量。局促轅下駒，古人無今忙。長揖大將軍，今人無古狂。古人重撫綏，今人重趨蹌。今吏如牛馬，古吏如鸞鳳。異官不異民，蒼生受其殃。三復《循吏傳》，使我涕沾裳。（節錄其六，〈雜詩八首〉，卷7，頁118）

在個性上，袁枚晏起的習慣也與官場要求不符。因此，袁枚在〈再答陶觀察書〉中更意識到官場短暫的本質：「官不能不去，猶人之不能無死也」〔註16〕，就漫長的生命歷程來說，官宦生活必然有結束的一日，如同人之不能無死，從這個看法可以推知，袁枚是從整個生命歷程的長度來進行觀看，從一己生命價值的角度進行探測，進而弱化「居官為宦」的重要性。換言之，人生還有其他更重要的事值得探索。這種思考的背後，是對一己生命價值的重視，而不在於外界世俗的價值評判。此種對官場價值的體認是袁枚仕宦所產生的心得與收穫。此外，袁枚於告別吏民的詩中提到自己辭官的理由：

我聞蕭嵩乞歸日，正是明皇寵渥時。道待陛下厭臣日，臣且懼罪何敢辭！又聞韋公垂明訓：年不必老須知機。當時組解作遊戲，青鬚往采商山芝。我今一紙乞歸養，吏民驚駭相攀追：「愛公留公公不可，請問兩語公答之。公之上游方倚重，受寵不覺寧非痴？公之年紀三十三，春行秋令何蕭衰！」我聞此語不能答一詞，但指蕭公、韋公是我師：兩公隔我已千載，每每行事長相思。當今人才車斗量，三公九載交相治。苟與一官人人辦，非某不可聞有誰。登山臨水少年事，果然衰老將焉歸？三十休官人道早，五更出夢吾嫌遲。雲歸雲出亦偶爾，必問所以雲不知。猶恐汝曹昧此意，布露所畜書一詩。（〈示送行吏民〉，卷五，頁88）

袁枚體認到仕宦的一定風險，因而袁枚認為，自主辭官，好過因罪遭謫，且最好在寵渥之時就辭官。「年不必老須知機」是袁枚擔任縣

〔註16〕袁枚：〈再答陶觀察書〉，《小倉山房文集》《袁枚全集》第二冊（南京：江蘇古籍出版社，1993年），卷16，頁269。

官後所領悟的政治哲學。雖然這些在尋常吏民眼中看來，宛如是「春行秋令」，太不尋常。但袁枚卻堅持「登山臨水少年事，果然衰老將焉歸？」，加上袁枚認為當今是為盛世，人才濟濟，並不缺袁枚一人，因而選擇辭官。簡言之，在這八年的仕宦生活中，袁枚意識到官場上對個人自由的局限，侷限了他對於賦詩讀書一類所愛之事的渴求；袁枚更體認了官場短暫的本質，對一己生命價值的珍重遠超過外界世俗的價值判斷。凡此皆使得袁枚選擇離開官場，去耕耘他所認為更有意義的事。

此外，對於重個人輕羣體〔註17〕的袁枚而言，與其如同櫪馬籠禽，不如自主地擺脫羈絆。當「宦情風景兩難勝」〔註18〕，必須在二者間做一抉擇。因此當覓得隨園此一福地時，「眼前有路名山去，願向盧敖借釣竿」〈偶成〉（卷3，頁42）的選擇也就不難理解。袁枚強調性靈，盛年歸隱可說是其實踐的第一步。與其受外在拘束與影響，不若回歸性靈，傾聽內心的聲音，如此才是正道。袁枚曾有詩形容：「我昨乘舟行，順逆風有權。我今靜掩戶，有風無風然。所以王秀之，久宦輒不肯。相傳勇退人，次神仙一等。」〈書所見〉（卷14，頁259）當袁枚身處科名與官場的人間道場時，生命彷如不受自己控制，順逆由人，一旦掩戶而居，外頭的風風雨雨便與己無涉，反更能掌握一己的生命，而這個「掩戶而居」的地點正是南京隨園。自古以來，出處抉擇總不斷考驗著中國的文人，以往在易代交接或朝政混亂之際文人的抉擇受到考驗，事實上盛平之世也有著相同的試煉。在進與退之間袁枚不是沒有過掙扎與考量，經濟現實也是原因，但這短暫八年的仕宦經歷所帶給他的「官場體驗」，讓他更加體認到個人生命自由價值的可貴，因而選擇辭離官場。

〔註17〕嚴壽澂：〈近代實用型儒家循吏之學——袁簡齋論治發微〉第27卷第2期《國立編譯館館刊》（1998年），頁113。

〔註18〕〈署中雜興〉，卷3，頁43。

二、挂冠偏與少年期：及早「回車」〔註19〕的生命哲學

袁枚的盛年歸隱，必然受到不少的挑戰與誤解，首先遇到的便是將其辭官歸隱提升到一個「高潔」的生命高度的說法。中國文學自來有一個「隱逸」的傳統，自東晉的陶淵明立下了「隱逸詩人」的典型，隱逸田園亦或僻處山林便成爲中國文人逃離政治網羅的高潔之途。這個傳統隨著歷史發展也曾受到扭曲，至唐代遂有「終南捷徑」，轉而成爲投機文人獵取功名的管道，但也證明「隱逸」一向所代表的高潔特質：文人不甘爲政權奴役，不願爲五斗米折腰。這是隱逸傳統最爲世人所愛惜看重的特質。因此當袁枚盛年選擇辭官，便使人聯想到歷來隱居之士受到政治上的失望與不滿因而逃離官場的傳統脈絡，時人便曾以此稱譽。然而袁枚並不完全屬於這個傳統，他個人也不認爲自己屬於這個隱逸傳統，也不希望他人以此種「隱士」目之，這是理解袁枚盛年歸隱的一個重要基礎。首先必須釐清的是，袁枚「辭官」不完全等同於「隱居」。袁枚對自己的「辭官」，做過如下的宣示：

> 一卷青燈兩鬢絲，高吟子季別山詩。
> 圖官已累升天佛，閱世誰憐折臂醫！
> 春夢五更初醒後，南方三十早衰時。
> 也知充隱非吾事，偷得閑身老或遲。
> （節錄，〈一卷〉，卷5，頁81）
>
> 我意獨不然，亦非慕隱淪。
> （節錄，〈雜詩八首〉，卷7，頁118）

第一首詩表現袁枚提到「也知充隱非吾事，偷得閑身老或遲」，袁枚表示自己只是想多點空閑罷了，隱居並非他最初的想法。第二首詩則表示他並不是因爲「慕隱」而辭官。從這兩首詩可發現，袁枚企圖與傳統所認定的「隱居」切割。袁枚深知隱士的傳統，往往是受到政治

〔註19〕此一概念，乃原創於廖師美玉《回車：中古詩人的生命印記》（台北：里仁，2007）

上的壓迫，基於自身高潔的人格持守，因而辭絕官場，然袁枚並非想要棄絕人世，而只是想脫離人世中官場的束縛，更無意在經濟上委屈自己。這是首先需要辨明的。因此當有人欲以「隱士」的高潔冠冕加諸他頭上，他便挺身爲己提出辯白：

> 書中以隱目枚，似非知枚者。當今天下有道，枚何敢隱？即或希踪巢、由，而巢、由者，盛世之惰民，非枚所喜。枚鮮兄弟，母老，以是辭官，非隱也。若勖以韜晦，使人不知其美云云，斯言也，得毋有繩息嫣以詃楚子乎？枚聞之赧然，不覺汗之竟趾也。枚伏荒山中，朴蒙孤陋，與村氓居，如女子然；既未嘗搔頭弄姿，招塗之人而曰余美；勢亦不能漆身毀形，赫塗之人而曰余不美也。而鄰母見愛，猶寄聲閨中而訓之曰：汝何故冶容？汝得毋誨盜？彼姝者子，將顰蹙而何所謝過耶？枚犬馬齒載，月食斗米不盡，夫何爲哉？亦安居以適性，覃思以卒業而已矣。
>
> 若夫避傷之説，枚不謂然。傷非周、孔之所能避也。枚何人，能避傷乎？夫被甲者，所以防矢之至也。夫登矢石之場，……言雖聖人，不能不退，不能不亡，但能不失其正而已。宋明帝戒王景文曰：「有心於避禍，不若無心以任運。但人生自應卑愼，行己用心，務思謹惜。」斯言也，枚終身誦之，執事無憂焉！……〔註 20〕

袁枚先從時代談起，「當今天下有道，枚何敢隱？」，亦非「避傷」，因爲受到傷害是必然的，連聖人如周孔也未必能躲。袁枚認爲自己是「辭官」，而非「隱居」。袁枚「辭官」的眞正原因，是因上有老母，又無兄弟，符合聖朝終養之例〔註 21〕而辭官。若加以「隱逸」

〔註 20〕袁枚：〈答朱竹君學士書〉，《小倉山房文集》，《袁枚全集》第二冊（南京：江蘇古籍出版社，1993 年），卷 19，頁 327～328。

〔註 21〕聖朝終養之例，是清代政府老年政策上的一種措施，主適用於官員身上：清代官員可依例申請「終養」，以便奉養年老的父母或祖父母。終養的標準依父母與祖父母的年齡而定。滿人只要父母、祖父母年七十五以上便合例，漢人的情況則比較複雜，符合終養的條件如：(1) 祖父母父母及爲人後者所後父母已故，其本生父母年八十以上；(2)

之冠冕，則「枚聞之赧然，不覺汗之竟趾也」。袁枚認爲自己辭官不過是爲「安居以適性，覃思以卒業」，奉行宋明帝所言「無心以任運」，完全是個人的情性使然。袁枚更強調，他盛年辭官並非是爲「借此鳴高」〔註22〕，而是基於「私情」，非有什麼隱逸高懷也〔註23〕。事實上，袁枚對這個隱逸傳統很是仰慕，但他深知自己無法企及，因而走的是另外一條不同的道路〔註24〕。對袁枚來說，官場與草野實爲兩個對等的價值體系。袁枚曾對一位高官解組的官員有詩云：

父母年七十以上而獨子，家無次丁者；(3) 有兄弟而篤疾者，或俱出仕者 (4) 母老，有兄弟而非同母者。另外幾個條件雖未合例，州縣以上的官員亦准具題請旨：父母年六十以上未及七十，或伯叔兄弟篤疾，或家無次丁不能迎養而呈請終養。此外，乾隆五十年（1785 B.C）更規定：現任官員之親年八十以上，以及獨子之親年七十以上在籍者，都應自行呈明終養。袁枚爲漢人，辭官時年三十三，母親六十四歲，尚未符終養之例，但袁枚先已辭官；時至乾隆十九年（1754 B.C），袁枚三十九歲，母親七十歲時終養文書才獲部覆（見〈喜終養文書部覆已到〉（卷10，頁202），可見是受到此終養條例之限制。詳參劉翠溶：〈清代老年人口與養老制度初探〉《近世中國之傳統與蛻變——劉廣京院士七十五歲祝壽論文集》上冊（台北：中研院近代史研究所，1998年），頁276。

〔註22〕袁枚：〈答兩江制府尹公〉：「枚尚有請者：先君服闋已久，非無仕進之心，因老母七旬，家無昆季，與聖朝終養之例相符。枚已申明情節，由江寧轉報。此烏鳥私情，退而求息，并非膏肓泉石，借此鳴高」。詳見袁枚：〈答兩江制府尹公〉，《小倉山房尺牘》《袁枚全集》第五冊（江蘇：江蘇古籍出版社，1993年），卷1，頁2。

〔註23〕須說明的是，這是袁枚本身對自己盛年歸隱的看法與期待，但社會其他人未必認爲如此，對官員來說，隨園仍代表著某種意涵，至少它遠離政治，有某種「世外」的感覺。

〔註24〕袁枚與歷代隱士之不同，在於他在精神生活外，對物質生活的經營也同樣重視。其詩〈陶淵明有飲酒二十首，余天性不飲，故反之作不飲酒二十首〉云：「嘗讀《高士傳》，過潔亦無聊。太谿刻自處，生世如鴻毛。……寄語於陵子：君輩徒自苦」（卷15，頁294）。張健先生認爲此詩抒發了袁枚的人生觀：「可享樂則享樂，不宜自我刻苦」。足見袁枚無法如陶潛一樣過著恬淡的生活，此亦袁枚自己所明知。詳參張健：〈袁枚的不飲酒詩十二首析論〉，《第五屆清代學術研討會論文集》（高雄：中山大學中文系主編，1997年），頁331～345。

廊廟江湖境本同，能舒能捲是英雄。
只愁絲竹東山樂，未必蒼生許謝公。
（節錄，〈中丞體素羸，解組後陽滿大宅，入見心喜，再賦二首〉，卷36，頁879）

對袁枚來說，經營隨園與經營官場本質上是相同的，但袁枚選擇轉向個人生活的經營，而非公共官職的經營，重要的是要「能舒能捲」，知道何時該進，何時該退。袁枚年少時也曾嚮往仕途，「聞客有科名，仰之如華、嵩」（卷13，頁242），且朝著這個方向大力邁進，但在領悟科名虛幻與官場現實的侷促後，便在三十三歲壯年主動辭官，急流勇退，此種轉向便符合其筆下「能舒能捲」的要義。

袁枚之盛年歸隱，來自他對一己生命價值的重視。此種思考模式主要是來淵源自明中葉後李卓吾等人所開創的個體先於一體，私先於公的影響脈絡〔註25〕，袁枚正在這個歷史脈絡中。然而，袁枚更將此種思考具體地落實在生命裡，並藉由詩歌進行傳遞，爲之辯護與廓清，進而建立一套屬於袁枚自己的生命哲學。重要的是，此後袁枚在其詩文中不斷地對自己此種生命抉擇進行辯護與遊說，試圖建構其盛年歸隱的生命哲學。事實上，此種生命哲學並非袁枚首創，古已有之，或可稱之爲「回車」的生命向度。〔註26〕所謂「回車」的生命向度，始於屈原「回朕車以復路兮，及行迷而未遠」，他自行回轉生命方向，「回車」走向原有的道路，儘管那可能極爲艱辛，如同漢魏詩人在進與退的蓄積間尋覓出路或是遭逢失路。可以說詩人們是以一己之生命去試探各種行路的可能，最後的結果不盡相同。〔註27〕若將這些詩人與袁枚的回車對照參看，不同於屈原有意以回車作爲人生的比喻，袁枚是以「回車」作爲一個人對其生命自

〔註25〕關於李卓吾思想的近代性意義，可參周昌龍：〈明清之際新自由傳統的建立〉，《當代》67期（2001年10月），頁45～50。

〔註26〕詳參廖師美玉：《回車：中古詩人的生命印記》（台北：里仁，2007），頁1～33。

〔註27〕參考廖師美玉：《回車：中古詩人的生命印記》（台北：里仁，2007），頁15～19。

主的堅持。袁枚認為，個人的出處唯有自己可以抉擇。袁枚曾對其親戚妹婿胡書巢信中談到自己對「出處」之看法：

> 香亭信來，勸妹夫就此回車，不必捐復，僕不以爲然。何也？莊子：「細視大不盡，大視細不明。」凡人流行坎止，總宜因任自然，不必預設成見。昔朱子曾問出處于君家文定，文定云：「凡人仕宦進退，譬如飢暖冷飽，己所獨知，不必問于旁人，亦非旁人所能參預。」此名儒之言，最中情款。……僕故不爲劉湛之勸進，而亦不爲袁淑之勸退也。爲智者自裁之。〔註 28〕

〈再答陶觀察書〉亦云：

> 人之親有如伯叔、妻子、兄弟者乎？所狎近有如戚友、傔從者乎？之數人者，他事可與謀，而惟出處之際宜獨斷焉，先乞身而後告焉。何也？之數人者，皆受居官之樂，而不分任職之苦者也。唐相蕭嵩求去，明皇留之曰：「朕未厭卿，卿何求去？」嵩曰：「待陛下厭臣，臣安敢求去？」僕讀史至此，深慕嵩之爲人。僕蒙大吏薦剡，百姓知感，脫然去，上或留之，下或惜之。人非去之爲難，去而取此留之惜之之意爲難。以其間交倉庫，辭吏民，身閑而慮周；時乎時乎，有餘味焉。……今僕在官，官未必重；去官，官未必輕。〔註 29〕

人之出處抉擇，唯有自己可以決定，不是其他親人朋友可以決定的，如人飲水，冷暖自知。進退之道貴在「因任自然，不必預設成見」，且須「智者自裁之」。因此袁枚無法替胡書巢做決定。就袁枚自己來說，曾言「僕進有事在，退有事在，未必退閑于進」，是有其「事」在，是經過深思熟慮，且是自己掌握的。袁枚曾有詩形容舟上行船，頗有自書己志的味道：

〔註 28〕袁枚：〈答書巢〉，《小倉山房尺牘》，《袁枚全集》第五冊（南京：江蘇古籍出版社，1993 年），卷 5，頁 103。

〔註 29〕袁枚著，王英志校點：《小倉山房文集》，《袁枚全集》第二冊（南京：江蘇古籍出版社，1993 年），卷 16，頁 269～270。

有雨行偏速，無江渡轉難。

行藏須自主，莫認相風竿。(〈舟中作〉，卷 13，頁 234)

確實，「行藏須自主，莫認相風竿」，儘管舟行受風雨與河速的影響有緩有急，但舟行的方向卻是可以由自己決定。然而，此種對官場斷然切割的勇氣代不乏人，與袁枚同時代的文人亦所在多有〔註 30〕，但續以詩歌創作與一己生命進行辯護，則以袁枚首當先鋒。袁枚主張的是一種及早「回車」的生命態度。首先，因著對於出處自主的堅持，袁枚論證辭離官場才是正確，且是必須提早實踐的。先看袁枚這首詩：

任事在人後，見事在人先。以之涉斯世，庶幾無尤焉。

吾年方垂髫，早已登賢書。三十挂其冠，四十白其鬚。

味早易撤席，游早易回車。一早無不早，未知死何如。

(節錄，〈陶淵明有《飲酒二十首》，余天性不飲，故反之作不飲酒二十首〉，卷 15，頁 294)

這首詩成於袁枚歸隱隨園之後，是與陶淵明進行對話與相互建構之作，從中表現自己與陶淵明不同之處〔註 31〕。東晉陶淵明任彭澤令

〔註 30〕乾嘉詩壇盛年歸隱的現象，杜維運的《趙翼傳》有云：「仕宦至中年，辭官歸隱林泉，是清乾嘉時代頗爲流行的一種風氣。」（台北：時報，1983），頁 112。又根據大陸學者趙杏根之研究，乾嘉詩壇的詩人群體可分爲達官詩人、中下級官員詩人、盛年脫離官場的詩人、淡於科場或絕意科場的詩人與困於科場的詩人這五大類，據趙氏所言：「許多詩人未能進入官場，許多詩人盛年退出官場，這就使在野詩人的總體勢力大大增強，則官場詩人的總體勢力則相應減弱。詩壇的主力完全在草野。……詩壇已相對獨立於官場」。可見乾嘉詩壇是以中下層詩人，或以在野詩人爲主要詩人大宗。詳見趙杏根，《乾嘉代表詩人研究》（蘇州：蘇州大學中國古代文學博士論文，2005），頁 2。亦有學者認爲，乾嘉詩壇的詩史意義正在於打破由臺閣詩人主導的地位，進而引發詩歌內涵與詩歌精神的整體變化。詳見劉晉淵：〈論乾嘉之際詩歌創作力量結構及其詩史意義〉《西北師大學報（社會科學版）》第 43 卷第 5 期（2006 年 9 月），頁 87～93。

〔註 31〕袁枚之辭官，並不想要追慕往哲，如〈挂冠〉一詩云：「柳折清條花折枝，挂冠偏與少年期。香風太早春應惜，好日猶長起未遲。出處敢云追往哲？耕桑也是報明時。歸心濃後官箴少，除卻林泉總不思。」（節錄，卷 5，頁 82）

八十多日，以「飢凍雖切，違己交病」〔註 32〕而毅然辭官，以回歸田園爲今生所嚮；袁枚任官八年多，亦是感到政治非平生所好，扼殺自由而辭官，但袁枚並不是要回到淡泊的田園生活，因而必須另外建構一套生命哲學。其中袁枚便提出「味早易撤席，游早易回車」的思想。若以陶淵明與袁枚對居官爲宦的這段生命經歷來觀察，兩人均是感到官場的侷促而辭官，但陶淵明對「先仕後隱」不以爲然，〔註 33〕而袁枚則認爲走這一遭並不枉然，因它能夠增廣見聞。《隨園詩話》云：

> 詩雖貴淡雅，亦不可有鄉野氣。何也？古之應、劉、鮑、謝、李、杜、韓、蘇，皆有官職，非村野之人。蓋士君子讀破萬卷，又必須登廟堂，覽山川，結交海內名流，然後氣局見解，自然闊大，良友琢磨，自然精進。否則，鳥啼蟲吟，沾沾自喜，雖有佳處，而篇幅固已狹矣。人自有鄉黨自好之人，詩亦有鄉黨自好之詩。桓寬《鹽鐵論》曰：『鄙儒不及都士。』信矣！〔註 34〕

由此可見，袁枚認爲仕宦經歷是必要的，原因在它能夠拓展視野「登廟堂、覽山川、結交海內名流」。仕官之必要在於它可擴展一個人的氣局眼界，得以結交海內名流；朋友之時相往來，則可以相互琢磨詩藝，一朝離開官場，始能避免「鳥啼蟲吟，沾沾自喜」之弊。只是袁枚認爲仕宦經歷必須要「早」，如此才能趁「早」抽離，及早過自己想過的生活，對照人一生短暫的生命，死亡的威脅，袁枚認爲盛年歸隱實是「一早無不早」也。在其他詩作中也有類似的意思或引申：

> 早年爲政早歸耕，別是人間一性情。
> 老恥逃禪古定力，貧能行樂仗聰明。

〔註 32〕晉．陶淵明著、逯欽立校注：〈歸去來辭并序〉，《陶淵明集》（台北：里仁，1985 年），卷 5，頁 159。

〔註 33〕蔡瑜：〈試論陶淵明隱逸的倫理世界〉《漢學研究》第 24 卷第 1 期（2006 年 6 月），頁 117。

〔註 34〕袁枚：《隨園詩話》《袁枚全集》第三冊（南京：江蘇古籍出版社，1993 年），卷 4，頁 108。

> 也知略有今生福，未必全無後世名。
> 檢點殘書聊自慰，古來傳不盡公卿。
> （〈早年〉，卷 19，頁 378）

> 早貴如早起，所見人事多。早退如早眠，心神長安和。
> 吾生有天幸，熊魚竟兼兩。每聞宦海波，設想吾其倘。
> 萬物蟄于冬，而我蟄于夏。赤帝一當關，群客可以謝。
> 我其陳蟳歟？蒙頭不出舍。書卷盡情翻，衣冠終日卸。
> 平生所著述，往往趁此暇。可奈正憑欄，秋隨一葉下。
> （節錄兩首，〈遣興雜詩〉，卷 31，頁 734）

在〈早年〉這首詩中，袁枚提到自己「早年爲政早歸耕」的人生抉擇，確實與眾不同，但如此的選擇並非衝動或被迫下的產物，袁枚不是逃禪，亦不願貧窮渡過一生，這是有所規劃的（「貧能行樂仗聰明」）。在〈遣興雜詩〉中，袁枚將年輕顯貴喻爲「早起」，貴在「所見人事多」，年紀輕輕即入仕途，在閱歷經驗上均有所助益；而盛年歸隱，袁枚則以「早眠」喻之，重在「心神常安和」。對一般人來說，年輕顯貴是天幸，但對袁枚來說，年輕顯貴又能及早抽身，此才是眞正的「天幸」。此種特殊的生命思考，亦體現在袁枚的審美角度上：

> 洞庭席使君，招我蕭寺游。其時十月霜，萬木風颼颼。
> 高花忘是菊，低屋疑是舟。入屋花齊眉，攀花屋打頭。
> 同來看花者，半是東陵侯。無官人自淡，有酒山更幽。
> 異哉種菊僧，力與天公侔。層樓五雲起，四時花不休。
> 坐中愛菊人，各各向僧求。我意殊不然，屬僧爲我留。
> 待至赤日夏，來取黃花秋。薰風吹隱者，花中有巢由。
> 晚香偏早聞，豈不高一籌？僧意以爲然，眾贈獨我不。
> 歸途塔燈明，月華如水流。
> （〈十月九日席武山別駕招同蔣用庵侍御、姚雲岫觀察、沈研圃太守高廟賞菊，得「秋」字〉，卷 20，頁 410～411）

袁枚與友人蔣用庵、姚雲岫與沈研圃同去寺廟賞菊，同遊蔣、姚、沈三人皆有官職，獨袁枚爲草野人士。時序正值秋天，菊花花開甚美，眾人競向寺僧乞菊，惟袁枚不求，反要寺僧為其留菊，待到夏日再取。此舉用意在「晚香偏早聞，豈不高一籌？」，袁枚認為能夠夏天賞秋菊，反而比起秋天賞菊更高一籌，同樣是一種提早欣賞（回車）的生命態度的展現。此種「柳折青條花折枝，挂冠偏與少年期」〔註 35〕的態度，希望能保有生命中的青春做想做的事情，而非世俗認為應做之事，例如求取功名利祿。此種及早「回車」的思考，可說顛覆了我們對傳統中國文人得君行道，亦或是辭官退隱的傳統思維。袁枚對此頗為自豪：

> 女媧摶黃土，濛濛沙塵飄。百千億萬年，回轉無停鑣。而我生其間，泰山一鴻毛。雖則一鴻毛，矜矜頗自豪。三十早歸田，二十早登朝。在邦無怨尤，在家無喧呶。逢花皆采折，無山不游遨。李、杜、韓、歐、蘇，相逢足解嘲。官或比我尊，壽都輸我高。誰是七十翁，握筆猶嘐嘐？
>
> （節錄，〈遣懷雜詩〉，卷 31，頁 734）

從這點來說，也可窺見袁枚在仕宦態度上的轉變，仕宦為官不再是生命中唯一的選項，在公與私之間，袁枚選擇了成全私我。「三十早歸田，二十早登朝」袁枚對於這樣的生命時序頗為滿意，如此才能及時行自己所愛之事，而非追求官職生涯。袁枚在〈隨園雜興〉一詩云：「官非與生俱，長乃游王路。此味既已嘗，可以反我素。看花人欲歸，何必待春暮？」（卷 6，頁 95），正可說是此種生命哲學最佳的註腳。

第二節　小倉山的選擇：里居與官場之外的安居處所

一、隨園與隨緣——袁枚與隨園的遇合及其意義

袁枚與隨園的遇合，進而選擇在隨園安居，隨園對於袁枚的意

〔註 35〕〈挂冠〉，卷 5，頁 82。

義可謂巨大。然而袁枚選擇南京隨園的意義究竟何在呢？這個選擇突顯了何種意涵？這是本節討論的主題。就地理位置來看，隨園位於南京小倉山之北巔，位處山中，四周風景秀麗，袁枚稱此地「凡江湖之大，雲烟之變，非山之所有者，皆山之所有也」。可見隨園位處山中，可俯視金陵勝景。

從隨園的歷史來看，隨園本為清代名園，據〈隨園記〉記載，為康熙時江寧織造隋公所建。〔註 36〕隋公即隋赫德。另有一說此園本為曹頫故園，後才歸隋赫德〔註 37〕。隨園本名作「隋園」，即是因其姓而命名。袁枚易「隋」為「隨」，是「同其音，異其義」。「隨」字的涵義，根據《易經．隨卦》，乃是指「天下隨時」之義，要人能應機而動〔註 38〕。因袁枚初得隨園時是廢園一座〔註 39〕，簡陋異常，然山水美景仍舊，與其內心對官場的抗拒相合，使他興發出「異日將官異此園」的想法，如〈初得隨園，王孟亭、沈補蘿、商寶意載酒為賀，得『園』字〉：

野徑初聞僕從喧，小倉溪上酒盈尊。
暫時邀主先為客，異日將官異此園。

〔註 36〕〈隨園記〉：「康熙時，織造隋公當山之北巔，構堂皇，繚垣牖，樹之荻千章、桂千畦。都人游者……」。詳參袁枚：〈隨園記〉，《小倉山房文集》《袁枚全集》第二冊（南京：江蘇古籍出版社，1993 年），頁 204。

〔註 37〕陳從周主編：《中國園林鑒賞辭典》（上海：華東師範大學出版社，2001），頁 982。

〔註 38〕南懷瑾、徐芹庭註釋：《周易今注今譯》（台北：商務印書館，1988 年），頁 126。

〔註 39〕袁枚初得隨園時此地已經荒廢，見袁枚與友人程魚門之書信〈答魚門〉：「當初得隨園時，草舍數間，棄之甚易。」參見清．袁枚著，王英志校點：《小倉山房尺牘》《袁枚全集》第五冊（江蘇：江蘇古籍出版社，1993 年），卷二，頁 38。或參見〈隨園記〉：「後三十年，余宰江寧，園傾且頹，弛其室為酒肆，輿臺嚾，禽鳥厭之不肯嫗伏；百卉蕪謝，春風不能花。」見袁枚著，王英志校點《小倉山房文集》《袁枚全集》第二冊（南京：江蘇古籍出版社，1993 年），卷 12，頁 204。

綠竹倚窗如有待，青山入座總忘言。

諸公莫笑柴桑陋，剛稱淵明五柳門。（卷5，頁77）

袁枚之歸入隨園，來自於不適合官場的拘束與自由生活空間之嚮往，這樣近似「歸隱」的生命抉擇，不免使袁枚聯想到歷來被稱爲隱逸詩人之宗的陶潛。袁枚在擔任縣令期間，便曾發出「何不高歌《歸去來》，也學先生種五柳！」的喟嘆。袁枚易「隋」爲「隨」，乃是在〈隨卦〉「天下隨時」的基礎上進行引伸：

當年隨大夫，對山初作屋。亭榭招雲烟，杯觴明華燭。

父老爲我言：此公殊不俗。拱手竟貽誰，何由知是僕？

迢迢三十年，重來理花竹。隨之時義大，園名不改卜。

以我今日歡，尋公往日樂。逝者如斯夫，古今同一局。

我後更何人？問山山不告。（〈隨園雜興〉，卷6，頁96～97）

袁枚基本上仍是遵從隨卦的意涵，「隨之時義大，園名不改卜」。應用在治園上，袁枚則有更具體的說明：

隨其高，爲置江樓；隨其下，爲置溪亭；隨其夾澗，爲之橋……就勢取景，而莫之夭閼者，故仍名曰『隨園』，同其音，異其義」〔註40〕

袁枚以「隨」作爲隨園建構的主要策略，即是隨著自然地勢而建築，「就勢取景，而莫之夭閼」，地勢高處便置江樓，地勢地處則置溪亭，有河流則爲之築橋，凡此皆以園內的自然地勢爲主，因勢建構，可說引伸《易經》中隨時而動之意。因而袁枚治園重在「隨之而已」，凡事隨著自然而變，但求順勢而爲，可說是貫串袁枚隨園生活的重心。然而，袁枚也清楚意識到自己歸隱隨園之舉與歷代所稱頌的陶潛是大不相同。陶淵明之歸隱田園與袁枚之建構隨園性質雖異〔註41〕，

〔註40〕詳參袁枚：〈隨園記〉，《小倉山房文集》《袁枚全集》第二冊（南京：江蘇古籍出版社，1993年），卷12，頁204。

〔註41〕陶淵明與袁枚之異同，相同處在於主動選擇退出官場，異者則在於前者爲「眞隱」，後者則屬「閒隱」（詳參本章第三節），且前者歸隱田園，後者則是建構園林，在社交活動上依舊維持與士商的往來，營造繁華的文藝生活，與陶淵明之躬耕田園大異其趣。有學者認爲

但對嚮往擁有一個個人空間的袁枚而言，這何嘗不是一個值得耕耘與使身心獲得安頓的處所。袁枚花費買下此地，著力將其建築成屬於自己的地方。袁枚強調與隨園之遇合，是一連串的巧合與偶然〔註42〕：

卜築隨園事偶然，風光冉冉竟華顛。

池開平地都成浪，手插楊枝半拂天。

九曲房櫳雲宛轉，三春士女影翩躚。

生憎一片桃花水，留住漁郎二十年。

（節錄，〈例有所避將遷滁州，留別隨園四首〉，卷23，頁470）

袁枚初得隨園，是在江寧任內。袁枚一見隨園即愛之，加上內心漸對仕宦爲官感到侷促，因著內心與美景的雙重召喚，袁枚預見自己未來

二者足以形成一種對照類型，如曹淑娟：「然而園林建構者與歸隱田園者卻又可能形成另一組對照的型態，後者的勝場在於順隨月起日落、花謝鳥鳴的自然景觀，體驗物我相安的和諧境界，而園林建構者則在挹攬山林湖水之勝之餘，更要引水注沼、疊石爲山，強調以主體意識開顯自然面貌，建構新的空間內容，進而借由命名、吟詠、書寫等活動，賦與內省性的象徵意涵，這樣的園林文學活動隨著園林藝術的精緻發展，到了明清已展現十分鮮明的特質」。參見曹淑娟：〈祁彪佳與寓山——一個主體性空間的建構〉《空間、地域與文化——中國文化空間的書寫與闡釋》（台北：中研院文哲所，2002年），頁376。

〔註42〕此種「因緣」偶然之感，不信佛教的袁枚頗爲認同，以爲世事遭際多起於偶然：如〈遭際〉（卷10，頁196）「風豈愛吹花落地，雲非肯讓月當天。要看遭際竟如此，世事悠悠總偶然」；在其歸隱隨園後所作之詩〈隨園雜興〉中亦有描述：「喜怒不緣事，偶然心所生。升沉亦非命，偶然遇所成」（節錄，卷6，頁95），又如〈偶然〉（卷26，頁571）：「偶然三月惠風靜，關住一門花氣香。學博愈增編纂累，園深時覺歲修忙。生前眼福猶嫌少，死後文名自信長。料得安排天總定，只嫌無路問蒼蒼」以「偶然」二字起興，將自己的身後名交付給上天，相信一切上天自有評斷。〈感往事有作〉（卷25，頁518）：「綺麗情懷閱歷身，青天碧海漫尋春。每看遭際千般幻，始信「因緣」兩字眞。花到手時偏不折，壁從懷後轉生嗔。暗中竟有牽絲者，笑我徒爲傀儡人」；〈落齒有悟〉（卷28，頁640）：「愛之不能生，惡之不能死。一言以蔽之：萬事偶然耳！」；〈遣懷雜詩〉（卷31，頁735）「一見動相慕，未見早相惡。問其所以然，有緣無緣故。緣法苟未終，臨死補一面……緣之所由來，其中豈無因！知者其天乎？板板偏不言。」

將長居於此。然將之建構成一個屬於自己的地方，則是眞正進入隨園生活後才逐漸生成的〔註43〕。

袁枚選擇隨園的另一原因，乃此地富含著歷史文化的意涵。趙翼〈讀隨園詩題辭〉詩曾云：「曾遊閬苑輕三島，愛住金陵爲六朝」〔註44〕。金陵爲六朝故都，其歷史淵源可想而知。袁枚初散館外任時，曾途經南京，對南京的六朝風華留下極深的印象：

> 黄金埋老變烟霞，一片長江六帝家。
> 天意兩回南度馬，秋痕滿地故宮花。
> 荆襄形勢上游遠，輦轂規模大道斜。
> 我是荒滄來弔古，手揮羽扇問年華。
>
> 登臨不盡古今情，無數青山入郡城。
> 才子合從三楚謫，美人愁向六朝生。
> 身非氏族難爲客，地有皇都易得名。
> 八尺闌干多少恨？新亭秋老月空明。
>
> （〈抵金陵〉，卷3，頁37）

袁枚來到六朝故都，自然興發一份懷古之情：「我是荒滄來弔古，手揮羽扇問年華」，此地曾有過多少才子美人、皇親王族於此駐留，自己既非氏族，不免有些自慚形穢，「身非氏族難爲客，地有皇都易得名」，可見袁枚認爲金陵有種「貴氣」，此爲袁枚對南京的初始印象。〔註45〕另外，隨園所在地相傳爲東晉謝安隱居之地的園池故址，現

〔註43〕袁枚對於隨園日後成爲一個富有個人主體情致，且愈見愛之的情景，是初見隨園時不可預知的，而是他眞正進入隨園後，逐步建構而形成。〈隨園四記〉便記載：「初得隨園時，初意亦不及此。二十年來，庸次比偶，艾殺此地，棄者如彼，成者若此。」此爲袁枚二十年後的反思，可作爲對照，正與此園「隨」之涵義暗合無間。見袁枚：〈隨園四記〉《小倉山房文集》《袁枚全集》第二冊（南京：江蘇古籍出版社，1993年），卷12，頁207。

〔註44〕清・趙翼：〈讀隨園詩題辭〉，見袁枚著、王英志校點：《小倉山房詩集》《袁枚全集》第一冊（南京：江蘇古籍出版社，1993年），頁3。

〔註45〕除了〈抵金陵〉一詩，尚有〈莫愁湖〉（卷3，頁38）與〈雨花臺〉

僅留有土墩一座供人憑弔，歷來受到許多文人吟詠，李白與王安石便是兩例〔註 46〕。袁枚得知此歷史因緣，更是使他確立選擇於此地安居的心願，如〈考志書之園基即謝公墩，李白悅謝家青山欲終焉而不果即此處也〉：

人好土亦好，一墩屬謝公。青蓮悅其景，慨然思送終。
舒王爭其名，欲住愁雷同。我領石城尹，頗有晉人風。
偶寫買山券，竟與此墩逢。疑似謝公靈，相貽冥漠中。
地美懼不稱，景闊欣難窮。將假煙巒勢，重增亭臺功。
死則李白妒，住乃安石恫。蒼生如予何？大笑東山東！
（卷 5，頁 77）

袁枚認爲若能居於此地，則彷彿能穿越時空，使李白感到妒忌，又使罷相而來的王安石感到無比的哀愁，這可說是千載難逢的運氣，這一切好似是謝安的魂靈從中牽引，使他得到此地，加上此地景色優美，因此他想將隨園建構成一個適合安居的處所，「將假煙巒勢，重增亭臺功」，在此地的自然山水上加以建築，使之成爲安居之所。袁枚感到他來此地後宛如成爲謝安，如〈隨園雜興〉一詩：

好鳥不知名，翩然四山至。村人來我前，往往有酒氣。
我有舊門生，送酒月三四。花下開酒觴，觴畢作棋戲。
一杯醉扶牀，一局敗塗地。蕭蕭新竹枝，似有扶我意。
扶起謝東山，一笑吾猶未。（節錄，卷六，頁 96）

此爲〈隨園雜興〉第九首，明顯地以謝安自居，且是「一笑吾猶未」，袁枚之開懷可想而知。就袁枚詩中隱逸指標的選擇來看，袁枚將他與隨園空間的遇合視爲宛如謝安從中牽引，加上此地多受人所讚賞，使得他願意在此定居並延續此地「人好土亦好」的歷史意義。因此袁枚儘管對仕途棄念，並未返回故土，而選擇在隨園再展生命中的另一段旅程。

（卷 3，頁 38）二詩。

〔註 46〕參見王英志：《袁枚評傳》（南京：南京大學出版社，2002 年），頁 127～128。

二、此心安處是吾鄉——故鄉與他鄉的辯證

對袁枚來說，故鄉杭州與南京隨園是他生命中的兩大座標。從袁枚歸入隨園後，來往蘇杭相當頻繁，晚年時常壯遊，杭州更是一個經常造訪的所在，然而袁枚盛年辭官，卻未選擇回歸故鄉杭州，是一個值得探究的議題。對中國人來說，受傳統「落葉歸根」的觀念影響，故鄉往往是心所繫念的地方。北宋．歐陽修〈相州晝錦堂記〉曾云：「仕宦而至將相，富貴而歸故鄉，此人情之所榮，而今昔之所同也」〔註47〕。歸鄉可說是每位遊徙在外的異鄉人共同的渴望，即使到二十一世紀的今日依舊如此。袁枚辭官歸處南京隨園，選擇不回鄉里，終至悠遊其中五十年，除可見隨園對袁枚的吸引力，似乎也代表著袁枚對傳統文化的某種叛逆性。然特別的是，袁枚儘管不返鄉里定居，但在其詩作中仍有不少忘情故土之作，晚年他更常重返西湖，如此的舉措耐人尋味。在袁枚對故鄉與他鄉的思索與辨證中，除了能夠突顯他歸入隨園的心理意涵與意義，也能夠作爲探討十八世紀的中國文人對「故鄉」與「他鄉」思考的一個案例及其特殊性。

袁枚世家慈溪，後徙錢塘，七歲又遷居葵巷，十二歲補博士弟子員，便開始離鄉爲仕途奮鬥。二十四歲進士及第，三年翰林散館後外放任官，遊徙於江蘇溧水（今南京東南百餘里）、江浦（今屬南京市）、沭陽（今江蘇省北部）與江寧（今南京南郊）四地，雖皆在江南一帶，然就交通而言仍是難題。族弟袁鑑（字春圃）於袁枚隨園雅集有文云：

> 予生也晚，方髫齡時，即知簡齋大兄，居隨園奉老母，顧錢塘白下（注：白下爲南京別稱）相距千餘里，其人其地邈隔雲烟。〔註48〕

〔註47〕北宋．歐陽修：〈相州晝錦堂記〉，《歐陽文忠公文集》（《四部叢刊初編》，台北：商務，1967年），卷40，頁304。

〔註48〕袁枚輯：〈隨園雅集圖題詠〉，（《叢書集成續編》，第116冊，台北：新文豐，1989年），頁732。

由此可知，杭州錢塘與南京雖同在江南，但仍有段距離，袁枚自遷居隨園後，便「其人其地邈隔雲烟」，可見仍是一段不算短的距離。就一般人對故鄉的繫念來說，往往是線拉得多長，點的固著力就有多大。〔註 49〕對袁枚來說，杭州作爲故鄉的繫念卻不算太深，他對故鄉杭州的繫念，主要落在葬於故鄉杭州的祖母與姑母身上。袁枚爲家中獨子，但在文獻上提及其祖父、父親的影響少，而以祖母、母親與孀姑的照養爲主。祖母對袁枚尤其疼愛，孀姑則有教育之恩。其〈秋夜雜詩〉云：「我年甫五歲，祖母愛家珍。抱置老人懷，弱冠如閨人。其時有孀姑，亦加鞠育恩。授經爲解義，噓背分餘溫。」（卷10，頁 197）袁枚可說是在以女性爲主的教養下成長，故「弱冠如閨人」，女性氣息較重，對祖母、姑母的感念也較深。即使袁枚宦成後其祖母與孀姑俱已離世，葬於故鄉，袁枚心中仍對她們有著長久的眷念，也形成他對故鄉的主要繫念所在〔註 50〕。袁枚遺囑有云：

> 杭州半山陸家牌樓，有曾祖、祖父墳、墳親霍姓，尤須親往祭奠。傍有姑母沈太夫人墳，我年八歲祖母猶抱臥懷中，沈姑母教之讀書識字，料理起居服食。今遠隔天涯，不得年年到塋奠一滴酒，清夜思之，淒然泣下。我替汝二人娶婦在故鄉，專爲此也。〔註 51〕

又有詩云：

> 歐公居潁上，瀧岡悄無人。似昧首丘義，論者常紛紛。
> 我于隨園旁，卜兆葬顯考。生壙附其間，較歐稍微好。
> 終竟大母墓，尚在西湖西。歲雖遣人祭，此心常淒淒。

〔註 49〕廖師美玉：《回車：中古詩人的生命印記》（台北：里仁，2007），頁 5。

〔註 50〕如〈秋夜雜詩〉詩云：「吾少也貧賤，所志在梨棗。阿母鬻釵裙，市之得半飽。敲門聞索負，啼呼藏匿早。推出阿母去，卑詞解煩惱。今也得君羹，歸山作烏鳥。兒已恨中年，所餐較前少。奚況白髮人，齒牙更衰老？冬筍愛今多，春蔥憶前好。極目三春暉，年年護萱草」（卷 10，頁 197）

〔註 51〕袁枚：〈隨園老人遺囑〉，《小倉山房文集》《袁枚全集》第二冊（南京：江蘇古籍出版社，1993 年），頁 2。

兩家小兒女，結婚須故鄉。庶幾寒食節，容易紙錢將。

（節錄，〈香亭弟僦居白門來往甚歡。今年服闋有仍赴蜀中別駕之行，予老矣，難乎為別，賦詩送之〉，卷25，頁522）

袁枚心中一直對其祖母、姑母的教養感念甚深，他對自己居於南京隨園若有一點不捨，就是無法年年親自返杭祭奠祖墳。儘管父親葬於隨園之側，但感念最深的祖母與姑母仍遠葬於杭州，「歲雖遣人祭，此心常凄凄」。爲此袁枚想到一個辦法，他替嫡子袁遲與嗣子袁通均娶婦杭州，便是爲了能維繫與杭州的關係。觀其晚年留別杭州故人之作詩云：

飛鳥猶自戀故都，我來心欲別西湖。
賈生詣闕當年早，丁令還鄉此日孤。
聽笛事雖隨夢遠，看花身未要人扶。
且將滿目河山意，遍訪黃公舊酒壚。

胸中屈指故人家，處處敲門日未斜。
強半兒童呼大父，相看風貌類孤花。
高談誰聽開元曲，乍到人疑博轉槎。
問比昔年台宕返，髭鬚又白幾多些？

瀧岡阡上草如因，歐九時時暗愴神。
苦爲他年謀祭掃，誓同鄉里結婚姻。
新豐雞犬多相識，故土枌榆倍覺親。
可奈西泠無片瓦，九原應恕不歸人。

班荊道故日匆匆，頃刻天涯又轉蓬。
此會自然非偶爾，他年還要遇諸公。
三千世界花同落，十二因緣事未終。
天意亦憐垂老別，連宵不起挂帆風。

（〈留別杭州故人〉，卷31，頁758～759）

從這首詩可發現，袁枚十分努力聯繫與杭州的感情，「苦爲他年謀祭掃，誓同鄉里結婚姻」，但袁枚畢竟沒有返鄉居住，且在杭州早已無田產家居。那麼當年袁枚何以沒有選擇歸返故鄉，省著心裡一再懸念，並受到鄉人的不解呢？事實上，袁枚辭官後，曾有詩提到不返鄉里的原因：

> 六載元嘉政滿，五株楊柳花低。
> 田饒黃鵠歸矣，陶潛歸去來兮。
> 朱邑桐鄉待祀，堯山員俶怡情。
> 要試官聲去後，權爲此地蒼生。
> 故土非忘西子，諸袁本重南朝。
> 讀到傳名《眞隱》，先人手似相招。
> （袁淑著《真隱傳》）（〈又作六言三章〉，卷5，頁87）

此詩作於袁枚三十三歲辭官前。從詩意來看，應是作於決定辭官那年。袁枚是先得隨園後才決定辭官，因此並未返回杭州。這種選擇在當時頗引人議論。在這首詩中，袁枚對自己不返故鄉提出說明。主要表現在其二、三首詩中。其二提到「朱邑桐鄉待祀，堯山員俶怡情。要試官聲去後，權爲此地蒼生」。朱邑桐鄉係指南京，袁枚曾任官南京，頗有政聲，雖已決定辭官，但仍「要試官聲去後，權爲此地蒼生」。可以說，南京是其熟悉的地方。袁枚特別強調他並非「忘鄉」，而是「諸袁本重南朝」，可能是指他的先人曾在南京一地隱居，有其歷史淵源。

袁枚不返鄉里的另一原因，在於逃離鄉里之人所給予的期待與誤解。袁枚曾有詩云：

> 戚里紛紛太糾纏，閑思物理忽欣然。
> 樹堪避雨多栖鳥，水不通河少泊船。
> 石佛疲津雖欲臥，雲仙捨藥且隨緣。
> 人求終比求人好，平著心看即是禪。
> （〈余久離祿仕而戚里紛紛誰諉不已，初頗厭之，既乃有悟于物理，變嗔為喜，故作是詩〉，卷25，頁510）

從這首詩來看，顯然袁枚盛年辭官曾受到鄉里之人不少的誤解與責怪。這首詩作於得隨園之後，情況依然，更別說是一開始辭官所面對的諸多不滿聲浪了。此外，鄉音的隔閡也是一因。袁枚離鄉既久，鄉音改變導致溝通困難，加以眾多親戚的不同期待，使袁枚難以招架也是一因。年過三十四歲，初歸隨園一年後的袁枚回到故鄉過新年，有詩記下與家人相聚的場景，其中便提到這種鄉音隔閡之感：

初四出官署，二十整行裝，三十抵烏鎮，初一入錢塘。錢塘到家近，心急路轉長。離鄉忘鄉音，入耳翻倘張。閽者問名姓，小犬吠籬旁。主人不復顧，直驅上中堂。阿姊扶阿父，老妻扶阿娘。眾面一齊向，雜語聲滿房。阿母向我言：「為兒道家常：我老多疾病，且喜無所妨；不如汝之父，秩膳口頗強。自汝出門後，諸親如水涼。三妹抱瑶瑟，悔嫁東家王。四妹婿遠游，季蘭尸祭忙。汝嬸自粵歸，祀竈無黃羊。舅家風淒淒，滿屋堆靈床。告汝各甘苦，便汝相伏將。」阿母言且行，手自羅酒漿。阿父為我言：「望兒穿眼眶。昨得一口信，道汝頗周詳：『初四出官署，二十整行裝，三十抵烏鎮，初一入錢塘。』新官初攝篆，米穀猶在倉。三餔與四餔，廩人未收量。汝今雖歸家，何能長居鄉？汝食大官俸，我得屋東廂。汝仰視櫨栱，千金寧低昂。荷花三十里，蔭柏復沿塘。金丸小木奴，冉冉自垂黃。老人手所植，待兒歸來嘗。」我將行赴園，有人牽衣裳。一妾抱女至，牙牙拜爺旁；佯怒告訴爺：「索乳頗強梁。」一妾作低語：「外婦宿庚桑；君毋忘菅蒯，專心戀姬姜。」老姜笑啞啞，打開雙青箱：「謂當獲金珠，而乃空文章！」阿母欲我息，吹去臘燭光。明日大母墳，長跪奠榖觴：「孫兒十八歲，懷抱猶在床。今兒得官歸，古墓生白楊。嗚乎蒼天恨，此恨何時忘！」後日走西湖，帶雨觀湯湯。我行周四岳，畢竟此無雙。悠悠笑語過，忽忽燈節忙。此身不自持，呼僕買舟航。阿母留兒子，一日如千場。勸兒加餐飯，為兒備餱糧。家園筍如玉，手烘加飴糖。春茶四十挺，片片梅花香。阿父不受拜，但指鬢邊霜。妻妾無所言，含淚不成妝；惟問幾時歸，君歸我可望。阿姊出簾拜，甥兒要同行。叔母亦唧唧：阿品交與兄。兩郎俱年少，出生別離腸。親友來一送，軟語都未遑。蕭蕭北門關，行李搖夕陽。慈烏哺復去，脊令聚復翔。鴛鴦折荷葉，織女望河梁。浮雲為鬱結，驪駒為徬徨。人生天地間，哀樂殊未央！

（〈歸家即事〉，卷 6，頁 91～92）

這首詩相當詳實生動地記下袁枚返家的場景，屬於敘事詩（narrative poetry），描寫返家時家人歡迎的諸多場景。這首詩開頭表現袁枚歸心似箭，近鄉情怯的感情，「錢塘到家近，心急路轉長」，但一到家，原本熟悉的鄉音卻顯得陌生，離鄉太久家中動物也視為是陌生人。這種描寫與唐代賀知章〈回鄉偶書〉中「少小離家老大回，鄉音無改鬢毛催。兒童相見不相識，笑問客從何處來」的描寫類似，只是袁枚並未離鄉如此久，卻已感覺到鄉音的陌生，家中剛出生的幼犬也不識己〔註 52〕。此後便是家人陸續出場，道出別後離情。母親說出別後家人情況，希望「告汝各甘苦，便汝相伏將」。父親則是說出內心的思念，但也提到「汝食大官俸，我得屋東廂」，可以發現袁枚已然是家中的支柱，家人向他抱怨索求，請求幫忙，家人反成為一種負擔。即使是小女孩拉住袁枚的衣襟的可愛場面，他的妾卻是向袁枚抱怨小女兒的食量很大。在這首詩最後袁枚要離開，自然經歷一場生離之痛，母親準備許多家常吃食，父親則不敢受拜，希望兒子早日歸來，「親友來一送，軟語都未遑」，至此皆是描述返家親人的反應，後十句詩才顯露袁枚的返家感情，他感到人生就在離家（散）與返家（聚）之間往復周旋，這種體認使浮雲也為之鬱結，驪駒也為之徬徨。「驪駒」是逸詩篇名，告別所賦之詩。袁枚最後總結「人生天地間，哀樂殊未央！」若從此詩中袁枚與家人的互動來看，可發現袁枚是被不斷需索的對象，家人對他的絮絮叨叨，多是圍繞在這種關係上。當然，這與中國人情感表達的含蓄矜持有關。若從這個角度來看，可發現這些不經意的抱怨與索求對袁枚形成一種負荷。袁枚曾有詩云「歸鞭東指日斜曛，記得山僧送出雲。園在建康家在浙，心如瑞麥兩歧分」〈寄香亭〉（卷六，頁 104），對尚未舉家

〔註 52〕J.D.Schmidt, *Harmony Garden: The life, Literary Criticism and Poetry of Yuan Mei（1716~1798）*（London：Routledge Curzon, 2003）, pp 430.

遷入隨園的袁枚來說，返鄉彷彿是一種折磨。加拿大學者 J.D.Schmidt 則認爲這首詩充滿一種隔閡之感（a problem of communication），他認爲這次返鄉並未有太多情感上的互動交流，而只有袁枚單方面地接收家中需要幫助的訊息。袁枚對家人感到既親近又遙遠，顯現一種「現代的情感結構」（a peculiarly modern sensation）〔註 53〕，也可解釋爲家人帶給袁枚一種親情與現實上的負荷。事實上，袁枚當初辭官時曾經猶豫，即在對於家人的現實生活的負擔的考量〔註 54〕，不過最終仍是忠於自身出處自主的堅持。居住故鄉杭州對袁枚來說，情感與現實的負荷太重。當他已決心逃離官場的拘束時，他並不想又跳入另一個火坑裡。借用現代人文地理學對「逃避」的看法，人類逃避的途徑主要有四個方面：（一）空間移動；（二）改造自然；（三）根據想像建造出有特定意義的物質世界，用於滿足某種精神需求，如神殿、廟宇，藉助如此建築，人可以在心理上逃避對現實世界的不滿；（四）創造精神世界，如傳說與童話。〔註 55〕袁枚是以透過空間的移動，創造一個精神世界與物質世界並存的隨園空間，在其中自成天地。但這並非意指袁枚對故鄉杭州毫無感情，而是透過不同方式的轉化保存下來：

余離西湖三十年，不能無首丘之思。每治園，戲仿其意，

〔註 53〕參考嚴志雄對於 J.D.Schmidt 之著作書評與 J.D.Schmidt 的說法。詳參嚴志雄：〈書評〉《漢學研究》第 23 卷第 2 期（2005 年 12 月），頁 511～521。

〔註 54〕參〈雜詩八首〉：「入山愁我貧，出山愁我身。我貧猶自可，所愁戚與親；我身猶自可，所愁吏與民。出處難自擇，請以詢家人。父母聞作官，勸行語諄諄；妻妾聞作官，膏我新車輪；僮僕聞作官，執鞭追後塵。我意獨不然，亦非慕隱淪。朝來見縣令，三十鬢如銀。勞苦未得息，大吏猶怒嗔。況我挂其冠，此骨已崚峋。從前後行船，已據要路津。而我復重來，相見殊逡巡。所恨年齒少，眾論猶紛紜：『婦少難守節，日長難關門。』掩耳且捉鼻，痛飲求昏昏。」（節錄，卷 7，頁 118。）

〔註 55〕段義孚：《逃避主義》（台北：立緒，2006 年），於內容簡介，未標頁碼。

爲堤爲井，爲裏、外湖，爲花港，爲六橋，爲南峰、北峰。當營建時，未嘗不自計曰：以人功而仿天造，其難成乎？縱幾於成，其果吾力之能支，吾年之能永否？今年幸而皆底於成。嘻！使吾居故鄉，必不能終日離其家以游於湖也。而玆乃居家如居湖，居他鄉如故鄉。（〈隨園五記〉）〔註 56〕

袁枚曾云：「枚常謂物性即人性也，草木萌芽，難忘情於故土；人生發軔，多回首于恩門。」〔註 57〕對袁枚來說，難以忘情故土乃人之本性，但故鄉有太多現成的積累與負擔，他更想要一個屬於自己，可以自我建構的地方，因此袁枚儘管對故鄉有某種眷戀，但加以改造保存才是他想要的。袁枚將南京隨園仿故鄉杭州西湖景致興築，反而更能與記憶中的西湖長相廝守。使「居他鄉如故鄉」是袁枚懷鄉的方式，且「金陵久住似故鄉」〔註 58〕。袁枚所懷念的故鄉、眞正的兒時的故鄉已經消逝，只能在夢中找尋。晚年袁枚時常重返杭州，返鄉的心情又大爲不同：

肩輿望見聖湖烟，觸目景生故國天。
不是還鄉是尋夢，一丘一壑總纏綿。
雖名故土全無屋，且喜殘春尚有花。
笑挈姬人住僧舍，不成孤客不成家。
安排游計首頻搔，客裏光陰怕寂寥。
晴日尋山雨尋客，不教孤負一春宵。
成見年來久不存，麻鞋隨處踏芳塵。
朱門蓬户無分别，只要能容自在身。
（〈入武林城〉，卷 26，頁 544）

〔註 56〕袁枚著，王英志校點：《小倉山房文集》，《袁枚全集》第二冊（南京：江蘇古籍出版社，1993 年），卷 12，頁 208。

〔註 57〕袁枚：〈寄嵇黼庭相國〉，《小倉山房尺牘》，《袁枚全集》第五冊（南京：江蘇古籍出版社，1993 年），卷 4，頁 69。

〔註 58〕〈送望山相公入閣詩〉（卷 19，頁 380）：「金陵久住似故鄉，此別知公也斷腸。蕭寺鶯聲何處聽，栖霞山色位誰倉？水寬魚忘遊時樂，春好花留過時香。卅載軍民如一夢，東風吹淚滿甘棠。」

袁枚畢竟離家已久，人事全非，「故鄉翻與異鄉同」〔註59〕，返鄉的意義在追尋記憶的碎片，「不是還鄉是尋夢，一丘一壑總纏綿」。重要的是，因著與故鄉的遙隔，袁枚更能沒有負擔地欣賞杭州的一切，尤其是西湖的美景：

> 游山如讀書，少年力不努。垂老意愴然，亟亟還思補。
> 我本西湖人，久離西湖土。當其家居時，頗爲一城阻。
> 及乎宦遊後，更覺相思苦。我乃白頭來，卜寓在湖所。
> 有如久飢人，見物思盡取；又如矍鑠翁，餘勇必盡賈。
> 朝將湖烟吞，暮把湖月吐。行湖一枝笻，蕩湖兩枝櫓。
> 湖意亦歡迎，浪花如雪舞。（〈西湖德生庵小住〉，卷26，頁544）

此爲袁枚六十四歲〔註60〕返杭所作。當袁枚仍住在杭州時，西湖美景不能常見「當其家居時，頗爲一城阻」；當袁枚遠離杭州後，重返已沒有在其中的生活拘束，而純粹是以一位旁觀者或是遊客的心態觀看西湖，反而可以盡情地享受西湖美景。故鄉杭州畢竟是一個懷念的地方，而非長久的居所。那麼袁枚的「家」究竟在何處呢？對袁枚來說，隨園正是這樣的一個地方：

> 小倉山爲一家青，繞向吾廬作畫屏。
> 病起翻書如訪舊，春來養竹勝添丁。
> 幽蘭九畹披香坐，啼鳥雙柑帶笑聽。
> 半角湘簾鉤暫捲，楊花隨客入空庭。
>
> 身居弘景三層閣，家住香山八節灘。
> 愁踐落花時讓路，愛生春水獨憑欄。
> 朱藤架老蜂喧早，薜荔牆高蝶過難。
> 呼與園丁作《僮約》，幾痕新雨試魚竿。
>
> 心事山居日日幽，風廊水榭足閑游。
> 侵晨試墨書蕉葉，趁月彈琴上竹樓。
> 雙對飛時知蝶喜，十分開處替花愁。

〔註59〕〈還武林出城作〉（卷12，頁225）

〔註60〕根據詩集繫年，此詩作於六十四至六十五歲之間，但細考年譜，袁枚返杭時年六十四歲，此詩應爲初至杭州所作，故斷爲六十四歲。

鸞臺婢子解人意，勸放神仙藥玉舟。

蕭蕭水木湛清華，萬綠浮空塔影斜。
屋滿引來書帶草，家貧開瘦牡丹花。
無求每覺人情厚，有命方知我志差。
權作神仙天際想，北窗跂腳鼓琵琶。

碧雲英與玉浮梁，酌向花神奏綠章。
謚作洞簫生有願，化爲陶土死猶香。
春光解戀身將老，世味深嘗興不狂。
愛殺柔奴論風物，此心安處即吾鄉。(〈春興五首〉，頁206～207)

這首詩寫於乾隆二十年（1755 B.C），袁枚四十歲，這一年隨園基本建築完成〔註61〕，袁枚始移家入隨園，隨園便成爲「家」之所在。春天的隨園充滿袁枚喜愛之物，「春光解戀身將老，世味深嘗興不狂。愛殺柔奴論風物，此心安處即吾鄉」，對袁枚來說，此心安處即是吾鄉。杭州有太多情感與現實的負荷，甚至於議論的紛擾，使得袁枚選擇在他鄉重新開始，雖然有著親情上的繫念與鄰里的不解，卻仍阻擋不了袁枚別創一個生活空間的渴望。袁枚選擇居他鄉別創天地，維繫對故鄉既疏遠又親近的距離，某種層度上也體現袁枚對個人自由的重視，如 J.D Schmidt 所言，確實很符合「現代的情感結構」。

第三節　安居隨園——自我價値體系的重構

一、靜掩柴門自策勛：自我肯定的機制

當袁枚盛年便辭離官場，自主偏離了主流的道路，即是捨棄了原有的價値體系，轉換了身分與地位，從官員而至平民，整個生命的重心也隨之轉移。先前曾論及，袁枚將官場與草野視爲對等的體系，遂可以輕易地將生命目標由經營官場轉向生活的經營，然而這

〔註61〕關於隨園的營建過程，第三章會進行完整的論述。

樣的生活型態仍然需要新的價值體系支持。對明清文人來說，此種自我價值體系的重構有著特殊的意義。明清史學者王鴻泰認爲：

> 明清士人的「閒隱」理念，並非只是一種消極性的泊淡人生觀，而是具有對抗世俗世界，顛覆既有社會價值，別創人生境界的意圖。明清文人試圖藉此離異於由科舉制度所支配的世俗世界，重新架構時間與空間，開闢出一個非世俗的「異境」，再將自己的人生重新投注其中，從中重新開創自我，營造「不俗」的生活形式、人生價值與生命意義。〔註62〕

袁枚雖無提出「閒隱」這個觀念，但他的隨園生活確實體現這種生命型態。對袁枚來說，隨園正是一個「離異於由科舉制度所支配的世俗世界」，有著如同「異境」、「世外」的空間意義。換言之，在隨園的生活空間內，再也沒有一個來自於外在的策勵者，沒有來自朝廷的桂冠加冕，沒有來自吏民的擁護愛戴，在什麼都沒有的情況下，袁枚必須重構一個自己的生命價值與意義，選擇「自我策勛」。袁枚作爲一位詩史上少有的「專業」詩人〔註63〕，其所欲營造的隨園世界，遂選擇以詩歌作爲最高的策勛：

> 雲錦淙邊折樹枝，枕烟庭上寫烏絲。
> 顏含性命無勞卜，表聖功勛只賞詩。
> （〈山居絕句〉，卷9，頁161）

> 一樓書卷萬花熏，靜掩柴門自策勛。
> 寄語公卿休剝啄，名山高不借風雲。
> （〈閑寫五絕句〉，卷10，頁190）

〔註62〕王鴻泰：〈明清間士人的閒隱理念與生活情境的經營〉，《故宮學術季刊》第24卷第3期（2007年），頁1。

〔註63〕袁枚認爲「專精」相當重要，詩與文的創作難以兼擅，宜選擇一項而深入，方能有成，這爲袁枚被視爲專業詩人的一個重要原因。事實上，袁枚亦兼擅其他文類，例如古文、小說等。宗穀芳稱袁枚「時先生正以詩古文詞樹壇砧江南」。詳見宗穀芳：〈後序〉，錄自袁枚《小倉山房文集》《袁枚全集》第二冊（南京：江蘇古籍出版社，1993年），頁7。

在第一首詩中，袁枚提到「表聖功勛只賞詩」，係指自己與司空圖一樣，是以「賞詩」的事業爲重；在第二首詩中，袁枚則提到自己不以外在世界的標準爲評斷，而是「靜掩柴門自策勛」，選擇以自己的方式重建價值。換言之，在隨園世界中，袁枚認爲最高的策勛與獎賞是一種環繞著書香（閱讀、創作）與花香（園林、自然）的生活境界：「一樓書卷萬花薰」。特別的是，這本身即是一種可以實踐的生活理念，而不是某種崇高無邊的理想。對袁枚來說，這是生活，而非目標。因此袁枚用心經營隨園生活，不斷地閱讀、創作，甚至出版，終至營造一種「一樓書卷萬花薰」的隨園世界。袁枚在另一首詩中也提到自己此種價值觀的轉移：

嗟余秉微尚，恥以文字垂。少小氣蓋世，於書靡不窺。
上探皇王略，下慕管、樂才。天文及陣法，一一窮根荄。
年歲日以增，志氣日以卑。靜觀天下事，非我所能爲。
方策雖宛在，詩書多余欺。瑤臺無蹇修，陽文空好姿。
靈龜曳其尾，掉首還丹池。不求勛萬笏，但求酒一巵。
歲月花與竹，精神文與詩。名傳吾不管，不傳吾不知。
千秋萬歲中，吾意盡於斯。（節錄，〈秋夜雜詩〉，卷 10，頁 198）

未入隨園之前，袁枚便已熱愛閱讀：「少小氣蓋世，於書靡不窺」，但卻也逐漸領悟到「方策雖宛在，詩書多余欺」。換言之，以往讀書賦詩往往有著外在的誘因，例如功名，亦或是爲了經世濟民，然而袁枚選擇不管外在的名利策勛「不求勛萬笏，但求酒一巵」，而將歲月投注在隨園的經營中，在閱讀與詩歌創作裡「歲月花與竹，精神文與詩」。不是爲了別人，這是爲了自己。

事實上，袁枚自有隨園後，隨園便成爲他的生活中心，是自有其軌道的獨立宇宙。即便是在他晚年頻繁地四處遊歷時，袁枚仍對隨園心心念念，留下眾多留別隨園的詩作，若說以隨園作爲袁枚的宇宙中心並不爲過。隨園給予袁枚一個可以實踐生活理念的場域，所以袁枚對外在世俗世界的興趣便大爲降低。袁枚初得隨園時，大多的時間都待在園內，袁枚有詩云：

自得隨園户懶開，三年車馬長莓苔。
謝安尚有東山夢，江左空懷管子才。
秋氣漸催雙鬢改，夕陽親送六朝來。
征鴻心事無人識，飛去長天首不回。（〈偶成〉，卷 7，頁 119）

在這首詩中，袁枚依舊是以謝安自喻：「謝安尚有東山夢，江左空懷管子才」，回顧歷史，謝安空懷隱居的夢想，決定出山挽救時局，卻仍無法抵擋時代的侵頹。如今袁枚的東山夢已經實踐，「自得隨園戶懶開，三年車馬長莓苔」。袁枚至此對外在政事再也沒有任何興趣：

柳州難起甓浮圖，久把朝衫質酒壚。
弓弛更張弦易朽，舟橫不渡棹俱無。
（〈有借朝衣者，戲題一詩與之〉，卷 11，頁 218）

可以說，隨園就是一個自給自足的世界，袁枚選擇了不以外在的標準，而是以詩歌作為最大的功績，以讀書與賦詩為畢生職志。這種的價值體系，袁枚自己也說「旁觀俱咄咄，自笑亦渠渠。不知千載後，謂我為何如？」〔註 64〕儘管在當代找不到知音，袁枚則將此期待放在千年之後，期待總有人可以理解。

二、著作為生涯：以詞章之學抗衡主流思潮

在思考重構自我價值體系的同時，袁枚也在思索該如何對外在環境的要求提出抗衡之道，袁枚想到的是讀書與書寫。讀書與書寫（詩文皆含，但以賦詩為主）可說是其生命中最重要的兩件事。後者廣義來說亦可稱之為「文章之學」。「文章之學」與「考證之學」、「義理之學」截然不同。就性質來說，較接近於今日所謂的「文學創作」，詩文皆包括在內。袁枚身處的乾嘉時期，是以考證之學為主流，學術目標則為「經世濟民」〔註 65〕。受此風影響，乾嘉詩壇也

〔註 64〕〈雜詩八首〉，卷 7，頁 118。
〔註 65〕乾嘉時期的經史考據學之興，始於明末清初儒者對明季心學流於束書空談的一種反動，如顧炎武便是其中大家。參梁啓超，《清代學術概論》（上海：上海古籍，2006），頁 11～12。

沾染考據之風，且因經史之學盛行之故，詩文的地位愈趨低落。袁枚《隨園詩話》便有兩則關於當時詩壇受考據之風影響的記載：

近今崇尚考據，吟詩犯此病者尤多。趙雲松觀察嘲之云：「莫道工師善聚財，也須結構費心裁。如何絕艷芙蓉粉，亂抹無鹽臉上來？」〔註66〕

王夢樓云：「詞章之學，見之易盡，搜之無窮。今聰明才學之士，往往薄視詩文，遁而窮經注史。不知彼所能者，皆詞章之皮面耳。」〔註67〕

經史考證之學在乾嘉時期的興盛，有其時代氛圍與學術發展趨勢之影響。乾隆三十八年（1773 B.C）清高宗開四庫館，歷時十五年，至乾隆五十二年（1787 B.C），初就全秩，再經六年修訂增補，至乾隆五十八年（1793 B.C）始完全底定，此一文化工程需要極多經史學者協助。此後高宗又修《一統志》、纂《續三通》、《皇朝三通》等等，皆促成經史考據之學的興盛，而詞章之學則日漸衰落，甚至受考據學風的影響。趙翼對詩壇沾染考據習氣的情況不以爲然，嘆道「如何絕艷芙蓉粉，亂抹無鹽臉上來？」；王文治則是認爲「窮經注史」不過是「詞章之皮面」，對當時詞章之學的沒落深感不滿。不同於趙翼與王文治是以較理性的態度表達對考據之學學風的不滿，袁枚則是更爲直接、激烈地表達他的想法，如〈考據之學莫盛於宋以後，而近今爲尤。余厭之，戲仿太白《嘲魯儒》一首〉詩云：

東逢一儒談考據，西逢一儒談考據。不圖此學始東京，一丘之貉于今聚。堯典二字說萬言，近君迷入公超霧。八寸策訛八十宗，尊明堨堨強分疏。或爭關雎何人作，或指明堂建某處。考一日月必反唇，辨一郡名輒色怒。干卿底事漫紛紜，不死飢寒死章句？專數郢書燕說對，喜從牛角蝸角赴。我亦偶然頗學焉，頃刻揮毫斷生趣。撏扯故紙始成

〔註66〕袁枚著，王英志校點：《隨園詩話》，《袁枚全集》第三冊（南京：江蘇古籍出版社，1993年），補遺卷9，頁786。

〔註67〕袁枚著，王英志校點：《隨園詩話》，《袁枚全集》第三冊（南京：江蘇古籍出版社，1993年），卷6，頁180。

篇，彈弄雲和輒膠柱。方知文字本天機，若要出新先吐故。……男兒堂堂六尺軀，大筆如椽天所付。鯨吞鰲擲杜甫詩，高文典冊相如賦。豈肯身披膩顏袷，甘逐康成車後步！待至大業傳千秋，自有腐儒替我注。或者收藏典籍多，亥豕魯魚未免誤。招此輩來與一餐，鎖向書倉管書蠹。（卷31，頁733）

袁枚於詩中直接表明自己對經史考據的厭惡，文句充滿嘲諷與不屑。詩中提及他曾經學習經史考據之學，但逐漸對「摴扯故紙始成篇，彈弄雲和輒膠柱」的研究方式表示不滿，而從中領悟到「文字本天機，出新先吐故」之理。此理並非苛求於字句，拘泥於古人，而應該是「陳迹何妨大略觀，雄詞必須自己鑄」。袁枚並非反對故學，而是認爲「吐故」乃是爲了「出新」，而非本末倒置。然而清代科考仍是以四書、五經爲底本，以程朱之學爲尊，經史考據之學又有經世致用之效，當時文人紛紛投入是有其必然性。盛年歸隱的詩人都曾經歷過科考的試煉，也都曾仕宦任官，然卻對於經史考據之學有著一致的不滿，而多傾心於詞章之學，即使賦詩爲文對其前途無所裨益。袁枚對考證之學的批判，主要來自考證無法展現個人意志，只能亦步亦趨地在經典裡探求、研究，這也是他所不擅長的。袁枚曾自云：

僕不敢自知天性所長，而頗自知天性所短，若箋註、若曆律、若星經地志、若詞曲家言，非吾能者，決意決之，猶恨其多愛而少棄也。〔註68〕

袁枚相當重視個人意志的展現，就創作而言，他認爲「雄詞必須自己鑄」，其對於乾嘉流行的考據之學不滿可以想見。在袁枚心中，眞正的「詞章之學」乃是個人性情的展現，且是千秋之大業。袁枚相信自己有此才華可以達成，他可以「文章報國」：

〔註68〕袁枚：〈答友人某論文書〉，《小倉山房文集》，《袁枚全集》第二冊（南京：江蘇古籍出版社，1993年），卷19，頁318。

嘗謂功業報國，文章亦報國，而文章之著作爲尤難。掖之進，知己；勸其退，亦知己；而勸退之成全爲尤大。公疑僕祿有餘羸，故欲退居以自怡，似又非知僕者。僕進有事在，退有事在，未必退閑于進。且所謂文章報國者，非必如〈貞符〉、〈典引〉刻意頌腴而已；但使有鴻麗辨達之作，踔絕古今，使人稱某朝文有某氏，則亦未必非邦家之光。僕官赤緊以來，每過書肆，如渴驥見泉，身未往而心已赴。得少休焉，重尋故物；或未干賢者之譏乎？……若夫僕之所自信者，則固有在矣。……僕幼學徐、庾、韓、柳之文及三唐人詩。每搖筆，覺此境非難到；苦學植少，讓古人之我先，醜焉以早達爲悔。行且就去，將從事焉，盡其才而後止，不比立功名束手而聽之天也。捨得爲不爲，當可去不去。公其謂我何？〔註69〕

對袁枚來說，文章與功業一樣足以報國，甚至比世俗功業更有價值。重要的是，這是他自己可以掌握的，而不必聽命於天。袁枚之辭官，認爲自己「行且就去，將從事焉，盡其才（係指文學之才）而後止，不比立功名束手而聽之天也。」由此可知，在袁枚的價值體系中，創作導向的「文章之學」是擺在第一位。袁枚選擇以「文章之學」爲終身職志：

三寸鼠鬚筆，千秋爭名家。譬如一鮒魚，而祝轂百車。
參軍圖作佛，毋乃願太奢！可奈日與月，已如赴壑蛇。
傳名無竹帛，成仙無丹砂。賴此文字間，著作爲生涯。
後人就知我，卑卑已可嗟。萬一再蹉跎，輪回可恃耶？
（其一）

讀書不手記，一過無分毫。得句忽然忘，逐之如追逃。
見書如見色，未近已心動。只恐橫陳多，後庭曠者眾。
所以某日觀，手自識其腦。能得幾緉屐，此意亦苦惱。
（其三）

〔註69〕袁枚：〈再答陶觀察書〉，《小倉山房文集》，《袁枚全集》第二冊（南京：江蘇古籍出版社，1993年），卷16，頁269～270。

平生多嗜欲，所憎惟樗蒲。酒味與絲竹，勉強相支吾。
其餘玩好類，目擊心已慕。忽忽四十年，味盡返吾素。
惟茲文字業，兀兀尚朝暮。晨起望書堂，身如渴猊赴。
高歌古人作，心覺蛾眉妒。自問子胡然，不能言其故。
（其六）（節錄〈偶然作〉其一、其三與其六共三首，卷13，頁241）

〈偶然作〉一詩作於袁枚四十二歲，此詩共十二首，以書寫袁枚的隨園生活與生命態度爲主，其中三首論及寫作援爲例。第一首詩寫到袁枚對於寫作的態度「賴此文字間，著作爲生涯」；第二首則自陳：「見書如見色，未近已心動」，且深怕過目即忘，在讀書一事上用力甚深；第三首則提到自己的興趣廣泛，但「忽忽四十年，味盡返吾素」，因而還是回歸到「文字業」上，甚爲熱情，朝朝暮暮。甚至讀古人作品時還會心生嫉妒，大約是覺得難以企及的緣故。由此可知，袁枚不再以天下國家爲己任，而是以「著作爲生涯」，以讀書爲職志。袁枚曾在自己獲朝廷終養核准的詩作中提到：

一紙《陳情》奉版輿，九重恩許賦《閑居》。身依堂上衰年母，日補人間未讀書。花竹千行環子舍，牙籤四面繞吾廬。此中便了幽人局，門外浮雲萬事虛。（〈喜終養文書部覆已到〉，卷10，頁202）

對袁枚來說，著作與讀書相輔相成，相得益彰，於此「此中便了幽人局，門外浮雲萬事虛」，除此之外的便如同天上浮雲，終將飄散。正因如此，袁枚對自己創作的出版與保存便相當重視。袁枚一生的著作甚多，編輯的作品亦不少，目前現存爲袁枚本人的作品便有十種〔註70〕。袁枚親自編選自己的詩集，便有詩云：

不負人間過一回，編成六十卷書開。
莫嫌覆瓿些些物，多少功勛換得來！
幾年學道斂心情，幾度刪除仗友生。
到底難消才子氣，霜毫觸處怒花生。
七齡上學解吟哦，垂老燈窗墨尚磨。

〔註70〕詳見王英志：〈前言〉，《小倉山房詩集》《袁枚全集》第一冊（南京：江蘇古籍出版社，1993年），頁10～14。

> 除卻神仙與富貴，此生原不算蹉跎！
> 學問原知止境難，其如雙鬢已凋殘。
> 強顏且付麻沙本，一任春秋萬目看。
> （〈《全集》編成，自題四絕句〉，卷 24，頁 503）

對袁枚來說，著作比任何世俗功勛更有價值，「莫嫌覆甕些些物，多少功勛換得來！」換言之，袁枚是以讀書與書寫作爲生命職志，這是可以積極掌握的。

從袁枚選擇盛年辭官，選擇隨園，袁枚的生命目標與意義便有了結構性的改變，隨園成爲他個體實踐的唯一場域。換言之，袁枚必須開始另一種生活情境的經營，便是他所構築的隨園世界，而「安居隨園」遂成爲袁枚詩歌表現的主要精神所在。因而對袁枚如何經營隨園與其在隨園中的生活進行瞭解，是理解袁枚詩的重要基礎，也是極爲必要的。王鴻泰先生曾云：

> 探究文人文化之內容與發展，需要將之歸納於個人生活情境的經營與社會文化情境的發展這個脈絡下來思考，從這個具體的生活面出發來思考文化的內容、形式及發展的問題，才能對文人文化有全面地、結構性的理解，而如此理解文人文化也正是切入明清社會文化、深入理解內涵與發展的要訣。〔註 71〕

其中所謂個人生活情境的經營，正是指袁枚對於隨園的經營與生活；至於社會文化情境的發展脈絡，則是指袁枚隨園生活所產生的社會意義。當然就袁枚來說，個人生活經營的意義遠大於所產生的社會意義，後者是附帶產生的效益而已。可以說，隨園提供袁枚一個生活空間，讓他在其中生活並進行詩歌創作，兩者相輔相成，其隨園生活中提供我們一個窗口探究其文化內涵，並思索這種生活型態對其詩歌、詩論與生命的價值意義。

〔註 71〕王鴻泰：〈明清間士人的閒隱理念與生活情境的經營〉《故宮學術季刊》第 24 卷第 3 期（2007 年），頁 2。

小　結

袁枚在三十三歲以盛年之姿選擇辭官歸隱，脫離了慣常人生的軌道，既不返鄉里，又非刻苦隱居，其獨特生命抉擇的背後正是袁枚以一己生命所實踐的生命哲學。本章試圖探究袁枚選擇盛年歸隱隨園背後的心理成因與生命思考，進而思索隨園生活在袁枚生命轉向所代表的價值意義，論點如下：

一、袁枚之所以盛年脫離官場，來自於對官場本質的深切體認。對於官宦生涯，袁枚是以一己生命的長度來進行關照，因而體認官場短暫且現實的本質；在不到十年的官場體驗中，袁枚則深感「宦情風景兩難勝」，基於對一己生命自由價值的珍重，袁枚寧可選擇忠於自我。

二、在官場與草野的辨證上，袁枚基本上視二者為兩個對等的價值體系，因而袁枚不以自己辭官為高，也不以自己屬於此種隱逸傳統。這種生命的轉向對他來說不成問題，經營隨園生活與經營官場生活具有同等的價值。基於此種思考，袁枚續以詩歌體現一種及早「回車」的生命哲學，知道自己何時該進，何時該退，一己的出處行藏惟自己才能作主。這是一種對個人出處自主的堅持。就袁枚來說，及早入仕始能及早抽身，官宦生活是一種必要的體驗，卻不是理想的生活方式。「挂冠偏與少年期」才是袁枚認為最理想的人生抉擇，如此才能提早過自己想過的生活。「晚香偏早聞，豈不高一籌？」正是此種思考的展現。

三、袁枚辭官卻不返鄉里，選擇安居小倉隨園，從袁枚與隨園遇合來看，實是出於一種偶然。然而正是這種「隨時而變，應機而動」的特質讓袁枚對隨園一見傾心，進而捨官取園；從歷史因緣的角度來看，南京具有豐富的歷史淵源，且隨園舊址又是東晉謝安故址，這些都是促使袁枚選擇在隨園「東山再起」，再展生命的另一段旅程。

四、在故鄉與他鄉的辨證上，袁枚對故鄉杭州實保持一種既疏遠又親近的距離。袁枚辭官卻不返故土，曾遭遇不少的責難，實是故鄉親友對袁枚辭官歸隱的無法理解與袁枚對於家庭的責任使得他對返杭感到卻步。袁枚定居南京隨園後，堅持二子必須娶妻杭州，正好體現袁枚與杭州既已疏離又必須親近的關係。袁枚選擇與故鄉保持距離，將鄉愁加以改造保存於隨園中，使「居他鄉如故鄉」，如此才能盡情地享受西湖美景，又能保有自己的一方自由天地，此種思考頗符合現代的情感結構。

五、袁枚選擇安居南京隨園，在這個不受政治干涉的一方世界中，袁枚勢必重構一己的生命價值與意義，並適時與外在世界進行抗衡與對話。袁枚選擇不以外在世界的標準進行評判，而是以詩歌作爲自我最高的策勵，營造「一樓書卷萬花薰」的生活世界。這是一種可以實踐的生活方式，而非難以企及的理想目標。面對外界世界以經世濟民的乾嘉學術爲習尚時，袁枚直接表示厭惡與不滿，進而提出自己認爲眞正的文章「雄詞必須自己鑄」，詩文皆然，袁枚選擇以書寫捍衛這種文學價值，且認爲著作比起任何世俗功勛來的更有價值，且是自己有能力掌握，不必聽命於天者。

第三章　安處生命主體——作爲生活空間的隨園

袁枚選擇壯年退居隨園，無官無職的袁枚遂以隨園作爲其生命的安居處所，並逐步將之改造成心目中的理想之地。除了園林建築上的逐步建構，袁枚也學習在隨園的一方天地中悠遊生活，除了自身的踐履，袁枚更將隨園的生活節奏體現於詩歌之中，二者逐步相互定義，遂成爲今日詩歌中所見之隨園。本章所欲探究的，正是袁枚如何在隨園的營建中展現其生命智慧，如何試圖賦予隨園生命；其次則是袁枚如何運用詩歌再現隨園，其書寫策略與生活模式的表現意涵；最後則是探討袁枚在隨園中所展開的親情與愛情，最終則討論袁枚安居隨園所開展的意義。

第一節　隨園建築的主體性

當袁枚三十三歲受到南京隨園的吸引，以三百金買下隨園，並遷入生活後，隨園這座園林遂成爲袁枚生命的重心。就中國園林文學的發展來說，園林一直是一個別具意義而且特殊的生活空間，其型態與樣貌隨著時代而繁複多變，從漢代的宮廷苑囿，到唐代的文人別業，再至明清江南一帶眾多的私人園林，園林建築遂逐漸發展出其獨特的內涵與文化，特別是文人所賦予的空間意涵與文化書寫，尤以明清最盛。〔註 1〕明末清初祁彪佳之於寓園的書寫便是一例。〔註 2〕入清以後，江南一帶的園林依舊繁盛，名園極多，據晚於袁枚的錢泳（1759～1844）〔註 3〕所著《履園叢話》的記載，便有高達五十多座的私家園林，隨園亦名列其中。〔註 4〕值得注意的是，錢泳提及清代文人對造園的定義與何謂「名園」的看法，頗可見清代文人對於造園之看法：

> 造園如作詩文，必使曲折有法，前後呼應，最忌推砌，最忌錯雜，方稱佳構。園既成矣，而又要主人之相配，位置之得宜，不可使庸夫俗子駐足其中，方稱名園。今常熟、吳江、崑山、嘉定、上海、無錫各縣城隍廟俱有園亭，亦頗不俗。每當春秋令節，鄉傭村婦，估客狂生、雜遝歡呼，說書彈唱，而亦可謂之名園乎？
>
> 吾鄉有浣香園者，在嘯傲涇，江陰李氏世居。康熙末年，布衣李芥軒先生所構，僅有堂三楹，曰恕堂。堂下唯植桂樹兩三株而已，其前小室，即芥軒也。沈歸愚尚書未第時，

〔註 1〕參劉鳳雲：〈清代文人官僚與城市私家園林的興衰〉，《故宮博物院院刊》第 1 期總 93 期（2001 年），頁 48。

〔註 2〕可參考曹淑娟：《流變中的書寫——祁彪佳與寓山園林論述》（台北：里仁，2006 年）

〔註 3〕錢泳，生於乾隆二十四年（1759），卒於道光二十四年（1844）。初名鶴，字立羣，號台仙，一號梅溪，江蘇金匱人。能詩，工書，尤長隸書。其著作甚多，有《說文識小錄》、《守望新書》、《履園金石目》、《梅溪詩鈔》、《蘭林集》等。錢泳一生作官未至顯赫，長期作爲幕客，故足跡遍及大江南北，見聞較廣，交往人物亦多。《履園叢話》一書所載多爲錢泳親身經歷，敘事詳實可靠，屬清人筆記中較有參考價值的一種。詳參張偉：〈點校說明〉，見清．錢泳《履園叢話》（北京：中華書局，1997 年），第一冊，頁 1～7。

〔註 4〕《履園叢話》共分二十四卷，其中一卷爲「園林」，是以錢泳遊歷大江南北的實地考察紀錄爲主，共載五十五座園林，並以二十個地理區進行分類，如京師、江南、蘇州、常熟等，分區進行介紹，論其時代興廢與個人淵源。其中江南地區列名第一的便是隨園。詳見張偉：〈點校說明〉，見清．錢泳《履園叢話》（北京：中華書局，1997 年），第一冊，頁 1～7。

嘗與吳門韓補瓢、李客山輩往來賦詩于此，有《浣香園唱和集》，乃知園亭不在寬廣，不在華麗，總視主人以傳。〔註 5〕

前則提到造園如同作詩文，重曲折有致，方稱佳構，而且重要的是「要主人之相配，位置之得宜，不可使庸夫俗子駐足其中，方稱名園」，即此園主須與此園相配。第二則便舉了浣香園爲例，雖此園規模不大，但曾有如沈歸愚等人來此賦詩，是亦增光，故得出一結論「乃知園亭不在寬廣，不在華麗，總視主人以傳」。足見園林之盛之美，在於「人」的因素居多，其中自然是以園主最爲重要。事實上，袁枚對於隨園之建構與經營，也集中心力在園林的建構與突顯其主體意涵上，即是所謂「主體性空間」〔註 6〕之建構。袁枚著有六篇隨園記詳載構園的始末與理念，並在詩歌作品中巨細靡遺地提及隨園的興建過程便可窺知。袁枚對於隨園的逐步建構，亦可體現袁枚與隨園相互定義的繁複過程。因此以下將以袁枚如何營建隨園進行論述，首先藉由袁枚個人對於隨園建構的文本進行理解，從其對於隨園的構築策略體現袁枚對隨園空間的思考與價值；其次則是思考袁枚如何突顯隨園的空間特色，並且如何書寫隨園內部的活動。此外，隨園作爲一個生活空間，袁枚如何對隨園進行內部局部的布置，使得袁枚能夠在隨園內度過漫漫長日而不感到寂寞，最後則是試圖展顯袁枚安居隨園所呈現的價值意義。

〔註 5〕清・錢泳：《履園叢話》（北京：中華書局，1997 年），第二冊，頁 545～546。

〔註 6〕所謂「主體性空間」之建構，原出於人文主義地理學的說法，若應用在文學研究中，則關注人與空間的互搆關係，考查人如何透過藝術媒界（書寫、繪畫均含括在內）建構一個富有主體意識的空間。關於人文主義地理學的理念，參考段義孚：《經驗透視中的空間與地方》（台北：國立編譯館，1998 年）；以主體空間建構考查文學作品的研究，可參考曹淑娟：〈祁彪佳與寓山——一個主體性空間的建構〉《空間、地域與文化——中國文化空間的書寫與闡釋》（台北：中央研究院文哲所，2002 年），頁 373～420。

一、起伏寓文心：隨園營建與構築法則

袁枚自三十二歲得南京隨園，至八十二歲離開人世，隨園一直是其生活重心。隨園的營造更是其生活的一部份：「山居無所事，遁土復遁土。東聽繩繩築，西聞丁丁斧」。事實上，隨園的營建一直持續不斷，其治園理念也隨著隨園的營建而逐步成熟。袁枚之於隨園的營建，一般多以「一造三改」〔註7〕加以統攝，本文基本上沿此分類，但在時間斷限與詮解上做更精細的劃分。〔註8〕就時間分期來說，袁枚以三百金買下隨園，時年三十三歲，選擇解組歸園，至三十七歲那年因爲經濟因素改官陝西，後旋即後悔，以丁父憂再度辭官，此後遂不復出山。換言之，改官秦中後再重返隨園爲一分水嶺，代表袁枚「入山志定」，遂可全力地經營隨園，奠立隨園營建的主要基調與基礎。基於此，以下主要仍分三期〔註9〕，但第一期再細分爲兩階段，一是三十四至三十七歲；二是改官秦中歸來，至四十一歲爲止，二者的構築策略實有不同；第二期則是四十二歲至五十二歲，此爲袁枚開始思索明確的治園之道；第三期爲五十三歲至袁枚去世，此時隨園的主體建築大致底定，袁枚對隨園開始有了另一層體會。爲求能盡量重現袁枚對隨園之建構過程與策略，在文本取材上，除以袁枚所著隨園六記爲本，亦參酌袁枚詩中關於隨園建構的敘述，期能更精細地瞭解袁枚隨園建構的策略與心意。

〔註7〕此爲袁枚自述修建隨園的過程之語，見袁枚：〈隨園老人遺囑〉，《小倉山房文集》《袁枚全集》第二冊（南京：江蘇古籍出版社，1993年），頁2。

〔註8〕關於袁枚修建隨園的研究方面，王英志《袁枚評傳》中有簡單介紹，另有單篇論文〈袁枚一造三改隨園考述〉《中國典籍與文化》(2001年第39期)。

〔註9〕本文據以分類的依據，主要是根據王英志先生對隨園營建的考述與自己對袁枚詩歌的閱讀與整理而成。王英志先生將袁枚之營建隨園分爲三階段：1、一改隨園（37、38歲）；2、再改隨園（42歲）；3、三改隨園定型（53歲）。須強調的是，雖然分爲這三期，但袁枚之於隨園建構實是持續不斷，此分類與分期主要是爲了討論方便，並可從中探求袁枚治園的曲折轉變。

（一）以「隨」為主的初步建構

1. 初意不及此：「隨」自然以營建

當袁枚初見隨園時，隨園實爲南京城郊的一座廢園。可從以下兩則材料略見端倪：

> 康熙時，織造隋公當山北巔，構堂皇，繚垣牖，樹之荻千章、桂千畦。都人游者，翕然盛一時，號曰「隋園」，因其姓也。後三十年，余宰江寧，園傾且頹，弛其室爲酒肆，輿臺嚾呶，禽鳥厭之不肯嫗伏；百卉蕪謝，春風不能花。余惻然而悲，問其值，曰三百金；購以月俸。〔註10〕（〈隨園記〉）

> 當初得隨園時，草舍數間，棄之甚易。（〈答魚門〉）〔註11〕

第一則資料爲袁枚於三十四歲所著之〈隨園記〉，爲隨園六記中的首篇，其中先敘隨園的歷史淵源，然後論及隨園的現況：「園傾且頹，弛其室爲酒肆，輿臺嚾呶，禽鳥厭之不肯嫗伏；百卉蕪謝，春風不能花」，可說是一片荒涼景象；第二則則是述說隨園只剩草舍數間的殘破景象，儼然是一座廢園。面對這麼一座曾經風華絕代，而今百廢待興的園林，袁枚首先感到的是「惻然而悲」。袁枚對隨園的首次整建，便是出於一種不捨此園荒廢的心理。先前曾論及，袁枚與隨園的遇合，來自此處文化與歷史情感的吸引力，袁枚內心必然有種想要恢復此園昔日風華的願景。其詩〈考志書知園基即謝公墩，李白悅謝家青山欲終焉而不果即此處也〉（卷5，頁77）有句云：「地美懼不稱，景闊欣難窮。將假烟巒勢，重增亭臺功」。就「將假烟巒勢，重增亭臺功」此句觀之，袁枚對隨園的建築策略，是在隨園的原有地理基礎上，進行人工的修築工作，即是「因任自然」。考袁枚首次大規模整建隨園的時間，應是袁枚初得隨園三十二歲至三十四

〔註10〕詳參袁枚著、王英志校注：《小倉山房文集》《袁枚全集》第二冊（南京：江蘇古籍出版社，1993年），頁204。

〔註11〕袁枚著、王英志校注：《小倉山房尺牘》《袁枚全集》第五冊（南京：江蘇古籍出版社，1993年），頁38。

歲寫下〈隨園記〉之間。〔註 12〕袁枚三十四歲所寫下的〈隨園記〉，則是袁枚重建隨園的重要記載，其中便記載袁枚初建隨園的主要建築策略。〈隨園記〉云：

> 金陵自北門橋西行二里，得小倉山。山自清涼胚胎，分兩嶺而下，盡橋而止。蜿蜒狹長，中有清池水田，俗號乾河沿。河未乾時，清涼山爲南唐避暑所，盛可想也。凡稱金陵之勝者，南曰雨花臺，西南曰莫愁湖，北曰鍾山，東曰冶城，東北曰孝陵，曰雞鳴寺。登小倉山，諸景隆然上浮。凡江湖之大，雲烟之變，非山之所有者，皆山之所有也。
>
> 康熙時，織造隋公當山北巔，構堂皇，繚垣牖，樹之荻千章、桂千畦。都人游者，翕然盛一時，號曰「隋園」，因其姓也。後三十年，余宰江寧，園傾且頹，弛其室爲酒肆，輿臺嚾呶，禽鳥厭之不肯嫗伏；百卉蕪謝，春風不能花。余惻然而悲，問其值，曰三百金；購以月俸。茨牆剪闔，易檐改塗。隨其高，爲置江樓；隨其下，爲置溪亭；隨其夾澗，爲之橋；隨其湍流，爲之舟；隨其地之隆中而敧側也，爲綴峰岫；隨其蓊鬱而曠也，爲之宧窔（窔，僻靜處）。或扶而起之，或擠而止之，皆隨其豐殺繁瘠，就勢取景，而莫之夭閼者，故仍名曰「隨園」，同其音，異其義。落成嘆曰：「使吾官于此，則月一至焉；使吾居于此，則日日至焉。二者不可得兼，捨官而取園者也。」遂乞病，率弟香亭、甥湄君移書史居隨園。聞之蘇子曰：「君子不必仕，不必不仕。」然則余之仕與不仕，與居茲園之久與不久，亦隨之而已。夫兩物之能相易者，其一物之足以勝之也。余竟以一官易此園；園之奇，可以見矣。己巳三月記

基於袁枚想再現「隋園」風華的構想，袁枚遂決定「易隋爲隨」，同其音異其義，在原有的自然地勢上進行整建，即隨園記云「就勢取景」也。袁枚此次整建可想應是費盡大量財力物力，除重整花木，

〔註 12〕以三十四歲爲下限的原因是根據袁枚所著之隨園記之記載，對照初得隨園的景況，此時應該經過一番大規模的整治。

易檐改塗等的小型整建，在大型建物上，袁枚更在地勢高處置江樓，地勢低處建溪亭，有夾澗處築橋，有溪流處置舟，營建重點在「隨其豐殺繁瘠，就勢取景，而莫之夭閼」。此次的大興土木，袁枚在其詩作〈隨園雜興〉中有些許紀錄：

造屋不嫌少，開池不嫌多。屋少不遮山，池多不妨荷。
游魚長一尺，白日跳清波。知我愛荷花，未敢張網羅。

當年隨大夫，對山初作屋。亭榭招雲烟，杯觴明華燭。
父老爲我言：此公殊不俗。拱手竟貽誰，何由知是僕？
迢迢三十年，重來理花竹。隨之時義大，園名不改卜。
以我今日歡，尋公往日樂。逝者如斯夫，古今同一局。
我後更何人？問山山不告。（節錄，〈隨園雜興〉，卷6，頁95～96）

這首詩寫定於三十四歲，此時隨園首次整建應已完成，此詩爲袁枚以書寫隨園新生活，並以雜感爲名的第一首組詩，共十一首。所節錄這二首是與隨園的營建有關。第一首袁枚提及此次的營建，「造屋不嫌多，開池不嫌少」，雖有誇大之嫌，但可以看出袁枚對造屋開池可說是不惜血本。另有〈答人問隨園〉（卷20，頁413）詩云：「一房才畢一房生，鎮日房中屈曲行」，足見房舍建築之密集。儘管如此，袁枚仍是以不妨礙自然風貌的建築爲主，故云：「屋少不遮山，池多不妨荷」，可見「因任自然」是袁枚此時主要的營建策略。其次則是談到隨園的歷史，與隨園的遇合出於偶然，因而不敢大肆改名，只好易隋爲隨，同音異義，盡量保持此園初建的本意。袁枚自承爲「以我今日歡，尋公往日樂」，含蓄非常。換言之，袁枚首次對隨園的整建，在營建策略上是以因隨自然爲主軸，以不妨礙自然地貌進行建築，而這正是繼承中國傳統古典園林「師法自然」的原則；〔註13〕在心態上則是以再現隨園昔日風華爲考量，「以我今日歡，尋公往日樂」。落成後的隨園果然煥然一新，據〈隨園記〉之記載，遂使袁枚

〔註13〕曹林娣：《中國園林藝術論》（太原：山西教育出版社，2003年），頁99。如蘇州園林、避暑山莊等都是採用這種自然式的佈局。

興起「捨官取園」之想。〔註 14〕然而此番整建，袁枚應是耗盡錢財。隨園重整後三年，袁枚以三十七歲之齡再度出山，據傳便是受經濟因素所驅迫。〔註 15〕〈雜詩〉八首有句云：

> 入山愁我貧，出山愁我身。我貧猶自可，所愁戚與親；我身猶自可，所愁吏與民。出處難自責，請以詢家人。父母聞作官，勸行語諄諄；妻妾聞作官，膏我新車輪；僮僕聞作官，執鞭追後塵。我意獨不然，亦非慕隱淪。朝來見縣令，三十鬢如銀。勞苦未得息，大吏猶怒嗔。況我挂其冠，此骨已崚峋。從前後行船，已據要路津。而我復重來，相見殊逡巡。所恨年齒少，眾論猶紛紜：「婦少難守節，日長難關門。」掩耳且捉鼻，痛飲求昏昏。（節錄，卷 7，頁 118）

又〈青山招主人賦〉序云：

> 余去隨園一載，辛未閏五，復來栖遲。見石留蕪穢，屋宇黯剝，書史十蠹七八；歎人可離園而園不可離人，憮然久之。時家居四紀，餘祿蕩然。故人戚里有以仕易農之勸，余又懼茲園之不能久居也，乃託爲《青山招主人》之賦以自訟而自尤焉。（節錄）〔註 16〕

事實上，袁枚辭官初入隨園時，僅有三千六百金。〔註 17〕因此隨園建成後，袁枚並未即刻將家人遷入隨園。〔註 18〕整建隨園花費不菲，

〔註 14〕據〈隨園記〉之記載是如此，然就其詩作來說，這個心願早在隨園整建前便已經萌發與實踐。我想如此記載可解釋爲袁枚希望藉以突顯隨園的價值。

〔註 15〕王英志：《袁枚評傳》（南京：南京大學出版社，2002 年），頁 136～138。

〔註 16〕袁枚：〈青山招主人賦〉《小倉山房文集》《袁枚全集》第二冊（南京：江蘇古籍出版社，1993 年），卷 1，頁 3。

〔註 17〕清．袁祖志：《隨園瑣記》：「先大夫解組入山時，囊橐蕭然，衹三千六百金。」（《叢書集成三編》，第 76 冊，台北：新文豐，1996 年），卷下，頁 115。

〔註 18〕除了弟弟香亭，外甥豫庭外，其餘家人是在袁枚四十歲時始遷入隨園。見袁枚：〈與家弟香亭、陸甥豫庭居隨園，仿昌黎《符讀書城南》詩作二首，勸其所學〉（卷 6，頁 98）

經濟上多少有些拮据可以想見，「家居四紀，餘祿蕩然」〔註19〕。〈雜詩八首〉寫成於袁枚三十五、三十六歲之時，袁枚三十七歲元月便預備啓程赴陜為官，可見此詩所述應與袁枚出山任官有關。在這首詩中可發現，袁枚在家庭生計與個人自由間掙扎擺盪。即便是豁達如袁枚者，遇到與家人相關之事，也有如此痛苦、矛盾的處境。因為關係著家庭生計，因而「出處難自擇，請以詢家人」。袁枚的家人多勸袁枚任官，表現雖有不同，但勸仕之意則是相同。詩中描述親人勸仕，如在目前：父母勸行諄諄；妻妾雖不敢勸，但見袁枚考慮復出為官，皆興奮地整理家中馬車以便赴任，僮僕也高興地預備為之執鞭前驅，凡此皆顯現眾人對袁枚復出任官的期許。袁枚的內心萬分掙扎，加以鄰里的議論與勸進，皆使袁枚想要掩耳捉鼻，痛飲以求逃避。此次的出處抉擇可說是對袁枚出處自主思想的最大考驗。爾後袁枚屈從於現實的要求復出為官，實非內心所願。袁枚認為自己如同「傀儡」。〈出山詞四首　正月十二日作〉一詩云：

天涯有客賦長征，身要從容馬不停。
故節又從江左認，《移文》應向北山聽。
梅花送我開如雪，春草留人綠滿庭。
攬轡揮毫緣底事？幾行《僮約》付園丁。

十載青雲別鳳池，笑人鄧禹遍京師。
重看傀儡登場日，又到邯鄲入夢時。
白下笙歌催祖道，東山猿鶴問歸期。
沿塘新種芙蓉樹，待得花開看是誰？

出門身在百花前，難免花枝笑獨眠。
南陌馬銜紅杏雨，竹樓書鎖綠楊烟。
長拋春色偏正月，小住名山合四年。
薄宦心情江上水，好風吹處便開船。

飛沙漠漠傍雕輪，情在蒼生累在身。

〔註19〕袁枚：〈青山招主人賦〉，《小倉山房文集》《袁枚全集》第二冊（南京：江蘇古籍出版社，1993年），卷1，頁3。

此去愧非初嫁女，再來原是謫仙人。
雲與海岳思爲雨，花別桃源怕誤津。
聽說金陵諸父老，望儂如望隔年春。（卷8，頁129）

這首詩充滿濃重的無奈。對於自己再度爲官，袁枚喻爲「重看傀儡登場日，又到邯鄲入夢時」、「此去愧非初嫁女，再來原是謫仙人」。前者是以傀儡自居，後者則是對再度任官有些愧疚，又如同從仙界謫返人間。除此之外，袁枚對隨園也充滿不捨，隨園中的花木也不捨袁枚，但卻也不得不離開。袁枚於赴任途中，除寫下許多關於秦中風光的詩句，途中經常憶起隨園。途經山野泥濘之地，便憶起隨園此際繁華（〈山泥〉，卷8，頁134）「山泥淋漉陷征車，撲面驚沙恨有餘。此際故園三月半，萬花圍住一樓香」）；或是想起自己在隨園中的自在生活（〈過衛輝懷前郡守王孟亭〉（卷8，頁142～143）「白下園留詩酒債，馬頭春帶別離心」）；袁枚曾路經見一村落，極度荒涼，袁枚不禁暗自祈禱能早日回返隨園「回頭自祝雙輪影，及早還鄉好種桑」（〈稠桑野步〉，卷8，頁158））當然，袁枚對家人的思念也包含其中，尤其思念聰娘。在旅途中更寫下〈寄聰娘〉，詩中寫盡對聰娘的眷戀：

尋常并坐猶嫌遠，今日分飛竟半年！
知否蕭郎如斷雁，風飄雨泊灞橋邊？

一枝花對足風流，何事人間萬户侯！
生把黃金買離別，是儂薄倖是儂愁。

杏子杉輕柳帶飄，江南正是可憐宵。
無端接得西征信，定與樵青話寂寥。

上元分手淚垂垂，那道天風意外吹。
累汝相思轉惆悵，當初何苦說歸期！

思量海上伴朝雲，走馬邯鄲日未曛。
剛把閑情要拋撇，遠山眉黛又逢君！

雲山空鎖九回腸，細數清宵故故長。
不信秋來看明鏡：爲誰添上幾重霜？（〈寄聰娘〉，卷8，頁144）

聽娘爲袁枚最鍾愛的妻妾之一，尚在園中時并坐猶嫌遠，更何況一離半載？袁枚也繫念家人，尤其是年邁雙親，寫下具關鍵性的一首詩：

天地蕩風輪，三百六十度。星墜與木鳴，不能稍回護。
何況蚩蚩氓，傀儡寧不悟？耳目手足間，丹漆膠絲作。
汝巧非汝能，汝拙非汝誤。茫茫大化中，主之別有故。

行行重行行，游子甘遠道。丕豹已投秦，廉頗終憶趙。
我親雙白髮，七十已衰老。暮鸐與幺豚，牙牙尚文葆。
姊既女龍寡，妹亦諸孤貌。置家在古杭，買山在江表。
有書蠹勿除，有園花不掃。男兒抱大志，家業原難保。
但問馬少游，名心已了了。出山泉不清，在家貧亦好。
此意豈不知？此味吾尤曉。所爭一念差，悔之苦不早！
抽刀斬亂痲，餘緒猶繚繞。

我衣官錦袍，方歌合巹詞。其時同婚者，惟有徐與伊。
今徐爲異物，挂劍空涕洏。伊亦謫蓬萊，鬑鬑大有髭。
惟我十年來，吏隱兩得之。雖無風雲力，亦無風波危。
若將終身焉，此樂誰能追！胡爲重入夢，碌碌風塵馳？
人生無全福，明月無圓輝。領慣少年樂，忘卻長年悲。
朝來攬鏡中，星星者爲誰？（〈意有所觸得詩三首〉，卷8，頁143）

在這三首詩中，袁枚明白地表現自己對出山任官的悔恨，當初爲了生計而出山任官，今日則因不捨家人與隨園而表示悔恨「出山泉不清，在家貧亦好」，這是袁枚的最新體認。回首生命歷程，袁枚更加認爲此次出山是一個錯誤，安居隨園才是他眞正的歸宿「若將終身焉，此樂誰能追！胡爲重入夢，碌碌風塵馳？」。不久，袁枚父親過世，袁枚正好以丁父憂乞養歸家，自此不復出山。至此入山志定，對隨園則有另外一番的整建。

綜合言之，袁枚對隨園的首次整建，主要的營建策略是由舊名「隋園」出發，易隋爲隨，因此在隨園原有的地理樣貌上進行建構，隨山築樓，臨河建橋，且以不妨礙隨園的自然風貌爲主。在這層意義上，袁枚較不是以主人的身分，而是以繼承並發揮隨園一地原有的風華爲職志來進行建築，因而依循的是傳統園林的原則技巧。當然細部擺設上仍是照袁枚的意思陳設。三十七歲那年復出任官是一關鍵，讓袁枚再次體認到「安居隨園」才是他此生最終的歸宿，入山志定後的袁枚，遂可將隨園生活帶入另一個境界。

2. 入山志定：此中有我的主體營建

經歷短暫出山後，袁枚決定重返隨園，且「入山志定」，不再動搖，使得袁枚與隨園的關係更爲親近，在建構策略上自然也有所不同。首先袁枚對自己與隨園這座園林的關係定位做了一番思考，在袁枚心中，隨園已是無可取代的。袁枚三十八歲所寫定的〈隨園後記〉有云：

> 余居隨園三年，奉檄入陝；歲末周，仍賦《歸來》。所植花皆萎，瓦斜墮，梅灰脫于梁，勢不能無改作。則率夫役，芟石留，覓土脈，增高明之麗。治之有年，費千金而功不竟。
>
> 客或曰：「以子之費，易子之居，胡華屋而不獲？而掎順荒餘，何耶？」余答之曰：「夫物雖佳，不手致者不愛也；味雖美，不親嘗者不甘也。子不見高陽池館、蘭亭、梓澤乎？蒼然古迹，憑吊生悲，覺與吾之精神不相屬者。何也？其中無我故也。公卿富豪未始不召梓人營池囿，程巧致功，千力萬氣，落成，主人張目受賀而已。問某樹某名，而不知也。何也？其中未嘗有我故也。惟夫文士之一水一石，一亭一臺，皆得之於好學深思之餘。有得則謀，不善則改。其蒔如養民，其刈如除惡，其創建似開府，其浚渠簣山如區土宇版章。默而識之，神而明之。惜費，故無妄作；獨斷，故有定謀。及其成功也，不特便于己、快于意，而吾度材之功苦，構思之巧拙，皆于是徵焉。今園之功雖未成，園之費雖不貲，然或缺而待周，或損而待修，固未嘗有迫以期之者也；孰若余昔年之腰笏磬折，里魋喧呶乎？伐惡草，剪蚪枝，惟吾所爲，未嘗有制而掣肘者也；孰若余昔時之仰息崇轅，請命大胥者乎？五代時僞檀利宴宣德堂，嘆曰：『作者不居，居者不作。』余今年裁三十八，入山志

> 定，作之居之，或未可量也。」乃歌以矢之曰：「前年離園，人勞園荒；今年來園，花密人康。我不離園，離之者官；而今改過，永矢勿諼。」
>
> 癸酉七月記〔註20〕

從初次整建，將隨園從一個幾近廢園到能使人「捨官取園」，其中所費的心力與財力實在可觀，然袁枚卻認爲這是極爲必要的工夫，儘管此舉經常不爲人所理解。有友人便勸他，既然構園花費不菲，何不捨園他住？殊不知袁枚此時已將隨園視爲個體生命同構之一體了。之前袁枚的建構是「隨之而已」，替隨園的基本建築立下基調。「入山志定」以後，袁枚對於隨園，不僅僅是因任自然，更希望能達到「此中有我」，使園林一水一石、一亭一臺皆能體現園主的精神。換言之，袁枚想要使隨園能夠體現主體的心願越來越立體鮮明，實踐的方式便是在隨園的建構上親力親爲，投注心力，即便「費千金而功不竟」也在所不惜。在〈隨園後記〉中，袁枚藉著自問自答的方式，提出他的想法：「夫物雖佳，不手致者不愛也；味雖美，不親嘗者不甘也。子不見高陽池館、蘭亭、梓澤乎？蒼然古迹，憑吊生悲，覺與吾之精神不相屬者。何也？其砧中無我故也。」換言之，袁枚認爲隨園的建構應該要能夠體現園主一人的度材與構思，且必須與園主的精神相契。若從現代人文地理學的角度來看，便是以主體意識開展自然面貌，建構新的空間內容。事實上，此種此中有我的建構策略，在袁枚之前已有李漁（1610～1680B.C）進行提倡：

> 乃至興造一事，則必肖人之堂以爲堂，窺人之户以立户，稍有不合，不以爲得，而反以爲恥。常見通侯貴戚，擲盈千纍萬之資以治園圃，必先諭大匠曰：亭則法某人之制，榭則遵誰氏之規，勿使稍異，而操運斤之權者，至大廈告成，必驕語居功，謂其立户開窗，安廊置閣，事事皆倣名園，纖毫不謬。噫！陋矣。以構造園亭之勝事，上之不能

〔註20〕袁枚：〈隨園後記〉，《小倉山房文集》《袁枚全集》第二冊（南京：江蘇古籍出版社，1993年），卷12，頁205～206。

自出手眼，如標新創異之文人，下之至不能換尾移頭，學套腐爲新之庸筆，尚囂囂以鳴得意，何其自處之卑哉？

予嘗謂人曰：生平有兩絕技，自不能用，而人亦不能用之，殊可惜也。人間絕技爲何？予曰：一則辨審音樂，一則置造園亭。……一則創造園亭，因地制宜，不居成見，一椽一桷，必令出自己裁……〔註21〕

李漁爲明末清初著名的藝術家，對園林建築自有一套見解。李漁對當時的園林建築「事事皆仿名園，纖毫不謬」的風氣感到不滿，可見當時園林建築多以仿效名園爲主，李漁認爲此舉使得園林缺乏特色，即是袁枚所謂「其中無我」的意思。袁枚與李漁的造園理念如出一轍，認爲「創造園亭，因地制宜，不居成見，一椽一桷，必令出自己裁」，反對因襲模仿。除〈隨園後記〉中如此記載，袁枚日後的詩作中更是經常提到此種主體經營的概念，試舉三首爲例：

山居無所事，適土復適土。東聽繩繩築，西聞丁丁斧。
三百有六旬，所費亦難數。戚里憐我貧，切切相規阻。
豈知君子心，此中固有主。未能議明堂，爲國造區宇。
又無廈萬間，寒士同安堵。就此蝸牛廬，結構且楚楚。
起伏寓文心，疏密占隊伍。栽花如養民，建亭似開府。
可惜錢刀空，英雄難用武。始知諸葛公，糧盡退軍苦。

（節錄，〈偶然作〉，卷13，頁241）

山對人而態活，水得主而難枯。星聞歌而欲聚，鳥結伴而鳴舒。各招所招客，各著所著書。子招我未有，我招子亦無。若比淮南王，《招隱》終何如？

（節錄，〈答周幔亭《山中招友》一篇〉，卷15，頁273）

隨園兩山凹，垣牆無所施。丘壑雖云佳，居室非所宜。
笑我烟霞癖，經營三十春。一水與一石，處處精神存。
古來高士宅，多捨作蘭若。我乃無懷民，豈是佞佛者？

〔註21〕清・李漁：《閑情偶寄》（台北：明文，2002年），居室部，房舍第一，頁138。

乞汝改家廟，祀我于西齋。或者峴山巔，叔子魂歸來。

（節錄，〈香亭弟儻居白門來往甚歡。今年服闋有仍赴蜀中別駕之行，予老矣，難乎為別，賦詩送之〉，卷 25，頁 522～523）

第一首詩明確提到隨園建築中須有我存在：「豈知君子心，此中固有主」，且是「起伏寓文心，疏密占隊伍」，園中各項建築擺設都有園主心意在其中；第二首詩則具體拈出「山對人而態活，水得主而難枯」的道理，拈出「人」才是園林山水的靈魂；第三首詩爲晚年所做，袁枚除了建構隨園，更親身居住其中，不僅賦予隨園生命，更在日常踐履中體現隨園的韻律，因而「一水與一石，處處精神存」。這三首詩可說展現三個不同的層面：第一首強調園主親身建構園林，賦予隨園生命；第二首強調園主與園林的緊密連結，是園主賦予園林靈魂；第三首強調除了經營之外，三十年的營建與居住期間，更使得隨園充滿園主生命的印記，可說是層層遞進。綜合言之，袁枚三十八歲「入山志定」後，其隨園建構的策略遂從「隨之而已」晉升到「此中有我」的主體建構。兩者是連續的，並非割裂，只是袁枚顯得更有自覺地進行隨園的建築，體認到隨園內的一草一木都必須寓含他生命的某些面向。

（二）園林之道與學問相通的經營法則

袁枚四十二歲至五十二歲爲第二期。此時袁枚面臨的是如何持續經營園林的問題。除了經濟因素外，如何維繫這座園林遂成爲一個亟需解決的問題，也攸關他能否悠遊其間的重要關鍵。袁枚此時已無官職，雖有其他收入，〔註 22〕但仍有一家老小待養，然面對一手打造的隨園風光，袁枚亦不肯輕易使園亭失色。袁枚先前曾一度離園赴陝任官，一年後回到隨園，便發現「石留蕪穢，屋宇黯剝」。袁枚遂大嘆道：「人可離園而園不可離人」，因而「憮然久之」〔註 23〕。足見園林

〔註 22〕如潤筆、出版等收入。

〔註 23〕袁枚：〈青山招主人賦〉《小倉山房文集》《袁枚全集》第二冊（南京：江蘇古籍出版社，1993 年），卷 1，頁 3。

失色是袁枚不願見到之事。如何在現實與理想的天平中取得平衡，是袁枚此階段園林建構的重點。閱讀〈隨園記〉與其詩作可發現，袁枚此時思索出一個理想與現實兼具的治園之道。在建構法則上，袁枚認爲治園之道與學問之道是可相互貫通，〔註24〕學問需要日日精進，園林自然也要須時時對話。與園林的最基本對話便來自於修建。〈隨園三記〉云：

> 園林之道，與學問通。藏焉修焉，不增高而繼長者，荒于嬉也；息焉游焉，不日盛而月新者，狃于便也。然謷者爲之，徒鈎鉏釿亂而已。吾固不然。爲之勤，游之勤，恆若有思念計畫，以故登登陾陾，耳無絕音。雖然，學之不足，精進可也；園之不足，則必傷于財而累于廉，烏乎可繼？（節錄）〔註25〕

袁枚畢竟是文人。對於隨園這座園林，袁枚是以作學問的態度積極面對。袁枚認爲園林必須不斷修建、不斷對話，就像作學問一樣，需要持之以恆的功夫。這樣的結果便是「爲之勤，游之勤，恆若有思念計畫，以故登登陾陾，耳無絕音」。儘管隨園的建築在首次改建時便已大致底定，但袁枚顯然時常進行修築。這個情形在袁枚詩中時可看見，如〈偶然作〉（卷13，頁241）：「山居無所事，遁土復遁土。東聽繩繩築，西聞丁丁斧。三百有六旬，所費亦難數」，又如〈答人問隨園〉（卷20，頁413）：「闌鶴疏籬手自栽，更添鹿寨傍西齋。亭臺不厭千回改，畢竟文章老更佳」袁枚對隨園的持續修建，可見袁枚對此園林的用心投入。推測袁枚需要不斷整修隨園的原因，其一是勿使園亭失色，其二可推想是袁枚需要不斷與隨園這座園林進

〔註24〕袁枚以學問之道比喻治園的說法，其實在早期就已萌芽。〈隨園後記〉有云：「惟夫文士之一水一石，一亭一臺，皆得之於好學深思之餘。有得則謀，不善則改。」（《小倉山房文集》，卷十二，頁205）於此袁枚便以讀書之道比喻治園，然袁枚明確揭櫫這個建構法是在四十二歲寫定的〈隨園三記〉中，故列入第二期中。

〔註25〕袁枚：〈隨園三記〉《小倉山房文集》《袁枚全集》第二冊（南京：江蘇古籍出版社，1993年），卷12，頁206。

行對話「恆若有思念計畫」，隨園可說已經是袁枚的一個生命中心。此外，先前曾提到的主體建築的概念，若要使隨園花木能夠呈現園主心志，時時整建修築便是一項必要的工夫。因此，時時修築整建是袁枚維繫隨園園林草木的方式之一，更是袁枚欲使隨園呈顯主體情志的必要步驟。從其詩作可知，袁枚高齡七十四時還曾整修隨園，爲了是能將隨園的完整風貌留給子孫，試看〈自知〉詩云：

七十經過又四春，自知非復舊精神。
客來平輩還相答，詩怕頹唐越認眞。
書畫不嫌千遍理，亭臺重整一番新。
譬如棋子將終局，收拾全盤付後人。（卷32，頁788）

儘管袁枚此時精神不如從前，但對於隨園能否展現最佳的風貌仍不懈怠，對自己的詩歌創作亦是如此，因而「書畫不嫌千遍理，亭臺重整一番新」。

不過，這也面臨一個問題：「園之不足，則必傷于財而累于廉，烏乎可繼？」若要長久在此安居，這便是不可迴避的問題。對此，袁枚是以「留白」處之。〈隨園三記〉云：

乃恍然曰：「人之無所棄者，業之無所成也。西不盡流沙，南不盡衡山：此非疆宇之有所棄乎？夔典樂，則棄禮；孔子執御，則棄射：此非學術之有所棄乎？天且不全，故世爲屋不成三瓦而陳之。孟子亦曰：『人有不爲也，而後可以有爲。』吾于園則然。棄其南，一椽不施，讓雲烟居，爲吾養空游所；棄其寢，陊剝不治，俾妻孥居，爲吾閉目游所。山起伏不可以牆，吾露積不垣，如道州城，蒙賊哀憐而已；地隆陷不可以堂，吾平水置槷，如史公書，旁行斜上而已。人壽不如屋，吾穿漏液樠，宗廇小于狙猿之杙，如管、晏法，期于沒身而已。不筮日，不用形家言；而築毀如意，變隙地爲水，爲竹，而人不知其不能屋；疏窗而高基，納遠景，而人疑其無所窮。以短護長，以疏章密，以豫畜材爲富，以足其食，徐其兆而不趨，爲犒工而恤夫；使吾力常沛然有餘，而吾心且相引而不盡。此治園法也，

亦學問道也。」丁丑三月記。〔註 26〕

袁枚從孟子：「人有不爲也，而後可以有爲」出發，因而悟出治園亦須如此。袁枚對於隨園固然用心經營，時時對話，但人的財力、精力畢竟有限，因而袁枚在築園上須能「有所不爲」。「人之無所棄者，業之無所成也」即是袁枚在現實與理想間的妥協之道。故袁枚在治園上「棄其南，一椽不施，讓雲烟居，爲吾養空游所；棄其寢，陊剝不治，俾妻孥居，爲吾閉目游所」由此見出袁枚在隨園的南方未有任何建築，「爲吾養空游所」，蓋作爲一個藉以放空心思的遊所；〔註 27〕另一不加修飾的是內室，「陊剝不治，俾妻孥居，爲吾閉目游所」，內室主要的功能是睡眠休憩，且不對外開放，因此不加以妝點修飾是可行的。從袁枚棄南不建來看，袁枚習得留白的工夫；內室不修，則是因此爲「閉目游所」，故可不論。在其他建築上，袁枚依然順應自然，隨園四周山勢起伏不易築牆，索性就不要築牆；地勢起伏不平無法建堂，袁枚也就順應自然，以水平之，旁行斜上而已。袁枚另外想到一些變通之道，例如有空地便造池植竹，使人不知其地可屋。〈答人問隨園〉有句云：「此外經營力不支，儘將隙地變荷池。有時瀑布空堂走，臥著匡床理釣絲」（卷 20，頁 413）；疏窗高基，廣借遠景，使得隨園顯得寬闊無窮。〔註 28〕「以短護長，以疏章密」可說是袁枚建構隨園的必要變通之道。此外，袁枚不信風水之說，〔註 29〕也使得隨園的建築變得更有彈性。凡此

〔註 26〕袁枚：〈隨園三記〉《小倉山房文集》《袁枚全集》第二冊（南京：江蘇古籍出版社，1993 年），卷 12，頁 206。

〔註 27〕另有一詩〈答人問隨園〉（卷 20，頁 413）道：「溪流南去板橋分，不住幽人只住雲。」足見在隨園南邊確實是空無一屋。

〔註 28〕袁枚曾有詩云：「門小原非迎上客，樓高貪得見天光。」（節錄，〈六月十四日尹宮保過隨園〉，卷 11，頁 213），後附一注：「公嫌門小樓高」。足見袁枚友人尹宮保不太習慣隨園門小樓高的建築，袁枚詩中便陳述門小不常迎接貴客，樓高則是爲了能夠更見天光，廣借遠景，藉此使隨園景闊，因此爲袁枚構園的變通之道。

〔註 29〕《隨園軼事》云：「先生不信風水星卜之説，葬不擇地，行不擇日，一切俗忌，了不關心，而未聞稍有觸忌者。」。見蔣敦復撰、王英志

皆使袁枚感到「吾力常沛然有餘，而吾心且相引而不盡」。袁枚對自己此種建築策略的轉變頗有滿意。試看袁枚四十四歲所寫〈遣興〉一詩：

> 當年修隨園，過溪事營造。今年修隨園，溪內自探討。
> 遠修跋涉遙，腹裏翻未了。近修結構易，亦復偃息好。
> 始悟古諸侯，封國不嫌小。（節錄，卷15，頁279）

詩中所謂當年，應是指袁枚三十四歲大規模修建隨園。當時隨園尚是一片荒蕪，故須運送建材入園，故稱「過溪事營造」，然而今日的修築不同，重在「溪內自探討」。可知雖然時常修築，但多是一些局部小規模的整修與續建，對袁枚來說不致造成太大負擔。「近修結構易，亦復偃息好。始悟古諸侯，封國不嫌小」對袁枚來說，這樣的建構策略正符合需求。

（三）通死生晝夜的生命踐履

第三期爲袁枚五十三歲至辭世八十二歲爲止，爲三期中時間間隔最長者。以五十三歲爲起點的原因，在於袁枚此年所著之〈隨園五記〉記載了隨園最新的營建進度，故以此爲起點，此後就詩文記載來說便沒有新的紀錄，故以此爲期。這段時期中，袁枚之於隨園的建構策略除了有思考上的重要進展，在具體營建上也有新的斬獲。在具體的營建成果上，袁枚完成了將隨園景致仿製故鄉西湖的營建工程。〈隨園五記〉云：

> 余離西湖三十年，不能無首丘之思。每治園，戲仿其意，爲堤爲井，爲裏、外湖，爲花港，爲六橋，爲南峰、北峰。當營構時，未嘗不自計曰：以人功而仿天造，其難成乎？縱幾於成，其果吾力之能支，吾年之能永否？今年幸而皆底於成。嘻！使吾居故鄉，必不能終日離其家以游於湖也。而茲乃居家如居湖，居他鄉如故鄉。驟思之，若甚幸焉；徐思之，又若過貪焉。然讀《易·賁》之六五曰：「賁於丘

校點：《隨園軼事》《袁枚全集》第八冊（南京：江蘇古籍出版社，1993年），頁98。

> 園。束帛戔戔，吝終吉。」輔嗣注云：「施飾于物，其道害也；施飾丘園，吉莫大焉。」謂丘園草木所生，本質素之處，故雖加束帛，雖吝而終吉。左氏曰：「樂操土風，不忘本也」余雖貧不知止，而能合於《易》，以操土風，或免於君子之譏乎！（節錄）

袁枚於此揭露了一直以來的營建策略。袁枚希望將西湖的美景移植至隨園，故「每治園，戲仿其意，爲堤爲井，爲裏、外湖，爲花港，爲六橋，爲南峰、北峰」，換言之，袁枚欲「以人功仿天造」。然而這項工程一直到袁枚五十三歲才完全底定，成就了袁枚的願望。從隨園五記的記載來看，仿製西湖營建的計畫應該很早就開始，但一直尚未完全底定。袁枚何時開始進行仿制西湖的工程不可細考，但最早可推至第二期主體建構時期。袁枚四十四歲著有〈隨園二十四詠〉，其中一景便是「雙湖」，其詩云：

> 我取西子湖，移在金陵看。時將雙鏡白，寫出群花寒。
> 前湖饒荷葉，後湖多釣竿。（卷 15，頁 300）

從這首詩來看，可推知雙湖在四十四歲應已建成，但應尚未完全底定。或許袁枚不甚滿意。袁枚深知這項工程實屬不易：「以人功而仿天造，其難成乎？縱幾於成，其果吾力之能支，吾年之能永否？」。然經過十一年的漫長整建，袁枚終究表示「完全底定」，心願已成。袁枚甚至覺得自己實在過於幸運，得以在園中就能欣賞故鄉美景，使「居他鄉如故鄉」，不啻是晚期隨園建構的一項成就。

在營建策略上，袁枚決定擴充「隨」之意涵，欲「通之死生晝夜」。具體措施便是將父親葬於隨園，並爲自己在隨園內建造「生壙」。〈隨園六記〉云：

> 嘗讀《晉書》，太保王祥有歸葬、隨葬兩議，方知「隨」之時義，不止嚮晦入宴息而已也。余先君子卒於江寧，欲歸葬古杭，慮輿機之艱，不果；欲隨葬茲土，又苦無誓宅。所以故，將牢宂豫慢葬者十有七年。思古人未葬不除服之義，瞿然自以爲非人。

> 今年春，有形家來謀園西爲兆域者。余聞往視，則小倉山來脈平遠夷曠，左右有甗隒岸岻，草樹觀擊，封以爲塋，宰如也。因思予有地，廿年不知，毋亦先君子之靈有以詔我乎？遂請于太夫人，以已丑（註：袁枚五十四歲）十二月十六日扶柩窆焉。塋離園僅百步，以故牆翣安穩，得時時除其草，灌其宰樹，審諦其墓石。予故貧士，幼時先君子幕游楚、粵，余遊學京師，父子常相離也。今以一園之故，而先君子厝於斯，祭於斯，奠幽宮于斯。父子蓋未嘗一日相離。是豈強而爲之哉？亦隨其地之便，心之安而已。
>
> 塋旁隙地曠如，於仿司空表聖故事，爲己生壙。將植梅花樹松，與門生故人詩飲其中。若是者何？子隨父也。壙界爲二，俾異日夾溝可瘞。若是者何？妻隨夫也。壙尾留斬板者又數處。若是者何？妾隨妻也。沿塋而西，有高嶺窣衍而長，凡傔從、扈養、婢嫗之亡者，聚而瘞焉。若是者何？僕隨主也。嗟乎！古人以廬墓爲孝，生壙爲達，瘞狗馬爲仁。余以一園之故，冒三善而名焉。誠古今來園局之一變，而「隨」之時義通乎死生晝夜，推恩錫類，則亦可謂大矣，備矣，盡之矣。今而後，其將無記，則尤不可不記也。庚寅五月記〔註30〕

袁枚父親乾隆十七年（1752）於江寧〔註31〕去世，正值袁枚三十七歲時。據隨園六記所云，本欲歸葬杭州，但恐交通不便；〔註32〕若要葬於江寧，亦無吉壤可供埋葬，因而一直沒有下葬。〔註33〕後來

〔註30〕袁枚：〈隨園六記〉《小倉山房文集》《袁枚全集》第二冊（南京：江蘇古籍出版社，1993年），卷12，頁209～210。

〔註31〕袁枚四十歲始移家入隨園，在這之前袁枚是將家人暫時安頓於江寧（南京古稱），據袁枚詩〈哭阿炘〉（卷十，頁201～202）序言有載：「余得明中山王更衣故宅，亭石幽邃，下臨秦淮，命炘奉母以居」由此觀之，此處應是袁枚安排家人於南京之暫居所在。

〔註32〕詳參馮爾康、常建華：《清人社會生活》（天津：天津人民出版社，1990），頁244。

〔註33〕參考《清人社會生活》第七章第二節　迷信風水與停喪不葬。可見清代此情形相當普遍。

有形家來隨園勘查，欲求墓地，袁枚這才發現隨園西側「平遠夷曠，左右有甗隒岸�，草樹觀髳，封以爲塋，宰如也」，因而決定將父親安葬於隨園，入土爲安。此後袁枚便有意跟隨父親，因而在其側營建生壙，甚至妻妾、奴僕亦「聚而瘞焉」。袁枚在隨園營建生壙一舉，〔註 34〕可說表明了袁枚願與隨園生死同在一處，是以己身作爲發揮「隨之時義」的最後一個休止符。袁枚自己便道：「誠古今來園局之一變，而『隨』之時義通乎死生晝夜，推恩錫類，則亦可謂大矣，備矣，盡之矣」可說袁枚是以一己之生命去實踐「隨之時義」，如此隨之時義才能眞正地完全體現。

從袁枚這三期的營建策略的轉變來觀察，從初期整建「隨之而已」再到「此中有我」的主體營建，至中期以治園法同於讀書之道，再至最後以選擇與隨園生死同在一處，以一己之生命體現隨之時義，隨園在其生命中的價値立現。然而袁枚之於隨園建策略，實是逐漸深入，終至情深不悔，〈隨園四記〉云：

> 余得園時，初意亦不及此。二十年來，庸次比偶，艾殺此地，棄者如彼，成者如此。既鎭其甍矣，夫何加焉？年且就衰，以農易仕，彈琴其中，詠先王之風，是亦不可以已乎？後雖有作者，不過洒濳之事，丹堊之飾，可必其無所更也！宜爲文紀成功，而分疏名目，以效輞川云。(節錄)〔註 35〕

換言之，袁枚是在隨園的親身營建與生命踐履中逐步調整其營建策略，因而愈見深入。袁枚對自己從「初意亦不及此」到「艾殺此地」的心態轉變，歸功於自己「志餘於才則樂，才餘于志則不樂」〔註 36〕

〔註 34〕爲自己預營生壙是一部份清人的習慣。詳參馮爾康、常建華：《清人社會生活》（天津：天津人民出版社，1990），頁 245。

〔註 35〕袁枚：〈隨園四記〉《小倉山房文集》《袁枚全集》第二冊（南京：江蘇古籍出版社，1993 年），卷 12，頁 207。

〔註 36〕袁枚：〈隨園五記〉《小倉山房文集》《袁枚全集》第二冊（南京：江蘇古籍出版社，1993 年），卷 12，頁 208。

的生命態度，因而「吾志願有限，而所詣每過所期」〔註 37〕然而，就袁枚所著之隨園記六篇與相關詩文紀錄，可知袁枚對於隨園用力甚深。袁枚詩中有云：

風亭月榭事匆匆，園漸繁華我漸窮。

半世經綸十年俸，思量都在水雲中。

（〈春日雜詩〉，卷 15，頁 275）

此詩道盡袁枚對於隨園營建的九死不悔。隨園可說是袁枚的第二生命。

第二節　處處精神存：隨園的空間營造

園林是一門空間藝術，而空間營造可說是一座園林的靈魂與生命所在，也是中國傳統園林藝術的展現，諸如造山置石、理水聚池、建築藝術、花草設計〔註 38〕均體現了園林文化的諸多不同面向。傳統構成園林的要素，大體上可分爲假山石、水、建築與花木，其他如園林小品、色彩等亦包含其中〔註 39〕。袁枚對於隨園的空間營造，自然也曾受到中國傳統造園藝術的影響，然而就營建策略來說，越至後期袁枚越有意展現「此中有我」，亦即從個人的角度進行設計與規劃，隨園的空間營造某種程度也算是袁枚的一種「創作」。今日我們理解袁枚對隨園的空間營建，有圖繪與詩歌提供參酌。然就隨園的性質來說，其作爲文學的價值遠大於園林藝術的意義。若要理解隨園內的空間營造意涵，袁枚曾夫子自道云：「想送隨園到汝前，商量圖畫與吟箋。畫來不若吟來好，元九曾誇白樂天」（〈答人問隨園〉，卷 20，頁 412）。足見袁枚亦認爲「詩歌」這個藝術媒介最能體現隨園的精神所在。同理，袁枚對隨園空間的吟詠，亦成爲我們瞭解袁

〔註 37〕袁枚：〈隨園五記〉《小倉山房文集》《袁枚全集》第二冊（南京：江蘇古籍出版社，1993 年），卷 12，頁 208。

〔註 38〕參考曹林娣：《中國園林藝術論》（太原：山西教育出版社，2001），頁 85。

〔註 39〕詳參《中國園林文化史》、《中國庭園與文人思想》，頁 130～145。

枚詩歌的一把鑰匙。袁枚詩歌中對於隨園的吟詠甚多，散見於詩文之中，最顯明的便是其四十四歲所寫下的〈隨園二十四詠〉（卷 15，頁 298～303），其次則爲〈答人問隨園〉（卷 20，頁 413）這兩首組詩。爲求能更完備地表現隨園空間營造的精神，亦參考袁枚曾孫袁祖志〔註 40〕所著之《隨園瑣記》，從他人的觀點來進行印證與參照，以求完備。

當我們探求園林的空間營造時，常是從該空間的「命名」與「使用意義」這兩點進行初步的理解與探討。若先從「使用意義」對隨園的空間營造進行討論，可發現隨園中的各式空間可概分爲兩類：實用空間與非實用空間（美感空間）。前者意指該空間具有某種特定使用意義者，如用以藏書、閱讀、休憩等，而這類空間袁枚多以該使用意義或特色進行命名，如藏書之地便稱之爲「書倉」、朝夕觀書之處便稱之「夏涼冬燠所」、日常居住的空間稱之「小倉山房」、專藏金石古物之處便稱「金石藏」，園中最僻靜之所稱爲「小眠齋」等，可謂一目瞭然，事實上隨園大部分的命名均是如此；後者較爲特別，從其使用意義來觀察，這類空間多沒有特別的使用意義，純粹是一個「美感空間」，在命名上自然也不是以使用意義名之，而是以一種富有詩意的方式表達。例如「嵰山紅雪」一處，窗嵌全紅玻璃，營造出一種獨特的美感；又如「蔚藍天」一地，則是窗嵌全藍色玻璃，故直稱爲「蔚藍天」，相當富有詩意。換言之，我們可從命名上對這兩類空間進行辨識與區別。不單命名上如此，袁枚對實用空間與美感空間的營造策略也不盡相同。在實用空間的營造上，是以文學爲

〔註 40〕袁祖志，字翔甫，其父爲袁通。其寫作《隨園瑣記》之目的，其序文有詳細敘述：「惟筆墨之常存，斯園林之宛在。余生也，晚去先大夫捐館時三十年，又早失怙，生長於是，嬉游於是，讀書又於是二十餘年，中見見聞足資談柄，閒中無事，追憶類誌之，可以補五圖六記及諸詩詞中所未及，題曰《隨園瑣記》，俾世之曾游隨園者爲印證之資，未窺隨園者增想像之趣，諒不至以浪費筆墨爲譏耳。」見清・袁祖志：《隨園瑣記》（《叢書集成三編》，第 76 冊，台北：新文豐，1996 年），卷上，頁 108。

核心的實用空間佈置爲主；在美感空間的營造上，則是以營造出一種超越凡俗的世界爲主，以下將分別論述之：

一、以文學爲核心的實用空間

袁枚是一位詩人與文學家，其文學家的屬性一向高於其他身分，讀書寫作是其生命中極爲重要的一部份，甚至也是其經濟的支柱。〔註41〕袁枚長居隨園，隨園可說是其文學創作的「基地」。事實上，讀書創作更是袁枚欲解組歸園的一項重要理由，其〈解組歸隨園〉詩有云：「滿園都有山，滿山都有書。一一位置定，先生賦歸歟」（卷5，頁87）；又〈山中行樂詞〉（卷24，頁490）詩云：「門外豈無事，山中只有書」，由此可見隨園是以文學作爲核心應不爲過。故在空間營造上，袁枚有意將隨園營造成一個最適合自己文學生活與事業發展的場所。觀察隨園內與文學有關的空間營造，可概分爲四大類，一爲藏書之所，例如書倉、所好軒；二爲閱讀、創作之所，如夏涼冬燠所、小眠齋；三爲表現其文學影響力之所，如詩城、詩世界；四則爲供作出版所需之空間，如南軒一地便是作爲小倉山房全集版藏之處。在這些空間營造上，袁枚試圖突顯何種特色，是爲本節的研究目的。以下將分別從這四方面探討袁枚以文學爲核心的空間營造：

（一）為藏萬古人，多造三間屋：藏書之所

明清是中國私家藏書最盛的時代，清代尤以乾嘉最爲興盛，江南一帶藏書家最是密集，風氣所驅，袁枚愛書，自然也藏書。《中國藏書通史》云：「乾隆年間，南京藏書家首推袁枚」〔註42〕然而袁枚並非屬於正統的藏書家，其藏書數量比起當時藏書家亦不爲多。〔註43〕當時的藏書家多爲學問家，校勘學者，袁枚不在其中，

〔註41〕諸如潤筆，寫作墓誌等事。

〔註42〕傅璇琮、謝灼華主編：《中國藏書通史》（浙江：寧波出版社，2001年），頁877。

〔註43〕袁枚〈寄奇方伯〉曾云：「家中藏書五萬卷，初自以爲多矣，近聞畢

在藏書目的上也有所不同。袁枚藏書，是出於幼年家貧無力購書的缺憾，因而成年有能力後，便廣蒐群書，以便觀覽。〈對書嘆〉一詩便云：

我年十二三，愛書如愛命。每過書肆中，雙腳先立定。
苦無買書錢，夢中猶買歸。至今所摘記，多半兒時爲。
宦成恣所欲，廣購書盈屋。老矣夜猶看，例秉一條燭。
兩兒似我年，見書殊漠然。此事非庭訓，前生須夙緣。
名將不兩代，文人無世家。可憐袁伯業，對書空嘆嗟！
（卷 32，頁 769）

〈所好軒記〉云：

余幼愛書，得之苦無力。今老矣，以俸易書，凡清秘之本，約十得六七。患得之，又患失之。苟患失之，則以「所好」名軒也更宜。〔註 44〕

袁枚幼年家貧，無力購書，讓「愛書如愛命」的他頗感無奈，甚至向鄰人借書不成，回去便「歸而形諸夢」〔註 45〕，皆可見袁枚嗜書如命的性格。因此袁枚宦成後，便開始「以俸易書」，落實其「滿園都有山，滿山都有書」的理想。袁枚的主要藏書處是書倉與所好軒二處。袁枚〈隨園二十四詠〉中其中一景便爲書倉，其詩云：

聚書如聚穀，倉儲苦不足。爲藏萬古人，多造三間屋。
書問藏書者：幾時君盡讀？（卷 15，頁 298）

袁枚以聚糧比喻聚書，總嫌空間不足，因此「爲藏萬古人，多造三間屋」，可見袁枚營造房屋的一個目的即是爲了藏書，足見袁枚對藏書的熱情。據袁祖志所著《隨園瑣記》對書倉一地的記載，書倉爲三棟建物，面南迎風，爲「隨園藏書三十萬卷處也」。室內陳設爲「東西

秋帆先生家藏書九十五萬卷，以隨園比之，如粒米入太倉，其所考據徵引，敢自信哉？」詳參袁枚：〈寄奇方伯〉，《小倉山房尺牘》《袁枚全集》第五冊（江蘇：江蘇古籍出版社，1993 年），卷 7，頁 149。

〔註 44〕袁枚：〈所好軒記〉，《小倉山房（續）文集》《袁枚全集》第二冊（南京：江蘇古籍出版社，1993 年），卷 29，頁 504。

〔註 45〕袁枚：〈黃生借書說〉，《小倉山房文集》《袁枚全集》（江蘇：江蘇古籍出版社），卷 22，頁 378～379。

北三面皆環列廚架，縹帶紛紜，芸香馥郁，鄴侯曹氏不得專美於前矣」〔註46〕可見爲求空間充足，三面皆設廚架置書，南面迎風，則可保持空氣流通，室內「芸香馥郁」，應是喻指書香之濃郁，袁枚曾有詩曰「得書一卷樓皆香」〔註47〕，蓋指書香也。袁枚另一藏書之處爲所好軒，有〈所好軒記〉一文以記之：

> 所好軒者，袁子藏書處也。袁子之好眾矣，而胡以書名？蓋以群好而書勝也。其勝群好奈何？曰：袁子好味，好色，好葺屋，好游，好友，好花竹泉石，好珪璋彝尊、名人字畫，又好書。書之好無以異于群好也，而又何以書獨名？曰：色宜少年，食宜饑，友宜同志，游宜晴朗，宮室花石古玩宜初購，過是欲少味矣。書之爲物，少壯、老病、饑寒、風雨，無勿宜也。而其事又無盡，故勝也。
>
> 雖然，謝眾好而暱焉，此如辭狎友而就嚴師也，好之僞者也。畢眾好而從焉，如賓客散而故人尚存焉，好之獨者也。昔曾皙嗜羊棗，非不嗜膾炙，曾皙所不受也。何也？從人所同也。余之他好從同，而好書從獨，則以所好歸書也固宜。
>
> 余幼愛書，得之苦無力。今老矣，以俸易書，凡清秘之本，約十得六七。患得之，又患失之。苟患失之，則以「所好」名軒也更宜。〔註48〕

在這篇文章中，袁枚不僅說出對自己對藏書的偏好，也道出對讀書的癡迷。袁枚認爲生平所好雖多，但只有讀書一事是無時不宜。但袁枚也強調，其他愛好是爲從眾，惟讀書一事是專屬於自己，是「好之獨者也」，因而以「所好」二字命名。特別的是，袁枚雖著有〈所好軒記〉，但於他處詩文著作未曾再提〔註49〕，《隨園瑣記》中也未見

〔註46〕清・袁祖志：《隨園瑣記》（《叢書集成三編》，第76冊，台北：新文豐，1996年），卷上，頁110。

〔註47〕此句出自袁枚詩〈題蔣元葵進士藏書樓〉（節錄）（卷2，頁20）。

〔註48〕袁枚：〈所好軒記〉，《小倉山房（續）文集》《袁枚全集》第二冊（南京：江蘇古籍出版社，1993年），卷29，頁504。

〔註49〕就目前閱讀所及的範圍。

記載，是否此軒曾改名或是有其他因素則尚待其他資料佐證。〔註 50〕可以確定的是，在隨園內除了書倉一處，所好軒也是袁枚的藏書之處。事實上，除了這兩個主要藏書之所，隨園更是處處皆有書。〈隨園雜興〉詩云：

經史與子集，分爲書四支。亭軒與樓閣，四處安置之。
各放硯一具，各安筆數枝。早起頮沐後，隨吾足所宜。
周流於其間，陶然十二時。(節錄，卷 6，頁 96)

從這首詩來看，袁枚將書分爲經史子集，隨園內亭軒樓閣無不有書，且各安筆硯，因而無論至隨園何處皆可周流其間，陶然而醉。書籍太多因而分置各處恐怕也是一因。從袁枚在隨園內對於藏書一地的空間營造來看，不同於江南藏書家多建閣〔註 51〕儲書，有諸多閱讀上的限制，袁枚的藏書則是開放許多，在陳設上也是以方便閱讀爲主，而非專以儲書爲目的。例如清代著名藏書閣天一閣，明代嘉靖年間范欽所創建，傳自乾嘉爲范懋柱主持。天一閣自創建以來，對書籍的管理相當嚴格，諸如書不外借、書不出閣，鑰匙分房保管，非子孫齊到不開閣〔註 52〕等規定，雖然達到藏書的目的，使得天一閣的藏書得到有利的保存，但也使得所藏無法有力傳播。〔註 53〕袁枚之於藏書，有一套自己的看法。〈題蔣元葵進士藏書樓〉詩云：

傳家何者多爲貴？數士之富以書對。三間高樓如水涼，得書一卷樓皆香。我友蔣元葵，聚書書如雲。連名未請宰相署，四庫已作蘭臺分。常言聚書如聚寶，鄉嬛所有安可少？

〔註 50〕有一說是以「所好軒」爲夏涼冬燠所的別名，但並未說明典出何處。若說夏涼冬燠所爲袁枚讀詩寫作的主要場所，用以藏書也理所當然，在此備爲一說。只是爲何有兩個別名，則未見文獻考究。參考江應龍：〈風流儒雅一奇才——袁枚與隨園〉，《國文天地》第 3 卷 6 期（1987 年 11 月），頁 57。

〔註 51〕建閣儲書是基於圖書安全的需要（防水災），閱讀者必須登閣才能入室。

〔註 52〕詳參傅璇琮、謝灼華主編：《中國藏書通史》（浙江：寧波出版社，2001 年），頁 849。

〔註 53〕天一閣藏書至後期有較爲解禁，但在知識傳播上仍爲有限。

> 牛弘數五厄，聞之最懊惱。莫使淹中稷下有人來，舉手未翻先了了。我言藏書如藏嬌，毋使韓女怨曠空病腰。與其橫陳高庋手不觸，不如世充沉水秦皇燒。物在天地間，有聚亦有散。惟有書藏胸臆間，鬼難風災吹不去。我不願騎赤鯉登天門，但願化作白蟫游此處。君聞且笑且點頭，手書金箋招客游。不讀崔儦五千卷，莫登弘景三層樓。（卷 2，頁 20）

這首詩成於袁枚未入隨園之前。袁枚很早就有藏書如藏寶的觀念，故在隨園建屋藏書是一件很自然的事，但袁枚認爲，若單藏書卻不閱讀，是十分可惜之事「與其橫陳高庋手不觸，不如世充沉水秦皇燒」，因爲書的價值唯有透過閱讀才能闡發。換言之，袁枚認爲藏書於胸臆，遠比藏書於高樓來得重要。因此袁枚對於書之聚散便保持較爲達觀的態度。乾隆三十七年（1772 年）起清廷有一大規模的徵求圖書的詔令傳布，徵求私人獻書，以便編纂《四庫全書》。袁枚便將藏書中「傳抄稍希者，皆獻大府，或假賓朋，散去十之六七」〔註 54〕，袁枚得以如此達觀的原因，便在於他瞭解藏書眞正的目的。袁枚有〈散書記〉一文記此事始末：

> 乾隆癸巳，天子下求書之詔。余所藏書傳抄稍希者，皆獻大府，或假賓朋，散去十之六七。人怛然若有所疑。余曉之曰：天下寧有不散之物乎？要使散得其所耳，要使于吾身親見之耳。古之藏書人，當其手抄縑易，侈侈隆富，未嘗不十倍于余。然而身後子孫有以《論語》爲薪者，有以三十六萬卷沉水者。牛弘所數五厄，言之慨然。今區區鉛槧，得登聖人之蘭臺、石渠，爲書計，業已幸矣。而且大府因之見功，賓朋因之致謝，爲予計更幸矣。
>
> 不特此也，凡物恃爲吾有，往往度置焉而不甚研閱。一旦灕然欲別，則鄭重審諦之情生。予每散一帙，不忍決捨，必窮日夜之力，取其宏綱巨旨，與其新奇可喜者，腹存而

〔註 54〕袁枚：〈散書記〉，《小倉山房（續）文集》《袁枚全集》第二冊（南京：江蘇古籍出版社，1993 年），卷 29，頁 504～505。

手集之。是以散于人，轉以聚于己也。

且夫文滅質，博溺心。寡者，眾之所宗也。聖賢之學，未有不以返約爲功者。良田千畦，食者幾何耶？廣廈萬區，居者幾何耶？從來用物宏，不如取精多。刪其繁蕪，然後迫之以不得不精之勢，此予散書之本志也。〔註55〕

乾隆此次徵書，爲能使江南藏書家將所藏珍本圖書上獻朝廷，提供很多獎勵方案，因此獻書者頗多〔註56〕。袁枚也有獻書，而且是將所藏珍本上獻朝廷「散去者十有六七」，有人便爲袁枚此舉感到不捨。袁枚卻是從「書」的角度出發設想，認爲「今區區鉛槧，得登聖人之蘭臺、石渠，爲書計，業已幸矣」，如此可免於日後流落無所，甚至遭到後代毀棄，如袁枚好友程魚門的藏書便是。〔註57〕袁枚兩個兒子皆不似他如此愛書，這也是他所考量的地方。〔註58〕袁枚認爲，散書對讀書實是有益的。因爲知道即將散書，心中不捨，反會盡全力將書讀完「腹存而手集之」，「是以散于人，轉以聚于己也」。事實上，袁枚所散之書，是以「備參考」類的書籍爲主，「資著作者」則多留存，〔註59〕即所存書皆是與他的創作有益的書，餘皆散去，故散書本意在

〔註55〕袁枚：〈散書記〉，《小倉山房（續）文集》《袁枚全集》第二冊（南京：江蘇古籍出版社，1993年），卷29，頁504～505。

〔註56〕設立獎勵獻書辦法的原因主要是因爲當時文人害怕受文字獄的牽累，或是有朝廷不將其藏書歸還的疑慮，因此乾隆皇帝時便有獎勵措施，如皇帝題辭、賞賜圖書或《總目》留名等，此舉相當成功，至乾隆三十九年各地獻書達一萬種以上，爲中國歷來徵書最成功的一次。詳見焦樹安：《中國藏書史話》（台北：臺灣商務，1994年），頁114。

〔註57〕參見袁枚詩〈辛未、壬申間余與魚門太史廣購書籍，有無通共。今魚門亡僅十年其家欲賣以自贍，屬余檢校已亡失十之七八矣，感賦一章〉（卷33，頁811）

〔註58〕袁枚二子皆不喜讀書，其詩〈對書嘆〉云：「兩兒似我年，見書殊漠然。此事非庭訓，前生須夙緣。名將不兩代，文人無世家。可憐袁伯業，對書空嘆嗟！」（卷32，頁769）由此可見，袁枚對此感到相當無奈。

〔註59〕袁枚於〈散書後記〉云：「凡書有資著作者，有備參考者。備參考者，數萬卷而未足；資著作者，數千卷而有餘。何也？著作者熔書以就己，書多則雜；參考者勞己以徇書，書少則漏。著作者如大匠造屋，

「刪其繁蕪」，又能保持空間。由此可見，袁枚藏書重在「使用」，也就是「閱讀」之用。袁枚除曾進獻藏書，基於幼年無書可讀的經驗，袁枚也慷慨接受借書，唯一的要求是必須準時歸還：

> 黃生允修借書，隨園主人授以書，而告之曰：書非借不能讀也。子不聞藏書者乎？《七略》、四庫，天子之書；然天子讀書者有幾？汗牛塞屋，富貴家之書；然富貴人讀書者有幾？其他祖父積子孫棄者，無論焉。非獨書爲然，天下物皆然。非夫人之物而強假焉，必慮人逼取，而惴惴焉摩玩之不已，曰：「今日存，明日去，吾不得而見之矣。」若業爲吾所有，必高束焉，庋藏焉，曰：姑俟異日觀云爾。
>
> 余幼好學，家貧難致。有張氏藏書甚富，往借不與，歸而形諸夢。其切如是。故有所覽，輒省記。通籍後，俸去書來，落落大滿，素蟫灰絲，時蒙卷軸。然後嘆借者之用心專，而少時之歲月爲可惜也。
>
> 今黃生貧類予，其借書亦類予。惟予之公書與張氏之吝書若不相類。然則予固不幸而遇張乎？生固幸而遇予乎？知幸與不幸，則其讀書也必專，而其歸書也必速。爲一說，使與書俱。〔註60〕

文中再次提到，「書非借不能讀也」，自己有藏書，往往以爲以後一定有時間讀，易有藉口拖延；但所借之書則不然，因有歸書期限，所以必讀。由此可見袁枚藏書，是爲了讀書，而非把書供在架上。

常精思於明堂奧區之結構，而木屑竹頭非所計也；考據者如計吏持籌，必取證于質劑契約之紛繁，而圭撮毫釐所必爭也。二者皆非易易也。然而一主創，一主因；一憑虛而靈，一核實而滯；一恥言蹈襲，一尊事依傍；一類勞心，一類勞力；二者相較，著作勝矣。且先有著作而後有書，先有書而後有考據。……孔明厭之，故讀書但觀大略；淵明厭之，故讀書不求甚解。二人者，一聖賢，一高士也。余性不耐雜，竊慕二人之所見，而又苦本朝考據之才之太多也，盍以書之備參考者盡散之！」《小倉山房（續）文集》《袁枚全集》第二冊（南京：江蘇古籍出版社，1993年），卷29，頁505～506。

〔註60〕袁枚：〈黃生借書說〉，《小倉山房文集》《袁枚全集》（南京：江蘇古籍出版社，1993年），卷22，頁378～379。

袁枚不吝於借書，惟求還書勿拖延。且就書的生命來說，能夠讓它被愛書人「惴惴焉摩玩之不已」，比起束書不觀好的多。

觀察袁枚在隨園內的藏書之所，可知袁枚愛書，不惜爲書多造三間屋；袁枚藏書，卻也不吝於分享，因爲深知書的價值在於閱讀而非束於高閣。書之聚散若得其所，亦中心愉快。除了主要藏書處書倉與所好軒外，隨園亭軒樓閣亦處處皆置書硯筆墨，以便主人四時悠遊其間，不亦快哉！

（二）四時筆硯逐風移：創作、閱讀之所

隨園是袁枚朝夕生活之處，自然須有一處專供袁枚閱讀、創作的空間，此處即爲「夏涼冬燠所」。此處十分特別，由於是袁枚閱讀、創作的地方，也是袁枚平日所待最久的空間，因此環境可說是園中最佳。據《隨園瑣記》的記載：

> 山房之左有室一區顏曰夏涼冬燠所。南窗極宏敞，檐外樹桂，薰風徐來，窗下大几嵌滇南大理石，長幾及丈闊半之，爲先大夫朝夕觀書握管常坐之處。東壁嵌玲瓏木，架上置古銅鑪百尊，冬溫以火，舉室生春焉。〔註61〕

據《瑣記》記載，夏涼冬燠所就位在小倉山房的左側。小倉山房爲隨園中的主室，「先生宴客，多在此處」〔註62〕，而袁枚閱讀寫作之處正在主室的旁邊。此處以「夏涼冬燠」名之，正是因其優良的空間設計而致。首先室中有南窗通風，窗外有桂樹，夏風襲來神清氣爽。袁枚所坐之處則是以大理石鋪設，夏天坐臥甚爲涼爽。隨園中以大理石鋪設的地方只有三處，一處爲古柏奇峰室，一處爲環香處，另一處即爲夏涼冬燠所，〔註63〕足見袁枚對讀書之處的重視。冬天室內則有暖

〔註61〕清．袁祖志：《隨園瑣記》（《叢書集成三編》，第76冊，台北：新文豐，1996年），卷上，頁110。

〔註62〕蔣敦復撰、王英志校點：《隨園軼事》《袁枚全集》第八冊（南京：江蘇古籍出版社，1993年），頁93。

〔註63〕清．袁祖志：《隨園瑣記》：「滇南大理石之佳者，有天然山水樹木等，狀近時極稱貴重，若尺寸較大者，則更難得。記吾園此石最多，凡几榻桌椅鑲嵌機徧，有最大石几三方，皆長及丈而闊半之，一置夏

爐，因此可以舉室生春，不至於感到寒冷。夏涼冬暖，四時皆宜，可說符合袁枚心中讀書四時皆宜的性質，可知夏涼冬燠所是隨園中袁枚特意營造的空間，以作爲讀書、寫作的重要場所。儘管夏涼冬燠所是一個如此完美的環境，但袁枚並非總是在此處閱讀創作，隨著氣候風物的轉移，袁枚也喜愛在隨園各處讀書：

掃地焚香心太平，衰年勤學有康成。
攤書愛坐西窗下，多得斜陽一刻明。
（節錄，〈遣興雜詩〉，卷 24，頁 498）

浮瓜沉李傍清池，香隔重簾散每遲。
何處涼多何處坐，四時筆硯逐風移。
（節錄，〈消夏詩十二首書扇寄何孝廉〉，卷 9，頁 175）

先前曾提到，袁枚刻意在隨園各處置筆硯書籍，因而可知袁枚雖有特定讀書之處，但也常四處讀書寫作，由此再次得到印證。袁枚愛坐窗下讀書，爲的是「多得斜陽一刻明」；暑天炎熱，袁枚讀書有如遊牧民族「何處涼多何處坐，四時筆硯逐風移」，可見袁枚之隨興自如。袁枚更愛讀書時有花相伴：

看書時是看花時，兩事商量割愛遲。
只好折花書案供，也聞香氣也吟詩。
（〈折花〉，卷 25，頁 511）

花下攤書卷，花多落卷旁。想來花意思，也似愛文章。
即取書中夾，聊當柱下藏。他年再翻書，還恐有餘香。
（〈花落書上即夾書中〉，卷 37，頁 919）

第一首袁枚提及看書與看花實難割捨，「只好折花書案供，也聞香氣也吟詩」，此是在室內讀書；第二首詩則是走出戶外，逕至花下讀書。只見花瓣翩翩飄落，袁枚隨手夾至書頁，以爲珍藏。由此可知，袁枚讀書與閱讀之所有室內室外之分，室內重在環境舒適，夏涼冬暖，隨

涼冬燠所，一置古柏奇峰室，中一置環香處，客來一見，無不詫爲至寶，摩娑而不忍去。……」（《叢書集成三編》，第 76 冊，台北：新文豐，1996 年），卷下，頁 117。

興自如；室外則重在富有詩意，袁枚可說是幸福非常。

（三）十丈長廊萬首詩：展現影響力的文學空間

隨園中除了藏書，另有一處是用以展現其文學影響力的空間，即詩城與詩世界二處。袁枚被譽爲乾嘉詩壇盟主，聲譽正隆，自印《隨園詩話》的緣故，四方人士多投贈詩文以求賞識，若得欣賞或可被錄於詩話，甚或出版傳名後世，因而四方投贈者眾。所謂「詩城」，即是園中的一處長廊，專以用來糊置四方投贈的眾多詩作。據《隨園瑣記》記載：「沿西山一帶築長廊數百步，廊壁盡糊投贈題壁之詩，不下數千萬首，上更鑿石刻「詩城」二字」〔註 64〕可知此處是後來修建的，專以留存四方投贈詩作較佳者，餘者則留置「詩世界」中。袁枚著有〈詩城詩〉一詩說明之：

> 余山居五十年，四方投贈之章幾至萬首。梓其尤者，其底本及餘詩無安置所，乃造長廊百餘尺而盡糊之壁間，號曰「詩城」
>
> 十丈長廊萬首詩，誰家鬥富敢如斯！
> 請看珠玉三千首，可勝珊瑚七尺枝？
> 推襟送抱好辭章，四海風人聚一堂。
> 不待恭王來壞壁，早聞絲竹響宮牆。
> 不用烏曹磚一片，不須伯鯀造成功。
> 但教詩將文房守，四面雲梯孰趕攻！
> 城下梅花千樹栽，羅浮春到一齊開。
> 參橫月落群仙降，定與詩魂共往來。
>
> （〈詩城詩〉并序，卷 37，頁 922）

袁枚特意築一長廊，名曰「詩城」，其一見袁枚對詩的珍重，其二則是則可見袁枚對詩的信心，以詩作城，便足以抵擋外在一切侵略，在在都透露出袁枚對詩的重視。若從文學影響的角度觀之，「詩

〔註 64〕清．袁祖志：《隨園瑣記》（《叢書集成三編》，第 76 冊，台北：新文豐，1996 年），卷上，頁 110。

城」也凸顯袁枚的文學影響力與號召力。時人陸應宿有詩〈詩城歌〉云：

> 先生選詩如選將，一城高築萬花上。長廊百尺盡糊詩，宛與騷壇作保障。嘉名肇賜雅且新，疏疏密密雲錦陳。喜有崇墉足位置，免同《論語》燒爲薪。佔來形勝更無偶，青山抱左水繞右。雖無劍氣起豐城，定有文光射牛斗。除非風人到，孰敢乘其墉？無形之險勝王公，不須更設重門重。先生原是詩中霸（少鶴贈詩云云），海內詞宗少并駕。足使凌雲倚馬才，一齊受降此城下。城下千枝香雪清，城頭幾朵白雲行。垂楊似學旌旗舞，鳴鳥疑聞鼓角聲。我每登臨看明月，愧乏衝鋒一枝筆。長城輸與劉文房，只好充作守陴卒。（附於《小倉山房詩集》中，卷 37，頁 922）

此詩充分展現隨園當時的文學影響力，如「長廊百尺盡糊詩，宛與騷壇作保障」；袁枚對詩作的珍惜與重視，如「喜有崇墉足位置，免同《論語》燒爲薪」；表現袁枚文學聲譽之高隆，如「先生原是詩中霸（少鶴贈詩云云），海內詞宗少并駕。足使凌雲倚馬才，一齊受降此城下」。這首詩收錄於《小倉山房詩集》〈詩城詩〉之後，可見袁枚是有意藉此詩表現「詩城」的地位。由此可知，「詩城」不僅僅是收錄四方投詩的處所，更是表現其文學影響力的地方。除「詩城」外，另有一處稱爲「詩世界」，此爲一室，專以留置未能獲選入詩話或詩城的詩作。《隨園瑣記》云：

> 自先大父有詩話之刻，海內投詩者不可勝計，其佳句之入選者無論矣。至所投之原稿日積月累，庋置如山，於是葺此室以儲之，顏之曰「詩世界」。〔註 65〕

從「詩世界」一處的興建可知，袁枚除願意爲書「多造三間屋」，同時也願意爲詩「多造三間屋」。取名「詩世界」，也可見袁枚的雄心與壯志。

〔註 65〕清・袁祖志：《隨園瑣記》（《叢書集成三編》，第 76 冊，台北：新文豐，1996 年），卷上，頁 110。

（四）提供出版所需的空間

隨園中以文學爲核心的實用空間營造中，除了作爲藏書、閱讀、創作與展現文學影響力外，另有一處作爲提供出版所需的空間，即爲「南軒」，作爲小倉山房全集版藏之所。袁枚著作之出版，多在此地印行。《隨園瑣記》云：

> 小倉山房全集計三十種，文集，古文也；外集，駢體也；詩集，古近體也；太史稿，時文也；詩話也，續齊諧也，食單也，尺牘也，八十壽言也，隨筆也，同人集也，紅豆村人詩稿也，三妹合稿也，女弟子詩選也，捧月樓詞也，碧腴齋詩稿也，何南園詩稿也，湄君詩稿也，小雲詩稿也，素文女子遺稿也，三家詞也，七家詞也，裝訂成冊，計八十本。每大比之年，任坊間自備紙工來園刷印，本園每部取板資壹兩。〔註66〕

清代早期印刷術相當發達，無論在官方印刷、私家印刷亦或民間坊刻上都已有長足的發展〔註67〕。官方印刷受到政治上文化統治的影響相當興盛，至清末內憂外患四起後則衰；私家印刷則是有清一代都相當興盛，可分爲文人刻印前人著作或自身著述，或是藏書家與校勘學家進行輯佚、校勘叢書出版這兩類，袁枚之於小倉山房全集的刷印便是屬於私家印刷中刻印自身著述一類。小倉山房全集共計三十種，全集的印刷（雕）版便置於隨園中「南軒」一處。南軒爲一兩層建築，《隨園瑣記》云：「中藏小倉山房詩文全集之板，平時扃閉」，可見平日不對外開放，而是固定每年定期讓坊間紙工來園刷印，而袁枚只取版資，不另收費。事實上，隨園不只供作印刷處所，本身也進行販售，價目與坊間所售不甚相同。《隨園瑣記》云：

> 全集之由本園出售者，白紙每部價銀五兩，竹紙每部價銀

〔註66〕清・袁祖志：〈記著作〉，《隨園瑣記》（《叢書集成三編》，第76冊，台北：新文豐，1996年），卷上，頁112。

〔註67〕關於清代印刷史的介紹，詳參張紹勛：《中國印刷史話》（台北：臺灣商務印書館，1996年）、蕭東發：《中國圖書出版印刷史論》（北京：北京大學出版社，2001）。

三兩六錢，坊間則聽其自定價目，每年統銷約在數百部。〔註68〕

由此可見，隨園內無論是自己印刷、販售，亦或交由民間書坊進行販售，皆有助於袁枚個人文學聲譽之傳播〔註69〕，並兼具今日出版與書店之功能。

綜合言之，袁枚以文學爲核心的實用空間營造，展現其對於文學、書籍、詩歌的尊重與珍視，無論藏書、閱讀、創作、影響、出版皆含括在內，可謂含括文學生產的眾多面向。事實上，這四個空間都是隨園的空間的一部份，隨園空間即是以用來藏書、閱讀、創作、文學影響與印刷，藉以構成隨園這個以文學爲主的實用空間。從後設的角度來解釋，袁枚彷彿將隨園視爲一己讀書閱讀、文學創作、影響與生產的「文學工廠」。

二、美感空間的營造

袁枚對於隨園空間的營造，除了是以居住、文學爲核心的實用空間的營造，另一部分則是美感空間的營構。在隨園中這類純粹追求美感的空間營造佔有相當特殊的地位。就中國園林的歷史來看，園林建築除了提供居住、休憩的需要，很重要的一點便是爲了審美的需求。曹林娣《中國園林藝術論》云：「園林建築更重要的是爲了審美的需要」〔註70〕袁枚亦自言：「園悅目者也」〔註71〕，足見園林的美感追求也是園林藝術的一大重心。就袁枚營建隨園而言，可發現袁枚在整體建築上雖是因任自然地勢而變化，但在細部環境營造

〔註68〕清．袁祖志：〈記著作〉，《隨園瑣記》（《叢書集成三編》，第76冊，台北：新文豐，1996年），卷上，頁112。

〔註69〕關於隨園本身出版與聲譽間的關聯，詳參王鐿容論文第四章有精采之論述。

〔註70〕曹林娣：《中國園林藝術論》（太原：山西教育出版社，2003年），頁142。

〔註71〕袁枚：〈隨園四記〉，《小倉山房文集》《袁枚全集》（南京：江蘇古籍出版社），卷十二，頁207。

上卻喜歡與眾不同，甚至運用人工以改造自然，或是為自然而改造環境，目的都是希望藉此從一成不變的生活尋求美感的可能。事實上，整個園林的營建經常也是園主美學思想的體現，而空間形式之佈置則是園主美學理念的落實過程〔註 72〕。袁枚對隨園中美感空間的營建，試論述如下：

（一）盤意取屈曲：目迷心醉的視覺美感

袁枚對於隨園美感空間之營造，第一講究耳目之娛。〈隨園四記〉云：

> 人之欲，惟目無窮。耳耶，鼻耶，口耶，其欲皆易窮也。目仰而觀，俯而窺，盡天地之藏，其足以窮之耶？然而古之聖人受之以《觀》，必受之以《艮》，《艮》者止也。「於止知其所止」，黃鳥且然，而況于人！園悅目者也，亦藏身者也。人壽百年，悅吾目不離乎四時者是，藏吾身不離乎行坐者是。〔註 73〕

因此，園林是作為藏身，更重要的是作為悅目之資。且是「目仰而觀，俯而窺，盡天地之藏，其足以窮之耶？」可想見袁枚對於隨園的時時修建，其一便來自於悅目的需求。然而怎樣的園林空間營造足以稱為「悅目之資」？綜觀袁枚詩與其他相關資料可發現，袁枚善於創造一種令人目迷心醉的曲折美感。首先呈現之處便在園林的動線設計上。袁枚對於園林的動線安排，是採迂曲的設計。園中有處建築「盤之中」，便是由東廂房屈區繞行至山房之左的建築物〔註 74〕，袁枚由此引申出對園中動線安排的想法。試看以下詩句：

〔註 72〕王鴻泰：〈美感空間的經營——明、清間的城市園林與文人文化〉，《東亞近代思想與社會：李永熾教授六秩華誕祝壽論文集》（台北：月旦，1999 年），頁 165。

〔註 73〕袁枚：〈隨園四記〉，《小倉山房文集》《袁枚全集》（南京：江蘇古籍出版社），卷 12，頁 207。

〔註 74〕袁枚：《隨園瑣記》：「由東廂屈曲繞行至山房之後，三楹面北曰『盤之中』。取盤谷序中句意也。窗外古桐垂蔭幾滿，境極幽靜，人跡罕至。」（《叢書集成三編》，第 76 冊，台北：新文豐，1996 年），卷上，頁 110。

盤意取屈曲，旋轉無定區。我意亦仿此，乃築蝸牛廬。

紆行勿直行，公等來徐徐。（〈盤之中〉，卷 15，頁 302）

這首詩〈盤之中〉爲隨園二十四詠中的其中一首。此處「盤之中」爲一個三楝建物，因建築屈曲繞行之故，取韓愈〈送李愿歸盤谷序〉所言而得名〔註 75〕。由此，袁枚引申出建造隨園的法則，便是「我意亦仿此，乃築蝸牛廬。紆行勿直行，公等來徐徐」由此可見袁枚建造隨園寧採紆曲的動線而不取直行。事實上，除了盤之中外，整個隨園的空間營造皆可謂紆曲有致。另有一詩〈答人問隨園〉可見：

廿三間屋最玲瓏，恰好梅開坐上風。

霧閣雲窗隨步轉，至今人不識西東。（卷 20，頁 413）

由於動線的紆曲，信步走來步移影換，因而「霧閣雲窗隨步轉，至今人不識西東」，與前一首詩中謂「紆行勿直行，公等來徐徐」恰可互參，足見隨園內充滿一種曲折的美感。此外，園中處處置鏡，建物又往往相連，加以動線紆曲，正如〈隨園四記〉所言：

今視吾園，奧如環如，一房畢復一房生，雜以鏡光，晶瑩澄澈，迷乎往復，若是者于行宜。〔註 76〕

隨園園中多鏡，又益增曲折往復之感，對袁枚來說這正是園中「行宜」之處。動線曲折往復其實是中國園林的傳統。清代江南一帶的私人園林，由於面積有限，往往需要區隔景區，俗云：「園林越拆越小，越隔越大」，使得游人在穿廊度橋之際，往往能見到全新的風景。〔註 77〕又李漁《閒情偶寄》居室部，房舍第一，途徑云：

〔註 75〕「太行之陽有盤谷，盤谷之間，泉甘而土肥，草木藂茂，居民鮮少。或曰：『謂其環兩山之間，故曰盤。』或曰：『是谷也，宅幽而勢阻，隱者之所盤桓。』友人李愿居之」「盤之中」乃是韓愈指盤谷之中，係指隱者所居。詳參唐．韓愈：〈送李愿歸盤谷序〉，屈守元、常思春主編，《韓愈全集校注》（四川：四川大學出版社，1996 年），第三冊，頁 1477～1479。此段是在 1477。

〔註 76〕袁枚：〈隨園四記〉，《小倉山房文集》《袁枚全集》（南京：江蘇古籍出版社），卷 12，頁 207。

〔註 77〕陳從周主編：《中國園林鑒賞辭典》（上海：華東師範大學出版社，2001 年），頁 1006。

> 徑莫便於捷，而又莫妙於迂。凡有故作迂途以取別致者，必另開耳門一扇，以便家人之奔走，急則開之，緩則閉之，斯雅俗俱利，而理致兼收矣。〔註 78〕

袁枚便是利用此一方式，使得隨園多一份尋幽訪勝的美感。曲折的美感其實也是一種「隔」，透過人為的區隔而使得原有的美感橫生。

在動線的營造上，除了運用紆曲造成的空間曲折形成的特殊美感，袁枚也透過一些在細節上的變化，使得平凡物品的實用功能轉化成為美感的來源，而這個特殊物品的使用即為今日習見的「玻璃窗」。傳統中國園林窗櫺多使用紙糊，使用玻璃窗實屬少見。《隨園軼事》云：「華洋未互市時，玻璃極名貴，價極昂；故人家用之者鮮」〔註 79〕隨園使用玻璃窗的紀錄相當早，在第一期第二階段營建隨園時（三十八歲）便已開始使用。〈山居絕句〉詩云：

> 朱藤花壓讀書堂，分得桐蔭半畝涼。
> 新製玻璃窗六扇，關窗依舊月如霜。(卷 9，頁 161)

此為袁枚詩中最早提及新製玻璃窗的紀錄。袁枚使用玻璃窗，最初應是基於玻璃窗比紙糊窗紙更能遮風擋雨，且可以享受「關窗依舊月如霜」的實用目的。〈隨園四記〉亦云：「琉璃嵌窗，目有雪而坐無風，若是者與冬宜」，正是指此。就實用功能來說，玻璃嵌窗是袁枚相當自豪的一點，畢竟能使用玻璃嵌窗在當時頗為少見。然而，玻璃窗固然有其實用，但袁枚更進一步尋求變化，試圖運用玻璃色彩造成的光影變化營造一種令人目迷心醉的特殊美感。在隨園中此類的建築有五處，分別為琉璃世界、嗛山紅雪、綠淨軒、蔚藍天與水精域。這五處緊密相連，據《隨園瑣記》記載，琉璃世界位在書倉之東廂，蔚藍天位在綠淨軒之右，水精域則在蔚藍天之北。嗛山紅雪一處雖未明言，但根據今所見隨園圖所示，此處應在綠淨軒左

〔註 78〕清・李漁：《閑情偶寄》（台北：明文，2002 年），居室部，房舍第一，頁 140。

〔註 79〕蔣敦復撰、王英志校點：《隨園軼事》《袁枚全集》第八冊（南京：江蘇古籍出版社，1993 年），頁 94。

側，北上接琉璃世界。〔註 80〕這五處除緊密相連，其共通點在全使用玻璃窗，但在色彩上則各不相同：琉璃世界窗嵌西洋五色玻璃；嗛山紅雪則窗嵌全紅色玻璃；綠淨軒窗嵌全綠色玻璃；蔚藍天則使用全藍色玻璃窗；水精域一處則是全白色玻璃。這五處各自呈現不同美感，袁枚詩中多有豐富的描寫。在〈隨園二十四詠〉中袁枚便對水精域、嗛山紅雪、蔚藍天三處進行詩寫：

> 玻璃代窗紙，門户生虛空。招月獨辭露，見雪不受風。
> 平生置心處，在水精域中。（〈水精域〉，卷 15，頁 301）
>
> 王母宴瑤池，蟠桃開似海。酒罷落花飛，散作諸天彩。
> 造屋居其間，紅顏長不改。（〈嗛山紅雪〉，卷 15，頁 302）
>
> 琉璃付染人，割取青雲片。終朝非采藍，彷彿天光現。
> 客來笑且驚：都成盧杞面。（〈蔚藍天〉，卷 15，頁 303）

在〈答人問隨園〉組詩中，袁枚則更詳細地對琉璃世界、綠淨軒、水精域、蔚藍天與嗛山紅雪進行書寫：

> 五色玻璃耀眼鮮，盤龍明鏡置牆邊。
> 每從水盡山窮處，返照重開一洞天。
> （節錄，〈答人問隨園〉，卷 20，頁 413）
>
> 紅雪嗛山四季紅，不開花日與開同。
> 方知天下春歸處，都在先生此屋中。
> （節錄，〈答人問隨園〉，卷 20，頁 413）

在這些詩作中，袁枚不僅看重玻璃窗的實用功能，更著重染上色彩的玻璃窗所產生的美感。在〈水精域〉一詩中，袁枚首先論及玻璃窗的實用功能：「玻璃代窗紙，門戶生虛空。招月獨辭露，見雪不受風」。自以玻璃代窗紙後，便可在室內賞雪觀月而免受風寒夜露。另外四處窗玻璃花色較爲特別，嗛山紅雪一處窗嵌全紅玻璃，造成的

〔註 80〕關於嗛山紅雪一處的位置，除有圖爲證外，在《隨園瑣記》的記載中，是以琉璃世界、嗛山紅雪、綠淨軒、蔚藍天與水精域的順序加以陳述，對照隨園圖，正好是由右向左的順序。雖然文中對其他建物的記載並未按照實際的位置順序，但在這五個使用彩色玻璃的建物記載卻是置於一處，應是有其意義。

視覺效果是不論從裡望外還是從外望內皆是豔紅一片。因此〈答人問隨園〉詩云：「紅雪嵰山四季紅，不開花日與開同」。嵰山紅雪南檐有垂絲海棠，「二株當春，燦若雲錦」，不開花日從室內望外也是嫣紅。袁枚因此道：「方知天下春歸處，都在先生此屋中」，以爲此處四時皆春，是天下春歸之處也；另外，由於光線透窗均爲紅光，人身處其間亦受光線影響而滿面紅光，故云「造屋居其間，紅顏常不改」，此語雖然誇張，但從袁枚將嵰山紅雪一處視爲「天下春歸處」，居其間「紅顏常不改」來看，袁枚似乎有意將此處的時間暫留，永遠留在最美好的春季。在「蔚藍天」一處，則是窗嵌藍色玻璃，目的是爲仿造天光，因而道「玻璃付染人，割取青雲片。終朝非采藍，仿佛天光現」。同理，前來參觀的人臉上自然都被染成藍色，如同盧杞一般。由此可見，袁枚運用彩色玻璃窗的目的，除了能夠遮風擋雨等實用功能外，更在實用的功能外展現美感的功能，使得尋常的空間呈顯出令人又驚又喜的獨特美感，如《隨園瑣記》云：「目迷心醉，光怪陸離」。此外，在這個空間中，由於這五處屋屋相連，袁枚可以盡情徜徉遊走在這個由彩色玻璃所營構的美感空間裡。〈答人問隨園〉另外有詩云：

> 一房才畢一房生，鎮日房中屈曲行。
> 窗外風聲簾外雨，主人只是不分明。
> 綠淨軒中草色含，水晶域外露華酣。
> 忽然四面空青色，第二重天號蔚藍。
> （節錄，〈答人問隨園〉，卷 20，頁 413）

在這個由各種色彩玻璃窗所營構的空間內，袁枚專心悠遊其中，不受外在風雨侵擾。走進綠淨軒感到草色鮮綠，「因綠而淨，因淨而綠」〔註 81〕；水精域外可見露華，卻不會感到涼意；一轉而進蔚藍天，則忽見四面青光，此即爲隨園中的第二重天。經由此種美感空間的營造可發現，袁枚經由玻璃窗的光影變化塑造出一種光怪陸離

〔註 81〕清・袁祖志：〈記著作〉，《隨園瑣記》（《叢書集成三編》，第 76 冊，台北：新文豐，1996 年），卷上，頁 112。

的特殊美感，無論使得人居其間得以「紅顏不改」，或在室內感到「彷彿天光」，袁枚利用光影在隨園空間另闢天地，再造自然，並悠游其間。

（二）四時晝夜皆有花：隨園中的花草世界

袁枚素以愛花出名，〔註 82〕隨園中的花草設計自然是不可不看的一道美景，而花木設計更是傳統園林空間營造的重要環節。袁枚對隨園的花草也是煞費苦心。袁枚詩〈秋夜雜詩〉（卷 10，頁 198）中有云：「歲月花與竹，精神文與詩」；又〈書懷〉（卷 11，頁 214）道：「分花疏竹總精神」，足見袁枚對隨園的一草一木都蘊藏了自我的心意在其中。事實上，花草樹木也是園林美感的一個來源。楊鴻勛先生在《江南園林論》中便歸納園林花木的九種造園功能，如隱蔽圍牆、拓展空間，籠罩景象、成蔭投影，分隔聯繫、含蓄景深，裝點山水、襯托建築，陳列觀賞，景象點題、渲染色彩，突出季相、表現風雨，借聽天籟、散佈芬芳，招蜂引蝶、根葉花果，四時清供。除了最後一項爲經濟上的助益外，其它八種皆爲美感功能。〔註 83〕實質上這不僅是造園，更是藉此創造園林獨有的美感。在隨園中，袁枚擅以自然草木以製造景區，拓展空間。如在〈隨園二十四詠〉中是以自然草木作爲景區的便有六處〔註 84〕，而《隨園瑣記》中則有九處，〔註 85〕試就隨園中以自然草木構成的美感空間進行分類，以見隨園中以自然草木構成之美感空間之特色所在。

《隨園瑣記》云：「園以山水花木亭臺樓閣占勝金陵」〔註 86〕。

〔註 82〕袁枚不僅愛花，更對花草植栽萬分護惜，此中展現其生命追求中對美好之物永恆的追求。

〔註 83〕楊鴻勛：《江南園林論：中國古典造園藝術研究》（台北：南天，1994 年），頁 210～216。

〔註 84〕此六處分別爲〈柳谷〉、〈群玉山頭〉、〈竹請客〉、〈因樹爲屋〉、〈柏亭〉與〈香界〉。

〔註 85〕此九處爲古柏奇峰、環香處、小香雪海、群玉山頭、柳谷、竹請客、六松亭、藤花廊。

〔註 86〕清·袁祖志：〈記軼事〉，《隨園瑣記》（《叢書集成三編》，第 76 冊，隨園是以花木佔勝江南。隨園地處南京，氣候溫暖，花木生草相當繁盛。園內花木甚多，以梅與竹爲大宗，其餘花卉如海棠、牡丹、芍藥、桃花、玉蘭、蓮花、丹桂、芙蓉、薔薇，樹木植栽有常見之松柏、梧桐、芭蕉，亦有銀杏等，可謂繁盛。在所有花木中，袁枚最喜歡梅花。因而四處搜求，往往希望能引進隨園內種植始爲滿足：

從來廟古樹必怪，竟有梅花塞廟大。
南都兩寺大者三，菩提一株毋乃太！
有如人形共七尺，忽然丈六金身在。
三寸之珠十圍玉，此物豈合存塵界？
勃勃擎將兩雪飛，童童欲把扶桑蓋。
一白光搖大殿明，半開影壓僧房隘。
孤根入地花入天，身在寺中香在外。
我生愛梅如愛色，得此傾城癢搔疥。
初疑導從萬玉妃，水晶宮闕搖環珮；
又疑白象散天花，牟尼珠子穿旌（）。
睽睽萬目摩青柯，喋喋方言議根派。
老僧古貌長眉青，問樹疑年默不對。
但說前朝焦狀元，曾坐梅窗捫梅背。
我聞其言談兩指，劫灰陣陣飛衣帶。
幾行青史後梅成，幾堆白骨先梅壞。
梅花無情春有情，年年二月開無賴。
長陪仙鶴記堯年，未了人間香火債。
花氣烝爲十里雲，繁枝布施千人戴。
勸汝莫矜橫斜影，江南城小身爲礙。
愁汝狂吹清冷香，諸佛聞之鼻破戒。
人生眼界那有窮？物拔其尤意殊絕。
笑我隨園二十弓，年年種梅如種菜。
不妨無事有其心，老衲大窮將汝賣。
巨靈雙手掘梅根，駱駝萬匹拉梅載。

台北：新文豐，1996年)，卷下，頁115。

移植千枝萬枝中，諸峰忽壓當頭岱。
逝將聘汝力不能，得且尋君一而再。
諸公借我禮佛頭，且對此梅三百拜。
（〈菩提場古梅歌限「大」字，與蘭坡學士作〉，卷 10，頁 180）

這首詩寫成於袁枚三十九歲，見一古廟梅花十分特殊：「有如人形共七尺，忽然丈六金身在」，其身形巨大狀似人身，每當一樹花開，更是驚人：「一白光搖大殿明，半開影壓僧房隘。孤根入地花入天，身在寺中香在外」，其花開繁盛，彷彿可以照耀佛殿，其影適足籠罩僧房，都顯示出這棵梅樹之不凡，袁枚對此相當傾心，但無力將此梅樹移植隨園，因此只好退而求其次，轉而時常造訪古廟，並「諸公借我禮佛頭，且對此梅三百拜」，此古梅在袁枚心中彷彿成了某種不朽的象徵。由此可見，袁枚對花草樹木採取相當敬虔的態度，甚至種梅是以聘梅稱呼，可見他對梅花的敬虔。袁枚另有一詩〈種梅〉（補遺卷 1，頁 968）亦云：「我聘梅花如聘婦，入門才是我家春」，道盡袁枚對梅花的癡迷。隨園中植有大量梅花處，名曰「小香雪海」，此處是在「詩城」之下，在山巔所築之一亭。由於位在高處，可以俯視群梅勝景。袁枚尤其欣賞冬季的梅花，而這是只有自己獨享的樂趣。〔註 87〕隨園的春天才有較多遊客入園賞花。《隨園瑣記》有以下記載：

詩城之下，種梅五百木，山巔築亭顏曰：「小香雪海」夕陽既西，殘雪在樹，寒鴉爭噪，獨鶴歸來，此際徘徊實爲仙境，主人消寒讌集，歲歲無虛。〔註 88〕

園中之花，四時皆備，合而論之，自以梅爲巨觀，紅者、白者、黃者、綠萼者、胭脂者，花時一望無際，雪中更覺清絕，此時游人絕少，惟主人獨領其趣。〔註 89〕

〔註 87〕隨園內游人較多的季節爲春天，冬天較少。

〔註 88〕清・袁祖志：〈小香雪海〉，《隨園瑣記》（《叢書集成三編》，第 76 冊，台北：新文豐，1996 年），頁 110。

〔註 89〕清・袁祖志：〈記花木〉，《隨園瑣記》（《叢書集成三編》，第 76 冊，台北：新文豐，1996 年），頁 113。

從這兩段記載可知，園中花卉四時皆備，惟梅花特別出色，且種類特多，「小香雪海」便是一個以梅花爲主的景區，植有梅花五百木，最美的時刻是冬季黃昏時段，此時「夕陽既西，殘雪在樹，寒鴉爭噪，獨鶴歸來，此際徘徊實爲仙境」。

以梅花爲主的景區是以「多」取勝，隨園中尚有其他以自然草木形構而成的景區，主要是藉自然風物以拓展空間，是以自然景物爲主的空間設計，這些空間分別爲「因樹爲屋」、「六松亭」、「柏亭」、「竹請客」、「古柏奇峰」、「柳谷」、「半山亭」與「藤花廊」。這些景區的特色，在於均是以植物爲主，並配合其自然樣貌而加以突顯、拓展而成。如以「因樹爲屋」、「六松亭」與「柏亭」爲例：「因樹爲屋」是以一棵銀杏爲主景，「依幹以結屋也」〔註 90〕。袁枚曾有詩描寫此樹木之大：「銀杏四十圍，葉落瓦無縫」，且已有相當樹齡，是棵老樹，故袁枚云：「主持小倉山，惟吾與汝共」。由於樹大蔭廣，因而結屋其下；「六松亭」以六棵松樹的自然屈曲；因而「結松爲亭」。《隨園瑣記》云：「結松爲亭，其數六株，天然成就，不假人力，其枝幹之披拂，儼然綠瓦之參差，嘯傲其間，幾疑仙侶」。「柏亭」與「六松亭」相似，是由柏樹爲主造成的園景，袁枚有詩云：

種柏成一林，屈折爲庭宇。奚須文杏梁，已遮碧瓦雨。
翠禽居之安，日坐亭中語。（〈柏亭〉，卷 15，頁 300）

從這首詩來看，此處種有大量柏樹，屈折而爲庭宇。由此三處觀之，

〔註 90〕《隨園瑣記》：「銀杏一株大可十圍，蔭垂數畝，結屋其下，顏曰：「因樹爲屋」。字大於斗，爲宣城梅鉞書集中有句云：「最是一株銀杏古，參天似表此天尊」參見清．袁祖志：《隨園瑣記》（《叢書集成三編》，第 76 冊，台北：新文豐，1996 年），卷上，頁 110。；又《隨園軼事》云：「園中房屋，類皆隨地佈置，天然成就，不假人力；如「因樹爲屋」，則因銀杏一株，大可十圍，蔭垂數畝，而依幹以結屋也。「六松亭」結松爲亭，其枝幹之披拂，儼爲綠瓦之參差；嘯傲其間，幾疑仙侶。自然結構，亦先生之神與天游也」參見蔣敦復撰、王英志校點：〈因樹爲屋六松亭〉《隨園軼事》《袁枚全集》第八冊（南京：江蘇古籍出版社，1993 年），頁 95。

這些景區皆是以草木之自然風貌爲主，再輔以人工的修築，故《隨園軼事》曰：「天然成就，不假人力」，悠遊其間，彷彿園主之神與天遊始能造此逸品。可以說，袁枚相當注重草木的自然，尤其珍視具有歷史的老樹植栽。隨園中除有一古銀杏，另有一古柏樹，袁枚爲之闢爲「古柏奇峰」一景，搭配假山石而成。由於此柏不僅樹齡長，形狀也甚爲巨大，爲移植入園，袁枚甚至不惜「毀門入古松」，並有詩記之：

> 松也如高士，門低不肯來。蒼髯臨暮入，蓬户爲君開。
> 綴石分標致，張燈自剪裁。充閭眞有慶，杖爾後凋材。
> （〈毀門入古松〉，卷 11，頁 211）

袁枚將此古柏以高士喻之，爲將此古柏移植入園「蒼髯臨暮入，蓬戶爲君開」，袁枚更在古柏旁綴石點綴，合成古柏奇峰一景，甚至親自爲之剪裁枝葉。事實上，袁枚經常親自打理花草樹木，諸如〈折梅〉（卷 10，頁 179）詩云：「爲惜繁枝手自分，剪刀搖動萬重雲。」；又如〈毀門入古松〉（卷 11，頁 211）詩云：「綴石分標致，張燈自剪裁」，藉由親自打理裁剪，始能成就自己理想的園林景致。不過偶也有失手之處，如「柳谷」一處，袁枚便是見一古柳姿態蒼勁，宛如老龍，因而爲其「誅茅築岸，理而出之，置亭焉」，不久柳死，使袁枚相當不捨，有〈悼柳〉一詩云；

> 水上古柳，彎環如老龍。余誅茅築岸，理而出之，置亭焉，顏曰「柳谷」。不逾年，柳死。
> 受賞非君願，相知愧我粗。建亭流水上，從此好春無。
> 古幹寧辭伐？殘枝強欲伏。蘭成《枯樹賦》，吟罷覺心孤。
> （〈悼柳〉有序，卷 15，頁 281）

袁枚爲柳建亭本是美事，同「因樹爲屋」、「六松亭」一樣成爲景區，不料古柳卻在建亭後枯死，使袁枚大嘆愧對古柳：「受賞非君願，相知愧我粗」。從隨園這些以自然景物構成的空間來看，袁枚試圖呈顯自然景物的美感，尊重珍視花木的自然風貌，以自然草木拓展空間。換言之，是以自然景物爲主，人工建築居於從旁陪襯的角色，希望能夠造成一種自然與人工交融的美感，即《隨園軼事》所謂：「自然結構，亦先生之神與天游也」。

（三）五色玻璃耀眼鮮：處處皆鏡的豪奢之美

隨園中另一用來營造美感的器物爲西洋鏡。西洋鏡自晚明傳入中國，在民間多作爲女子粧鏡，尺寸不大；在朝廷則作爲外國使節朝貢之物。然自清代乾嘉年間，士大夫使用西洋鏡者越來越多，除作爲穿衣鏡，也多掛於牆壁間、屏風與插屏者。除士大夫外，揚州商人之宅第園林則多使用玻璃鏡以塑造豪奢之象。〔註91〕袁枚使用西洋鏡，使用上偏於後者的功能，藉使用西洋鏡以營造一種清空之象、豪奢之感。事實上，袁枚素愛鏡，此爲袁枚重要的蒐藏之一。園中有西洋鏡、銅鏡三十多種，園中主室小倉山房便置有一面大洋鏡，是爲張松園所贈。袁枚有〈謝鏡詩〉云：

> 余有鏡癖，家藏古銅、玻璃三十餘種，每一張燈，熒煌炫赫，自以爲豪矣。今年浙江方伯張松園先生投其所嗜，以大洋鏡相貽，如月到中天，群星盡避。喜作一歌奉謝方伯。
>
> 平生性愛金鏡朗，三才萬象都成兩。
> 只愁量狹物難容，未免太丘道不廣。
> 張公槃槃海樣才，水精菩薩空中來。
> 親喚波斯造大鏡，神光閃爍金銀臺。
> 月宮八萬四千户，頃刻吳剛斧鑿開。
> 其高八尺横六尺，海水飛來堂上立。
> 身横九畝可傳眞，光照諸天如沃雪。
> 我來摩挲拜下風，一時兩個隨園翁。
> 主人大笑脱手贈，教他二叟時相逢。
> 峨峨巨艑千夫扛，讓鏡高臥占上艙。
> 我如侍者蹲其旁。揚子江心夜有光，

〔註91〕邱仲麟：〈西洋鏡與晚明以降的社會生活〉「中央研究院歷史語言研究所八十周年所慶學術研討會」論文（台北：中研院史語所，2008.10.22）

毒龍水怪齊遁藏。入城先怕前途隘，
園丁高啓柴門待。果然雲母好屏風，
現出玻璃眞世界。三千書卷斗然加，
十二金釵掠鬢鴉。對面青山齊弄影，
升堂白鶴誤銜花。客來多怪先生巧，
海市蜃樓帶到家。老幼欣欣恨見遲，
賓朋簇簇共題詩。鏡無招引花偏入，
我有樓臺鏡盡知。風不能搖雲不掩，
看照兒孫到幾時。千金難買奇珍供，
遠近多傳顯者送。但覺花開四壁榮，
誰知鰲載三山重！秦宮古製久聞名，
我道西洋鏡更精。照到衰翁心膽上，
「感恩」兩字最分明。(〈謝鏡詩〉，卷三15，頁854～855)

在這首〈謝鏡詩〉中，袁枚詳細地將此鏡的形貌、如何運至園中都做了描述，充分展現袁枚內心的興奮之情。其中，袁枚特意突顯鏡子所造成的數目加陳之感，如「三千書卷斗然加，十二金釵掠鬢鴉」；光照產生的豪奢之象，如「身橫九畝可傳眞，光照諸天如沃雪」。事實上，袁枚在未得此鏡前，便已蒐集玻璃鏡、銅鏡多種「聚而懸諸一室中。每一張燈，熒火四射，自以爲豪矣」〔註92〕。張松園先生便投其所好，以一面七尺大鏡相贈，使袁枚中心感恩，將此鏡置於小倉山房門屏間，更使得隨園益增豪奢之感。袁枚致張松園之書信道：

更喜者，枚生平愛鏡，喜其爽人心性，一片空明故也。四十年來，所得容成侯，不下二十餘面。每至賞花剪燭，炫赫熒煌，自以爲書生之願足矣！忽蒙公以大鏡相貽，六尺成方，千形莫匿；方知有空中卿月之光，而爝火微明，不足以爲耀也。見丈六金身之佛，而諍人九寸，不可以爲長

〔註92〕蔣敦復撰、王英志校點：《隨園軼事》《袁枚全集》第八冊（南京：江蘇古籍出版社，1993年），頁86。

也。感深次骨，喜極難言！（節錄）〔註93〕

在此信中，袁枚表示自己喜歡鏡子的理由在於「喜其爽人心性，一片空明故也」。今日得此大鏡置於園中主室，「方知有空中卿月之光，而爝火微明，不足以爲耀也。見丈六金身之佛，而竫人九寸，不可以爲長也」，在此鏡的映照下，月光更爲明晰，見物也更爲透徹了。從袁枚將大鏡置於小倉山房的舉措可知，袁枚試圖營造一種清空之景，使得隨園更加富麗堂皇。

除在小倉山房置一大鏡，營造豪奢之象外，袁枚更在園中處處置鏡。袁枚有詩云：「玻璃作鏡當雲鋪，返照春山入畫圖」（〈春日雜詩〉，頁 275）。這本是因袁枚所好使然，卻意外地呈現另一種別有洞天的美感。試看以下二詩：

五色玻璃耀眼鮮，盤龍明鏡置牆邊。
每從水盡山窮處，返照重開一洞天。
（〈答人問隨園〉，卷 20，頁 413）

盈盈一水寫風神，惆悵山雞舞罷身。
望去空堂疑有路，照來如我竟無人。
得知宜稱妝應改，解共悲歡汝最眞。
願取蟠龍安四角，滿林花影盡橫陳。（〈鏡〉，卷 13，頁 250）

在第一首詩中，由於園中四處置鏡，加上動線屈曲，每走到水盡山窮處，若見一鏡，則在鏡面的反照下而有別有天地之感。此種感覺可與第二首詩中「望去空堂疑有路，照來如我竟無人」互參，鏡中彷彿返照出另一個園林；在第二首詩主要表現在園中諸鏡的返照下，滿園花影彷彿更清晰地映現出來，因此袁枚道：「願取蟠龍安四角，滿林花影盡橫陳」。不只映照出重重花影，遊園的窈窕女子亦在鏡前理妝顧影，更爲隨園生色不少。《隨園瑣記》云：

婦女之來遊者，以春、秋兩時爲較多，穿花拂柳，足爲園亭生色。園中到處置鏡，以先大夫所好故也。婦女對鏡理

〔註93〕袁枚：〈在蘇州謝張松園方伯〉《尺牘》《袁枚全集》第冊（南京：江蘇古籍出版社，1993 年），頁 158。

> 妝，有不期然而然之理。若到山房巨鏡，尤必頻頻顧影，整袖搴裙，至於曲室之中偶經小坐，竟有留香數日不散者。〔註 94〕

遊園女子不期然在園中遇鏡，便對鏡理妝，若是至小倉山房巨鏡前，則更是「頻頻顧影，整袖搴裙」，更是爲隨園增添不少風情。由此可見，袁枚愛鏡，在園中處處置鏡製造豪奢之景、清空之象。在群鏡的反照下，時有別有洞天之感，所見滿園花影更加繽紛，遊園女子也更展妖嬈，可說是增添隨園的另一種丰采。

（四）鑿得雙湖似故鄉：隨園的水景營造藝術

隨園是一處以山林地爲基礎的園林，〔註 95〕不同於江南地區多以水景爲主的園林。〔註 96〕中國傳統園林的理水藝術發展相當深遠，從理水的手法高達十種便可知。隨園受地勢影響，山景是爲主景，但由於袁枚本人對水景有著偏好，〔註 97〕對於水景的營造也頗富匠心。袁枚〈春日雜詩〉（卷 15，頁 275）詩云：「水竹三分屋二分，滿牆薜荔古苔紋」。足見在地面建築與水景建築的比例上，水景仍是較多者。袁枚曾有詩云：

> 活此園内景，全在一池水。水聲流向西，亭以成其美。
> 荷花十二時，濛濛香不止。蕩開蒹葭霜，明月乃在底。
> 我學李王孫，喝月水中起。（〈水西亭〉，補遺卷 1，頁 948）

袁枚是以「水」作爲點活園景的重要元素，池水不能單獨存在，須以亭相伴爲美，因此有「水西亭」在旁襯托。傳統園林的水景空間

〔註 94〕清．袁祖志：〈記器物〉，《隨園瑣記》（《叢書集成三編》，第 76 冊，台北：新文豐，1996 年），卷下，頁 117。

〔註 95〕據袁枚《隨園記》之記載，隨園位處金陵小倉山之北巔，可俯視金陵勝景，可知隨園是以山林地爲基礎的園林。

〔註 96〕如蘇州拙政園。參《中國園林藝術論》（太原：山西教育出版社，2003 年），頁 131。

〔註 97〕〈水西亭夜坐〉：「明月愛流水，一輪池上明。水亦愛明月，金波徹底清。愛水兼愛月，有客坐于亭。其時萬籟寂，秋花呈微馨。……」（卷 7，頁 121）。

營造，多是仿造自然界，如池塘、湖泊、江河、山溪谷澗等。〔註 98〕隨園內的主要水景，便是「雙湖」。袁枚對隨園水景的營造，是以其故鄉西湖作爲仿效對象。〈隨園五記〉云：

> 余離西湖三十年，不能無首丘之思。每治園，戲仿其意，爲堤爲井，爲裏、外湖，爲花港，爲六橋，爲南峰、北峰。當營構時，未嘗不自計曰：以人功而仿天造，其難成乎？縱幾於成，其果吾力之能支，吾年之能永否？今年幸而皆底於成。嘻！使吾居故鄉，必不能終日離其家以游於湖也。而茲乃居家如居湖，居他鄉如故鄉。驟思之，若甚幸焉；徐思之，又若過貪焉。然讀《易・賁》之六五曰：「賁於丘園。束帛戔戔，吝終吉。」輔嗣注云：「施飾于物，其道害也；施飾丘園，吉莫大焉。」謂丘園草木所生，本質素之處，故雖加束帛，雖吝而終吉。左氏曰：「樂操土風，不忘本也」余雖貧不知止，而能合於《易》，以操土風，或免於君子之譏乎！〔註 99〕

之前曾有論及，袁枚雖不回返故里，但對於故鄉杭州依舊有著牽念，因此袁枚便將隨園水景仿西湖建置，希冀能「居家如居湖，居他鄉如故鄉」。袁枚又有詩云：

> 鑿得雙湖似故鄉，一枝柔櫓泛春航。
> 落花水上凌波立，還擬人看舊日妝。
> （〈春日雜詩〉，卷 15，頁 275）
>
> 我取西子湖，移在金陵看。時將雙鏡白，寫出群花寒。
> 前湖繞荷葉，後湖多釣竿。（〈雙湖〉，卷 15，頁 300）
>
> 十字長廊接綺寮，繞廊流水影迢迢。
> 游人知住杭州客，湖上雙堤又六橋。
> （〈答人問隨園〉，卷 20，頁 413）

〔註 98〕曹林娣：《中國園林藝術論》（太原：山西教育出版社，2003 年），頁 126～128。

〔註 99〕袁枚：〈隨園五記〉，《小倉山房文集》《袁枚全集》（南京：江蘇古籍出版社），卷 12，頁 208。

在這三首詩中，袁枚均提到自己是有意仿製西湖而造雙湖。雙湖分爲前湖、後湖，前湖植滿荷花，後湖則否。袁枚在園中置有小艇，〔註 100〕夏天可乘舟採蓮，秋天則可游湖採菱。袁枚有詩云：

> 不負一池水，招招學舟子。君覺歌口香，知在藕花間。
> 畫橈莫蕩公，水動鴛鴦起。（〈泛杭〉，卷 15，頁 302）

> 何處采蓮去？清池泛小槎。自慚雙鬢白，還愛六郎花。
> 香霧多生水，西湖恍在家。手擎荷葉傘，遮得夕陽斜。
> （〈消夏八首〉之六〈采蓮〉，卷 33，頁 810）

在第一首詩中，袁枚將在湖中泛舟題名爲「泛杭」，並作爲隨園二十四詠中其中之景，可見袁枚戲仿西湖之意；在第二首詩中提到園中采蓮之趣，使袁枚有種「西湖恍在家」的錯覺，於此可見袁枚是將隨園水景仿製西湖營建，是爲了能夠再現故鄉杭州西湖的氛圍。不過除了雙湖外，袁枚詩中提到的「雙堤」與「六橋」並未完全仿造。園中有一長堤阻斷前後二湖，且園中只有一橋名爲「渡鶴橋」。袁枚之所以稱園中有雙堤六橋，係指年年游園游湖者甚多，「游人履此宛如西湖蘇白兩堤光景」〔註 101〕，因而得以稱之。由此可知，隨園中的西湖再造不僅是在水景建築上，袁枚更將西湖遊人如織的情景一併再現隨園，隨園可說得到西湖的神髓。

除以雙湖爲主的水景，袁枚也在湖邊建有「水西亭」。水西亭位在湖之西側，是西山之水所趨入湖處，是湖中水景之源頭。袁枚有詩〈引流泉過水西亭〉云：

> 水是悠悠者，招之入户流。近窗涼易得，穿竹韻偏幽。
> 洗手弄明月，浮觴記小籌。濠梁眞可樂，魚影一庭秋。
> （卷 11，頁 211）

由於此處是引水入園的處所，因此「近窗涼易得，穿竹韻偏幽」，環境十分涼爽。《隨園瑣記》形容此處：「形如巨艇，周以紅欄，聽鶯觀

〔註 100〕袁枚詩：〈製小艇〉，卷 11，頁 210。

〔註 101〕清・袁祖志：《隨園瑣記》（《叢書集成三編》，第 76 冊，台北：新文豐，1996 年），卷上，頁 110。

魚，別有幽趣。萬竿修竹，兩岸芙蓉，游人至此，必須小憩」，由此可知游園者也多在此歇息。事實上，袁枚也經常在此處靜坐或者閑行。試看以下二詩：

明月愛流水，一輪池上明。水亦愛明月，金波徹底清。
愛水兼愛月，有客坐于亭。其時萬籟寂，秋花呈微馨。
荷珠不甚惜，風來一齊傾。露零螢光濕，屧響蛩語停。
感此玄化理，形骸赴空冥。坐久並忘我，何處塵慮攖？
鐘聲偶然來，起念知三更。當我起念時，天亦微雲生。

（〈水西亭夜坐〉，卷 7，頁 121）

雨氣不能盡，散作滿園烟。好風何處來？荷葉爲翩翩。
群花浴三日，意態柔且鮮。幽人傾兩耳，竹外鳴新泉。
啁啁一鳥歇，閣閣群蛙連。暝色起喬木，斷虹媚遠天。
蝸過有殘篆，琴潤無和弦。憑闌意悄然，與鷗相對眠。

（〈雨後步水西亭〉，卷 9，頁 164）

在第一首詩中，袁枚喜歡晚上在水西亭靜坐，水月交輝，美不勝收。袁枚自言「愛水兼愛月」，因此深受此景吸引。夜晚於此靜坐，使袁枚感到一種「坐久並忘我，何處塵慮攖？」的出世之感；第二首詩中，袁枚雨後閑行此處，憑欄望園，大雨過後，花木更加鮮麗；鮮少遊人，故可感知雨後園林特有的靜寂美感，故云：「蝸過有殘篆，琴潤無和弦。憑闌意悄然，與鷗相對眠」，將隨園的靜寂美感表現的淋漓盡致。從袁枚對隨園水景營造的概念來看，袁枚欲將隨園水景仿製西湖營造，也確實掌握的西湖的神髓，使得「居他鄉如故鄉」得以實現；又從袁枚對水西亭的描述中瞭解到隨園水景的美感特徵，更是袁枚靜坐閑行的重要去處。

綜合袁枚對隨園中美感空間的營構，可發現不同於以往文人以命名作爲自我主體的呈顯，而著重在實際的踐履與享受。隨園儘管崇尚自然美感，但也善於利用器物營造美感，如玻璃窗、園中多鏡便是。

第三節　袁枚在隨園的生活作息型態

從以上對隨園的建構、空間的營造的討論，可發現袁枚是將隨園視爲一個「生活世界」〔註 102〕，無論是他的文學事業、社交活動、美感追求與日常起居皆是其生活世界的一部份。作爲一位無官無職卻極富聲望的在野詩人，生活在富庶承平的康乾盛世，居於他一手打造的南京隨園，創造屬於自己的生活美學。袁枚運用詩歌將其生活詳細且細膩地記錄下來，作爲他對隨園生活的詩意註腳。以下將從四個面向對袁枚在隨園中的生活作息型態進行理解與建構，其一爲「隨園的一日起居」，探求袁枚如何度過隨園內一天的生活；其二爲「隨園的四季圖景」，探求四季的遞嬗帶給隨園生活何種的變化；其三爲「隨園的節慶活動：以張燈爲例」，探求隨園在某些特定時刻的生活樣貌，並以「張燈活動」作爲主要論述核心；其四則是「隨園的他界空間」，隨園空間內其實存在著一些非同質性空間的融合與跨越。在這四個面向中，是以「空間」作爲一個共同的切入點，希冀能使袁枚在隨園內的生活更立體地呈現。

一、隨園的一日起居

袁枚在隨園中的一日伊始，通常是在友人的造訪叩門中甦醒。袁枚有詩云：

> 客敲柴門響，主人在夢中。驚起索布襪，遺失草堂東。
> 夜亦無所想，夢見竹樹長。客若游我園，赤腳送君往。
> （〈隨園雜興〉，卷 6，頁 95）

袁枚在隨園中的生活起居，常是晚起又晚睡的。如這首詩中所言，

〔註 102〕「生活世界」的概念，是指排除了抽象的科學理念之後而開展出來的生活之原始場域，即回歸到在理論與知識的預設之前，屬於直接經驗，日常生活中的世界。這其中包含著他在實際生活中直接經驗到的各種行動、識覺、記憶、偏好、志趣等，而這一切均以具體的方式揉合整合地盈滿流動在他的生活世界裡。此段說明引自潘朝陽：〈地理學與人文關懷〉《心靈．空間．環境——人文主義的地理思想》（台北：五南，2005 年 6 月初版一刷），頁 13。

常常睡到友人敲門造訪才慌忙驚醒，「客若游我園，赤腳送君往」充分展現袁枚的幽默。袁枚一日在隨園內的活動行跡，若從室內與室外的空間形式來區分，可說是由內而外，再由外而內。試看袁枚〈偶作五絕句〉詩云：

種樹成香國，關門作睡王。近來客解事，都不早升堂。
偶尋半開梅，閑倚一竿竹。兒童不知春，問草何故綠。
怕見有求客，不栽難畜花。無心做投贈，狂竹入鄰家。
月下掃花影，掃勤花不動。停帚待微風，忽然花影弄。
好學原爲福，無情不是才。吟詩推客去，開閣放山來。
（卷 19，頁 375）

在這首詩中，袁枚是將其一日的生活藉由詩歌進行再現。由於袁枚晏起的生活習性，友人漸漸不清早造訪，因此袁枚儘管「關門作睡王」。起床後便至園中漫步，折芭蕉花上露飲之，眞是「瓊漿何比千年計，一滴甘時一刻仙」〔註 103〕。隨後袁枚便在園中尋梅倚竹，徜徉在園林的自然草木之間，好不悠閒。袁枚喜在園內緩步行走，因此慣穿寬鬆的衣物〔註 104〕，袍子故意裁得較短，因「平生怕繫腰」〔註 105〕，足見袁枚不喜受拘束的個性。如此待至夜晚，袁枚月下清掃落花，晚風襲來，花影微顫，經常使袁枚感到一種無心之樂。此爲由室內走向室外。然而，袁枚吟詩讀書需要一個不受人打擾、屬於袁枚個人的空間，故云「吟詩推客去，開閣放山來」，是以自身獨與天地萬物往來〔註 106〕。先前曾提到，袁枚吟詩讀書之處主要爲夏涼冬燠所，或隨著季節而游移園中各處，但隨園來客甚多，使袁枚常覺時間不足，深感憂慮。袁枚有詩云：

〔註 103〕〈每日晨起折芭蕉花上露飲之〉，卷 29，頁 666。
〔註 104〕〈《自壽》詩亦嫌有未盡者，再賦四首〉「不能飲酒厭聞歌，革帶常寬懶著靴」，卷 36，頁 876。
〔註 105〕〈裁袍〉：「閑居無所事，緩步自逍遙。底事裁袍短？平生怕繫腰。」，卷 32，頁 765。
〔註 106〕袁枚經常借病辭客。如〈起早〉：「起早殘燈在，門關落日遲。雨來蟬小歇，風到柳先知。借病長辭客，知非又改詩。蜻蜓無賴甚，飛滿藕花枝。」卷 15，頁 286。

掩卷吾意足，開卷吾乃憂。卷長白日短，如蟻觀山丘。
秉燭逢夜旦，讀十記一不？更愁千載後，書多將何休？
吾欲爲神仙，向天乞春秋。不願玉液餐，不願蓬萊游。
人間有字處，讀盡吾無求。(〈讀書二首〉，卷 6，頁 95)

對袁枚來說，「讀書」是一件極爲重要的事。袁枚當初退居隨園，其中一個原因便是想要有更多的時間閱讀，儘管隨園內有理想的讀書處所，但仍有時間不足之嘆。袁枚嘆道：「卷長白日短，如蟻觀山丘」，閱讀的時間永遠不夠，甚至許下「人間有字處，讀盡吾無求」的願望。袁枚晏起的習慣，便是因他有著秉燭夜讀的習慣。試看以下諸詩：

寒夜讀書忘卻眠，錦衾香燼爐無烟。
美人含怒奪燈去，問郎知是幾更天。(〈寒夜〉，卷 6，頁 106)

一卷書開引睡遲，洞房屢問夜何其。
高堂憐惜小妻惱，垂老還如上學時。(〈一卷〉，卷 16，頁 314)

老妻怕我開書卷，一卷書開百事忘。
手把陳編如中酒，今人枉替古人忙。
新年無計慰衰翁，春日尋春小苑中。
拜領東皇無別物，綠梅花上過來風。
小步閑拖六尺藤，空山來往健於僧。
栽花忙處兒呼飯，夜讀深時妾屏燈。
抹月批風意自如，有時此老亦拘拘。
歡場獨靜因除酒，閑裏生忙爲著書。
休焚沉篤防花妒，且住笙歌讓鳥吟。
開卷古人都在目，閉門晴雨不關心。
枕上推敲忘夜長，苦吟人與睡相妨。
無端窗外風濤急，生恐蛟龍走上床。
歲月堂堂秋復春，山花山草逐時新。
有時獨坐還自笑，回憶少年如古人。
(〈遣興雜詩〉，卷 27，頁 581)

袁枚對於讀書的執著相當堅持，認爲「一日不讀書，如作負心事」〔註107〕，但也經常不被家人理解，因爲此時讀書已不是爲了任何現實目的，袁枚卻仍然勉力讀書，甚至一開卷便忘記休息，忘記一切，「閉門晴雨不關心」，一切皆使「高堂憐惜小妻惱」。袁枚秉燭夜讀，「栽花忙處兒呼飯，夜讀深時妾屛燈」，爲了讀書而忙碌「歡場獨靜因除酒，閑裏生忙爲著書」，袁枚亦在夜晚從事創作，如〈夜坐〉（卷16，頁314）云：

飄飄風雨夜缸凝，肅肅蕭齋硯有冰。
落筆動爲千古計，知心惟有一窗燈。
衰翁獨坐寒梅伴，空谷高歌凍雀應。
不是子雲甘寂寞，人間誰是得霜鷹！

平時的袁枚或許生活閒適自若，但面對讀書、創作這等「千古大事」時，袁枚懷抱著相當敬虔認眞的態度，甚至可以忍受獨對孤燈的寂寞。於此袁枚又從室外返回室內。這兩個往復的過程便構成袁枚在隨園內的一日足跡。從袁枚詩中所述一日空間的推移約略可知，室外是屬於悠閒的，可以緩步行走的；室內則主要是袁枚從事他最喜愛的閱讀寫作大業的地方，不爲家人所理解的，雖然就現實層面來說沒有任何壓力，房中又有琴、書與古玩相伴，但袁枚卻無法放鬆自己對於閱讀寫作的深度追求。換言之，袁枚掌握著生活的節奏與韻律，該鬆則鬆，該緊則緊，而讀書寫作則是他一生緊抓不放的追求。

若從生活基本要求的角度看袁枚的一日，可發現隨園幾乎可以滿足袁枚生活上的一切所需，尤其是飲食方面。袁枚是美食家，著有《隨園食單》，可見其對美食的品味，而園中的食物來源，多是從園中便可取得。袁枚在隨園的東西兩側置有田地，使十三戶承領種植，「每日所需之蔬菜，以及年終之雞豚等類，各戶排日按年，承植供給」〔註108〕，除供給食物蔬果，若園中遇有喜慶諸事，此十三戶

〔註107〕〈秋夜雜詩〉，卷10，頁197。
〔註108〕蔣敦復撰、王英志校點：《隨園軼事》《袁枚全集》第八冊（南京：

也供作勞役。《隨園軼事》又云：

> 園中食物，除鮮肉、豆腐需外出購買外，其他則無一不備。樹上有果，地上有蔬，池中有魚；雞鳧之豢養，尤爲得法；美釀之儲藏，可稱名貴：形形色色，比購諸市上而更佳。有不速之客，酒席可咄嗟立辦；不然，園之去市，計有二里之遙，往返需時，那堪久待耶？唐人「盤飧市遠無兼味，尊酒家貧只舊醅」二語，不足爲先生慮也。〔註109〕

由此可見，隨園內除鮮肉、豆腐需向外購買，其餘食材「無一不備」，甚至比外面購買更佳。袁祖志《隨園瑣記》的記載更爲詳盡，如園中果物便「櫻桃、梅李、桃杏、蓮藕、芡菱、銀杏、梧桐俱較市中別饒風味，枇杷則尤鮮美」〔註110〕；蔬菜則是隨處可採「如馬蘭頭、苜蓿頭、菊花頭、以及水邊菱芹等類，不一而足。有客至止爭嘗爲快」〔註111〕；隨園亦有蓄魚，每年網捕一次以供祭享餽贈，以鯽魚爲多：「銀鱗赬尾，取次充庖，惟鯽魚最多，所謂名士魚者是也，世稱鯽魚腦不可多得之美味，若吾園固足資飽啖焉」〔註112〕，由此皆見隨園乃自己自足，也因此與世俗口味大不相同。袁枚更盡力運用園中資源，如以園中應時花果入饌，或製油煮滷：

> 園中花果，嘗入食品，以其鮮新而雅致也。春則藤花餅、玉蘭餅；夏則溜枇杷、炙蓮瓣；秋則灼菊葉、栗子糕；冬則竹葉糉，薺菜羹，隨時入饌，自異市俗。〔註113〕

江蘇古籍出版社，1993年），頁97。

〔註109〕蔣敦復撰、王英志校點：〈園中食物俱備〉，《隨園軼事》《袁枚全集》第八冊（南京：江蘇古籍出版社，1993年），頁96。

〔註110〕清·袁祖志：〈記食品〉，《隨園瑣記》（《叢書集成三編》，第76冊，台北：新文豐，1996年），卷下，頁115。

〔註111〕清·袁祖志：〈記食品〉，《隨園瑣記》（《叢書集成三編》，第76冊，台北：新文豐，1996年），卷下，頁115。

〔註112〕清·袁祖志：〈記食品〉，《隨園瑣記》（《叢書集成三編》，第76冊，台北：新文豐，1996年），卷下，頁115。

〔註113〕清·袁祖志：〈記食品〉，《隨園瑣記》（《叢書集成三編》，第76冊，台北：新文豐，1996年），卷下，頁115。

> 他如榨筍爲油，煮蕈爲滷，製桂栗之糖，搗玫瑰之醬，蒸玉蘭之粉，釀海棠之蜜，取雪中之梅，以窨茶葉；採露荷之菜，以蒸豬肉，眞覺取之不盡，用之不竭。〔註 114〕

由此可知，袁枚將園中花果充分利用，且「隨時入饌」，自能「自異市俗」，並「取之不盡，用之不竭」。袁枚曾有詩云：「食不喜重味，而恰精肴饌」〔註 115〕，於此充分展現。從袁枚在隨園內的一日生活來看，袁枚的生活基調悠閒自適，晏起而晚睡，室外屬於休閒空間，室內則是屬於袁枚個人的空間，可以自由寫作，不受拘束，隨園亦提供幾乎生活的一切食物所需，自己自足，因而與世俗大不相同。

二、隨園的四季圖景

在園林景致中，除了由建築與花草所營構出的風景外，大自然的變化也是造成園林景觀的一大要素。在造園學上，園林建築與花草樹木是爲「實景」，而大自然所造成的光影變化等非實體的風景形象，則稱之爲「虛景」，其中又可分爲兩部份，一爲大自然規律性的天象變化，如日升月落，四季更迭的陰影變化與光線轉換；其二則是變化多端的氣候變化，如雲、霧、雨、雪等。〔註 116〕園林之美往往是透過實景與虛景的相互配合更加展顯，而隨園中的四季圖景，則在袁枚的詩筆下動人地展開。不同季節也有不同的生活方式與遊賞型態。對園主袁枚來說，隨園四時皆宜。隨園無時無刻都展露他的美。〈隨園四記〉云：

> 今視吾園，奧如環如，一房畢復一房生，雜以鏡光，晶瑩澄澈，迷乎往復，若是者于行宜。其左琴，其上書，其中多尊罍玉石，書橫陳數十重，對之時倜然以遠，若是者于坐宜。高樓障西，清流洄洑，竹萬竿如綠海，惟蘊隆宛暍

〔註 114〕清．袁祖志：〈記食品〉，《隨園瑣記》（《叢書集成三編》，第 76 冊，台北：新文豐，1996 年），卷下，頁 115。

〔註 115〕〈七十生日作〉，卷 31，頁 732。

〔註 116〕陳從周：《中國園林鑒賞辭典》（上海：華東師範大學出版社，2001 年），頁 1080。

之勿虞，若是者與夏宜。琉璃嵌窗，目有雪而坐無風，若是者與冬宜。梅百枝，桂十餘叢，月來影明，風來香聞，若是者與春秋宜。長廊相續，雷電以風，不能止吾之足，若是者與風雨宜。是數宜者，得其一差強人意，而況其兼者耶？〔註117〕

在這段記敘中，袁枚提到隨園有「數宜」：隨園動線迂曲往復，是宜於「行」；屋內有書有琴有古玩，是宜於「坐」；園中有高樓遮蔽烈日，有湖水幽幽，有綠竹萬竿，是宜於「夏」；園中有玻璃窗，不受風寒又能觀賞窗外雪景，是宜於「冬」；園中有梅、有桂，月來影明，風來香聞，是宜於「春秋」；園內建築物往往相連，或有長廊，即使風雨雷電也不會受到影響，是宜於「風雨」，由此可見隨園幾乎無時不宜，實景與虛景可說是配合無間，由此可見袁枚的自豪。以下將分別論說隨園的四季風景：

（一）春　季

春天是一年生機最蓬勃的時刻，剛經過寒冷的冬季，百花則正要綻放。對位處在南方的隨園來說，百花盛開，正是一年最美麗的季節，此時最適合詠詩與在園裡遊春。如〈春興〉（卷11，頁206）詩云：「心事山居日日幽，風廊水榭足閑游」，又如〈偶成〉（卷17，頁343）詩道：「春宵好景怕相忘，有得頻題墨數行」。袁枚爲春天所寫的詩句甚多。袁枚迎春，首先便從「探梅」開始。袁枚有詩〈癸未元日〉云：

歲首百事忘，天晴萬花喜。元日如今年，人生能有幾？
隨眾披新衣，澄懷觀妙理。阿母扶上堂，同拜尚有姊。
女兒各倩妝，嬌甚不成禮。四鄰爆竹聲，中旦猶未已。
傳坐伺過客，來者亦數起。喜畀編年詩，怯增坐席齒。
吾生自有涯，節序何時止？欲作迎春行，先從探梅始。
（卷17，頁341）

〔註117〕袁枚：〈隨園四記〉，《小倉山房文集》《袁枚全集》（南京：江蘇古籍出版社），卷十二，頁207。

這首詩成於正月，正是春季，家人沉浸在過年的喜悅中，袁枚也換上新衣迎接新年。袁枚儘管感到時間飛逝，卻也感到萬物初始的喜悅，彷彿一切都重新開始「歲首百事忘，天晴萬花喜。元日如今年，人生能有幾？」。除了因春季所帶來的初始之感，春日氣候之多變也使詩人內心產生變化。袁枚於詩中便著意描寫春季園內雨後煙霧繚繞，帶給人些許春愁的滋味。諸如〈仿劍南小體詩〉：

春日山居事事宜，閉門行樂少人知。
亭移舊料功成早，樹換新泥葉發遲。
禿筆管仍裝麈尾，斷琴弦更拗花枝。
年來悟得忘名意，除卻風懷不詠詩。

春影離離過畫廊，送春人與蝶俱忙。
歌聲隔苑聽尤好，花氣隨風到始香。
稚女鳴環爭白紵，旁妻蠲忿種青棠。
消除長日知何事？只有傾心美索郎。

朝烟暮雨倦登臨，閑倚危樓憶古今。
螻蟻尚存封建法，圍棋時見井田心。
山花受月紅成白，池水如人淺不深。
中散春愁無着處，幽蘭開處去彈琴。（卷 13，頁 232～233）

又如〈春日雜詩〉：

千枝紅雨萬重烟，畫出詩人得意天。
山上春雲如我懶，日高猶宿翠微巔。
漠漠輕陰雨後看，支筇長自倚闌干。
正嫌花氣無人送，一陣東風過玉蘭。
水竹三分屋二分，滿墻薜荔古苔紋。
全家雞犬分明在，世上遙看但綠雲。
清明連日雨瀟瀟，看送春痕上鵲巢。
明月有情還約我，夜來相見杏花梢。
萋萋芳草遍春潭，深院無人綠更酣。
何處一聲清磬響？斷峰西去有茅庵。

玻璃作鏡當雲鋪，返照春山入畫圖。
自憶頭銜揣風骨，此生只合住冰壺。
鑿得雙湖似故鄉，一枝柔櫓泛春航。
落花水上凌波立，還擬人看舊日妝。
風亭月榭事匆匆，園漸繁華我漸窮。
半世經綸十年俸，思量都在水雲中。
袖拂孤雲理素琴，那知門外落花深。
山人不飲河東酒，只要君主賜茯苓。
銀箏低按古《涼州》，聽水聽風夜正幽。
忽報樹梢燈似海，小紅歌罷盡回頭。
柴門掃雲雲不開，雲中置酒臨高臺。
夕陽辭我下山去，明日問渠來不來。
自把新詩寫性情，勝他絲竹譜春聲。
流鶯啼罷先生唱，各有閑愁訴不清。（卷 15，頁 275）

這兩首詩均描寫春日園中煙霧繚繞之景。在第一首詩中提到春日天氣總是朝煙暮雨，引人春愁，因而「中散春愁無着處，幽蘭開處去彈琴」；第二首中則是以「千枝紅雨萬重煙」句發端，而這正是「畫出詩人得意天」。袁枚尤其喜歡欣賞園中雨後之景，如第一首「朝烟暮雨倦登臨，閑倚危樓憶古今」，與第二首中「漠漠輕陰雨後看，支笻長自倚闌干」可以證之。另外，雨後山色更爲青翠，也是袁枚喜愛的原因，如〈春日偶吟〉（卷 32，頁 764）：「春暮陰生滿苑苔，曉風吹急小窗開。濕烟繞瓦雨剛去，寒翠撲人山要來」。袁枚喜春陰不喜春晴，是爲了園中眾花著想，〈春日雜吟〉詩云：

風雨多時易落英，陽烏如炙可憐生。
遙知花意如人意，只乞春陰不乞晴。（卷 7，頁 345）

若風雨太大則易使落花，太陽太大則花亦不堪，因此袁枚乞求春陰而不乞春晴，正是此意。

（二）夏　季

隨園的夏天相當炎熱，試看以下詩作：

雨腳三月斷，火龍當空蟠。偶有一片雲，狂風驅還山。
老人苦炎烝，風前將書攤。磨墨如車水，隨車隨時乾。
筆燥觸紙響，何能生文瀾？硯田尚如此，農田更可嘆！
願揮渾身汗，當作時雨頒。（節錄，〈遣懷雜詩〉，卷 31，頁 734）

在這首詩作中，袁枚鮮明地將夏日的隨園表現出來，「雨腳三月斷，火龍當空蟠。偶有一片雲，狂風驅還山」袁枚以火龍形容炎夏之盤據隨園，熱天無雨，風狂少雲，一片酷暑景象。此時就算想揮筆寫詩，也因天熱「筆燥觸紙響，何能生文瀾？」。儘管如此，炎炎夏日卻是袁枚讀書寫作的好時機。因爲暑天炎熱，來客甚少，因而有了「蒙頭不出舍」的正當理由，試看以下諸詩：

萬物蟄於冬，而我蟄於夏。赤帝一當關，群客可以謝。
我其陳蜳歟？蒙頭不出舍。書卷盡情翻，衣冠終日卸。
平生所著述，往往趁此暇。可奈正憑欄，秋隨一葉下。
（節錄，〈遣懷雜詩〉，卷 31，頁 734）

炎帝代辭客，幽人得自如。門無朱鬣馬，家有白雲車。
雨久荷花密，風高楊柳疏。年年三伏日，添著幾行書。
（〈三伏〉，卷 36，頁 895）

由於天氣炎熱，「赤帝一當關，群客可以謝」，因而袁枚得以「書卷盡情翻，衣冠終日卸」，袁枚更自言自己平生著述多作於夏季，「年年三伏日，添著幾行書」。

此時袁枚便可專心讀書，或寫詩、選詩，〔註 118〕甚至意外找到一些少作得以付梓，〔註 119〕皆是暑天辭客帶給袁枚的意外收穫。

除了在室內專心讀書寫作，袁枚亦有其他「消夏」之道，其〈消夏八首〉（卷 33，頁 809～811）詩便舉出八種得以消除暑熱的方式：

問富數書對，收藏卻最難。趁茲三伏好，分作幾回攤。

〔註 118〕〈選詩〉：「消夏閑無事，將人詩卷看。選詩如選色，總覺動心難。」（卷 32，頁 796）

〔註 119〕〈消夏無事，偶檢破簏得未刻古文九十餘篇。中有尚可存者理而出之竟留其半，大概皆少作也。然非老耄之不能割愛，即當時之過于矜嚴。姑付開雕以質觀者〉（卷 36，頁 895）

線脫忙教換，雲遮怕未乾。蠹魚應一笑，未必子孫看。

（〈曝書〉，卷 33，頁 809）

硯面如人面，難留半點塵。浴分仙掌露，清見紫雲身。

宿墨都無迹，揮毫自有神。《湯盤》原示訓，一日一回新。

（〈滌硯〉，卷 33，頁 809）

冷客雖難請，相招亦有媒。肯將高閣敞，自有故人來。

消息青蘋訪，動搖團扇催。笑他漢武帝，翻築避風臺。

（〈招風〉，卷 33，頁 809）

嫦娥疑怕熱，六月懶升天。待到星無影，還防樹有烟。

與誰同出海，累我不成眠。此後來宜早，山人已暮年。

（〈待月〉，卷 33，頁 810）

竹孤嫌寡偶，補種十餘叢。綠樹鋪成海，青天易起風。

爭高牆角外，添響雨聲中。誰是新來者，森森自不同。

（〈補竹〉，卷 33，頁 810）

何處采蓮去？清池泛小槎。自慚雙鬢雪，還愛六郎花。

香霧多生水，西湖恍在家。手擎荷葉傘，遮得夕陽斜。

（〈采蓮〉，卷 33，頁 810）

白鳥成群至，驚同刺客看。聞聲雙耳怯，披甲一身難。

羅帳長城築，天衣沒縫鑽。此翁惟墨水，不中汝曹餐。

（〈避蚊〉，卷 33，頁 810）

熱客名先惡，炎天來者當。明知秋信近，何必火攻忙？

水竹相依慣，衣冠已健忘。請看牛女宿，隔水尚相望。

（〈辭客〉，卷 33，頁 811）

暑天炎熱，除躲在室內閉門唫書，總還有一些可作之事。例如趁著天氣晴好，將藏書拿來曝曬陽光，趁機稍作整理，或清洗硯台；若天熱無風，則登上高樓，自有涼風，「肯將高閣敞，自有故人來」。袁枚也會乘舟至湖上採蓮，享受「手擎荷葉傘，遮得夕陽斜」的樂趣。夏日多蚊，除張設蚊帳，袁枚更自言「此翁惟墨水，不中汝曹餐」，頗有文人自嘲的幽默。其它如夏日晝長夜短，袁枚只好苦等明月「嫦娥疑怕熱，六月懶升天。待到星無影，還防樹有烟。」；或是嫌園中綠竹太少，因而補種新竹。避暑之道，簡而言之，即是「避暑無他法，安身有秘方。只離紅日遠，自覺碧天涼」（〈避暑〉，卷15，頁286），因此袁枚在園中戶外便靠近水與竹，以解暑熱。

（三）秋　季

秋天是萬物開始凋零的季節，由炎熱的天氣逐漸轉涼，袁枚不甚喜歡這樣的氣候轉變，如〈新涼〉詩云：

> 人皆愁久暑，我卻怕新涼。味似官初罷，情疑寵不常。
> 晨昏難適體，衣服屢開箱。安得彈琴客，先教奏《履霜》？
> （卷27，頁587）

雖然炎熱的夏季逐漸過去，但突然的涼意卻讓袁枚聯想到辭官初罷的感覺「味似官初罷，情疑寵不常」，一時總令人難以適應。加上早晚氣候的變化，使袁枚時常感到身體不適。〈秋夜雜詩〉詩前有序云：

> 余春秋三十八後，頗畏秋風，當之軌噎不已。形貌夏肥秋瘦，與時慘舒。（節錄，卷10，頁196）

足見秋季氣候的轉變使袁枚身體不太能承受，甚至「形貌夏肥秋瘦，與時慘舒」。秋天的袁枚時常生病，不能常去園中閒遊，或是親近詩書。袁枚有詩云：

> 山中蒲柳畏西風，白髮催添又幾重。
> 病每防秋先自怯，天如成例不姑容。
> 詩書暫遠妻孥近，膳飲才清藥氣濃。
> 消受名花都有分，年年只是負芙蓉。（〈又病〉，卷15，頁295）
>
> 自憐生性像梧桐，一到秋來便改容。
> 久不登樓看落葉，不知露出幾多峰？（〈病中作〉，卷32，頁791）

袁枚逢秋必病，幾成定例。因此袁枚自喻如蒲柳畏西風，又如梧桐遇秋便改容，秋日對袁枚來說是難熬的季節。因為每逢秋季，袁枚只能「詩書暫遠妻孥近，膳飲才清藥氣濃」，除不能親近詩書，亦不能至園中遊賞。對此袁枚相當遺憾，尤其是對秋季滿園開放的芙蓉花尤其虧欠。〈園中芙蓉盛開病中不得見，戲題一絕寄調章淮樹太守、家春圃觀察、香亭別駕〉

> 九月芙蓉開滿園，病夫無福倚欄杆。
>
> 妬妻瘧母眞相似，家裏紅妝一見難。（卷 26，頁 568）

除芙蓉盛開，秋季的隨園實是一片蕭颯，秋風強勁，宛如怒號，袁枚有詩云：

> 木葉豈肯去？忽然秋風搖。搖之猶未已，乃至聲怒號。
>
> 萬片墜古瓦，如雪空中飄。我起一吹霎，中人如利刀。
>
> 喉作鋸木聲，漏盡勢亦驕。寒燈逼瘦影，黃葉同蕭蕭。
>
> 人生非草木，大化隨周遭。所悲前三年，未敢欺二毛。
>
> （節錄，〈秋夜雜詩〉，卷 10，頁 196）

秋風一起，園中樹葉飄落，片片飄落的落葉猶如下雪，足見秋風之驚人。秋風宛如利刃，將園中花木剪除殆盡；秋聲怒號，聲勢更是驚人。在這首詩中袁枚極力描摹秋風之威力，可見袁枚對於秋風的畏懼。由於秋季帶來的滿園蕭瑟，袁枚也不免引發悲秋之感。如：

> 采采繁英滿樹丘，自看風色捲簾鈎。
>
> 華燈見月光先淡，細雨含花影亦愁。
>
> 萬種秋聲歸落葉，六朝全局在高樓。
>
> 憑欄掉首緣何事？又見新霜上瓦溝。
>
> （〈秋興〉，補遺卷 1，頁 966）

這首詩袁枚先描述園中秋景，「華燈見月光先淡，細雨含花影亦愁」，點出秋夜月色清亮，連華燈都不免黯淡；微雨含花，似有情愁，點出秋夜的美好幽遠。但唯有一景袁枚掉頭不願目見，便是見白霜已結滿屋瓦，這番風景恐是不能多見了。秋霜經常能引起袁枚的歲月之想，如〈秋懷〉（卷 20，頁 400）詩云：「西風吹我作衰翁，瓦上清霜鬢上同。惆悵空階看落葉，樓臺一半夕陽中」

不過儘管秋色逼人，但若是天氣較暖和，如〈秋暑〉（卷 32，頁 778）詩中所云：「熱客不知老，天公忘作秋」的時刻，秋季的隨園仍有特殊的戶外活動，便是可以乘舟採菱。袁枚有詩形容在隨園採菱之趣：

隨園九月秋氣暖，綠覆一塘菱葉滿。
騷人都道水羞佳，爭脫荷衣爭攘腕。
小舟一葉繫垂楊，兩兩三三自作行。
勿惹萍絲嫌臂滑，偶欹蘭槳爲風狂。
風停共指前溪好，驚起一雙鸂鶒鳥。
摘葉休驚碩果稀，殘紅半落江湖老。
四角雙棱薦未多，分明滿席有烟波。
嘗來野外清幽味，合唱吳娘《水調歌》。
主人當筵三嘆息，眼前草木生區別。
芙蓉窈窕萬枝花，底事無人采紅雪？

（〈雨亭、葑亭采菱隨園，作采菱曲〉，卷 22，頁 457）

在這首詩中，袁枚呈現秋季隨園采菱之趣。九月菱滿水塘，遊人三三兩兩乘舟采菱，好不愉快。袁枚見到植滿菱的湖上如此熱鬧，不免替一旁同是在秋季盛開的芙蓉花抱屈了「芙蓉窈窕萬枝花，底事無人采紅雪？」顯現袁枚對美的事物的不捨之情。

（四）冬 季

隨園冬季嚴寒，袁枚有詩〈苦寒〉（卷 16，頁 327）云：「磨墨不動冰生花，重裘雙襲如清紗。玄冥行令理應爾，一寒至此寧無嗟！」但袁枚卻鍾愛園中雪景，總期待新春的第一道新雪。如〈正月八日雪〉云：

曉起群籟低，有物當檐壓。知是新春雪，來補去年臘。
果然纖塵無，一白天地合。空花萬重墮，群玉兩山夾。
更喜牆垣無，高下樓臺雜。群窗皆玻璃，風拒景仍納。
山沉亭立空，寺隱燈表塔。沙鳴冰溜和，竹拜松枝答。
只恐斜陽來，銀海去狎恰。急披鶴氅衣，麻鞋滿山踏。
踏此兜羅錦，傾跌無不可。行則仙雲招，仆亦瓊瑤裹。
離離珠彈冠，艷艷花沒踝。高枝屈復低，右幹拗而左。

凍雀噤欲暗，深溝填且頗。可惜柴門關，天加白玉鎖。

清絕竟無客，孤行惟有我。老梅情不禁，銜寒香一朵。

（卷 20，頁 393）

袁枚喜愛新春的第一道新雪，愛其潔白無垢之感「果然纖塵無，一白天地合」，白雪盡覆隨園，使天與地彷彿交融一片，加以沒有牆垣環繞，只見樓台高下而不見阻隔。由於窗嵌玻璃，因此在室內便可眺望園外雪景而不受風，實爲樂事一件。由於下雪之故，鮮少遊人，袁枚得以獨身遊賞，並與園中山林花木交接往來，「清絕竟無客，孤行惟有我。老梅情不禁，銜寒香一朵」。

在隨園雪景中，袁枚特喜歡月夜賞雪。袁枚有詩〈藏雪〉（卷 26，頁 574）云「平生最愛月與雪，月不能留聽其缺。雪更多情來我家，天之所賜敢拜嘉」。袁枚喜歡在月夜雪地盡搜花上之雪，留待夏日品茗之用，其詩又云：

平生最愛月與雪，月不能留聽其缺。雪更多情來我家，天之所賜敢拜嘉。庚子元宵雪不止，主人攘臂清晨起。呼僮率婢拉老妻，滌甕排罍抱筐篚。卉前斛雪如斛糧，晶瑩潔白裁入倉。不許纖瑕污玉粒，兼持仙杵擣玄霜。骨冷魂清神轉主，雪階月地全搜蕩。已經千斛貯堂中，猶瞪雙睛看瓦上。我聞東吳朋珠貢百琲，食之不了渴與饑；又聞穆王俘玉萬萬雙，枉費人間八駿刀。何如我之所寶人勿趨，片片瓊瑤奇貨居！大夫伐冰無此樂，匹夫懷璧殊堪娛。轉眼驕陽六月紅，取烹綠茗生清風。更把楊枝一滴洒，醫盡人間熱中者。（卷 26，頁 574）

袁枚或清晨而起，或月地搜蕩，親率妻妾奴僕，手持洗淨之容器「卉前斛雪如斛糧，晶瑩潔白裁入倉」，經常取之千斛猶嫌不足。或是雪夜拄杖游園，詩云：

風霽月色明，露影蒼苔上。幽人清興發，杖策成孤往。

不知所尋誰，寓目即心賞。鄰人知未眠，水面蒿聲響。

（節錄，〈陶淵明有《飲酒二十首》，余天性不飲，故反之作不飲酒二十首〉，卷 15，頁 293）

袁枚見月色清亮，一時興起，便一個人拄著杖往園中走去，沒有任何目的，只是寓目游賞，或乘舟遊湖：「鄰人知未眠，水面篙聲響」，別有風趣。

三、隨園的節慶活動：以「張燈」爲例

隨園內除了日常生活外，也會有一些特殊的大型活動，如同節慶一樣，帶給隨園生活一些不一樣的樂趣。在袁枚詩作中可發現，隨園儘管仍然過著跟外界同樣的節慶與風俗，但袁枚其實不太在意外在世界（園外）的風俗律動與禮儀成規，他所在意的是與隨園相關的人事物。如《隨園軼事》所載：

> 先生不信風水星卜之說，葬不擇地，行不擇日，一切俗忌，了不關心，而未聞稍有觸忌者。以見先生心地光明，熒然而無所迷惑也。〔註 120〕（節錄）

從這則後人的記述來看，袁枚「一切俗忌，了不關心」。又如另一首詩中，正值新年的歡慶氣氛，袁枚卻因生病而形貌憔悴，外頭爆竹的聲響彷彿與己無涉。試看以下這首詩：

> 髮蕭蕭，春寂寂，明年只有一燈隔。
> 病餘身壞似秋蕉，壁罅風來如刺客。
> 憶昔兒時嬲阿母，子鵝殘炙屠蘇酒。
> 明珠綴蠟鳳凰來，叉腳騎燈竹馬走。
> 於今扶母升高堂，兒獨清齋學太常。
> 思遣門生議鱔蟹，又恐消食無檳榔。
> 鄰家爆竹聲紛紛，徹宵驚破空山雲。
> 梅花橫窗作微笑，笑我不似新年人。
> 年新年舊吾不知，磨墨一螺筆一枝。
> 莫管三萬六千日，且了三十九年詩。
> （〈八月十九日病，至除夕猶未理髮，不飲酒，不茹葷，雪窗獨坐〉，卷 10，頁 202）

〔註 120〕蔣敦復撰、王英志校點：〈不設邏守、不避忌諱〉，《隨園軼事》《袁枚全集》第八冊（南京：江蘇古籍出版社，1993 年），頁 98。

袁枚上有高堂，又有妻妾兒女，隨園自然也沉浸在年節的氣氛中，但是袁枚卻「於今扶母升高堂，兒獨清齋學太常」，在正値歡慶的時節「不飲酒，不茹葷，雪窗獨坐」，只專心在自己的詩作之中「年新年舊吾不知，磨墨一螺筆一枝。莫管三萬六千日，且了三十九年詩」。足見袁枚也過傳統的節慶，但卻不是如此用心。那麼，隨園中的「節慶」到底是什麼呢？袁枚唯有遇到隨園內的人事物相關的活動才會投注大量心力，並且有不一樣的空間展示。例如在袁枚母親的壽宴、邀友至隨園賞花宴飲與自己的壽宴等便是，這些活動才是隨園中的主要慶典。在袁枚母親的壽宴與邀友至隨園賞花宴飲的活動中，袁枚會以「張燈活動」作爲歡慶的表示，並營造一種節慶的氛圍。隨園的張燈活動，主要是在每年春季園中花季時展開。隨園的「張燈」地點，即在園中植滿花卉之處，尤其是牡丹花一處。白日觀花自然美麗，夜晚亦不遜色，因袁枚在牡丹花間「削竹爲籤，插燭高燒，愈形燦爛」。〔註121〕《隨園瑣記》云：

> 垂柳之中，有軒三楹，背山臨流，極稱軒爽。山上徧種牡丹花，時如一座錦繡屏風，天然照耀；夜則插燭千百枝以供賞玩。花下排日延賓，通宵讌客，殆無虛晷焉。中懸先大父自題一聯曰：「不作公卿非無福，命都緣懶成仙佛。爲讀詩書又戀花」〔註122〕

此處在柳谷後方，由於牡丹花須以多爲貴，且須植於參差高下之地，因此此處「園中疊石爲山，偏栽百數十木，迴環映帶，坐觀如一座花山」〔註123〕，白日遊賞便相當壯觀，而夜晚袁枚則在花間立竹，上插燭火，正是「千盞銀燈照花睡，夜深何處不紅妝！」〔註124〕。隨

〔註121〕清・袁祖志：〈記花木〉，《隨園瑣記》（《叢書集成三編》，第76冊，台北：新文豐，1996年），卷上，頁113。

〔註122〕清・袁祖志：《隨園瑣記》（《叢書集成三編》，第76冊，台北：新文豐，1996年），卷上，頁110。

〔註123〕清・袁祖志：〈記花木〉，《隨園瑣記》（《叢書集成三編》，第76冊，台北：新文豐，1996年），卷上，頁113。

〔註124〕節錄，〈春日即事〉，卷21，頁208。

園花時宴客，「除排日宴客外，家宴亦絡繹不絕。彼此酬酢，以花落為度」〔註 125〕，然「園中花卉，四季不斷……相繼者花。先生開筵宴客，排日延賓，酒賦琴歌，殆無虛日」〔註 126〕，而凡是有張燈活動者，「游人最繁，自朝至暮，絡繹不絕，主人排日延賓，幾有應接不暇之勢」〔註 127〕。試看〈隨園張燈詞〉詩云：

> 隨園一夜鬥燈光，天上星河地上忙。深訝梅花改顏色，萬枝清雪也紅妝。金粟分行綴玉蟲，淺紅相間又深紅。隔山人唱《霓裳曲》，笑指先生住月宮。
>
> 高下樓臺列錦屏，紅珠歷落水雲清。嫦娥似讓燈光佛，捧出銀盤不敢明。熱戲俳歌《火鳳謠》，金缸銜壁影相交。引光奴逞拏雲手，遍摘春星挂樹梢。
>
> 盧仝吩咐小心風，珍重封姨護燭龍。一陣丁東鈴鎖響，水痕花影蕩千重。誰倚銀屏坐首筵？三朝白髮老神仙。（註：熊滌齋太史）道看羊侃金花燭，此景依稀六十年。（註：太史云：「年十五時舉京兆，宴苑平相公怡園。見張燈相似，今重赴鹿鳴矣。」）
>
> 客散華堂酒未收，重教金荻守更籌。簾波聽喚青衣捲，別有名花照影游。紫明供奉漸婆娑，倦把青藜走絳河。笑我金蓮舊詞客，照花時少照書多。（卷 15，頁 273～274）

在這首詩中，由於插燭燈光之照耀，「隨園一夜鬥燈光，天上星河地上忙」，就連天上明月也相形失色「嫦娥似讓燈光佛，捧出銀盤不敢明」。袁枚也注意燭火之安全，「盧仝吩咐小心風，珍重封姨護燭龍。一陣丁東鈴鎖響，水痕花影蕩千重」。除了春日賞花宴客張燈外，袁枚在其母親壽慶時亦會張燈慶祝：

〔註 125〕蔣敦復撰、王英志校點：〈家宴〉，《隨園軼事》《袁枚全集》第八冊（南京：江蘇古籍出版社，1993 年），頁 95。

〔註 126〕蔣敦復撰、王英志校點：〈年例宴客賞花〉，《隨園軼事》《袁枚全集》第八冊（南京：江蘇古籍出版社，1993 年），頁 95。

〔註 127〕清・袁祖志：〈記花木〉，《隨園瑣記》（《叢書集成三編》，第 76 冊，台北：新文豐，1996 年），卷上，頁 113。

九十高堂壽，千燈上下張。環山生火樹，搖水動珠光。
隔岸笙歌助，傾城士女狂。此時一杯酒，眞個紫霞觴！
（節錄，〈山中行樂詞十二首〉，卷24，頁490）

由此可見，除了花季賞花外，袁枚在其母親九十壽慶時亦會張燈慶祝，此時隨園的景況爲「環山生火樹，搖水動珠光」，燈火將園林點綴著璀璨輝煌，而賓客又多，「隔岸笙歌助，傾城士女狂。此時一杯酒，眞個紫霞觴！」可謂熱鬧非凡。由此可見，每逢張燈時，隨園遂成不夜城，通宵達旦，或賞花遊春，或慶祝誕辰，此才是隨園眞正的「節慶」。

四、隨園的他界空間

隨園雖是一生活的園林，但裡頭最特別的是「園中有墳」。先前曾提及園中西側爲墳場，以示袁枚願意以一己生死均在隨園之意。〔註128〕事實上這正是隨園一個很特殊的地方，隨園內有生活的空間，也有死後的居所，甚是也與鬼神和平共處。《隨園瑣記》云：

園以山水花木亭台樓閣占勝金陵，而先大夫因園中擴充，無美不備，所最難得者，祠墓田廬與園合而爲一，此已載之六記中。〔註129〕

「祠墓田廬與園合而爲一」確實是隨園相當特殊之處。據《隨園瑣記》記載：

先塋在園之西，松柏森然，爲先大夫所手植。每當春秋祭掃，舉家循山而行，無須出門，即抵墓所。〔註130〕

可見此處離所居亦近，這兩個不同性質的空間和平共處於隨園之

〔註128〕除了袁枚以一己生死均在隨園，其妻妾奴僕亦是，尤其是負責營造隨園的工人武龍臺，「隨園亭榭，率成其手」，死後無家人收葬，袁枚便將他葬於隨園，以爲「本汝所營造，使汝仍往還」。參見〈瘞梓人詩〉（卷9，頁167）

〔註129〕清・袁祖志：《隨園瑣記》（《叢書集成三編》，第76冊，台北：新文豐，1996年），卷下，頁115。

〔註130〕清・袁祖志：《隨園瑣記》（《叢書集成三編》，第76冊，台北：新文豐，1996年），卷上，頁112。

中，此與袁枚不信風水有關，〔註 131〕亦可見袁枚不拘泥於生死陰陽的距離，如〈《自壽》詩亦嫌有未盡者，再賦四首〉云：

> 不能飲酒厭聞歌，革帶常寬懶着靴。那信陰陽有拘忌，只憑忠信涉風波（凡有水路者從不陸行）。空王殿上香烟少，故友墳邊麥飯多。（補蘿先生墓代祭四十年矣）奴僕亦知安我拙，相隨都已鬢皤皤。（節錄，卷 36，頁 876）

此詩爲袁枚自壽詩其中一首，其中提及袁枚喜舟行不喜陸行，是因「那信陰陽有拘忌，只憑忠信涉風波」；又袁枚拜祭好友沈補蘿長達十餘年，可見在袁枚心中友情亦不容死生能夠阻斷。

基於不信風水與陰陽拘泥，袁枚對鬼神也抱持坦然無畏的態度。相傳隨園中多鬼狐祟，袁枚亦不甚畏忌，《隨園軼事》有云：

> 園中多鬼，先生夜深未睡時，有鬼聲啾啾，出叢林間：先生了無怖畏，吟詠自若。嘗語人曰：「幽明本異路，吾何惡于彼，彼何惡于吾？何怖也！明者爲人，幽者即爲鬼，吾可居于此，何必禁彼之不居于此也？各行其事而已。」卒無他異。（〈園中鬼〉）〔註 132〕

相傳隨園晚上時可聞鬼聲啾啾，甚爲嚇人，但袁枚卻「了無怖畏，吟詠自若」，以爲人與鬼兩不相涉，各行其是「吾可居于此，何必禁彼之不居于此也？」，足見袁枚也願讓園中之鬼在此棲身。袁枚甚至能夠運用園中狐祟鬼神之力，如《隨園軼事》所云：

> 園中時有狐祟，陳設多所移動，呼童整飭之，明日復然。先生曰：「爾果能佈置勝吾者，非惟不責爾，且將德之也！否則，將效韓文公驅鱷故事。」一日晨起，見小倉山房所懸大鏡，洗拭一新；而前楹「此地有崇山、峻嶺、茂林、修竹；是能讀三墳、五典、八索、九丘」聯，先已裝池剝

〔註 131〕蔣敦復撰、王英志校點：《隨園軼事》：「先生不信風水星卜之說，葬不擇地，行不擇日，一切俗忌，了不關心」《袁枚全集》第八冊（南京：江蘇古籍出版社，1993 年），頁 98。

〔註 132〕蔣敦復撰、王英志校點：《隨園軼事》《袁枚全集》第八冊（南京：江蘇古籍出版社，1993 年），頁 97。

蝕，亦糊裱精美矣。先生咄咄呼怪，作詩稱之。(〈園中狐〉)〔註 133〕

相傳園中有狐祟侵擾，會任意移動隨園內部陳設，每擺正後又被移動，令人不勝其擾，袁枚便將計就計，向狐祟喊話：若能佈置勝我，我必德之；若否，我必驅之！狐祟果然上當，不僅小倉山房大鏡被擦拭一新，甚至已剝蝕嚴重的楹聯亦被重新糊裱，袁枚也不禁嘖嘖稱奇。儘管這個記載的眞實性尙可商榷，但這仍可代表袁枚不忌鬼神狐祟，甚至願與之和平共處。換言之，在隨園中，不僅生與死的居所同在一處，鬼神狐祟也佔有一席之地，三個非同質性的空間均在同一個隨園中，不得不佩服園主的開放胸襟。

第四節　袁枚安居隨園所開展的意義

一、從「作而不居、居而不作」到安居隨園

中國園林發展的時間相當久遠，園林的性質也隨著時代有不同的轉變。時至明清，隨著時代工藝與經濟發展的成熟，園林的發展趨向繁盛，園林的性質也逐漸產生變化。明代中葉以後，園林的構築在士大夫間已成風氣，園林逐漸從單純住屋的功能轉向包含休閒的性質，至清代初期，別業與別墅型的園林遂成爲主流，象徵園林已逐漸獨立於家居之外，成爲一個獨立的休閒空間。〔註 134〕然而，就其功能意義而言，與家居空間的分離，使得園林經常只是一個士大夫有空閒才能去的場所。歸納《履園叢話》對園林的記載，可將清代好園之人（園癡）概分爲三類〔註 135〕：其一無錢築園，只好撰

〔註 133〕蔣敦復撰、王英志校點：《隨園軼事》《袁枚全集》第八冊（南京：江蘇古籍出版社，1993 年），頁 97。

〔註 134〕王鴻泰：〈美感空間的經營——明、清間的城市園林與文人文化〉，《東亞近代思想與社會：李永熾教授六秩華誕祝壽論文集》（台北：月旦，1999 年），頁 140～151。

〔註 135〕此分類乃是參考劉鳳雲：〈清代文人官僚與城市私家園林的興衰〉，《故宮博物院院刊》第 1 期總 93 期（2001 年），頁 49。

寫無是園記一類的後設之園，如吳石林「癖好園亭，而家奇貧，未能構築，因撰無是園記，有桃花園、小園賦風格」〔註136〕；一類雖好園林，但已對園林興築產生幻滅之感，以爲園亭如功名富貴，稍縱即逝，因此不必執著修築自己的園亭，「凡人之園亭有一花一石者，吾來嘯歌其中，即吾之園亭矣，不亦便哉！」〔註137〕；另一類則是主流大宗，空有名園卻沒空去居住，如清代名臣畢沅有別業靈巖山房，甚爲富麗，但「先生自出鎮陝西、河南、山東兩湖計二十餘載，平泉草木終未一見。」〔註138〕對此錢泳認爲相當可惜，此即袁枚所謂：「彼世之飾朱門塗白盛者，或爲而不居，居而不久」。由此可見，當時人雖也有人用心經營生活，建構生活園林，卻常常是「爲而不居，居而不久」，未能眞正享受園林意趣，只是追逐築園的風潮。袁枚一反此態，選擇日日生活於斯，眞正悠遊在園林生活裡。〈隨園五記〉有云：

> 彼世之飾朱門塗白盛者，或爲而不居，居而不久。而余二十年來，朝斯夕斯，不特亭臺之事生生不窮，即所手植樹，親見其萌芽拱把，以至于蔽牛而參天；如子孫然，從乳哺而長成狀而斑白，竟一一見之，皆人生志願之所不能及者也。何其幸也！雖然，草木如是，吾亦可知；吾既可知，則此後有不可知者在矣。〔註139〕

袁枚寫作此記時年五十三歲，距初居隨園已將近二十年，如此漫長的時間居處隨園，因而得見園中亭臺生生不窮，花草樹木萌芽乃至茁壯，皆有袁枚參與的痕跡。袁枚認爲這是少有的福氣，「從乳哺而長成狀而斑白，竟一一見之，皆人生志願之所不能及者也」。就清代園林發展史來看，從「爲而不居，居而不久」到「安居隨園」，袁枚可說是少數眞正悠游在園林生活的著名文人，如同陶淵明是首位眞

〔註136〕清・錢泳《履園叢話》（北京：中華書局，1997年），卷20，頁546。
〔註137〕清・錢泳《履園叢話》（北京：中華書局，1997年），卷20，頁546。
〔註138〕清・錢泳《履園叢話》（北京：中華書局，1997年），卷20，頁528。
〔註139〕袁枚：〈隨園五記〉《小倉山房文集》《袁枚全集》第二冊（南京：江蘇古籍出版社，1993年），卷12，頁208。

正悠遊在田園生活中的人，袁枚可說是園林文學研究中不可或缺的一個重要角色。從園林空間的意義轉變來看，袁枚的隨園破除當時居於主流的別業型園林，即獨立於家居生活外而以完整的休閒性空間存在的潮流，而是將家居與休閒相互交融，頂多只是室內與室外之別，而朝向生活園林的路上發展。隨園不是屬於別業型的園林，也不是「別營一院」的園林，而是只此一座的生活園林。

二、從「以山林之經濟，卜廊廟之謀猷」到「就此蝸牛居，結構且楚楚」

明、清是爲園林發展最蓬勃的年代，隨著時代的變遷，文人對待園林的看法也產生轉變，如明末清初因爲時代劇烈動盪，文人遂對園林產生幻滅之感，如張岱的不繫園便見證著時代將逝的最後狂歡〔註140〕，或撰後設的園記，突出園林虛幻的本質；入清以後，達官貴人築園者亦多，但如《履園叢話》與袁枚所述多是「爲而不居，居而不久」，究其原因，則是基於「林泉之樂，卒不勝夫爵位之榮」〔註141〕，對他們來說園林之樂終究比不上仕宦爲官。然對於袁枚而言，廊廟與山林有著同等的價値意義〔註142〕，因此經營園林不是爲了「以山林之經濟，卜廊廟之謀猷」，亦非爲了逃避，而是爲了安居其中。其詩〈偶然作〉云：

山居無所事，適土復適土。東聽繩繩築，西聞丁丁斧。
三百有六旬，所費亦難數。戚里憐我貧，切切相規阻。
豈知君子心，此中固有主。未能議明堂，爲國造區宇。
又無廈萬間，寒士同安堵。就此蝸牛廬，結構且楚楚。

〔註140〕關於明末清初文人對園林產生的幻滅與解構，詳見毛文芳：〈幻滅與遊戲：明末清初園林的解構〉《物・性別・觀看——明末清初文化書寫新探》（台北：學生書局，2001年），頁261～280。

〔註141〕清・張潮：〈江邨草堂紀題辭〉，清・張潮、楊復吉、沈楙惪編，《昭代叢書》第一冊（上海：上海古籍出版社，1990年），乙集卷44，頁303。

〔註142〕如第二章所述。

> 起伏寓文心，疏密占隊伍。栽花如養民，建亭似開府。
> 可惜錢刀空，英雄難用武。始知諸葛公，糧盡退軍苦。
> （節錄，卷 13，頁 241）

袁枚將隨園的建構比擬成官場的經營，蒔花鋤草如同養民除惡，建亭浚渠宛如開府區土，可知袁枚將隨園的經營視同官場的經營一般，是相當嚴肅的一項工作。又如〈忙〉一詩云：

> 花要泉澆鶴要糧，穿池疊石要平章。巢、由料理溪山事，
> 竟與皋、夔一樣忙。（卷 37，頁 917）

安居林泉的巢、由竟與高踞廟堂的皋、夔一樣忙碌，可見袁枚是以隨園生活視同國家政事一般重要，可說是提高了園林生活的地位。從明末清初文人對園林生活的「心不在焉」〔註 143〕，至盛清時袁枚的全神貫注。袁枚可說是眞正的轉向以生活經營作爲生命的重心。

小　結

明清以來，由於園林的盛行，園林成爲文人士子們另一個活動的場域，甚至成爲實踐理想的處所。處於盛平之世的袁枚，便是將隨園視爲個體實踐的場域，將隨園的營建視同建亭開府的地位；隨園的空間營造中體現其美學思想，並創造適合自己文學事業的環境，而隨園內的生活也體現園林豐富的生命向度與空間意義，試歸納本節論點如下：

一、袁枚對於隨園的營建，乃是隨著居住時間愈長而愈見深入。從最初欲再現隨園的風華，隨其自然而營造，到三十八歲入山志定後，遂開始展開主體性空間的營建，務使園中亭臺樓閣皆有園主的痕

〔註 143〕此形容語原出毛文芳之研究，清初以來的文人對園林生活多是「心不在焉」，其云：「卸職歸田有日用不足之苦，而在京邸築園，卻有時間不足之苦。無論如何，達官貴人無論在朝在野，都不能眞正的優游享受園林臺榭之趣」。詳見毛文芳：〈幻滅與遊戲：明末清初園林的解構〉《物·性別·觀看——明末清初文化書寫新探》（台北：學生書局，2001 年），頁 264。

跡，具體的實踐便是透過時時修建與生命踐履，即便錢財不足，也有變通之道，以園林之道與學問之道相通，並以一己之生命在園中悠遊，使成爲一生活的園林。

二、隨園的空間營造，是以文學爲核心的空間布置與純粹美感空間的經營爲主，兩者適足成爲隨園的兩個面向，一個是具有實用性質，一個則是純粹美感的經營。在實用空間的營造中，袁枚一手將隨園打造成適合自己文學事業發展的空間，藏書、創作、出版、影響皆含括其中；在隨園美感空間的經營中，袁枚從平凡的事物中掘發美感，例如通過曲徑製造曲折的美感，又如利用玻璃窗的色彩再造自然；或是以天然的花草樹木拓展景區，將人工與自然化爲一體；園中處處置鏡，除展示清空之象與豪奢之感，更使游園增添樂趣，使遊園女子更展妖嬈；在理水藝術上，袁枚著意將園中水景仿效西湖，並再現西湖遊人如織的場景，可說得到西湖的神髓。

三、袁枚在園中的生活型態，可發現袁枚生活基調悠閒，晚睡又晚起，室外多是屬於休閒的空間，當袁枚回到室內，閉門而居時，則是屬於袁枚專屬的時光；隨園四季皆宜，實景與虛景配合無間；袁枚對於外在世界的風俗與節慶律動不是相當在意，而是以隨園相關人事物的活動較爲關注，如園中花季、壽宴等，此時多以張燈活動進行，此時園中最富有節慶的氛圍，此才是園中最主要的慶典；隨園內有生活的空間，也有死後的居所，甚至也容許鬼神狐祟，這些非同質空間的交融，展現袁枚不信風水、不受陰陽拘泥的思考與坦然無謂的生活態度。

四、從明、清園林的發展來看，從時人「作而不居，居而不久」到「安居隨園」，袁枚可說是少數眞正悠遊在園林生活並得以享受園林意趣的著名文人。袁枚更突破園林虛幻的本質，著力經營隨園，使園林經營提高至建亭開府的地位，從明末清初文人的「心不在焉」到袁枚對園林的「全神貫注」可發現袁枚是以生活經營作爲生命的重心所在。

第四章　隨園中的親情世界

袁枚選擇安居隨園，除了社會輿論的壓力，「親情」亦是左右袁枚的關鍵因素。從袁枚選擇奉母歸園到出處掙扎的生命歷程中，處處可見袁枚對親族的執著與深情。張維屏《聽松廬文抄》云：「考其生平，于倫常骨肉之間，天性頗篤」〔註1〕若論隨園生活，親族網絡自是不容忽視的一個環節。蔡瑜認為：

> 然而，只從政治社會層面看隱逸的意義並不充分，一般而言，隱逸的抉擇必須面對生生之資的來源問題，也可能牽涉到自身階級地位的改變。因此，在親疏等級的傳統社會中，隱逸行為首先遭遇的應是家族的情境，而在真正歸隱之後家族更成為最核心的關係場所。由於親族倫理無所逃於天地之間，隱逸者從公領域退出勢必面向私領域，親族倫理關係亦將面臨一番調整。對隱逸者而言，如何安頓其在私領域的關係，應是其具體的生活世界。〔註2〕

確實，當袁枚移家入隨園後，親族關係遂成為袁枚生活的一個重心。事實上，親情也是袁枚選擇歸園、又半途出園的重要因素，親情關係對袁枚安居隨園的重要性不言而喻。因此本章將以袁枚詩歌中所

〔註1〕清·張維屏：《聽松廬文鈔》，收錄自《袁枚評論資料》，《袁枚全集》第八冊（南京：江蘇古籍出版社，1993年），頁11。

〔註2〕蔡瑜：〈試論陶淵明隱逸的倫理世界〉，《漢學研究》第24卷第1期（2006年），頁109。

展現的親情爲主要研究對象，探討袁枚在隨園所開展的親情世界之意義與價值。

第一節　親族倫理的重新安頓

一、失落的親情：從不在場的父祖輩談起

袁枚對親情的安頓，須從袁枚歸入隨園的兩個時間點開始談起。首先對袁枚初歸隨園的因由稍作回顧。袁枚自三十三歲決定挂冠隨園，這雖是屬於個人自主的抉擇，但隨即面對自身對國家、社會與家庭的責任，因此袁枚是以乞病歸家奉母爲由辭官。然而不久又面臨親情的考驗，因爲辭官家庭經濟不敷支出，袁枚三十七歲又短暫復出爲官，但仍不敵一己對隨園的嚮往而想再度辭官，未久袁枚父親去世，袁枚正以丁憂歸家奉養，自此不復出山，安居隨園。三十九歲獲朝廷終養文書核准，袁枚始能一圓「身依堂上衰年母，日補人間未讀書」的美夢。從袁枚初歸隨園的歷程觀之，袁枚當初歸入隨園，是以乞病奉養母親爲由；二次出山再度解組歸園時，則是由於父親意外的去世。從袁枚對父、母親的關係來看，袁枚顯然與母親的關係較深。父親辭世後，袁枚甚至沒有詩文表示哀悼之意，頗啓人疑竇〔註 3〕。袁枚父親的辭世，對袁枚此後安居隨園的心理因素帶來何種的影響呢？

事實上，若將關注的視角拉至袁枚的幼年，袁枚的成長歷程甚少有父親的陪伴。〈隨園六記〉云：「幼時先君子幕游楚、粵，余遊學京師，父子常相離也」，足見袁枚與父親的感情並不深厚。袁枚甚至不曾見過祖父〔註 4〕，因此在袁枚詩作中甚少見到父祖輩的身影。袁枚所受的教養主要來自祖母、母親與孀姑，可說是在女性爲主的教養環境下長大。就清代的社會而言，與有清以前的中國社會一樣，視父子

〔註 3〕此爲筆者翻檢今日所見袁枚全集之結果。袁枚或有悼文，但未見收錄。
〔註 4〕王英志：《袁枚評傳》（南京：南京大學出版社，2002 年），頁 37。

的關係爲「天合」，是凌駕其他親族關係之上的，象徵一種親族秩序，兒女視同父親的資產，兒子需順從並揣摩父親的心意始稱之爲孝順〔註5〕。袁枚是家中唯一的男丁，父親長年遊歷在外，但父親仍在袁枚的生命中佔有一定的地位。然而，袁枚對於以父親爲首與其所代表的父祖輩的感情，毋寧說是一種責任感，而沒有如對祖母、母親與孀姑的情感依賴〔註6〕。袁枚詩有云：

我家雖式微，氏族非小草。高祖槐眉公，烏臺稱矯矯。
傳家無笏囊，斫荻存衲襖。此事汝未聞，此語汝宜曉。
勉旃光前徽，典籍窮搜討。辭浮理易疏，境曲心能造。
阿兄既辭官，分俸時愧少。常恐嬬在家，菽水未必飽。
欲慰白髮親，須立青雲表。矧茲讀書地，幽趣頗飄渺。
楊柳何依依，竹竿何裊裊。對景生天機，隨心發匠巧。
阿兄區區心，焚香向天禱。

（節錄，〈與家弟香亭、陸甥豫庭居隨園，仿昌黎《符讀書城南》詩作二首，勸其所學．示香亭〉，卷6，頁98）

此爲袁枚攜香亭、豫庭（陸甥）歸隨園所做。袁樹（字香亭）爲袁枚叔父袁鴻之長子，袁枚的大堂弟。此詩意在勸勉晚輩步向正規的仕途，提及袁家氏族今日雖已式微，但昔日非同小可相勉，希望堂弟「勉旃光前徽，典籍窮搜討」，得以光耀先人。詩中所提「槐眉公」係指袁枚五代祖槐眉公。「烏臺」即御史台。槐眉公曾任明崇禎朝侍御史，其職主在輔佐御史大夫，掌管糾舉百官、入閣承詔等事，其人沉穩幹練，袁枚相當欽佩。槐眉公的父親，即六世祖袁茂英，明萬曆進士，官至布政使，即一省之最高行政長官〔註7〕，地位也相當顯赫。袁枚曾祖，即槐眉君之子袁象春則任知府，可說皆是仕宦

〔註5〕馮爾康、常建華：《清人社會生活》（天津：天津人民出版社，1990年），頁145。

〔註6〕袁枚幼年深受祖母疼愛，祖孫感情深厚。祖母死後，袁枚時有懷念祖母之詩，流露孺慕之情。如〈隴上作〉詩云：「憶昔童孫小，曾蒙大母憐。勝衣先取抱，弱冠尚同眠。……行藥常扶背，看花屢撫肩。親鄰驚寵極，姐妹妒恩偏。」（卷2，頁19）

〔註7〕王英志：《袁枚評傳》（南京：南京大學出版社，2002年），頁34～36。

世家。近代研究者王英志先生稱之爲「榮耀的先世」〔註 8〕，實非偶然。袁氏家族至袁枚祖父袁錡由盛轉衰。袁錡好詩，仕途不順，只擔任幕府；父親袁濱亦是遊幕四方，兩人均富有俠義情懷，在情感上袁枚有所繼承，但這一長串的名單可以說帶給袁枚不少的壓力。袁枚辭官，便自覺脫離這個正統的軌道，因而轉而勉勵堂弟袁樹須「勉旃光前徽，典籍窮搜討」。換言之，以父、祖爲代表的長輩親族帶給袁枚的正是責任與榮譽。袁枚父親的逝世，正象徵著來自親族長輩壓力的解除。缺少這層來自親情的束縛與壓力，袁枚更能自如地建構屬於自己的一方天地。因此袁枚四十歲時移家入園時，只有年邁的母親與其他以女眷爲主的親族，如寡姊、三妹、妻妾與女兒等，建構屬於自己與女性的園林。

儘管袁枚的隨園生活因爲父祖輩的不在場而豁免不少親族壓力，然在情感上袁枚對於父親實有著一種缺憾。袁枚英年挂冠求去，因隨園建築尚未完全底定，因此先將家人安置於江寧暫居地，袁枚的父親便在此暫居地過世，然而袁枚竟然面臨不知將父親葬於何處的艱難處境。〈隨園六記〉云：

> 嘗讀《晉書》，太保王祥有歸葬、隨葬兩議，方知「隨」之時義，不止嚮晦入宴息而已也。余先君子卒於江寧，欲歸葬古杭，慮輿機之艱，不果；欲隨葬茲土，又苦無誓宅。所以故，將牢亢豫慢葬者十有七年。思古人未葬不除服之義，瞿然自以爲非人。

袁枚欲將父親歸葬故鄉杭州，但恐路途遙迢，往來不易；欲葬於江寧，則苦無誓宅，因此從袁枚三十七歲時父親辭世，至五十五歲間皆未得將父親入土爲安，使袁枚感到相當不安，「思古人未葬不除服之義，瞿然自以爲非人」。後來隨園有形家前去探勘，始知隨園西側可爲墓地，袁枚遂決定將父親葬於隨園：

> 今年春，有形家來謀園西爲兆域者。余聞往視，則小倉山來脈平遠夷曠，左右有甗隒岸厓，草樹觀擧，封以爲塋，

〔註 8〕王英志：《袁枚評傳》（南京：南京大學出版社，2002 年），頁 34。

> 宰如也。因思予有地，廿年不知，毋亦先君子之靈有以詔我乎？遂請于太夫人，以己丑（註：袁枚五十四歲）十二月十六日扶柩窆焉。塋離園僅百步，以故牆翣安穩，得時時除其草，灌其宰樹，審諦其墓石。予故貧士，幼時先君子幕游楚、粵，余遊學京師，父子常相離也。今以一園之故，而先君子厝於斯，祭於斯，奠幽宮于斯。父子蓋未嘗一日相離。是豈強而爲之哉？亦隨其地之便，心之安而已。

袁枚驚訝地發現隨園西側平遠夷曠，「封以爲塋，宰如也」。驚喜之餘更不禁猜想：「毋亦先君子之靈有以詔我乎？」足見袁枚將此處之發現視爲父親魂靈之召喚，便將父親靈柩移葬於隨園，入土爲安，且因此處離園甚近，故能時常與父相伴，此又是袁枚所始料未及：「今以一園之故，而先君子厝於斯，祭於斯，奠幽宮于斯。父子蓋未嘗一日相離。是豈強而爲之哉？亦隨其地之便，心之安而已」。換言之，袁枚與父親情感上的缺陷，因爲隨園的緣故而得到一種補償，雖已遲了十七年，但仍得到了一種遲來的慰藉。對袁枚來說，彷彿是父親在天之靈有意彌補父子間失落的親情。從孝道的觀點，廬墓而居，袁枚也得以一盡人子之道。由此可見，父親辭世對袁枚安居隨園儘管有著助力，讓袁枚得以自此不受親族長輩的約束，但袁枚內心實是有著不安。此後園成，園西闢爲墓園，袁枚遂得以將父親葬於身邊，彌補失落已久的親情，也使得父系的親情獲得安頓。可以說，袁枚內心對於父親的缺憾因爲隨園而獲得了安頓「亦隨其地之便，心之安而已」，此爲袁枚安頓親情的重要一步。

二、建構女性的園林

袁枚在隨園中具體的親情世界，是以女性爲主的親族爲主要核心。延續袁枚早年在女性照養下的成長經驗，若稱隨園爲一女性的園林並不爲過。就這點來說，確實與曹雪芹筆下的大觀園有些類似。若稱曹雪芹筆下虛構的大觀園爲「女孩子的世界」〔註9〕，是一虛構的

〔註9〕余英時：〈紅樓夢的兩個世界〉，《紅樓夢的兩個世界》（台北：聯經，

理想世界〔註10〕，道盡年輕女子對青春、愛情的吟詠與悲哀，那麼袁枚詩中隨園毋寧是女性的樂園與避風港，具有著人倫親情的意涵。由袁枚一手打造的「女性園林」，從中展現袁枚對母親、姐妹與兒女的深情孤詣，乃至於對於女性的廣泛同情。以下將從兩個面向進行論述，一是從「人倫樂園」的角度出發，自袁枚移家入園後，隨園便展現親情的溫馨與熱度；一是從庇護的角度切入，探討袁枚以隨園作爲失婚、早寡姐妹們的避風港，並能夠深切體會他們的感情，並且延伸到隨園外的眾女子，提供她們在禮教下的暫時庇護。

（一）人倫樂園：奉養母親與女兒相處

袁枚與母親的感情深厚，當初挂冠求去，便是以家中有年邁母親爲由而辭官：「身依堂上衰年母，日補人間未讀書」〔註11〕可說是袁枚希冀安頓親情的重要心願。自小袁枚父親遊宦在外，家中事務幾由母親一手支持，其勞心勞力可想而知。袁枚有詩云：

> 吾少也貧賤，所志在梨棗。阿母鬻釵裙，市之得半飽。
> 敲門聞索負，啼呼藏匿早。推出阿母去，卑詞解煩惱。
> 今也得君羹，歸山作烏鳥。兒已恨中年，所餐較前少。
> 奚況白髮人，齒牙更衰老？冬笋愛今多，春蔥憶前好。
> 極目三春暉，年年護萱草。（節錄，〈秋夜雜詩〉，卷10，頁197）

袁枚幼年家境貧困，父親長年在外，端賴母親一手支持「阿母鬻釵裙，市之得半飽」。甚至家中債主上門，也是母親應門處理，足見其擔待之大。〈先妣章太孺人行狀〉亦云：

> 當是時，寒家貧甚。先君幕游滇、粵，寄館穀贍其家。萬里路遙，家書屢斷。太孺人上奉大母，旁養孀姑，下延師教枚，半取給於十指間。每至賒貸路窮，旨畜告匱，輒嘿

1987年），頁57。

〔註10〕余英時先生認爲，大觀園爲紅樓夢中的理想世界，亦是唯一有價值的世界，對園中人物寶玉與其周遭的女孩子而言，大觀園外的世界等於不存在。詳參余英時：〈紅樓夢的兩個世界〉，《紅樓夢的兩個世界》（台北：聯經，1987年），頁47。

〔註11〕參袁枚詩：〈喜終養文書部覆已到〉（卷10，頁202）

> 嘿然繞樓而行。枚與諸姐妹猶啼呼索飯，不知太孺人力之竭心之傷也。〔註 12〕

袁枚母親一人要侍奉公婆，旁養孀姑，又要撫育底下一子四女，實在艱難。每至銀盡糧絕，也只能「嘿嘿然繞樓而行」以避開兒女需索，但又無可奈何，思之情狀可憐。儘管如此，袁枚母親章氏卻是「愔愔如常」〔註 13〕，憂喜不形於色，使得袁枚更加欽佩母親的賢良。此外，母親對袁枚的教育與關懷，最是讓他感念於心：

> 其教枚也，自幼至長，從無笞督。有過必微詞婉諷，如恐傷之。嘗謂姊曰：「汝弟類我，顏易忸怩，故我不以常兒待之」枚因此愈加悚懼。常伺察於無形無聲之間，有不懌改必痛自改悔，伺色笑如常而后即安。晚年抱孫頗遲，人以爲憂。太孺人絕不介意，曰：「吾兒居心行事，必當有後。如其無之，則亦命也。吾何容心焉？」前年，弟阿品生男，枚抱以來。去冬，新娶鍾姬有娠，太孺人爲之欣然。嗚呼！其應嗣者，太孺人已得而見之矣；其將生者，太孺人猶未得而見之也。雖雌雄未卜，而兆已萌芽。偏使免乳娶娩，不及待大母含飴一弄，是則人倫缺陷，枚不能不抱恨於終天。〔註 14〕

從袁枚爲母親章氏親撰的行狀可知，章氏自小對袁枚的教育從無斥責，而是微言婉諫爲主，因爲章氏深知袁枚的個性「汝弟類我，顏

〔註 12〕袁枚：〈先妣章太孺人行狀〉，《小倉山房（續）文集》《袁枚全集》第二冊（南京：江蘇古籍出版社，1993 年），卷 27，頁 477。

〔註 13〕〈先妣章太孺人行狀〉：「及枚髫年入學，旋即食餼。弱冠舉鴻儒科，旋入詞林，乞恩歸娶，一時戚里姻族，爭奔趨歡賀，位太孺人光榮；而太孺人愔愔如常，與枚作孩提時無以異也。壬申，枚改官秦中，念太孺人年衰，陳情乞養，僑居金陵之隨園。園中頗饒亭榭，水木清華，人爲太孺人慶烟雲之奉；而太孺人愔愔如常，與在枚官衙時無以異也。蓋太孺人天懷淡定，處《困》履《亨》，不加不損，憂喜之色，不形於造次。」參袁枚：〈先妣章太孺人行狀〉，《小倉山房（續）文集》《袁枚全集》第二冊（南京：江蘇古籍出版社，1993 年），卷 27，頁 477。

〔註 14〕袁枚：〈先妣章太孺人行狀〉，《小倉山房（續）文集》《袁枚全集》第二冊（南京：江蘇古籍出版社，1993 年），卷 27，頁 477～478。

易忸怩，故我不以常兒待之」。袁枚自小便展露詩人敏感纖細的個性，爲避免過度刺激造成反效果，因此多以「微詞婉諷」的方式教之。早慧的袁枚亦能體察母親心意，對自己的行止更加謹愼小心「有不懌改必痛自改悔，伺色笑如常而后即安」。此爲袁枚母子之間微妙的相處默契。章氏不給袁枚壓力，因爲相信袁枚必然已知。同理，袁枚晚年無子，當旁人皆爲此憂慮時，唯章氏「絕不介意」，袁枚深知此爲母親寬慰之言，只以自己未能使母親含飴弄孫深以爲憾。可見章氏對袁枚的寬厚與體諒。凡此種種袁枚皆點滴在心。因此袁枚安居隨園後，便謹守儒家「父母在，不遠遊」的古訓。袁枚有詩云：「性癖懶居臨市宅，親衰不戴遠遊冠」（節錄，〈移家入隨園〉，卷11，頁 209）袁枚事母至孝，直至母親辭世方肯出園遠遊，其詩又云：

> 卅載承歡鬢已星，萊衣舞罷此身輕。千重越嶺看花去，兩度天台采藥行。倭國都來購詩稿（高麗使臣李承熏、洪大榮等），佳人相約拜先生。（孫雲鳳、張玉珍諸人）九州不信吾還在，陽五都疑古姓名。（〈八十自壽〉，卷 36，頁 874）

袁枚自然也曾離園出遊，但未曾眞正遠遊。晚年三次遠遊〔註 15〕皆在母親辭世之後成行：「卅載承歡鬢已星，萊衣舞罷此身輕。千重越嶺看花去，兩度天台采藥行」袁枚爲了母親不肯離園，足見其孝心。袁枚的母親是隨園的重心，除晨昏定省，每年春季必爲母親作壽，務使園中熱鬧非凡，宛如慶典〔註 16〕。袁枚有詩云：

> 兒女輪流各賞春，酒杯終日對花新。
> 高堂戒我無他出，阿母明朝作主人。（〈春日雜吟〉，頁 347）

袁枚母親章氏的生日正在春季，正値隨園百花盛開的日子，此時除了賞花宴遊，重頭戲便是向母親祝壽。由這首詩可知，袁枚與家人同在

〔註 15〕王英志：《隨園評傳》（南京：南京大學出版社，2002 年），頁 246～267。

〔註 16〕關於隨園中春日慶典的討論，請見第三章第四節：〈隨園的節慶活動：以張燈爲例〉。

一處，邊賞花邊向章氏獻酒上壽，再由兒女妻妾輪流向章氏敬酒，祝願章氏健康長壽。次日再由章氏「行答宴之禮」，即是由母親作東宴客。「高堂戒我無他出，阿母明朝作主人」即是指此。〈章太孺人行狀〉亦載：

> 年年花開時，諸姬人循環張飲，爲太孺人壽。太孺人必婆娑置具，行答宴之禮。嘗戒枚曰：「兒無他出，明日阿母將作主人也。」嗚呼，痛哉！此情此景，在當時原早知難得，故刻意承歡，亦不圖色笑難追，一轉瞬而杳如天上。

做壽在明清時代已相當普遍，入清之後尤以江南爲盛，且日漸豪奢，甚至成爲人際關係的一種展示〔註 17〕。然袁枚爲母親做壽，則是出於「早知難得，故刻意承歡」的心意，與他個人的壽宴不同〔註 18〕。直到母親去世，袁枚仍會憶起每年春季替母親做壽的情景「不圖色笑難追，一轉瞬而杳如天上」，足見袁枚對母親孝思之深。在日常生活上，由於袁枚早已解官，日日居住於斯，晨昏定省自不可免。對章氏而言，此種緊密的相處模式，彷彿又回到袁枚幼年朝夕相處的狀態。〈章太孺人行狀〉云：

> 枚雖蒼蒼在鬢，而太孺人視若嬰兒。每入定省，必與一餅餌、一果蓏，詔以寒喧，詢其食飲。枚亦陶陶遂遂，自忘其衰。今而後，枚方自知爲六十三歲之人也。侍膝下愈久，離膝下愈難。晨昏起居，誤呼阿妳，瞻望不見，神魂倀倀。雖茍活須臾，而生意已盡。嗚呼，尚何言哉！尚何言哉！

由此可見，袁枚每入定省，母親章氏必「詔以寒喧，詢其食飲」，宛如兒時，袁枚亦「自忘其衰」，樂於此種承歡膝下的日子。袁枚又有一詩云：

> 手製羹湯強我餐，略聽風響怪衣單。
> 分明兒鬢白如許，阿母還當襁褓看！（〈兒鬢〉，卷 22，頁 455）

〔註 17〕邱仲麟：〈誕日稱觴——明清社會的慶壽文化〉，《新史學》11 卷 3 期（2000 年 9 月），頁 101～154。

〔註 18〕袁枚個人的壽宴，是其社會關係的一種展示，各方的祝壽詩尤多，袁枚八十歲甚至集成《隨園八十壽言》一冊，足見袁枚影響力之雄厚。

由此可見，袁枚在母親章氏心中永遠是長不大的孩子。即使袁枚此時已五十餘歲，章氏仍然會爲袁枚操勞，擔心兒子吃不飽、穿不暖。在這首詩中，儘管袁枚希望母親別再爲他如此煩心，但總是感到一種甜蜜的負荷。不同的是，章氏已不必再爲家中經濟煩心，得以頤養晚年。

除與母親的緊密相處，家人的陪伴也使得隨園的生活更加豐富，產生不同的變化。乾隆二十年，即袁枚移家入園當年，根據詩文相關記載與年歲推斷，除袁樹（香亭）、豫庭（陸健）先已入園居住外〔註 19〕，母親、早寡的二姐〔註 20〕、失婚的三妹袁機〔註 21〕、同樣早寡的四妹袁杼〔註 22〕與四堂妹袁棠〔註 23〕皆於此時入園居住；子女則已有袁枚女兒成姑、三妹女兒阿印，餘皆入園後所生；妻妾則有髮妻王氏與妾陶姬、方聰娘、金姬、陸姬諸人，餘皆入園後所納。自此全家再度團圓。也在此年，袁枚始有一系列關於吟詠春日的詩作，此爲袁枚詩集中首次出現專題吟詠春日的作品〔註 24〕，諸如〈立春後三日孫參戎贈桃核三升，雨中撒種，賦詩言謝〉（卷 11，

〔註 19〕詳見袁枚詩〈與家弟香亭、陸甥豫庭居隨園，仿昌黎《符讀書城南》詩作二首，勸其所學〉（卷 6，頁 98～99）但此時香亭已不在隨園，而在壽春。（見袁枚詩〈病中哭吳廣文〉，頁 200）

〔註 20〕二姐名不詳，嫁路康仲，因病早亡，乾隆元年攜長子豫庭（陸建，字湄君，又字豫庭，乳名阿登）、次子翠圃（又名阿炘）歸住母家，次子翠圃乾隆十九年病故。詳參袁枚詩〈哭阿炘〉序（卷 10，頁 201）。袁枚尚有大姐，嫁杭州人王裕琨，有子建庵、媳張瑤英，皆工詩，爲袁家四姐妹中唯一未寡者，居於杭州。詳參王英志：〈家族考述〉，《隨園評傳》（南京：南京大學出版社，2002 年），頁 41～42。

〔註 21〕三妹袁機，字素文，別號青琳居士。因遇人不淑而歸家，與袁枚感情最深。育有兩女，一女阿印，喑啞；另一女名不詳，但受袁枚照顧並代爲出嫁。詳參王英志：〈家族考述〉，《隨園評傳》（南京：南京大學出版社，2002 年），頁 42～43。

〔註 22〕四妹袁杼，字靜宜，號綺文，嫁松江人韓思永，早寡，依袁枚居隨園。詳參王英志：〈家族考述〉，《隨園評傳》（南京：南京大學出版社，2002 年），頁 43。

〔註 23〕四堂妹袁棠，字秋卿，一字雲扶，乾隆二十三年嫁揚州人汪孟翊，前此居於隨園。詳參王英志：〈家族考述〉，《隨園評傳》（南京：南京大學出版社，2002 年），頁 44～45。

〔註 24〕此爲筆者以詩題對《小倉山房詩集》進行考察的結果。

頁 204)、〈春興五首〉(卷 11，頁 206～207)、〈春日即事〉(卷 11，頁 208～209)。袁枚移家入園是爲春季，移家入園前一年袁枚身患重病，幾至不起〔註 25〕，然家人入園彷彿將春風帶進隨園：

剛開病眼試春風，便撒河陽種一叢。
花發待嘗千日酒，山寬容得萬枝紅。
輕鋤照影波初綠，好事迎人雨自東。
明歲將軍駐旌節，公門桃李此園中。
(〈立春後孫參戎贈桃核三升，雨中撒種，賦詩言謝〉，卷 11，頁 204)

在這幾首詩中，充分展現春到人間的美好氣息。此爲袁枚移家入園首卷的第一首詩，主要是感謝友人相贈桃核三升，即便下雨，仍急急將種子播下，期待「花發待嘗千日酒，山寬容得萬枝紅」的一日。雨中袁枚荷鋤撒種，內心喜悅異常，除期待桃林長成的繁盛風景，想亦期待著家人入園居住的日子。若將詩中「輕鋤照影波初綠，好事迎人雨自東」中「好事」一詞解作對家人入園團聚的渴慕，我想亦無可厚非。事實上，袁枚此時描述春景，恆常交雜著家人相處的片斷。如〈春日即事〉一詩云：

一采芙蓉病半年，芒鞋初試雨花天。
誰將漆葉青黏飯，贈與樊阿作地仙。
樵青婢子僕魚童，書庫池西粟廩東。
四面春蘭半簾雨，一琴橫放坐當中。
夢雨迷離兩鬢斜，鶯啼紅日上窗紗。
客來知道先生睡，代向春山掃落花。
不伐櫻桃學姓蕭，不教修竹剗芭蕉。
生憎栖鳳梧桐樹，最晚迎春最早凋。
高堂白髮愛青春，萱草含風護寢門。
更種合歡花一樹，教兒知道有晨昏。

〔註 25〕袁枚詩〈病起六首〉有云：「三十九年三大病，匹如三世已輪回」(節錄，卷 10，頁 201)、又如〈八月十九日病，至除夕猶未理髮，不飲酒，不茹葷，雪窗獨坐〉「病餘身壞似秋蕉，壁罅風來如刺客」(節錄，卷 10，頁 202)。足見袁枚病況嚴重。

山妻解作鎖雲囊，嬌女能燒迷迭香。
千盞銀燈照花睡，夜深何處不紅妝！
小回中外小眠齋，淺碧深紅次第排。
苦費平章風月手，自標花隊寫牙牌。
谿刻由來最惱公，仙家服食自從容。
士安高士分明在，不數夷、齊即兩龔。
花雲深護一堂雲，酒置清明待客醺。
不飲但教山上望，勸人行樂有孤墳。
二月夭桃攔路開，一枝笻杖踏青回。
山行偏愛逆風立，花片撲人如雨來。
（〈春日即事〉，卷 11，頁 208～209）

在這首詩中，袁枚大病初癒，重新觀看春景，隨園自是一副迎春氣象。前三首描寫隨園初春景象，第四首開始則提及隨園中的花木。袁枚大病初癒，重審園中草木，但不肆行改變，不伐櫻樹，亦不修竹，保留園林生機萌發的景象。可喜的是母親章氏亦愛春日花木盛開之景象，更植有一株合歡花。合歡花的特點在晝合夜開，袁枚打趣地說這是母親「教兒知道有晨昏」，而其妻子與女兒自然也徜徉在春日的園林裡。袁枚四十歲才移家入園，其一是待園內建築建成〔註 26〕，其二是袁枚三十九歲始獲終養文書部覆〔註 27〕，並立定了安居隨園的志向，故隔年才得以大舉遷家入園安居。袁枚珍惜與家人同在一處，此時園林大致建成，又得家人環繞，實爲至福。〈春日雜詩〉又云：

水竹三分屋二分，支笻長自倚闌干。
全家雞犬分明在，世上遙看但綠雲。
（〈春日雜詩〉，卷 15，頁 275）

此詩亦成於春日，袁枚倚欄俯視隨園美景，除開始此中有我的主體營建，家人更居於其中：「全家雞犬分明在，世上遙看但綠雲」。詩

〔註 26〕若就第三章隨園營建時程之分類，此時爲第一階段：此中有我的主體建築，此時袁枚已從陝返園，入山志定，故將家人遷徙入園。
〔註 27〕袁枚：〈喜終養文書部覆已到〉（卷 10，頁 202）

中頗爲躊躇滿志之感。袁枚除在四十歲那年舉家入園，更將自己從二十一歲至三十九歲間的詩作詩編成十卷，彷佛象徵著全新的開始：

> 編得新詩十卷成，自招黃鳥聽歌聲。
> 臨池照影私心語：不信吾無後世名。
> 不負堂堂白日過，卷中一字一編摩。
> 及時行樂春猶少，惜墨如金集已多。
> （〈編得〉，卷 11，頁 220）

袁枚此項舉措，似乎有種重新界定的感覺，自此又是一個全新的開始，並且自信日後會有更多詩作問世。在隨園中，此種重新開始的感覺多展現在一年之初，園內歡度新年、迎接春日之時。如〈癸未元日〉詩云：

> 歲首百事忘，天晴萬花喜。元日如今年，人生能有幾？
> 隨眾披新衣，澄懷觀妙理。阿母扶上堂，同拜尚有姊。
> 女兒各倩妝，嬌甚不成禮。四鄰爆竹聲，中旦猶未已。
> 傳坐伺過客，來者亦數起。喜界編年詩，怯增坐席齒。
> 吾生自有涯，節序何時止？欲作迎春行，先從探梅始。
> （〈癸未元日〉，卷 17，頁 341）

這首詩作於元日，隨園充滿迎接新年的氣氛。只見母親章氏端坐堂中，同拜尚有袁枚的三位姐妹，女兒們（此時已有成姑、鵬姑與阿良三女）則個個皆精心打扮，「嬌甚不成禮」，令袁枚產生「元日如今年，人生能有幾？」的詠嘆。在春日的隨園中，可謂充滿著人倫的喜悅，宛如女兒們的樂園。在袁枚的詩作中，經常捕捉與女兒嬉戲的詩意瞬間，諸如：

> 聽得兒童笑語譁，天機都在野人家。
> 荷花落處剛剛好，荷葉如盤托著花。（其一）
> 閑人自愧少閑情，滴露研硃手不停。
> 才得吟成將筆放，女兒相喚捉蜻蜓。（其八）
> （節錄二首，〈遣興雜詩〉，卷 24，頁 498）

全家試水泛輕舠，小妹張篷阿姊搖。
喜極兒童雙手戰，釣竿絲上一蝦跳。
（節錄，〈意有所得，雜書數絕句〉，卷 25，頁 523）

盆梅三株開滿房，主人坐對心相忘。
偶然入內女兒怪，問爺何故衣裳香。（〈即事〉，卷 25，頁 534）

第一、二首詩取自〈遣興雜詩〉這首組詩，詩中描述是爲夏季，此時園中荷花盛開，兒童的笑語喧鬧充斥其間，袁枚認爲此正是園林生機盎然的關鍵要素。此時的袁枚刻正埋首創作「閑人自愧少閑情，滴露研硃手不停」，正當吟成之際，便聽到女兒邀他一塊去抓蜻蜓的嬌喚，故欣然前往，一同融入隨園的夏季生活中；第三首則是家人正在園中試乘輕舟，由於多是女眷，因而「小妹張蓬阿姊搖」，驚險萬分，十分有趣。除了試著自己駕舟，也讓女兒在舟中垂釣。此時袁枚的女兒尚小，大概是想讓她們有所體驗，因而任由她們在舟中玩耍「喜極兒童雙手戰，釣竿絲上一蝦跳」由於年紀尚幼，握著釣竿的手還會發顫，偶有魚蝦上鉤，除魚蝦在舟中四處跳竄，女孩們也樂得活蹦亂跳；第四首詩則是袁枚將梅花作爲盆景移置屋內，袁枚看花看得物我兩忘，身上沾染花香亦不自知，偶然走入內室，女兒聞到父親身上花香，愛嬌地問起父親身上的花香從何而來。凡此可見袁枚善於描摹與女兒日常相處中眞情流露的瞬間，雖非刻意著墨父女間的感情，而眞情立現，且其展現的正是一種人倫的親暱感，而非距離感。由此可見，在隨園詩中所呈現的親情世界，自家人入園後，彷彿將春日帶進隨園，袁枚也有意重新展開新生活。袁枚事母至孝，父母在不遠遊，以能承歡膝下爲樂事；與女兒們的相處上，則著意呈顯眞情流露的詩意瞬間，表現一種親子間自然的親暱感，令人動容，春日的隨園宛如女兒們的樂園。

（二）難兄作主人：隨園對三位早寡姐妹的憐惜與照護

隨園除了是女性的樂園，也提供女性在禮教下暫時／長久的避風港。袁枚共有四位姐妹，除大姊（名不詳）嫁杭州人留在家鄉，其他三位姐妹皆早寡，均依袁枚居於隨園。袁枚與姐妹的感情極好，眼見姐妹婚姻的不順遂，作爲大兄的袁枚自不能置身事外，其中與袁枚感情最深的三妹袁機遇人不淑，其後又抑鬱而終，在袁枚心中尤其留下不可磨滅的傷痛。事實上，袁枚三十七歲再度出山任官時，除掛念家中老母，害怕姊妹們孤單無依也是原因之一，其詩有云：「姊既女龍寡，妹亦諸孤貌。……男兒抱大志，家業原難保」（節錄，〈意有所觸得詩三首〉，卷 8，頁 143），可知袁枚再返隨園，也是希望能夠提供姊妹們一個較好的安居處所。袁枚對姊妹們的悉心照護，不僅只是親情上的關懷，更表現袁枚對於女性的命運有著相當的同情與理解。袁枚認爲，女性的不幸往往是男性所造成。眾女性之中，又以美人最爲不幸。衡諸歷史上被視爲「禍水」的女性，尤其可以明此道理。袁枚有一系列吟詠歷史上名女人的詩句，如西施、文君、二喬、張麗華等共十一首，充分表現他對女性的看法。試舉三首爲例：

吳王亡國爲傾城，越女如花受重名。
妾自承恩人報怨，捧心常覺不分明。
笙歌剛送采蓮舟，重捲珠簾倚畫樓。
生就蛾眉顰更好，美人只合一生愁。（〈西施〉，卷 2，頁 27）

景陽門外一聲鐘，喚起宮娥夢正濃。
底事軍中書告急，亂堆床下不開封？
結綺樓邊花怨春，青溪柵上月傷神。
可憐褒妲逢君子，都是周南傳裏人。（〈張麗華〉，卷 2，頁 28）
五百袈裟回向寺，一枝玉尺有前因。
緣何四海風塵日，錯怪楊家善女人？
可惜雲容出地遲，不將讕語訴人知。
唐書新舊分明在，那有金錢洗祿兒？（〈玉環〉，卷 2，頁 29）

西施、張麗華與楊玉環爲中國歷史上三位名女人，命運大不相同。西施爲春秋時代越國勾踐欲迷惑吳王夫差所遣美女，傳本爲浣紗女，因貌美而獲選，終究迷惑吳王而達成滅國任務。袁枚這首詩是卻是從美人的角度書寫「妾自承恩人報怨，捧心常覺不分明」，身爲美人的命運總是多舛，若不是美貌之故，或許就可免於國破家亡之苦，然而因美貌而承恩本身豈是一種錯誤？就連美人自身也感到甚爲無解。由此袁枚下一案語式的結尾「生就蛾眉顰更好，美人只合一生愁」。或許西施捧心顰眉是好的，因爲美人總免不了流離命運；張麗華爲陳後主貴妃，以往多將亡國咎因「女禍」，然陳後主寵溺張麗華，豈不是陳後主自身不知節制而造成？全歸咎於張麗華實是推卸責任。「可憐褒姒逢君子，都是周南傳裏人。」若如褒姒之流的美人不是遇上紂王，而是正直君子，恐也都會是《詩經》周南中的賢德皇后。袁枚另有詩〈抵金陵〉云：「才子合從三楚謫，美人愁向六朝生」（卷 3，頁 37）。此詩本爲詠史詩，但其中亦談到美人命運。在六朝戰亂不絕的時代，美人往往成爲政治下的犧牲品。〔註 28〕在〈玉環〉一詩中，袁枚同樣替楊貴妃喊冤：「唐書新舊分明在，那有金錢洗祿兒？」袁枚以爲，唐代歷史分明是受安史之亂而敗亡，楊貴妃與安祿山毫無瓜葛，因此「緣何四海風塵日，錯怪楊家善女人？」就創作來說，袁枚這些詩作固然是翻案之作，但仍可視爲袁枚對女性處境的同情與理解。袁枚認爲女性多是無辜的，甚至是時代的犧牲品〔註 29〕，承受太多不必要的罪愆，足見袁枚對女人的同情。從歷史處境回歸眞實生活，袁枚在面對家中親近的姊妹在婚姻上遭受的各種不平，自然也就更能理解與感受，儘管無能排解，但也盡量能夠體恤姐妹的感情，給予妥帖的照顧。

袁枚三位依隨園而居的親姐妹，是爲二姐（名不詳）、三妹袁機與四妹袁杼。二姐嫁陸康仲，陸康仲因病早逝，育有二子，長子名豫庭，次子名春圃。二姐歸家最早，乾隆元年便攜二子來歸，次

〔註 28〕此說參考陳文新：《率性人生——袁枚的生命哲學》（台北：揚智，1995 年），頁 163～164。

〔註 29〕袁枚認爲女性爲「時代的犧牲品」之說，原出自陳文新著作，不敢掠美，特誌於此。參考陳文新：《率性人生——袁枚的生命哲學》（台北：揚智，1995 年），頁 163～164。

子春圃在移家入隨園前一年病逝於江寧，令二姐相當悲悽。袁枚對其孤兒寡母的處境相當哀憐，透過哀悼外甥阿炘詩中有所體現：

> 乾隆元年，寡母攜二甥來歸，長阿登，次阿炘。炘幼了了，先君子心急抱孫，命仿陽亢宗、司空表聖故事。今任戴冠矣。余尚無子，而炘性跳蕩，擘箋弄翰，亦有花竹癖。余得明中山王更衣故宅，亭石幽邃，下臨秦淮，命炘奉母以居。秋八月，與阿登同病痁。余往兩摩其頂，則兄重而弟輕也。亡何，余亦瘧，綿惙幾絕，昏懵耳屬有呼而急走者曰：「陸家大郎痊，小郎死矣！」嗚呼，數之難知也如此！余不獲視殮，聞爲臧獲所愚，楄柎脆薄，幾難藉幹；悲姊之憑欄望子，淚與河深，作哭阿炘詩二章。
>
> 廿年枉種一枝蘭，事竟成殤影又單。
> 望子臺空慈母瘦，讀書燈斷小山寒。
> 憐余未盡三號禮，累汝曾無七寸棺。
> 憶着司空同諫議，古人難學淚空彈。
>
> 非關騎折玉龍腰，耳冷空聞子晉簫。
> 簾內落花飄旅櫬，水邊橫笛自春潮。
> 新聯姻婭人何在？（定婚東海徐氏）
> 太愛風流樹亦凋。想是將爺來喚舅，
> 鄧攸此福也難消。（〈哭阿炘　有序〉，卷 10，頁 201～202）

在傳統中國社會中，兒子往往是寡母的希望所在。寡姊不幸喪子，袁枚不禁嘆曰：「廿年枉種一枝蘭，事竟成殤影又單。望子臺空慈母瘦，讀書燈斷小山寒」。因爲深知此理，所以袁枚對二姐長子豫庭的教育格外重視，雖是外甥隔了一層，但袁枚仍相當支持，無非是希望能爲早寡的二姐奉獻些心力。

袁枚諸姐妹中，除大姐、二姐未有詩集傳世，三妹袁機、四妹袁杼與四堂妹袁棠皆有詩才，其中又以袁機、袁棠最爲突出。袁機才貌俱全，「端麗爲女兄弟冠」〔註 30〕，袁枚亦與三妹感情最深，但

〔註 30〕袁枚：〈女弟素文傳〉，《素文女子遺稿》，《袁枚全集》第七冊（南京：江蘇古籍出版社，1993 年），頁 54。

袁機的際遇也最爲坎坷。袁機所嫁高氏，爲袁枚父親在吳中替高氏排解冤情時所定。高氏爲報答袁枚，「聞先生第三女未婚，某妻方妊，幸而男也，願爲公婿」，兩家遂指腹爲婚，時袁機還未滿周歲〔註 31〕。但高氏子有禽獸行，袁氏希望解除這樁婚事以免「以怨報德」，袁機卻以有婚約在先仍執意要嫁。嫁後果然發現高氏子「躁戾佻險，非人所爲」，甚至爲賭博「將負妹而鬻」。後來「先君大怒，訟之官以絕之」。身心俱創的袁機只得返回娘家。袁枚爲三妹的遭遇感到傷心，深覺自己也有過在身。〈祭妹文〉云：

> 汝以一念之貞，遇人仳離，致孤危托落；雖命之所存，天實爲之，然而累汝至此者，未嘗非予之過也。予幼從先生受經，汝差肩而坐，愛聽古人節義事，一旦長成，遽躬蹈之。嗚呼！使汝不識詩書，或未必艱貞若是。〔註 32〕

袁枚自幼與三妹感情深厚，兩人時常一同讀書，而袁機亦「愛聽古人節義事」，因此面對這種道義上的抉擇時，反而決定成爲「貞婦」，而不願引人口實。就清人對婚姻的習俗來說，有人認爲女子已許人即名份已定，需要負起婚姻的責任與禮俗，甚至未婚夫死，未婚妻仍須守喪三年，視同寡婦〔註 33〕。袁機「諳雅故者」，因而明知高氏子有疾，仍毅然下嫁，且順從丈夫暴行：「見書卷怒，妹自此不作詩；見女工又怒，妹自此不持針黹」〔註 34〕，且「良人戒詩，稿亦散失」〔註 35〕

〔註 31〕袁枚：〈女弟素文傳〉，《素文女子遺稿》，《袁枚全集》第七冊（南京：江蘇古籍出版社，1993 年），頁 54。

〔註 32〕袁枚：〈祭妹文〉需要再校勘，因爲沒有核對原文。只是從網路中抄錄而來。

〔註 33〕就清代對已許字的未婚女子的禮俗來說，有三派作法：一派認爲未經迎親之禮，算不得眞正的夫妻；一說則是認爲女子只要許字於人，名分即定；一說是介乎二者之間，夫死未婚妻無論守貞亦或改字，均悉聽其便。引用馮爾康、常建華：《清人社會生活》（天津：天津人民出版社，1990），頁 235。

〔註 34〕袁枚：〈女弟素文傳〉，《素文女子遺稿》，《袁枚全集》第七冊（南京：江蘇古籍出版社，1993 年），頁 55。

〔註 35〕袁枚：〈再跋〉，《素文女子遺稿》，《袁枚全集》第七冊（南京：江蘇古籍出版社，1993 年），頁 61。

此爲令袁枚最感痛心之處。袁機死後，基於對三妹詩才的重視，袁枚將三妹歸園後的詩作集結出版「茲檢其歸寧以來之作，付之開雕，粗存梗概，聊志哀痛云爾」。此舉正表達對袁機才華的痛惜，也是對禮教的痛斥。

儘管哀憐三妹的遭遇，但想到能夠再見到三妹袁機，袁枚心中其實相當高興，因爲三妹饒富才華，能夠幫忙奉養母親、扶持家務：

> 汝之義絕高氏而歸，堂上阿奶，仗汝扶持；家中文墨，眴汝辦治。嘗謂女流中最少明經義、諳雅故者；汝嫂非不婉嫕，而于此微缺然。故自汝歸後，雖爲汝悲，實爲予喜。〔註36〕

在袁枚心中，三妹可說是「女流中最少明經義、諳雅故者」，因此除了一起奉養母親，「家中文墨，眴汝辦治」，因此袁枚雖爲三妹難過，但想到從此能夠生活在一起，在家務上獲一得力助手，心中實是相當高興〔註37〕。袁機於乾隆二十四年病故，僅在隨園生活四年，在此四年間，雖有兄長庇護，與母姊居於隨園，但其內心實是感到相當孤單寂寥，且對自己所遭身世相當敏感。試看袁機所著之詩：

> 采蘋亭上烟波暖，儒雅軒前竹石清。
> 水榭雲廊三十六，玻璃窗外月先明。
> 幾叢水竹湛清華，終日游仙總在家。
> 慣趁山中春信早，別開花宴宴唐花。
> 樹上鶯啼花上歌，水生紋錦月生波。
> 簾垂玳瑁看山遠，座隔芭蕉聽雨多。
> 草色青青忽自憐，浮生若夢亦如烟。

〔註36〕袁枚：〈祭妹文〉，頁229。

〔註37〕可與袁枚：〈女弟素文傳〉互參。傳中便提及袁機幫忙操持家務之用心：「妹歸侍母。母體微不適，妹徹夜立，持粥飲而匕箸進之。又能記稗官野史、國家治亂、名臣言行、神仙鬼怪可喜可愕者，數稱説歌呼，爲老人娛。枚入定省，聞所未聞，學爲之博。」語見袁枚：〈女弟素文傳〉，《素文女子遺稿》，《袁枚全集》第七冊（南京：江蘇古籍出版社，1993年），頁55。

烏啼月落知多少，只記花開不記年。(〈隨園雜詩〉)〔註 38〕

這首詩中，袁機但見滿園生機盎然，卻也不免觸景神傷「草色青青忽自憐，浮生若夢亦如烟。烏啼月落知多少，只記花開不記年」。可見袁機仍對自己的遭遇耿耿於懷，雖然在隨園過著舒服的生活，但始終無法排解其心緒。每當獨身面對自己時，憂愁便立刻顯現。試看袁機另一首詩：

添盡蘭膏惜寸陰，煎熬終不昧初心。

孤檠炳曲吹痕淡，細雨更殘背壁深。

有焰尚能爭皎月，無花只可耐孤吟。

平生一點分明意，每爲終風恨不禁。(〈燈〉)〔註 39〕

在這首詩中，袁機宛如風中殘燈，此生再無明亮的希望。袁機對自身不幸的婚姻實有著憤恨，如袁枚〈歸家即事〉(節錄，卷 6，頁 91）詩云：「三妹抱瑤瑟，悔嫁東家王」；又如袁機〈感懷〉：「回首夕陽芳草路，那堪重憶恨悠悠！」〔註 40〕；〈妝殘〉：「撫事懷人枉惆悵，碧紗窗外曉風低」〔註 41〕。袁機又有詩云：

有鳳荒山老，桐花不復春。死悲憐弱女，生已作陳人。

鐙影三更夢，墨花頃刻身。自傷明鏡裡，日日淚痕新。

(〈有鳳〉)

袁機自認有如處在荒山中的孤鳳，不復逢春的桐花。死惟憐幼女，生亦只做陳人，了無生命的意趣。袁機實以未亡人自居。袁枚對三妹袁機的心情自有所感應。袁枚〈哭三妹五十韻〉有云：

水色雲沉閣，山光樹轉鸝。避人常獨坐，對影輒漣洏。

豈戀終風暴？常懷其雨思。冰心明月見，春恨落花知。

〔註 38〕袁機：《素文女子遺稿》，《袁枚全集》第七冊（南京：江蘇古籍出版社，1993 年），頁 61～62。

〔註 39〕袁機：《素文女子遺稿》，《袁枚全集》第七冊（南京：江蘇古籍出版社，1993 年），頁 58。

〔註 40〕袁機：《素文女子遺稿》，《袁枚全集》第七冊（南京：江蘇古籍出版社，1993 年），頁 58～59。

〔註 41〕袁機：《素文女子遺稿》，《袁枚全集》第七冊（南京：江蘇古籍出版社，1993 年），頁 59。

寂寂芳華度，奄奄玉貌移。九回腸早斷，一日病難治。

（節錄，卷15，頁291）

袁枚詩中的三妹袁機「避人常獨坐，對影輒漣洏」，十足的孤獨：「寂寂芳華度，奄奄玉貌移」，對於袁機甘於這樣的生活感到相當痛心，但也經常無能爲力。對於這樣一位才貌雙全的三妹袁機，即使有母姊兄長的護佑，仍然抵擋不了禮教的侵蝕，這是袁枚最感痛心之處。《隨園軼事》有云：「謂造物忌才，至閨閣而猶然，不禁慨然曰：『斯眞所謂女子無才便是福也！』」袁枚又云：

余閱世久，每見女子有才者皆不祥，兼貌者更不祥。有才貌而所適與相當者，尤不祥。……余三妹皆有才，皆早死；女弟子中徐文穆公之女孫裕馨，最有才，最早死，其他，非寡即貧。〔註42〕

三妹有才有貌，卻遇人不淑又早夭，益發袁枚心生「女子有才皆不祥，兼貌者更不祥」的想法。遇人不淑非袁枚所能改變，惟女子的才華可以代爲保存與彰顯，於是袁枚便替袁機刊刻詩集《素文女子遺稿》，以示對三妹的重視與哀憐。

除三妹袁機外，袁枚四妹袁杼亦早寡，且丈夫死於遊宦途中，留有一子一女〔註43〕。較諸三妹袁機，袁枚與四妹的感情較不緊密，在其詩作中少有具體明確呈現給四妹之詩。不同於袁機歸園後雖心懷愁緒，但仍扶持家務，掌理家中文墨，與袁枚的感情較好，四妹袁杼的性情自小較爲疏離：「平生最有疏人癖，卻似黃花耐久秋」〔註44〕，惟與遠居杭州的大姐的感情較好〔註45〕，因此詩作中多呈現懷念杭

〔註42〕袁枚：〈金纖纖女子墓誌銘〉，《小倉山房（續）文集》《袁枚全集》第二冊（南京：江蘇古籍出版社，1993年），卷32，頁588。

〔註43〕一子韓甥，早慧有才，十二歲即中秀才，但十五歲即夭亡；另有一女，名不詳，寄於袁枚膝下。

〔註44〕袁杼：〈記懷大姊〉，《樓居小草》，《袁枚全集》第七冊（南京：江蘇古籍出版社，1993年），頁44。

〔註45〕如袁杼詩：〈記懷大姊〉（頁44）、〈再寄大姊〉（頁47）二詩均顯現袁杼與居於杭州的大姊感情較爲深厚。

州，心欲返鄉的意向〔註46〕。袁杼亦有詩才，袁枚爲之刊刻《樓居小草》傳世。袁杼居隨園長達二十年〔註47〕，然身體病弱，「多病好依慈母側，解吟贏得阿兄憐」〔註48〕，入園後更爲封閉自己，詩中時呈現一種無家可依的孤絕感。試舉袁杼二詩爲例：

回廊曲折小亭幽，爲愛松風獨自游。
垂柳拂堤芳草亂，落花撲面鷓鴣愁。
棋輸不肯輕饒子，飯熟依舊懶下樓。
更喜山中無曆日，年年寒盡不知秋。（〈偶成〉）〔註49〕

手捲湘簾偶下樓，小陽天氣獨閑游。
茫茫世事家何在？淡淡春風水自流。
綠柳池邊驚客至，黃鸝樹上惹人愁。
雲松深處羅衣冷，欲別長堤且暫留。（〈游園〉）〔註50〕

這兩首詩爲袁杼所做。在第一首詩中，袁杼獨自游園，除此之外「棋輸不肯輕饒子，飯熟依舊懶下樓」。所喜在山中無曆日，因此得以忘卻時間推移之感。第二首詩題爲〈游園〉，亦是袁杼偶興爲之，但見園中景致，卻是徒生無家之感。遇遊人則驚，見枝上啼聲曼妙的黃鸝更是添愁。詩中袁杼只在隨園中仿西湖之處稍作暫留，可見袁杼思家之切。在這兩首詩中，可見袁杼游園乃偶一爲之，由詩中「懶下樓」、「偶下樓」即可明知，足見袁杼比起袁機更爲封閉自己，或許是本性所致，歸寧後則更顯強烈。袁枚是通情之人，對於他人的

〔註46〕如袁杼詩：〈詠懷〉：「耿耿心中事，淒淒鬢上霜。空拋無益淚，流不到錢塘」（節錄，頁43）；〈不寐〉：「攲枕不須入睡穩，恐教殘夢覓家鄉」（節錄，頁44）等詩句，可見袁杼懷念杭州的心意。

〔註47〕袁杼生卒年不詳，但根據其詩作可知其居於隨園大約二十年，卒年約五十餘歲。

〔註48〕袁杼：〈秋懷〉，《樓居小草》，《袁枚全集》第七冊（南京：江蘇古籍出版社，1993年），頁48。

〔註49〕袁杼：《樓居小草》，《袁枚全集》第七冊（南京：江蘇古籍出版社，1993年），頁49～50。

〔註50〕袁杼：《樓居小草》，《袁枚全集》第七冊（南京：江蘇古籍出版社，1993年），頁47。

情感往往予以同情而不以改變，與四妹的感情亦是如此。因此當他在遠遊途中接獲四妹袁杼來信，即刻飛奔返回隨園：

> 余在蘇州，四妹寄懷云：「長路迢迢江水寒，蕭蕭梅雨客身單。無言但勸歸期速，有淚多從別後彈。新暑乍來應保重，高堂雖老幸平安。青山寂寞烟雲裏，偶倚欄杆忍獨看！」余讀之悽然，當即買舟還山。〔註51〕

論者皆以袁枚與四妹袁杼的感情不及三妹深厚，此雖爲事實，但從袁枚接獲四妹詩箋即刻買舟返家來看，袁枚瞭解情感表達較爲淡漠的四妹發出如此哀音，必然是在情感上瀕臨侷限下所做，因而決定即刻返家。兄妹間情感的深厚不言而喻。有別於袁機外在的剛強，袁杼實是外柔內剛。有論者稱袁枚思想中頗多矛盾〔註52〕，如他爲文贊同改嫁，但家中三位孀居的姐妹卻都懷憂守志以終。近代學者研究發現，寡婦改嫁在清代其實相當平常，不僅貧苦之家如此，家境富有者亦有之〔註53〕，然反對改嫁的風浪亦不小。事實上，清代社會對於寡婦改嫁存在兩種相反的看法，一是從倫理觀念出發，鼓勵守節。明代以後，貞節觀念已逐漸形成一種社會規範，清代更達至極致〔註54〕；一是就現實利益與人情出發，以勸說、利誘或威迫的方式促使改嫁，〔註55〕兩者均同時存在於清代社會。然確定的是，改嫁對女子的名聲仍是不利，因此站在愛護的立場，且在隨園內衣食無虞，改嫁未必是較好的選擇。留在隨園袁枚還可親自照顧他們，在情感的護持上，袁枚亦盡力滿足姐妹們的需求。因爲身處在當時的社會背景，除了改嫁或繼續留在隨園，似乎沒有其他更好的選擇。

〔註51〕袁枚：《隨園詩話》，《袁枚全集》第三冊（南京：江蘇古籍出版社，1993年），卷10，頁331～332。

〔註52〕杜松柏：《袁枚》（台北：河洛，出版年不詳），頁102～103。

〔註53〕馮爾康、常建華：《清人社會生活》（天津：天津人民出版社，1990），頁232～234。

〔註54〕余新忠：《中國家庭史．第四卷明清時期》（廣州：廣東人民出版社，2007年），頁92。

〔註55〕余新忠：《中國家庭史．第四卷明清時期》（廣州：廣東人民出版社，2007年），頁91。

對袁枚來說，能與姐妹們相伴生活，重溫兒時，是再好不過的事。如袁枚的二姐在隨園的照料下，生活無虞，得以長壽，對此袁枚頗感得意：

詩多幸賴辭官早，累少全虧得子遲。

更喜女嬃還健在，白頭閑坐説兒時。（陸氏姊八十七歲）

（節錄，《八十自壽》，卷36，頁875）

老姊相依住，將開百歲筵。老妻亦八十，齊眉在案前。

（節錄，《喜老七首》，卷36，頁886）

至於姐妹的孤單心緒，袁枚則藉由替她們刊刻詩集得以流傳，或是代爲照養子女以替代。

（三）老妻與姬妾：袁枚與妻妾之情感

袁枚與妻妾的相處，反映在詩作中，在於眞情流露，不同於以往詩人作品中較少觸及兒女私情，袁枚詩中則多直接展露與妻妾的情感。袁枚愛好美色〔註56〕，並不避諱〔註57〕。他一生納妾無數，據蔣敦復〈隨園姬人姓名譜〉所載，可考者便有十位，然蔣敦復亦云：「美人下陳，殆不只十二金釵」〔註58〕，從袁枚晚年仍四處尋春來看，此應是合理的推斷。袁枚曾有詩云：

有筆無題每自嗔，黃金何處買陽春？

論文頗似昇平將，娶妾常如下第人。

（〈好作古文苦無題目，尋春輒不如意，戲題一首〉，卷6，頁106）

在這首詩中，袁枚以戲謔的口吻提及近日作文不順，買春亦不遂意，並自承：「論文頗似昇平將，娶妾常如下第人」，昇平將猶如下第人，

〔註56〕袁枚不僅愛好女色，對於男色亦有偏好。參蔣敦復：《隨園軼事》《袁枚全集》第八冊（江蘇：江蘇古籍出版社，1993年），頁84。

〔註57〕袁枚詩有云：「有目必好色，有口必好味。戒之使不然，口目成虛器。縱之使無涯，我又爲渠累。聖人善調停，君子素其位。」（節錄其五，〈陶淵明有飲酒二十首，余天性不飲，故反之作不飲酒二十首〉，頁292）

〔註58〕蔣敦復：《隨園軼事》《袁枚全集》第八冊（南京：江蘇古籍出版社，1993年），頁103。

充分展現袁枚亦知此舉引人非議，但仍阻擋不了四處尋春的想法。事實上，此關聯著袁枚對情欲一向的觀點。袁枚認爲：「人欲當處，即是天理」（《隨園詩話》）。在天理與人欲的分辨上，袁枚更重視一己之「眞」。袁枚尺牘〈答朱石君尚書〉有云：

> 枚今年八十一矣，夕死有餘，朝聞不足，家數已成。試稱於眾曰「袁某文士」，行路之人或不以爲非，倘稱於眾曰「袁某理學」，行路之人必掩口而笑。夫君子之所以比德於玉者，以其瑕瑜不相掩故也。如必欲匿其瑕，皇其瑜，則玉之眞者少矣！孔門四科，因才教育，不必盡歸德行，此聖道之所以爲大也。宋儒硜硜然，將政事、文學、言語一繩捆束，驅而盡納德行一門，此程朱之所以爲小也。〔註59〕

宋儒多主張存天理去人欲，袁枚認爲此舉勢必掩蓋人的眞性情，如同將袁枚視爲理學家，則必引人訕笑一樣。硬是遮掩迴避人欲這一面，無疑是匿瑕皇瑜，結果便是「玉之眞者少矣」。由此可見，袁枚寧可眞，不願欺〔註60〕，即使面對禮教的撻伐亦如是。事實上，袁枚往往攙合天理與人欲，故能保持肆行無礙的心靈空間〔註61〕。袁枚對妻妾的感情亦復如是，那些被後世喻爲「特重男女狎褻之情」的詩作，自然也是眞情的一種展現。綜觀袁枚詩中表現的男女之情，約可分爲兩類：一類是以戲謔的口吻言之，如其詩云：「譬如新得佳人，一月何妨幽閉」（〈簾遮芍藥戲作六言〉，卷37，頁920），或是自言尋春，或爲自己辯護之作，如「甘蟲食蔗苦食蓼，各樂其樂休相笑！」（〈永之觀察年逾七十需次京師，書來戒我尋春，賦此答之〉，

〔註59〕袁枚：《小倉山房尺牘》，《袁枚全集》第五冊（南京：江蘇古籍出版社，1993年），頁181。

〔註60〕蔣敦復：《隨園軼事》，《袁枚全集》第八冊（南京：江蘇古籍出版社，1993年），頁78。

〔註61〕關於袁枚對於情欲理的攙合與剔決，進而展現一己肆行無礙的心靈向度，廖師美玉已有詳密的論述，詳參廖師美玉：〈記憶蘇小——由袁枚詩看情欲理的攙合與肆行〉《「明清文學與思想中之情、理、欲」國際學術研討會論文集》（台北：中央研究院中國文哲研究所，2007年），頁18～24。

卷 28，頁 638)。由於袁枚認爲「情之最先，莫非男女」，又不願加以掩飾，因而此類詩作不少。此類詩作正是後世撻伐的目標。須注意的是，袁枚此類詩作多以戲筆言之，且缺乏眞情實感，多是狎而遊之。袁枚並歸結出一套「臥忘」的哲學：

> 且枚之居處，不避群花，更有說焉：人惟與花相遠，固聞香破戒者有之，逢花必折者有之。……狎而玩之，故淡而忘之也。枚自幼以人爲蔔，迄今四十年矣，橫陳嚼蠟，習慣自然。顏淵侍於孔子，自稱「坐忘」；若枚者，可稱臥忘者也。願夫子之勿慮也。〔註 62〕

袁枚認爲，「狎而玩之」，故能「淡而忘之」，袁枚稱之爲「臥忘」。此說固然有爲自己強解開脫之意，但袁枚認爲「僞名儒，不如眞名妓」〔註 63〕，故並不加以隱諱，此皆爲「眞」的一種展現。

第二類詩則是以表達對妻妾的感情爲主，如〈寄聰娘〉(卷 8，頁 144)(卷 10，頁 185)；或是悼亡之作，如〈甲子攜陶姬至淮，今一星終矣；重有泛舟之役，憮然成詠〉(卷 10，頁 182)。這類詩作與「特重男女狎褻之作」看似矛盾，實是一體之兩面：前者多表現「欲」，後者則重表現「情」，「情」與「欲」難以二分，正如同「天理」與「人欲」相互攙合一樣。然而，兩者的創作態度並不相同，一是因欲所驅，故以戲謔之情調之；一是因情而起，故呈現一種眞摯之情。順應不同的題材，著重點自然不同，二者皆是袁枚對男女之情感所展現的不同面向。袁枚詩中與妻妾們的情感，正是屬於第二類因情而起。袁枚詩中呈現與妻妾的感情不只是親情，愛情的成分亦不少。袁枚自高中進士後，便乞假返家歸娶，即爲王氏。然王氏並未生育，故給袁枚納妾的理由。袁枚與髮妻王氏結褵最久，且享有高壽，袁枚去世時仍然健在。在群妾環繞中，袁枚對王氏的結髮之情感之甚深，如〈病中贈內〉

〔註 62〕袁枚：〈答相國勸獨宿〉，《小倉山房尺牘》《袁枚全集》第五冊（南京：江蘇古籍出版社，1993 年），卷 1，頁 3。

〔註 63〕袁枚：〈答楊笠湖〉，《小倉山房尺牘》《袁枚全集》第五冊（南京：江蘇古籍出版社，1993 年），頁 134～139。

詩云：

宛轉牛衣臥未成，老來調攝費經營。
千金儘買群花笑，一病才徵結髮情。
碧樹無風銀燭穩，秋江有雨竹樓清。
憐卿每問平安信，不等雞鳴第二聲。
(〈病中贈內〉，卷 18，頁 366)

此爲唯一一首袁枚寫給王氏的作品。儘管袁枚自認「毋爲傖父妻，寧爲所歡妾」(〈古意二首〉，頁 220)，但王氏畢竟在袁枚身邊最久，對袁枚也最爲熟悉。這首詩中，袁枚刻正病中，受到王氏的悉心照料，方知「千金儘買群花笑，一病才徵結髮情」。然而面對袁枚的眾多年輕侍妾，這份恩情必然延續不長。杜松柏以袁枚給髮妻王氏只此一首詩，顯現袁枚對王氏恩淺情薄，〔註 64〕此說誠然。儘管失去袁枚的關愛，在袁枚詩多以「老妻」的形象出現，轉而以照顧袁枚的日常起居爲主，諸如：

老妻怕我開書卷，一卷書開百事忘。
手把陳編如中酒，今人枉替古人忙。
(節錄，《遣興雜詩》，卷 27，頁 581)

閨中老妻尚齊眉，冷暖常先侍者知。
(節錄，《八十自壽》，卷 36，頁 875)

老姊相依住，將開百歲筵。老妻亦八十，齊眉在案前。
僮奴各班白，霜雪盈其巔。人指老人國，我游羲皇天。
更有分壽者，率兒孫乞憐。要我手摩頂，以爲結善緣。
偶然游四方，觀者走跰躚。以爲覯一面，勝如遇一仙。
我乃輾然笑：人老竟值錢。
(節錄其五，《喜老七首》，卷 36，頁 886～887)

從這三首詩中的老妻形象觀之，王氏遂以照料袁枚生活起居爲主，提醒他不要爲看書看到忘記時間，是體恤袁枚年紀已大；王氏畢竟跟袁枚生活最久，因而「冷暖常先侍者知」。年老尚有髮妻相伴，齊

〔註 64〕杜松柏：《袁枚》(台北：河洛，不詳)，頁 45～46。

眉案前「偕老妻尚存，遲生兒亦丱」(節錄，〈七十生日作〉，頁 732)此已是難得之福。袁枚詩中唯一與「老妻」較為親暱的鏡頭，是袁枚邀老妻一同「斛雪」：

> 平生最愛月與雪，月不能留聽其缺。雪更多情來我家，天之所賜敢拜嘉。庚子元宵雪不止，主人攘臂清晨起。呼僮率婢拉老妻，滌甕排罍抱筐篚。卉前斛雪如斛糧，晶瑩潔白裁入倉。不許纖瑕污玉粒，兼持仙杵擣玄霜。骨冷魂清神轉主，雪階月地全搜蕩。已經千斛貯堂中，猶瞪雙睛看瓦上。我聞東吳朋珠貢百琲，食之不了渴與饑；又聞穆王俘玉萬萬雙，枉費人間八駿刀。何如我之所寶人勿趨，片片瓊瑤奇貨居！大夫伐冰無此樂，匹夫懷璧殊堪娛。轉眼驕陽六月紅，取烹綠茗生清風。更把楊枝一滴洒，醫盡人間熱中者。(〈藏雪〉，卷 26，頁 574)

袁枚自言平生最愛月與雪，天上明月不得一親芳澤，天上飄雪則可儲而存之，以作他日烹茶煮茗之用。袁枚對雪有著極高的熱愛，為取得最晶瑩潔白的白雪，可說是一刻也不容暫留：「庚子元宵雪不止，主人攘臂清晨起。呼僮率婢拉老妻，滌甕排罍抱筐篚」，一早袁枚即起，除僮僕奴婢外，惟攜老妻而已，連忙洗滌家中容器以備儲雪。這首詩道盡袁枚對雪的熱愛，但這種熱愛多不為人所理解，又要早起，唯有找家中最能體諒自己、理解自己的人共享，因而惟攜老妻而已。此外，袁枚此種對於雪近乎偏執一般的喜愛，也可解作袁枚對於美的偏執，袁枚選擇與王氏分享，足見王氏實是一位能夠理解袁枚，且又寬容大度的女人。王氏對袁枚的個性知之甚深，袁枚有詩云：

> 自覺山人膽足誇，行走七十走天涯。
> 公然一萬三千里，聽水聽風笑到家。
> 迎門兒女慶團圞，鄰里爭當遠客看。
> 不是桃源眞福地，如何雞犬盡平安？
> 香雪階前撲面飛，喜從香裏解征衣。

老妻笑向諸姬看：不爲梅花尚不歸。
一雙孔雀艷歸裝，惹得傾城士女狂。
爲要誘他開翠尾，麗人來往盡濃妝。
賓客連宵坐滿庭，問山問海問花名。
急抄詩與諸公看，省得衰翁説不清。
重理殘書喜不支，一言擬告世人知。
莫嫌海角天涯遠，但肯搖鞭有到時。
（〈新正十一日還山〉，卷 31，頁 731）

此爲袁枚晚年遠遊還山後所做。袁枚遠遊歸來，家人高興地前去迎接「迎門兒女慶團圞，鄰里爭當遠客看」，正當家人皆爲袁枚的歸來感到高興時，惟王氏道出箇中「祕辛」：「老妻笑向諸姬看：不爲梅花尚不歸。」袁枚返家實是爲了家中眾花盛開而來，〔註 65〕作爲老妻最明白這個道理。或許正是王氏的寬容，使得袁枚得以實行其「臥忘」的哲學，並在隨園得享眾花環繞之福。

袁枚納妾甚早，始於擔任沭陽任內。據蔣敦復〈隨園姬人姓名譜〉所載，可考者共有十位，〔註 66〕在袁枚詩作中，是以陶姬、方聰娘、金姬與鍾姬曾經出現，餘皆無專門出現。其中袁枚又與方聰娘的感情最深。在袁枚詩中，甚少描述與妻妾在園中的生活樣態，往往是以袁枚離園後懷念妻妾之作爲多，其次便是悼亡詩。例如袁枚作有兩首〈寄聰娘〉組詩：

尋常并坐猶嫌遠，今日分飛竟半年！
知否蕭郎如斷雁，風飄雨泊灞橋邊。

〔註 65〕袁枚每次返園都是家中花開的季節，如袁杼詩〈燈節後送兄之姑蘇〉：「漸漸春風透碧紗，上元時節送征車。批詩暫擱書窗筆，囑僕勤斟旅館茶。野岸殘燈途次見，秋江歸雁水邊斜。高堂頻問還家日，笑指欄邊芍藥花。」，見袁杼：《樓居小草》，《袁枚全集》第七冊（南京：江蘇古籍出版社，1993 年），頁 49。

〔註 66〕陶姬、方聰娘、金姬、陸姬、鍾姬、張姬、陶姬、金姬、吳七姑、周姬。袁枚姬人譜中有詳細的記載，包括來歸時間。詳參蔣敦復：〈隨園姬人姓氏譜〉，《隨園軼事》《袁枚全集》第八冊（南京：江蘇古籍出版社，1993 年），頁 100～102。

一枝花對足風流，何事人間萬户侯！
生把黃金買離別，是儂薄倖是儂愁。
杏子衫輕柳帶飄，江南正是可憐宵。
無端接得西征信，定與樵青話寂寥。
上元分手淚垂垂，那道天風意外吹。
累汝相思轉惆悵，當初何苦説歸期！
思量海上伴朝雲，走馬邯鄲日未曛。
剛把閑情要抛撇，遠山眉黛又逢君！
雲山空鎖九回腸，細數清宵故故長。
不信秋來看明鏡：爲誰添上幾重霜？（〈寄聰娘〉，卷 8，頁 144）

花開時節不離君，花落琴河手暫分。
二十四橋楊柳岸，春秋頻觸杜司勛。
黃驄陌上怨啼烏，家有春山似畫圖。
三日不栖雙燕子，櫻桃花淡綉簾孤。（〈寄聰娘〉，卷 10，頁 185）

第一首組詩作於袁枚再度出山，入陝赴官之時。袁枚與聰娘的感情極好，兩人往往形影不離，〈聰娘墓志〉云：「侍疾則眉愁滿鏡，言離則淚落連珠」。在這首詩中，袁枚表現出寧爲美人而不願江山的心志，即「一枝花對足風流，何事人間萬戶侯！生把黃金買離別，是儂薄倖是儂愁」。在第二首組詩中，袁枚則云：「花開時節不離君，花落秦河手暫分」，不願分離的心意至爲明顯。因此〈聰娘墓志〉又云：「自此以後，余解秣陵之組，還鷲嶺之山；走函谷之關，渡黃流之水。聰娘無車不共，有槳皆雙」，足見兩人感情深厚。聰娘去世後，袁枚更爲之作悼亡詩、墓誌，聰娘是唯一有此待遇者。另外，袁枚晚年遠赴嶺南，亦有詩寄家中諸位姬妾：

不聽釵聲半載餘，妝臺眠食近何如？
愁生夫子登程後，喜見嬌兒上學初。
海外朝雲空有夢，盤中伯玉竟無書。
遥知七夕銀河好，懶畫眉痕月一梳。

此間光景遜江東，雨慣烟綿海慣風。
仙荔紅香剛我到，雪蘭膚色與卿同。

千家蠻語聽難解，兩月螺舟泛未終。

寄語金閨諸姐妹：加餐不用念衰翁。(〈寄鍾姬〉，卷30，頁693)

鍾姬為袁枚入園後所納，替袁枚育有一子阿遲〔註67〕，想是母因子貴，袁枚在遠遊嶺南途中憶起家中妻妾，而有此詩。先前曾提到袁枚常是「不為梅花尚不歸」，然而到了嶺南此種「千家蠻語聽難解，兩月螺舟泛未終」的「異域」，更是讓袁枚想念家中姬妾，或是嬌兒上學的模樣。因此當袁枚剝開荔枝鮮嫩的果肉，便想起家中姬妾「雪蘭膚色與卿同」〔註68〕。當然，袁枚亦想像諸位姬妾在家中思君景象，如同杜甫詩中所描述的傳統姬妾思夫的寫法。然而袁枚亦云：「寄語金閨諸姐妹：加餐不用念衰翁」，希望勿以衰翁為念。從這些袁枚懷念家中姬妾的詩作來看，由於日日生活在一起，「家居久自嫌，遠歸身忽貴」(節錄，〈正月廿七日出門，五月廿七日還山〉，卷28，頁638)，因此往往在離開隨園後，袁枚反能寫下這些纏綿細膩的詩句，如〈寄聰娘〉、〈寄鍾姬〉等詩句，顯現袁枚對姬妾的思念與感情；袁枚詩中「老妻」王氏，是以照護袁枚生活起居為主的形象出現，可說是眾姬妾中最瞭解袁枚，也最容忍袁枚的人，因而袁枚才得以在隨園享盡齊人之福。

第二節　親族倫理的承繼與開展

袁枚自將家人安頓在隨園後，新的血緣親族便以隨園為起點展開新的生活。盛年即選擇辭官歸園的袁枚，自身此種生命歷程的轉向與思考，當面對後代親族子女與後輩子弟時，袁枚該如何調整並傳遞他對生命的思考呢？親族倫理與繼承與展開便是一個攸關家族與園林生命力的關鍵，關係著家族與隨園日後的發展，因此如何為

〔註67〕袁枚詩：〈七月二十三日阿遲生〉，節錄，卷25，頁538。

〔註68〕以荔枝比喻佳人是袁枚一貫之寫法，如〈荔枝二十六韻〉：「冒暑來東粵，炎風笑老夫。未歌《棠棣》什，先覓《荔枝圖》。……撕開紫綿襖，褪出雪肌膚。欲嚙心何忍？輕含舌已酥。」(節錄，卷30，頁690)

家族、爲隨園計自是袁枚詩中關注的面向。面對親生子女與晚輩子弟，袁枚實有著不同的教養策略；袁枚晚年得子，面對兒子與女兒的教養與期待也各有不同。要探討隨園內親族倫理與繼承與開展，須先從袁枚對於子孫、男女與其因應之道談起，再及於袁枚對親生兒子、女兒與後輩子弟的教養策略，如此始見隨園內親族倫理的繼承與開展。

一、袁枚的子嗣觀

袁枚一生兒女甚多，據〈隨園姬人姓氏譜〉載，育有八女二男〔註 69〕。袁枚得子甚遲，且歷經波折：長子袁通非袁枚親生，是 60 歲時由堂弟袁樹過繼給袁枚；袁遲則爲親生，63 歲時由鍾姬所出。前此袁枚全得弄瓦之喜。中國是宗法社會，子嗣的問題便顯得至爲重要。面對「不孝有三，無後爲大」〔註 70〕的傳統思維，使得袁枚晚年蒙上一層憂慮的色彩，袁枚有詩云：

> 半日爲人父，三生事可嗟。如何投玉燕，忽又隱曇花？壯髮初離母，長眉頗類爺。木皮棺紙薄，裹汝送泥沙。漫說胞衣紫，莊公偏寤生。來時即去路，泡影度風聲。碧海珠何脆，桐花鳳不鳴。親朋爭問信，流恨滿江城。小草留根易，瑤花度種難。琴從中散絕，書付左芬看。文葆衣空製，璋聲聽已殘。斜陽雖自好，無補膝前寒。老母含愁坐，殷勤作慰詞：「道孫生有日，恐我見無期。」此語何堪聽？全家一味悲。蒼天與人隔，何處問靈龜？
>
> （〈余春秋四十有三尚抱鄧攸之戚，今年六月二十九日陸姬生男不舉〉，卷 14，頁 258～259）

〔註 69〕詳參蔣敦復：〈隨園姬人姓氏譜〉，《隨園軼事》《袁枚全集》第八冊（南京：江蘇古籍出版社，1993 年），頁 100～102。

〔註 70〕此種傳統思維，清代《清稗類鈔》中有相關記載：「我國重宗法，以無後爲不孝之一。凡年至四五十而尚未有子者，輒引以爲大憂，懼他日爲若敖之鬼也。他人亦爲之鰓鰓慮，視滅國之痛尤過之，蓋狹義滅種之懼也。」詳參清．徐珂：〈立嗣〉，《清稗類鈔》（台北：商務印書館，1966 年），頁 6。

三尺遺書楹下藏，半生甘苦最親嘗。

名山事業憑誰付？學識之無七歲郎。

（節錄，〈衰年雜詠〉，卷 27，頁 585）

袁枚晚年無子，一憂對家族無法交代，尤其是對於母親的勸慰，袁枚更是覺得難過，卻也無可奈何。二則是對自己文字業無法傳承感到憂心。甚至家中姬妾也爲自己未能替袁枚得子感到憂慮，袁枚詩有云：

蕊榜泥金願久償，忽教此恨落閨房。

夭桃子墮花含淚，紅樹心孤蝶怨霜。

樂府聽歌康老子，燈花偏惱謝秋娘。

多情只有淳于意，檢點龍宮賜禁方。

（〈方姬未大期而免乳，意忽忽不樂。醫者呂東皋云：「女人望子，如秀才之望榜。」愛其罕譬雅切，為詩謝之〉，卷 13，頁 248）

方姬即方聰娘。方聰娘身爲袁枚愛妾，自然希望能爲袁枚傳續香火，然終究未能替袁枚留下子嗣〔註 71〕。袁枚〈哭聰娘〉（卷 23，頁 475）詩又云：「爭奈妙蓮花少子，半生枯坐淚淫淫」。足見「無子」一事不僅對袁枚造成壓力，對姬妾亦同。

然而，隨著女兒的接連出世，袁枚也逐漸從中獲得調適，從這三首討論生女的詩作中可窺見袁枚對於子嗣的思考轉變：

墜地無人賀，遙知瓦在床。爲誰添健婦？懶去抱高堂。

妄想能招弟，佯歡且慰娘。江千好黃竹，打慣女兒箱。

左家詩料好，伯道老懷嗟。味似餐雞肋，情疑中副車。

湔裙製文葆，靧面趁桃花。嫁恐非吾事，驚心兩鬢華。

（〈二月初八日生一女〉，卷 18，頁 360）

眞是庶人命，雌風吹不清。緣何長至日，轉報一陰生？

客厭來偏數，棋輸劫屢驚。呱呱雙瓦響，添作惱公聲！

（〈十一月十八日又生一女〉，卷 18，頁 368）

〔註 71〕方聰娘半産，詳參袁枚〈寄香亭代柬〉詩云：「燕姞初徵夢，添丁賀者譁。偏凋將秀稻，又摘早秋瓜。老母堂前膝，佳人雨後花。風懷吾最達，未免惜年華」其後有注云：「方姬半産」可知。

五旬翁五年，三夢投三瓦。如迎鄉飲賓，三壽作朋者。
幸而阿良亡，箕帚少一把。不禁心惘然，獨坐口侈哆。
明知齒就衰，望子臺可捨。何圖姬有身，故意來相惹？
欣欣鳳將雛，嘿嘿鐘又啞。湯餅黯無色，賀客詞亦寡。
頗聞金石文，蜀中王子雅。無兒有女三，一妹兩阿姐。
出錢五百萬，葬父平林下。慰情良勝無，陶公言是也。
人生天地間，祥金常躍冶。徐登女化雄，認谷男變姹。
無物堪認眞，有子何妨假？權封雌亭侯，高策婿鄉馬。
文裝妹喜冠，武縛木蘭袴。抱看滿園花，一笑吾其且。
（〈三月二十四日又生一女〉，卷 21，頁 436）

這三首詩是依創作的先後次第排序，第一、二首詩成於同一年，袁枚 49 歲；第三首詩成於袁枚 53 或 54 歲〔註 72〕，相距不到五年間便連獲三女，袁枚的反應卻有著很大的轉變。從一開始「墜地無人賀，遙知瓦在床」的失落，到「呱呱雙瓦響，添作惱公聲！」的無奈，再到「抱看滿園花，一笑吾其且」的釋懷，袁枚可說歷經一番自我調適的過程，尤其是第三首詩。前兩首主要表現出袁枚自傷無後的失落與無奈，如「妄想能招弟，佯歡且慰娘」充份表達自身渴望生子卻又得在母親面前強顏歡笑的矛盾心情；又如「呱呱雙瓦響，添作惱公聲」，同樣展現袁枚自傷無後的無奈心情。但至第三首詩袁枚卻能開始自我解嘲，面對來訪賓客的無言，袁枚反舉出歷史故實自我安慰：「慰情良勝無，陶公言是也」，「無物堪認眞，有子何妨假？」有女兒總比完全沒有來得好。況且女兒並非就做不到兒子能做之事。例如蜀中王子雅，沒有兒子卻有三個女兒，死後全賴女兒安葬：「無兒有女三，一妹兩阿姐。出錢五百萬，葬父平林下」。隨著這種心境的調適，袁枚終能坦然地「抱看滿園花，一笑吾其且」。女兒的相繼出世，讓袁枚對子嗣的思考有了轉變。

除此之外，袁枚更進行反向思考，以爲有後反而是一種負擔。袁

〔註 72〕此繫年乃根據詩集，但詩中有句云：「五旬翁五年，三夢投三瓦」，可見應是 55 歲。

枚〈老而無子賦〉有云：

故曰：爲人作父，非易居之名；買奴得翁，亦偶然之理。又安得如此日之從容暮景，孤吟青霞，攘羊不懼，尻背無嘩，帶益三副，禾呼百車？雖在世而出世，視有家如無家。投懷者日月，趨庭者落花。承歡者猿鳥，繞膝者桑麻。……靜言思之：老而無子，福耶，非耶？而況心靜思精，身閑學廣，述作非凡，知音必賞。安知後世不鑄范蠡之金，他邦不畫朱穆之像？宗我學者即兒孫，傳我文者皆族黨。又何必爲孺子牛，負阿侯襁；雍樹嬰愧，懸弧擾攘；盜委順于兩儀，奪眞珠而在掌。夫然後謂之有子哉？……〔註 73〕

〈老而無子賦〉的寫作，是因其好友程魚門喪子而作：「乃托爲元、白相慰之言」，不僅安慰魚門，亦以此自解「用廣其意，亦聊自自解云爾」。在此賦中袁枚提到一個反向的思考，即爲人父親並非易事，須負起生養教育的責任，老而無子，反能免受其累。至於無子承歡膝下之憾，尚有日月投懷，落花趨庭、猿鳥承歡與桑麻繞膝，就算無子又何妨？若論起無後無人得以傳承家業，則「宗我學者即兒孫，傳我文者皆族黨」，實無大礙。袁枚又有詩云：

人難作我兒，我難作人父。所以生不育，皇天不輕與。
古來眞才人，俎豆非兒女。諸公莫相關，我自有千古。
（節錄，〈遣興〉，卷 15，頁 279）

在這首詩中，袁枚頗有自我解嘲的意思，因爲「人難作我兒，我難作人父」，故至今日尚無兒子。詩句最末云：「諸公莫相關，我自有千古」，袁枚肯定的認爲必定有人傳其事業，但不一定得是自己的兒子，只要「宗我學」、「誦我文」者皆是子孫。若從孝道的觀點，袁枚認爲有後無後乃天之所爲，非人力所能干涉。袁枚〈慰王麓園喪子書〉云：

說者動以「無後爲不孝」云云，不知孝者人所爲，有後無

〔註 73〕袁枚：〈老而無子賦〉，《小倉山房文集》《袁枚全集》第二冊（南京：江蘇古籍出版社，1993 年），頁 7。

> 後者天所爲。待天而後成孝，非教也。商臣、盜跖，皆有後者也，得謂之孝乎？鄧攸、羊怙，皆無後者也，得謂之不孝乎？天下蟲豸雀鼠，跂行喙息之物，靡不呴嫗鞠育，孳孳愛其雛，其心豈以爲後哉？陰陽之生機使然耳。人爲萬物之靈，當以禮節之。〔註74〕

面對「無後爲不孝」的古訓，袁枚則認爲孝道重在實踐，是人所爲，而非取決於天，以此解消對「無後爲不孝」的傳統思維。因此，袁枚對於有後無後的問題也就更能釋懷。從袁枚對於子嗣的性別意識來看，儘管袁枚一直以得女爲憾，但也逐漸自我調適，認爲女孩與男孩其實並無太大不同，因此對女子抱持比較開放寬容的態度，也影響袁枚對女兒的教育；至於有後無後的問題，袁枚認爲有後不一定全是好事，晚得子反能多享幾分從容暮景。至於家業的傳承，則不一定得是親生子女，且袁枚深信自己「定有千古」，故不甚憂慮。隨園親族倫理的繼承與開展，便在這個基礎上奠基。以下將分別就袁枚對兒子、女兒與後輩子孫的教養之道進行論述與說明。

二、高鳥自翔天，芳草自覆地：袁枚對親生子女的教養策略

（一）生命哲學的傳授：以〈示兒詩〉作為觀察基點

袁枚對於兒子的教育策略，是以順應自然、因材施教爲主。袁枚晚年得子，欣喜若狂，自然也對兒子有著深切期待，如〈香亭年逾強仕才生一兒，從南陽寄信來云將嗣我，喜賦卻寄〉（卷 21，頁438）詩云：「不覺登時到心上，祝兒長大望兒賢」；也期待兒子能夠繼承家業，如〈新正二十日阿遲上學〉（卷 30，頁 670）：「秋稻晚栽期望大，春鶯初囀發聲遲」。可見期待子弟能夠飛黃騰達，實是父母共同的期望，對明清士人來說更是如此。據熊秉真研究，明清士人家庭對子孫的教育，明顯受到政治的強大影響。由於明清政府確立

〔註74〕袁枚：〈慰王麓園喪子書〉，《小倉山房文集》《袁枚全集》第二冊（南京：江蘇古籍出版社，1993 年），頁 312～313。

以科舉考試爲任用人才的主要途徑，子弟的仕進前途往往決定未來家族的興盛，因此明清士人家庭對於子弟的期望，多是以「讀書仕進」爲目標，「智育」導向遂成爲明清士人主要的幼教方式。〔註 75〕然隨著前此對有後無後的思考與二子的成長，袁枚逐漸形塑出自己對子女教育觀的看法，與時人對於子孫的教養方式有所不同。首先，對於子孫的教育，袁枚認爲不該成爲雙方的負累：

> 人人望子作公卿，每到趨庭絮不清。
> 我道兒孫是何物，世間不過一蒼生。
> （節錄，〈遣興〉，卷 33，頁 808）

> 一兒能吟詩，不教其應試。一兒太蠢愚，但教其習字。
> 擇善最不祥，我豈爲兒累！學禮與學詩，聖人亦寫意。
> 倘鯉不趨庭，或竟任嬉戲。高鳥自翔天，芳草自覆地。
> 彼豈有爹娘，辛苦爲兒計？
> （節錄其五，〈惡老八首〉，卷 36，頁 883）

從這兩首詩可知，袁枚並不強迫子孫走上特定的道路，例如仕宦爲官。袁枚認爲，替子孫選擇未來的道路是一件累人又累己的事「擇善最不祥，我豈爲兒累！」。袁枚認爲最好的方式便是順應自然：「高鳥自翔天，芳草自覆地」。然順應子孫情性，也不是完全任其自由發展。例如袁枚反對過於溺愛子孫：

> 且聞足下慈幼之道，亦頗未善。郎君甫周晬，衣之貂，食以參朮，又引其痘殤而投以諸猛厲藥。此其愛也，乃其所以害也。夫明珠美玉，天下之至寶也。愛而篋藏之則全，佩之戴之亦全，即棄之野田草露無不全也。若朝則濯於水，暮則弄諸掌，夕又捧而摩諸席，目營手撥，必有一朝之拜。兒寵過則驕其性，養過則弱其身。不可不察也，足下異日有子，當思我言。〔註 76〕

〔註 75〕熊秉眞：〈好的開始：近世士人子弟的幼年教育〉，收入中研院近史所編：《近世家族與政治比較歷史論文集》（台北：中研院近史所，1992 年），上冊，頁 207。

〔註 76〕袁枚：〈慰王麓園喪子書〉，《小倉山房文集》《袁枚全集》第二冊（南京：江蘇古籍出版社，1993 年），頁 312～313。

由此可見，袁枚重視的是子孫的本性：「明珠美玉，天下之至寶也。愛而篋藏之則全，佩之戴之亦全，即棄之野田草露無不全也」，若本性純良，即使棄之草野亦全，若是過度寵溺，則易驕其性、弱其身，反而對子孫有害。順應本性與情性所趨可說是袁枚教養的基本原則。

袁枚育有二子，長子袁通善詞曲，個性急躁，官至河南汝陽知縣；袁遲擅畫〔註77〕，個性狷介〔註78〕，終生未入仕途，二子均不好閱讀〔註79〕、不善作詩，〔註80〕但皆是順應自己的情性。即便如此，袁枚亦主張加以磨練，從袁枚與其堂弟袁樹的信中即可明知：

> 阿通年十七矣，飽食暖衣，讀書懶惰。欲其知讀書之難，故命考上元以勞苦之，非望其入學也。如果入學，便入江寧籍貫，祖宗丘墓之鄉一旦捐棄，揆之齊太公五世葬周之義，於我心有戚戚焉！兩兒俱不與金陵人聯姻，正爲此也。……
>
> 夫才不才者，本也；考不考者，末也。兒果才，則試金陵可，試武林可，即不試也可；兒果不才，則試金陵不可，試武林不可，必不試廢業而後可。爲父兄者，不教以讀書學文，而徒與他人爭閑氣，何不揣其本而齊其末哉？知子莫若父，阿通文理粗浮，與「秀才」二字，相離尚遠。若

〔註77〕袁枚：〈再示兒〉詩云：「阿通詞曲阿遲畫，都替兒翁補闕如」（節錄，卷36，頁901）。

〔註78〕袁枚：〈隨園老人遺囑〉：「阿通性躁，躁則虎頭蛇尾，作事難成；阿遲性狷，狷則踽踽涼涼，無人幫助。兩人須自知其短，亦古人佩韋佩弦之意。」語見袁枚：〈隨園老人遺囑〉，《小倉山房文集》《袁枚全集》第二冊（南京：江蘇古籍出版社，1993年），頁3。

〔註79〕袁枚詩〈對書嘆〉：「我年十二三，愛書如愛命。……兩兒似我年，見書殊漠然。此事非庭訓，前生須夙緣。名將不兩代，文人無世家。可憐袁伯業，對書空嘆嗟！」（卷32，頁769）

〔註80〕阿遲不能詩，但其婦沈全寶能詩。《隨園詩話》：「東橋設帳永之家，教其幼女全寶，即許配阿遲者。年才十五，即已能詩……阿遲與之同年，尚不能作一韻語：豈吾家詩事，將來不傳于兒，要傳兒婦耶？」。語見袁枚：《隨園詩話補遺》，《袁枚全集》第三冊（南京：江蘇古籍出版社，1993年），卷4，頁644。

以爲此地文風不如杭州容易入學，此之謂不與齊楚爭強，而甘與江黃競伯，何其薄待兒孫，貽謀之可鄙哉！……

然而人所處之境，亦復不同，有不得不求科名者，如我與弟是也。家無立錐，不得科名，則此身衣食無着。陶淵明云：「聊欲弦歌以爲三徑之資」，非得已也。有可以不求科名者，如阿通、阿長是也。我弟兄遭逢盛世，清俸之餘，薄有田產，兒輩可以度日，倘能安分守己，無險情贅行，如馬少游所云：「騎款段馬，作鄉黨之善人。」是即吾家之佳子弟，老夫死亦瞑目矣，尚何敢妄有所希冀哉？不特此也，我閱歷人世七十年，嘗見天下多冤枉事：有剛悍之才，不爲丈夫而偏作婦人者；有柔懦之性，不爲女子而偏作丈夫者；有其才不過工匠農夫，而枉作士大夫者；有其才可以爲士大夫，而屈作工匠村農者，偶然遭際，遂戕賊杞柳以爲桮棬，殊可浩嘆！《中庸》先言「率性之謂道」，再言「修道之謂教」，蓋言性之所無，雖教亦無益也。……至孟子則云「父子之間不責善」，且以責善爲不祥。似乎孟子之子尚不如伯魚，故不屑教誨，致傷和氣，被公孫丑一問，不得不權詞相答；而至今卒不知孟子之子爲何人，豈非聖賢不甚望子之明效大驗哉？善乎北齊顏之推曰：「子孫者，不過天地間一蒼生耳，與我何與？而世人過於寶惜愛護之。」此眞達人之見，不可不知。〔註 81〕

袁枚對自己的兒子知之甚詳，因袁通「飽食暖衣，讀書懶惰」，袁枚實未期待他讀書仕進，求取官職。勸其應試，實是「欲其知讀書之難」，而「非望其入學」。袁通官至河南汝陽知縣，可知其應有入學；袁遲則終生未入仕途。此外，袁枚認爲「性之所無，雖教亦無益」，若無讀書的才能，就是強之亦無益。對袁枚來說，功名不過是謀取衣食之資的一個途徑，是否需要求取功名端賴有無才能與所處環境而定。袁枚對兒子的生活實已做了妥切的安排，故並不積極

〔註 81〕袁枚：〈與香亭〉，《小倉山房尺牘》《袁枚全集》第五冊（南京：江蘇古籍出版社，1993 年），頁 160～161。

鼓勵兒子求取功名。袁枚有詩云：

甲乙丹黃萬卷餘，兒孫珍重好家居。
但看手澤應思我，莫爲科名始讀書。
平子四愁能自遣，香山三泰有誰如？
此翁事事安排定，生冢營成傍草廬。
（節錄其六，〈八十自壽〉，卷36，頁875）

「莫爲科名始讀書」乃是袁枚對待兩個兒子的原則。在財產安排上，袁枚將田產兩兄弟平分，隨園則是留與兩兄弟同居，且身後事亦在隨園內。唯一的期望是希望兩兄弟能夠固守隨園三十年：

且喜汝等俱各恂恂本分，似能守其家業，我心甚喜。所未能忘情者：隨園一片荒地，買價甚廉；我平地開池沼，起樓臺，一造三改，所費無算，與我貧賤起家光景相似。奇峰怪石，重價購來；綠竹萬竿，親手栽植。又頗能識古，器用則檀梨文梓，雕漆鶬金；玩物則晉帖唐碑，商彝夏鼎；圖書則青田黃凍，名手雕鐫；端硯則蕉葉青花，兼多古款：爲大江南北富貴人家所未有也。當時結撰，一片精心，談何容易！吾身後汝二人，能灑掃光鮮，照舊庋置，使賓客來者見依然如我尚存，如此撐持三十年，我在九原亦可瞑目。此後付之悠悠，不但我不能知，即汝等亦未必知，達人見解所不必再計者也。〔註82〕

在這份遺囑中，袁枚希望兒子能夠將隨園榮景撐持三十年，如此袁枚九原之下便足以心安。這可說是袁枚交付給兒子最重要的「任務」與「家業」。換言之，隨園即是袁枚留給兒子最重要的資產，只要他們能夠固守家園，安分守己，無「險情贅行」，即此便可安居，即「吾家之佳子弟」。換言之，袁枚傳授給兒子的是由他自己一生所體悟出的生命哲學。試觀袁枚一系列的示兒詩：

不將庭誥學延之，但說平生要汝知。騎馬莫輕平地上，收帆好在順風時。大綱既舉憑魚漏，小穴難防任鼠窺。（古諺

〔註82〕袁枚：〈隨園老人遺囑〉，《小倉山房文集》《袁枚全集》第二冊（南京：江蘇古籍出版社，1993年），頁2。

云：「鼠穴留一個，好處莫穿破。」）三百六旬三十日，可聞辞語響茅茨。（〈示兒〉，卷 36，頁 886）

山上栽花水養魚，卅年沈約賦郊居。書經動筆裁提要，詩怕隨人拾唾餘。三代文章無考據（考據之學始于東漢），一家人事有乘除。阿通詞曲阿遲畫，都替而翁補闕如。（余不作詞，不能畫）（〈再示兒〉，卷 36，頁 901）

可曉而翁用意深？不教應試只教吟。
九州人盡知羅隱，不在科名記上尋。
葛洪不識樗蒲齒，陶侃嗔將博局投。
一個神仙一豪傑，肯教白日付悠悠。
（〈示兒〉，卷 37，頁 917）

在這三首詩中，可說展現了袁枚對於兒子的教養與期待。第一首詩中，袁枚對兒子的庭訓即是一己生命所思所感得出的生命哲學：「騎馬莫輕平地上，收帆好在順風時」，即是「回車」的生命哲學，袁枚希望兒子只要能以此爲綱領，其他小處則可不論；在第二首詩中，袁枚希望兒子能安於郊居生活，並肯定二子的才華「都替而翁補闕如」；在第三首詩中，袁枚希望兒子能夠了解「不教應試只教吟」的深意。袁枚舉出唐代文學家羅隱爲例，羅隱才名很高，卻屢試不第，因而「九州人盡知羅隱，不在科名記上尋」。若對照袁枚自身的境遇，袁枚很早便中舉，但也很早就辭官歸園，但仍舊聲名遠播。袁枚又以葛洪與陶侃對舉，前者是神仙，後者爲豪傑，兩人對浪費時間的樗蒲、博局不感興趣，而將生命投注在更值得投注的面向上。由此可見，袁枚希望兒子能夠順應自己的情性，及早將生命投注在應該投注的方向上，而非盲目地追求功名利祿。由此觀之，袁枚重在生命哲學的傳授，重視兒子自我情性的發展，而不硬逼兒子走上仕宦爲官的道路。

（二）又讀詩書又綉花：袁枚對女兒的教養

袁枚共有女兒八位，可考者有成姑、鵬姑、良姑（阿良）、琴姑、阿珍、阿如、阿能七位〔註 83〕。袁枚對女兒的教養，是「詩書」與「綉花」並重。儘管袁枚曾戲稱姐妹中詩才最高的三堂妹袁棠「莫再生才女，能詩便嫁人」（節錄，〈香亭自徐州還白下將歸鄉試，作詩送之〉，卷 15，頁 281），但袁枚實對女兒的教育頗爲重視。除了女子應有的傳統教育如《禮記》所言之「女事」〔註 84〕，袁枚認爲女子也可讀書、學詩。〈題駱佩香《秋燈課女圖》〉詩有云：

> 秋風瑟瑟烏夜啼，寒光閃閃燈光微。有人課女如課子，夜半書聲猶未止。佩香女史賓王族，對雪曾吟柳絮曲。嫁得才人渤海郎，秦嘉何幸逢徐淑！伉儷方諧玉樹殘，人間佳耦白頭殘。錦瑟頻年彈寡鵠，慈雛一個伴孤鸞。手持竹素丁寧語，勸兒勤學兒毋苦。女傳常懷宋若昭，狀元竟有黃崇嘏。衍波箋紙界烏絲，兩漢三唐親教之。髮娩上口嬌鶯似，辛苦分明絳蠟知。有時課罷天將白，阿母還思作女日。記得當初老伏生，一樣燈前勞指畫。（夫人幼從尊甫學詩）偶倩良工寫畫圖，袁翁展卷笑軒渠：后妃即是能詩者，何必男兒始讀書！（節錄，卷 34，頁 845）

此詩是題駱佩香《秋燈課女圖》所作，詩中談到駱佩香深夜仍勤於指導女兒讀書，並繪成圖卷請袁枚題詩。袁枚大表贊同，認爲女子也應讀書、學詩。事實上，袁枚對女兒的教育，往往是「詩書」與「綉花」並重，如〈阿珍〉一詩云：

> 阿珍十歲髻雙丫，又讀詩書又綉花。
> 娘自怒嗔爺自笑：不知辛苦爲誰家！
> （〈阿珍〉，卷 21，頁 445）

〔註 83〕經筆者初步查考，有關成姑之詩有 4 首（頁 342、346、353、402）、阿良 2 首（頁 432、439）、琴姑 1 首（頁 668）、阿能 2 首（頁 451、452）、阿珍 1 首（頁 445）、阿如 1 首（頁 702）。

〔註 84〕孫希旦：《禮記集解》內則第十二之二：「女子十年不出，姆教婉娩聽從，執麻枲，治絲繭，織紝組紃，學女事以共衣服，觀於祭祀，納酒漿籩豆菹醢，禮相助奠。　　十有五年而笄，二十而嫁。有故，二十三年而嫁。聘則爲妻，奔則爲妾。凡女拜，尚右手。」，語見孫希旦：《禮記集解》（台北：文史哲，1982 年），頁 706～707

阿珍爲袁枚的小女兒，「又讀詩書又綉花」，可見袁枚對女兒的教育是二者並重，甚至是將女兒充作男子教養，「無兒家累少，稚女戴男冠」(〈山中行樂詞〉，卷 24，頁 490）袁枚在追憶女兒阿良的詩句中，便提到自己是如何對女兒進行教養：

> 三女性柔嘉，名之曰阿良。年才五歲餘，識字二千強。每日清晨起，抱書來爺堂。授以唐人詩，脫口中宮商。爲之小講解，口唯頭低昂。人或譽聰明，掉頭謙未遑。……受教如影響，趨善如風檣。朝來何所戲？持筆塗丹黃；暮來何所爲？剪紙作衣裳。雖不中矩度，亦頗具偏旁。春秋大祭祀，五鼓先嚴妝。學作男子拜，拱立東西廂。達官長者來，出見無侜張。都驚貌類爺，誤認好兒郎。……爺好治書齋，古玩堆琳琅。兒偶游其中，啞然道勝常。一坐不肯起，看爺治文章。聞爺患齒逋，手自進糖霜；知爺夜未歸，臥猶盼燈光。豈獨性慈孝？兼且態端莊。瞳神如點漆，額角亦正方。僉云長成後，其福未可量。我雖老無子，得汝愁竟忘。扶愛汝手軟，嗅愛汝體香。非徒垂暮年，借汝娛心腸；兼冀他年死，仗汝得埋葬。(〈哭阿良〉，卷 21，頁 432～433）

從這首詩中可知，阿良五歲便識字，袁枚更親課阿良唐詩「爲之小講解，口唯頭低昂」。傳統對女子的教育，多以列女傳、孝經、女誡等書爲主，袁枚卻親自教導女兒學詩，爲之講解，平日袁枚在書齋讀書，女兒也經常隨侍在側，「受教如影響，趨善如風檣」。然阿良也不廢女事，平常白日就繪畫塗鴉，晚上則剪紙學做衣裳，「雖不中矩度，亦頗具偏旁」。若遇祭祀，阿良亦學作男子在旁拱立；若有客人前來，阿良也得以出房見客〔註 85〕，「都驚貌類爺，誤認好兒郎」。足見袁枚是將女兒視同男子一般教養。袁枚在與女兒的日常互動

〔註 85〕袁枚的女兒亦出門見客，另有一詩足可參證，見〈新正三日孔南溪太守來隨園，即事有贈〉云：「東正春風柳正含，故人五馬忽停驂。關心宦海尋耆舊，屈指晨星只二三。九十慈親扶杖見，兩行稚女學庭參。同年直用家人禮，蔗味從來老最甘。」(節錄，卷 24，頁 481）

上，也展現在講授唐詩、查考資料等活動上，試看以下這首詩：

> 鵬姑貌中下，天資頗和柔。媞媞七歲時，脫口詠「雎鳩」。字學魏夫人，揮毫作撇勾。書讀宣文君，音義相諮諏。將笄失所恃，于爺更綢繆。脂粉放妝臺，縹緗堆兩頭。我欲考奇字，命渠字書求；我欲聞異聞，喚渠《齊諧》搜。徵典代祭獺，分韻替拈鬮。公然女記室，風雅冠士流。
>
> （節錄，〈送史婿偕鵬姑還溧陽〉，卷 27，頁 584）

這首詩是袁枚送女兒鵬姑出嫁所作，其中便憶起女兒未嫁之前，經常請女兒幫忙查考字書、文獻，儼然「公然女記室，風雅冠士流」。且從詩中可知，鵬姑七歲便誦《詩經》，也習字帖，足見袁枚對女兒的教育並不含糊，以此相當驕傲。事實上，明清之後，受過教育的婦女遠較過去普遍，〔註 86〕基於袁枚認爲性別可以跨越的想法，因此對於女兒的教育相當重視，是以詩書與綉花並重，可說是「才女」的教育。

三、阿兄區區心，焚香向天禱：袁枚對諸弟的要求與期望

袁枚入隨園後，除了與子女的相處與教養，袁枚與後輩的關係亦相當密切，其中以堂弟袁樹（字香亭）感情最深，其唱和與書信最多，其次如外甥陸健（字豫庭、湄君）、韓甥均在袁枚的照養範圍內。〔註 87〕袁枚對於諸弟與後輩的教育策略，是以積極鼓勵上進，並希望他們能夠求取功名爲主要方向，與自己的兒子截然不同。此種要求的不同，也顯見袁枚對於現實與理想間的取捨。原因之一在於受人所託，不得不顧及現實的考量，如袁枚之於外甥陸健便是如此。試觀〈與家弟香亭、陸甥豫庭居隨園，仿昌黎《符讀書城南》詩作二首，勸其所學　示豫庭〉一詩云：

〔註 86〕熊秉眞：〈好的開始：近世士人子弟的幼年教育〉，收入中研院近史所編：《近世家族與政治比較歷史論文集》（台北：中研院近史所，1992 年），上冊，頁 218。

〔註 87〕此可參考袁枚詩、王英志〈袁枚家族考述〉、袁枚評傳等書。

> 我攜甥出門，我姊向我拜。我姊胡拜爲？托汝情無奈。汝食不愁飢，汝衣不愁敗。所愁汝讀書，十年不通泰。爾學舅可教，爾文舅莫代。文字爾未佳，舅如負姊債。爾父名秀才，中年困疾瘵。初作淳于贅，繼乃出居外。我姊事其夫，夜不解衣帶。藥佴兼楄柎，裙釵無遺賣。汝父氣奄奄，呼姊申遺誡：「我有兩孤兒，麻者居其大。屬豬才扶床，屬兔未能話。諒難自成立，惟爾弟自賴。」我姊聞此言，肝腸摧以壞。麻衣白若霜，抱汝來廳榭。我時游京師，廚竈苦湫隘。人窮恩易衰，米貴親誰丐？我姊燈熒熒，手爪自凋憊。對汝父遺像，悲泣聲流喝。未幾我作令，家計稍可耐。爲汝延經師，望汝早釋菜。忽忽十九年，冠禮行將屆。汝熟一寸書，我心何愉快！汝隨群兒戲，我齒時嘜齘。教汝如教兒，親親竟難殺。記汝喚阿登，幼時殊可愛。酷似劉牢之，雙瞳良足怪。長乃質稍頓，學力慎毋懈。精衛填海波，愚公移泰岱。老夫慣諄諄，君子應夬夬。人生尺寸名，會須及親在。況汝白髮親，春暉豈可再！（卷6，頁98～99）

陸健爲袁枚二姐之長子，姊夫陸康仲很早便過世，臨去前將二子託付給袁枚，「諒難自成立，惟爾弟自賴」，自此教養的重任便落到袁枚肩上。對袁枚來說，撫養是天經地義，也是易事，但要教養成才便不容易，這是一個相當大的重擔。詩云：「所愁汝讀書，十年不通泰」、「文字爾未佳，舅如負姊債」，袁枚深知陸健是寡姐此生最後的希望，故對陸健便寄望甚殷，勸學向上之意更是急切。爲儘早進行教育，袁枚在尚未將家人移入隨園前，便已將袁樹與陸健攜入隨園同住，並將豫庭當做兒子般教導，只是與袁枚後來教導兒子的方向不同，是以求取功名爲目標。即使陸健並不聰慧，袁枚仍勉勵他盡力爲之「長乃質稍鈍，學力愼勿懈」，並鼓勵即時求取功名「人生尺寸名，會須及親在。況汝白髮親，春暉豈可再！」足見袁枚對外甥期盼之殷與勸勉之切，主要是爲了寡姊著想。後陸健果不負所託，補博士弟子，只可惜英年早逝，徒留遺憾。〔註 88〕陸健死後，袁枚替其刻印詩集，以表懷念之意。袁枚〈湄君小傳〉云：

> 性好吟詩，持論與舅氏合：不屑屑界唐、宋，而內寫幽悰，外竦群雅，結采必鮮，運思必邃，其聲清揚而遠聞。得若干首，或嫌近體差勝。湄君笑曰：「近體近雅，宜少年；古體近雅、誦，宜晚年，吾其有待耶？」余亦無以難也。
>
> 去年患喀血，五倉頓空，心若墜琅玕然。迎醫而藥之，勿治；召巫而占之，勿祥。予因索其稿。湄君知予之有意其存之也，脱手交，又取去，讎字酌句，喀喀然柴立吮毫，力不勝則臥，臥起再讎。氣魂魂矣，猶呼阿奶泣曰：「舅爲兒詩開雕，成否？不甚費否？兒思游目焉栽瞑耳。」其溺苦如此。死時年三十五。有子官郎，生八年矣。
>
> 嗚呼！姊守志撫孤，卒與無孤同；余哀姊兒撫孤，卒與未撫同。〔註 89〕

陸健性好吟詩，亦不喜唐宋之分，與袁枚頗有共鳴。陸健知袁枚有意將其詩集付梓開雕，即使病重也勉力校讎，且一直掛念能否開成，希望能夠親眼見到詩集付梓，看在袁枚眼裡更是不勝悲悽。

除了基於情感上的託付，袁枚對於後輩與親生子女教養策略上之歧異，也在於所處環境之不同：

> 然而人所處之境，亦復不同，有不得不求科名者，如我與弟是也。家無立錐，不得科名，則此身衣食無着。陶淵明云：「聊欲弦歌以爲三徑之資」，非得已也。〔註 90〕

香亭即袁樹，爲袁枚大堂弟，兩人感情尤深，不同於陸建是受親人

〔註 88〕袁枚：〈湄君小傳〉：「年十七，補博士弟子。張古香太守妻以女，從官宿州，權記室事甚辦，古香絕愛憐之。……死時年三十五，有子官郎，生八年矣。」語見陸建著、袁枚編：《湄君詩集》《袁枚全集》第七冊（南京：江蘇古籍出版社，1993 年），頁 1。

〔註 89〕參袁枚：〈湄君小傳〉，收錄於陸建著、袁枚編：《湄君詩集》《袁枚全集》第七冊（南京：江蘇古籍出版社，1993 年），頁 1。

〔註 90〕袁枚：〈與香亭〉，《小倉山房尺牘》《袁枚全集》第五冊（南京：江蘇古籍出版社，1993 年），頁 160。

所託，袁樹自小與袁枚的感情就很好。〔註 91〕袁枚亦要求袁樹能夠求取功名，因爲「不得功名，則此身衣食無著」。足見袁枚對於後輩子弟與親生子女教養策略上的不同，在於兒子有隨園可供依恃，不求功名亦無妨，而這些後輩子孫則無，故得勉其求取功名以得衣食之資。

從袁枚對於子女與後輩子弟不同的教養策略來看，袁枚可說是因地制宜，因材施教，因自己的兒子有隨園，所以可以任其自然，展現其生命哲學的繼承；女兒則是詩書與繡花兼顧，認爲女子也應學詩、讀書；在對待晚輩的教育策略上，則一反袁枚的常態，而是教以遵循世俗的道路，必須有一番天地才能立足。由此可見，袁枚的教養策略依然受到現實環境與政治的影響，只是因爲「隨園」的緣故，使袁枚得以將一己的生命哲學傳遞給兒子，使能在隨園內開展出新的生活，即使其他晚輩無法，但這已是兼具現實與理想下的唯一辦法。其它後輩儘管仍遵循正常的道路，但袁枚替他們刻印詩集，這彷彿是袁枚對後輩表示疼惜的一種展示，也是袁枚認爲可以使家族傳承的印記。

第三節　親族網絡的社會建構

本節探討袁枚如何透過親族網絡進行社會聯繫，諸如透過聯姻、將兒女寄養大官門下等方式維持家族與政治的關係。嚴迪昌先生認爲，袁枚的親族網絡乃「亦賈亦仕，以徽商爲主幹的親串網絡」，本節也將試著挖掘其內涵。袁枚除了在隨園內營造一個親族和諧共處的空間，從中延續自己的生命哲學外，也進一步利用親族網絡拓展並維繫自我的社會關係，例如聯姻、寄養，亦或藉由詩歌唱和、

〔註 91〕參見〈示香亭〉:「我昔見弟時，弟才離襁褓。弟今見我時，弟年如我小。兄爲西湖魚，弟爲粵西鳥。……我父喜弟歸，焚香告祖考。我母喜弟歸，傾盤堆梨棗。我妻喜弟歸，公然學作嫂。消息傳賓朋，聚觀集鄰媼。弟性既溫和，弟顏亦美好。執筆學爲文，頗亦知頭腦」（卷 6，頁 98）

書信，甚至出遊造訪藉以重溫故土、遠遊他方，凡此皆爲藉由親族網絡拓展社會體系的一種展示。

一、將子女寄養大官或商人門下

在袁枚詩文中，可發現兩則資料，是袁枚將子女寄養於官員或是商人門下，試觀以下三首詩：

瀟湘雲水正相思，忽有新詩寄阿遲。
記得去年當此日，藕花風裏喚爺時。
錦袍文葆遠相將，金鎖遙分玉雪光。
知道身材兒易長，為他闊幅作裁量。
文瀾兩字比諸昆，稚子能知假父恩。
時把嘉名誇阿母：兒令一品令公孫。

（〈去夏六月兩峰觀察過隨園，將阿遲寄膝下去，今年從湖北作書來，賜名「文瀾」俾與諸公子為輩行，寵以鎖袍等物，寄詩三章，依數奉答〉，卷 28，頁 644）

呼爺尚未逾三日，珍物頒來已百般。
觿礪丁當童子試，天孫雲錦眾人看。
製衣尚覺身材小，佩韘應教嬉戲難。
寄語都中乾阿奶：幾時披了問娘安？（公夫人在都中）

（〈將阿遲寄中丞膝下，蒙賜文綺、雜佩諸珍，代兒作謝〉，卷 34，頁 833）

暫辭東觀走西秦，幕府風高遽喪身。
到耳忽驚腸欲斷，痴心還想信非眞。
三吳屈指推名士，四海同聲哭善人。
料得中丞騷雅主，不教遺稿付沉淪。

送抱推襟四十霜，美髯如畫怕思量。
龐公入座妻孥喜，祖約深談晝夜忘。
淮上我留常把盞，山中君有舊眠床。
而今都是前生夢，月墮西岩事渺茫。

結轖名場卅載餘，中年作賦迓鑾輿。

稱心竟領三清職，悦目還修四庫書。
避債臺高難戀闕，招賢館好易呼車。
傷心二月初三札，猶自殷勤訊阿如。(女阿如，寄君膝下)

羊求結伴意欣然，屬我金陵買數椽。白首同歸空有約，黃壚重醉竟無緣！孤兒尚寄幽燕地（君六十二得子，才五歲）旅櫬誰扶雨雪天？且喜交期泉路在，不多時別是衰年。(〈聞魚門編修乞假赴陝卒于秋帆中丞署中，余生平至好也，賦詩志慟〉，卷30，頁702)

從以上三首詩可知，袁枚是將親生子袁遲寄養於尹兩峰觀察門下，未久又再寄於畢秋帆中丞門下〔註92〕。女兒方面，則是將幼女阿如寄養於好友兼學者、出身新安鹽商程魚門之門下。從詩句中可知，袁枚的這項舉措，是希望能夠讓兒子有個較好的出身與立基點。就清代的風俗來說，寄養子女的原因通常有二，一爲迷信，深怕子女夭折，因而選擇養育子女較多的人爲乾父母；或是寄養於鬼神，如觀音大士、文昌帝君等，以求子女平安健康，甚或寄養於僧尼之下，皆是出於希望子女平安長成的心願。其二則是出於勢利。《清稗類鈔》有記載：

乾兒者，不論男子子、女子子，皆有之。蓋於十齡之內，認二人爲義父義母，稱之曰乾爺乾娘。吳俗曰過房，越俗曰寄拜。乾爺爲其命名，冠以己姓，曰某某某，必雙名，兩字也。然姓不表而出之，即其名。亦惟乾爺乾娘自稱之。通行於社會者，則仍本姓本名，此所以異於義子也。雖乾字有相假之義，與義字之訓假者略同，而義子則爲人後。乾兒則僅曰寄男女也。命名之日，由乾兒之父母率兒登堂，具饌祀祖，更以禮物上獻乾爺乾娘。書姓名於紅箋，於其四角，並著吉語。賸以金銀飾物，冠履衣服、珍玩文

〔註92〕清．蔣敦復：〈同周漪香互相題圖〉又載：「畢秋帆中丞篋室周月尊，字漪香……中丞命漪香師事先生，先生以次子阿遲寄名漪香膝下，通姻好焉。」詳見蔣敦復：《隨園軼事》《袁枚全集》第八冊（南京：江蘇古籍出版社，1993年），頁74。

> 具果餌。自是而年節往來，彼此輒互有所饋。長大婚嫁，乾爺乾娘贈物亦必甚豐，乾爺之母，即乾娘之姑，則稱乾嬸婆，蓋假用乾阿嬸之名稱而變通之耳。兩家之父母，俗稱乾親家，對於他人，則曰某爲某之乾親。其結合之原因有二：一，迷信。懼兒夭殤，他日自爲若敖之鬼。因擇子女眾多之人，使之認爲乾爺乾娘。且有寄名於鬼神，如觀音大士、文昌帝君、城隍土地，且及於無常是也。或即寄名於僧尼，而亦稱之曰乾親家。一，勢利。甲乙二人，彼此本爲友矣。而乙見甲之富貴日漸增盛也，益思有以交歡之。且欲附於戚黨之列，便得攀援於異日，誇耀於他人也。乃以子女寄拜甲之膝下，而認之爲乾親。其與人言，亦必曰某爲舍親。〔註 93〕

從這則史料記載對照袁枚的詩句來看，袁枚寄養子女的目的顯然是出於「勢利」的因由。兩峰觀察即尹慶玉，字兩峰，爲尹繼善第三子，正四品，官位雖不甚高，但是爲尹繼善之子，將阿遲寄養其下，明顯是希望能「攀援於異日，誇耀於他人也」。據《清稗類鈔》記載，乾爺會替乾兒命名，冠以己姓，年節時亦互有餽贈。其詩便云：「文瀾兩字比諸昆，稚子能知假父恩。時把嘉名誇阿母：兒令一品令公孫」，尹慶玉將袁遲賜名文瀾，比照其子弟排行，這是一件值得誇耀之事，因爲兒子已擠身高官之子孫行列。畢秋帆中丞，正一品，將袁遲取名「蓉祥」〔註 94〕，袁枚詩有云：「呼爺尙未逾三日，珍物頒來已百般。鸃礪丁當童子試，天孫雲錦眾人看」，誇耀的意味更濃了，可見除了藉此讓子女有較好的出身，其實亦有滿足自我虛榮與攀附名門的意味。事實上，袁枚辭官歸居隨園，對子女實是有所虧欠。其〈答任生書〉云：

〔註 93〕清・徐珂：〈乾兒〉，《清稗類鈔》（台北：商務印書館，1966 年），頁 7～8。

〔註 94〕清・蔣敦復：〈隨園女弟子姓氏譜〉中「周漪香」條有云：「眞來公子寄其膝下，取名蓉祥」詳見蔣敦復：《隨園軼事》《袁枚全集》第八冊（南京：江蘇古籍出版社，1993 年），頁 102。

> 僕挂冠歸行萬里，儼然在衰絰之中。爵不足以榮生，財貨不足以潤生，聲氣門户不足以利生之毫末。〔註95〕

袁枚自挂冠以來，儘管文名早播，又有隨園此座園林，但「爵不足以榮生，財貨不足以潤生，聲氣門戶不足以利生之毫末」。就世俗眼光來看，挂冠後的袁枚自然無官職，儘管善於理財但不足以潤生，有聲氣門戶但亦不足以利生，確實有其不足。對袁枚自己來說，這是他自己所選擇的，但對子女來說，這個立基點並非他們所能選擇，袁枚作爲父親，自然希望能給子女較好的出身，而成爲一品官員的乾兒正是一個好辦法，而且也能聯繫與高官名人的情誼，袁枚自然樂於從事。

此外，袁枚將女兒寄養於摯友兼學者，同時亦是新安商人世家出身的程魚門之門下，則是因程魚門出身鹽商，且與袁枚爲「平生至好」之故。程魚門雖出自新安商人世家，但其性情好學，晚年更任四庫館編修，爲著名學者與藏書家。程魚門雖家世富裕，但「好買書籍，好贈朋友，而二十年中，家產蕩盡」〔註96〕，以致晚年處境極差，死後賴畢秋帆幫助才得歸葬，並撫其遺孤，才免於妻離子散的地步。袁枚曾以治生之道勸程魚門：

> 僕恰有進規于足下者：足下高談心性，不事生產。家中豪奢，業已出千進一矣。又性喜泛施，有求必應，己囊已竭，乞諸其鄰；一家之感未終，一家之怨已伏，久已逋負山積，自累其身。須知孔子之「樂在其中」，顔子之「不改其樂」，皆身無逋負者也，又恃有簞瓢疏食也。若身有逋負，家無簞瓢，則獄訟債興，飢寒交迫，活且不能，樂于何有？足下自度將來，能爲身織屨、妻辟纑支陳仲子乎？亦能爲上食槁壤，下飲黄泉之蚯蚓乎？儒者以讀書傳名爲第一計，必不當以治生理財爲第二計。開源節流，量入爲出，經紀

〔註95〕清・袁枚：〈答任生書〉，《小倉山房文集》《袁枚全集》第二冊（南京：江蘇古籍出版社，1993年），卷，頁273～274。

〔註96〕袁枚：〈與林遠峰書〉，《小倉山房尺牘》《袁枚全集》第五冊（南京：江蘇古籍出版社，1993年），頁168。

> 之道，不過如此。聞會事將成，殊爲可賀，然亦從盡歡竭忠得來。錢文爲白水，來難去易，尤宜慎持之。我輩身逢盛世，非有大怪僻、大妄誕，當不受文人之厄；惟恐不節之嗟，債臺獨上，徒然仰屋，不能著書，白駒過隙，沒世無稱，可爲寒心刻骨也。〔註 97〕

袁枚以治生之道告誡魚門。袁枚認爲治生理財與讀書傳名同等重要，而經濟之道不過「開源節流，量入爲出」四字。袁枚對好友言詞諄諄，但程魚門並未聽進。程魚門雖是出身商人，但實爲文人本性。袁枚稱魚門：「在魚門當日，并不在酒場歌席妄費一錢，而手滑心慈，遂至累人累己，所謂『好仁不好學，其弊也愚』」〔註 98〕。即使魚門病重之際，信中仍不忘訊問養女阿如，可見其情眞意切，故將女兒阿如寄養魚門使彼此情誼更加緊密，祈求攀援與誇耀的因素較少。此外，魚門是商人，袁枚爲文人，在此也見出清代士商混合的痕跡。

二、以「同年」爲連結的姻親網絡

婚姻關係是中國傳統社會中的一項大事，它往往牽涉著整個家族、社會甚至國家的利益，是社會研究中不可不探求的一個重要環節。時至明清，由於社會、經濟的劇烈轉變，婚姻關係逐漸強調「必論門戶」、「婚姻論財」等觀念，士商聯姻的情形也大爲增加。其中又以「婚姻論財」的觀念對傳統的思維造成不小的衝擊與影響。袁枚育有八女二男，袁枚對子女的婚姻受到當時風氣的影響，有因襲，也有突破之處，並展現袁枚如何透過姻親關係拓展社會體系的努力。爲求討論方便，以下將分爲袁枚嫁女與娶媳二類進行討論，

〔註 97〕袁枚：〈答魚門〉，《小倉山房尺牘》《袁枚全集》第五冊（南京：江蘇古籍出版社，1993 年），頁 38。

〔註 98〕袁枚：〈與林遠峰書〉，《小倉山房尺牘》《袁枚全集》第五冊（南京：江蘇古籍出版社，1993 年），頁 168。

（一）嫁女與嫁妹

1. 姑恩不在富，夫憐不在容：袁枚擇婿的觀點

就傳統中國禮俗而言，不論擇婿、擇婦，是以門戶相當爲首要條件。〔註 99〕然隨著社會經濟的進步，結婚論財的情形相當普遍，然而論財之風的興起：「對於門第婚以及門第婚爲基礎的世婚制是一種衝擊，也給傳統禮制和相對穩定、缺少風浪的的夫妻、家庭與社會造成了震盪，體現了明清以來婚姻關係的新變化」〔註 100〕。光緒《諸暨縣志》對此社會風俗有如是的評論：

> 今時婚嫁，皆以爲重事。然古之重，重在承先，故以合禮爲貴；今之重，重在誇俗，故以多儀爲尚。〔註 101〕

所謂「多儀」、「誇俗」等說法，即是將嫁娶視爲炫耀財富的方式，風氣所趨，使得有錢人在婚嫁上大搞排場鋒頭，沒錢的人甚至無力嫁娶。袁枚對此崇尚浮華的禮儀形式感到不甚滿意，因此自己並無奉行，甚至在擇婿上，袁枚也自有自己的看法。袁枚子女中最早嫁娶者，是爲成姑。袁枚安排成姑的夫婿爲蘇州蔣誦先之子蔣維怡。袁枚與蘇州蔣氏之關係，在於袁枚與蔣誦先之同宗蔣元葵爲同進士年，然此樁婚事的安排，則是因袁枚經常往返蘇州，本爲尋春，卻不意覓得女婿。袁枚〈與何獻葵明府〉信中便云：

> 在蘇耽遲四十餘日，佳人信斷，殘臘將終，依舊抱空而返，未免揄才太刻，窮且益堅矣！幸爲小女擇得一婿，楚楚不凡，差強人意。本求西子，翻得東床。……才人覓句，蕩子尋春，其間得與不得之故，想亦有數存耶。〔註 102〕

〔註 99〕郭松義：《倫理與生活——清代的婚姻關係》（北京：商務印書館，2000 年），頁 58。

〔註 100〕郭松義：《倫理與生活——清代的婚姻關係》（北京：商務印書館，2000 年），頁 100。

〔註 101〕光緒《諸暨縣志》卷 17，轉引自郭松義：《倫理與生活——清代的婚姻關係》（北京：商務印書館，2000 年），頁 100。

〔註 102〕袁枚：《小倉山房尺牘》，《袁枚全集》第五冊（南京：江蘇古籍出版社，1993 年），卷 1，頁。

可見這女婿得來似乎依靠緣分，只道他「楚楚不凡，差強人意」。其又有詩云：

看騎竹馬忽東床，原是通家玉樹行。
江上親迎春二月，山中成禮日三商。
美如孺子官終貴，編到韓文望正長。
慚愧名流稱樂令，冰清清到女兒箱。

左家驕女髮垂髫，歸妹初占第六爻。（婿行第六）吳語乍聽應未慣，秦樓暫住忍長拋？閨中失禮憐渠小，合卺花正放新梢。（〈送婿偕女歸吳門〉，卷 17，頁 346）

袁枚如何替長女覓婿的詳情似不可考，或受蔣元葵居中介紹亦未可知，但從其詩「看騎竹馬忽東床，原是通家玉樹行」來觀察，可見袁枚與蔣誦先之前應有往來，加以與蔣元葵同年之關係，因而選擇與之結親。蘇州蔣氏是為大族，但袁枚卻不怎麼注重排場。袁枚對於女兒出嫁的叮嚀與安排，具體呈現於〈嫁女詞四首〉與〈送史婿偕鵬姑還溧陽〉二詩中：

春花多辭樹，嫁女多辭家。明知理當然，不謂事遽加。
我有阿成女，容顏如朝霞。嬌語聽連瑣，傳經倚絳紗。
幼態宛如昨，般送忽登車。平章合歡鈴，辦治宜男花。
有珠懼匆明，有服嫌匆華。東具西復缺，禮備儀有差。
姏姆議瑣瑣，媵御爭呀呀。竭我陪門錢，買我離別嗟。
雖了所生局，未卜所適佳。嫁女與添丁，畢竟誰惱爺？

同居人暫離，惄焉心已惱；況是掌中珠，懷中最嬌小！
我又無男兒，衰鬢如蓬葆。藉此慰所無，起居伴昏曉。
人視已長成，我視猶襁褓。并此復乖分，教我如何老！
夫婿住姑蘇，江天水渺渺。田多尸祭忙，族大持家早。
歸寧豈不歸？路遠終知少。堂前晝愔愔，膝下風悄悄。
中郎幾卷書，他日付誰好？

東家嫁女兒，珠翠傾千箱。道路多側目，門閭生輝光。
一朝失婦德，所贈都如忘。西家嫁女兒，荊茗與布裙。
奴婢嗤其陋，戚里賢其貧。未幾聞賢淑，黃金鑄婦身。

姑恩不在富，夫憐不在容。但聽關雎聲，常在春風中。
澤髮苟不順，何以施鸞篦？敷粉苟不和，何以光容儀？
即小可悟大，柔情須自持。毋違夫子訓，毋貽父母罹。

未嫁女如兒，已嫁女如客。送客出門去，主人頭愈白。
風寒詠絮窗，月冷畫眉筆。阿母淚盈盈，全家如有失。
難忘辟咡時，繞案分梨栗。辜負嬉游天，下九及初七。
勛名既無成，骨肉復蕭瑟。嘉耦自然雙，此累幸而一。
巍巍五岳山，欣然洗雲出。催我游勿遲，平生事已畢。

（〈嫁女詞〉，卷 17，頁 342～343）

一朝嫁公子，江上棹蘭舟。蕭蕭白髮翁，觸目生離愁。
丁寧復丁寧，辟咡不能休。善承公姥意，好偕娣姒游。
相府作羹湯，敬慎毋愆尤。藏我數行字，當作奩贈收；
揮我衰年淚，當作珠璣投。婿也誦吾詩，謂其是也否？

（節錄，〈送史婿偕鵬姑還溧陽〉，卷 27，頁 584）

〈嫁女詞〉爲袁枚對長女成姑出嫁所寫的一首組詩，共四首；〈送史婿偕鵬姑還溧陽〉則是爲鵬姑所作。二詩將作爲一位父親對女兒出嫁的不捨、憂慮與叮嚀表現的相當細膩。對袁枚來說，女兒彷彿幼態如昨，而今卻已要出嫁，使袁枚相當不捨，甚至希望女兒出嫁後也能常常返家探望，但蘇州距金陵有段路途，且蔣氏爲大族，袁枚自知再見女兒的機會不多，因此語多悲感。即使成姑婚姻已定，袁枚不免仍有「雖了所生局，未卜所適佳」的憂慮。不料此語一語成讖，三年後成姑即守寡，亦以二十歲芳齡病逝，帶給袁枚極大的傷痛。在女兒出嫁的嫁妝與婚禮安排上，袁枚並不以誇俗爲上：「東具西復缺，禮備儀有差」，比起時人可謂有差。在袁枚詩中亦可見，當時嫁女的確已成爲一種炫示財富的行爲：「東家嫁女兒，珠翠傾千箱。道路多側目，門閭生輝光」，但「一朝失婦德，所贈都如忘」，足見袁枚傾向嫁娶不該是「誇俗」的表現。袁枚認爲所能給予女兒最好的「嫁妝」，是良好的態度與教養：「姑恩不在富，夫憐不在容。但聽關雎聲，常在春風中。澤髮苟不順，何以施鸞篦？敷粉苟不和，何以光容儀？即小可悟大，柔情須自持。毋違夫子訓，毋貽父母罹」、「善承公姥意，好偕娣姒游。相府作羹湯，敬愼毋愆尤」希望女兒能在夫家處處謹愼，凡事小心，以和爲尙。其二則是希望女兒能將自己的詩句與文字留存：「藏我數行字，當作奩贈收；揮我衰年淚，當作珠璣投」，從中也寄予自己對女兒的不捨與思念，而如此的訓言與繫念正是袁枚認爲給予女兒們最好的「嫁妝」。

2. 歸帆還到婿鄉行，老去猶含舐犢情：與婿家姻親網絡的維繫

儘管長女成姑早逝，袁枚其他女兒如鵬姑、琴姑，她們的婚姻便較爲順遂〔註103〕。鵬姑所嫁爲袁枚早年有知遇之恩史貽直的宗族子弟，即史抑堂之子史培輿。這門親事據《隨園軼事》記載，乃是史家親自上門提親：

> 隨園中植紫薇三株，十易星霜，從無蓓蕾，幾幾乎枝枯葉萎矣。某年忽爾着花，爛若雲錦；適史抑堂少司馬求婚帖至。先生有女，擇婿甚苛，且以與史勢位懸殊，意猶豫未遽允，乃以紫薇盛開之故，卒以女許之。先生不信瑞應之符，至于此，若有不能不從俗者。所謂榮華之景，觸目欣然，兒女私情，雖大丈夫亦聊復爾爾也。〔註104〕

從這則記載可知，蓋因成姑早逝的緣故，袁枚擇婿甚苛，面對史抑堂爲其子求婚，袁枚本來猶豫門第不符，恐有高攀之嫌，但因園中紫薇盛開之故，故允婚。此應爲風雅之說，實則史家宗族長輩史貽直對袁枚有知遇之恩。〈送史婿偕鵬姑還溧陽〉詩云：

> 我年如婿小，簪筆光明宮。特奉天子詔，學于文靖公。
> 公方作冢宰，絳帳開春風。月課諸詞臣，命擬疏一通。
> 我時習翻譯，技癢獻雕蟲。公大加擊節，逢人誇終童。

〔註103〕舉鵬姑、琴姑爲例，是因二位在袁枚詩文著作中對其婚姻狀況有所記載，故以二人作爲討論對象。

〔註104〕蔣敦復撰、王英志校點：〈相攸〉，《隨園軼事》《袁枚全集》第八冊（南京：江蘇古籍出版社，1993年），頁58。

從此許升堂，執經相追從。三朝問文獻，六部談兵農。
至今心胸間，昭然如發蒙。其時少司馬，恩蔭官郎中。
每于鯉庭趨，得親公子容。長安一爲別，山左命相逢。
命作治河記，南衙酣金鍾。迢迢三十年，雲泥隔數重。
忽然蹇修來，欲以婚姻通。公卿能下士，此意古人同。
卿雲照小草，女蘿附蒼松。齊大不敢辭，楚國遂乘龍。
今年二月春，館甥倉山東。芳蘭如解意，花開并頭紅。
江梅亦相賀，萬朵香雲濃。婿貌既美好，婿性尤明聰。
勉旃繩祖武，勛業垂隆隆。當年門弟子，此日孫婦翁。
先師如有知，九原笑未終。（節錄，卷 27，頁 584）

文靖公即爲史貽直。袁枚二十四歲中進士，入翰林院學習，任庶吉士。史貽直時任館師，相當欣賞袁枚的才華：「公大加擊節，逢人誇終童」、「從此許升堂，執經相追從」〔註 105〕在翰林院期間，袁枚也曾見史抑堂少司馬。此後相隔三十年不曾見面，今史家前來求親，袁枚憶此宿緣，想起史貽直能禮賢下士，故得以忘卻實乃高攀：「想因孔李通家厚，忘卻崔盧舊族高」（〈祝史抑堂少司馬七十〉，卷 27，頁 590）。而當年身爲史貽直之弟子，今卻爲其子孫的親家翁，袁枚心想先師九原之下應會爲此感到相當欣慰。袁枚另有女琴姑，所嫁爲袁枚戊午同年，汪芷林的兒子汪履青，江蘇浦口人。袁枚有詩云：

秋風八月館甥忙，殘臘雙雙又束裝。
底事秦樓留不住？合歡堂上有尊章。
崔、盧何必説榮華，就此天姻儘足誇。
四十五年同榜客，一齊頭白喚親家。（芷林刺史，戊午同年）

綠淨軒中花滿枝，蔚藍天外雨晴時。
檀郎愛對青山坐，不是攤書便畫眉。
旁和妯娌上承歡，學作新人事事難。
寄語堂前乾阿奶：推情還當女兒看。
薛包分受幾雙田，荊樹枝多色更鮮。

〔註 105〕袁枚另有一時〈謁史文靖公墓〉附記此事：「公爲已未館師，乍見喜曰：『如此英年！』命擬奏疏一通，誇爲第一」（卷 28，頁 599）

想見鹿車同挽日，裙釵吹滿稻花烟。
廿載提攜一旦離，滿山花鳥盡依依。
明年公子同歸日，池上鴛鴦正學飛。
（〈琴姑于歸浦口，作詩送之，即索婿和〉，卷 29，頁 668）

對袁枚來說，門第並非最重要的考量：「崔、盧何必說榮華，就此天姻儘足誇。四十五年同榜客，一齊頭白喚親家」。除了袁枚的親生女兒，袁枚的三堂妹袁棠亦是在隨園出嫁，嫁至揚州汪氏作爲繼室，頗受夫家憐愛：「族大爭看新婦貌，夫憐暗慰阿兄心」（〈送四妹雲扶于歸揚州〉，卷 14，頁 256），只要能得夫家憐愛，如此便已足夠。

女兒與堂妹出嫁後，思念女兒的袁枚時常藉著出遊之便至女兒家拜訪。袁枚自承：「歸帆還到婿鄉行，老去猶含舐犢情。一處女兒家一宿，耳邊愛聽喚爺聲」（〈正月二十七日出門，二月十四日還山〉，卷 34，頁 838）由於割捨不下與女兒的情感，故袁枚詩中便時有至女兒家拜訪的詩句。訪視最多的即是鵬姑。袁枚在鵬姑出嫁次年有天台之遊，順道至溧陽見鵬姑，所住便是史抑堂少司馬別墅紅泉書屋，其次則是住在揚州的四妹袁棠。袁枚有二詩云：

小住紅泉館，分明綠野堂。姻家新里第，夫子舊宮墻。拔地烟巒起，盈階蘭芷香。半空開月榭，曲境置風廊。叢桂黃雲滿，修篁碧玉涼。標題多翰墨，照耀盡天章。屏列花爲障，橋横石作梁。相公曾結構，司馬更裁量。瑞室堪成頌，龍門孰敢忘！我來春正好，公喜遠迎將。面目爭相認，鬚眉各老蒼。卅年如頃刻，萬事感滄桑。何幸絲蘿托，兼誇宅相良。（外孫生才八日）諸郎都好我，排日更持觴。當官談舊政，餘事問家常。作楷爭磨墨，題箋屢啓箱。更深僮半睡，坐久夜全忘。鳳蠟燒方熾，驪歌唱又忙。衰年心耿耿，後會事茫茫。門外帆將挂，閨中話正長。女兒留阿父，一日抵千霜。（〈宿溧陽史少司馬紅泉書屋二十四韻〉，卷 28，頁 599）

十四年前宿婿鄉，餘溫猶在舊眠床。
入門最是傷心處，不見歡迎白侍郎。

侍郎閑話每三更，頭觸屏風耳尚聽。
今日蕭蕭白楊下，可憐鶯語尚丁寧。
欲看園林似舊無，女兒指引外孫伏。
桃花對我嫣然笑，似識前來一老夫。
諸郎安排飲衰翁，盤盞銀光射眼濃。
上有兩江清俸字，分明即是孔悝鐘。（文靖公曾署兩江總督）
鵬姑才似女相如，健婦持家綽有餘。
記否當年燈火夜，替爺數典替抄書？
安世侯傳二百春，更聞天上降麒麟。
翩翩喜見佳公子，三試都爲第一人。（謂元圃世講子錫疇新采芹）
衰年臨別意綢繆，借看圖書又上樓。
絕似飛鴻憐爪迹，閑花野草尚勾留。
三宿紅泉酒未消，春風吹雨濕征袍。
回頭尚有關心事，未奠喬公一太牢。（未掃文靖公墓，此心缺然）
彭鏗一見慰離懷，便似曇花不再開。
他日夢中如識路，定教着翅再飛來。（謂彭賁園先生）
（〈到溧陽看鵬姑，再宿紅泉書屋作〉，卷 36，頁 868～869）

二詩同寫至溧陽看鵬姑，但相距十四年，第二次登門造訪時女婿已過世。袁枚訪視女兒，也是與親家保持交誼：「當官談舊政，餘事問家常」，袁枚來訪頗受親家、女婿歡迎，尤其是女兒鵬姑：「門外帆將挂，閨中話正長。女兒留阿父，一日抵千霜」，父女相聚的時間總嫌太少。袁枚每見女兒，總會述及童年相處時光：「記否當年燈火夜，替爺數典替抄書？」，這顯然是專屬袁枚與女兒之間的溫馨回憶，然而時光荏苒，當年那位替父親抄書的小女孩早已長成足以撐持家務的婦人，但在袁枚心中，當年那個替他抄書的幼小身影永遠存在，不曾改變。

袁枚至揚州，也常至四堂妹袁棠的住處停留，小住其間，袁枚若外出赴宴晚歸，袁棠必定候門相待，其詩有云：

相逢莫怪倍纏綿，不到揚州已四年。
兄鬢定教驚眼白，妹賢依舊舉家傳。
書齋一榻呼僮掃，酒客連宵替我延。
且喜公然作姑姥，手扶新婦拜簾前。

赴宴朝朝沉醉歸，累君相待夜眠遲。
已沉玉漏聽炊粥，重剃銀燈乞改詩。
半刻偷閑談往事，一聲說別問來期。
風寒日短吾衰甚，此後行蹤江水知。

（節錄，〈揚州留別四妹〉，卷 21，頁 428）

袁棠爲姐妹中最有才氣者，袁枚曾以「才女」〔註 106〕喻之。袁枚至袁棠家拜訪時，除悉心招待，更向袁枚請教作詩之道，或是談論往事，凡此皆見袁枚與已出嫁之女兒、堂妹，甚至與親家、女婿感情甚篤，出遊仍不忘至婿鄉探望，連絡情誼，袁枚與婿家情誼之密切可見一班。

（二）娶　媳

娶媳方面，袁枚替二子娶婦杭州，是爲了方便祭掃杭州祖墳。〔註 107〕嗣子袁通娶淮揚汪鵬飛，嫡子袁遲娶苕溪沈全寶。淮揚汪氏爲安徽黟縣遷杭，於乾嘉間以「振綺堂」名於世之汪氏，家世富裕。袁枚對嗣子袁通之婚事，不如對嫡子袁遲來得重視，並無詩紀之，僅在〈正月二十七日出門，二月十四日還山〉（卷 34，頁 837～838）詩句：「還山還剩七分花，桃正妖紅柳正斜。忙拉阿婆勤掃屋，待他雙燕好來家」後附記「阿通就婚杭州」一語。對於袁遲之婚事，袁枚特意安排與自己八十大壽同日，可見其重視：

東陽族姓一村稠，弄婿人來定不休。
只恐金閨有徐淑，催妝覓句替兒愁。

〔註 106〕袁枚曾向袁樹戲稱袁棠：「莫再生才女，能詩便嫁人」（〈香亭自徐州還白下將歸鄉試，作詩送之〉，卷 15，頁 281）

〔註 107〕袁枚：〈隨園老人遺囑〉，《小倉山房文集》《袁枚全集》第二冊（南京：江蘇古籍出版社，1993 年），頁 2。

記得兒生鬢已絲，向平有願畢無時。
今朝看汝成婚日，喚作遲郎竟不遲。
（〈送阿遲就婚苕溪沈氏〉，卷36，頁870）
欲爲遲郎賦感婚，即將此日卜良辰。
蟠桃會上看新婦，玉鏡台邊祝大椿。
白髮妝成三女粲，（陸、金、鍾姬俱老矣）好風吹滿一家春。
畫梁乳燕雙飛處，添個堂前問字人。（阿遲婦全寶能詩）
（節錄，〈八十自壽〉，卷36，頁875）

袁遲畢竟是袁枚的親生骨肉，因此袁枚格外重視其婚事。這項婚事，亦是基於與同年沈省堂的情誼，且是很早就訂定。袁枚與沈省堂爲少時同學，同年進士，其子袁遲與沈全寶皆年過六十所生，袁枚有詩云：

隨園山人事事早，只有兒生年已老。省堂孫曾繁且滋，垂老偏添一女兒。兩人老筆將毋同，我戲盍作親家公。省堂未諾顏先笑，道有奇緣爲子告：當年鳴笳六詔天，閨中慘喪鴻妻賢。正逢遺挂驚心日，那有鸞膠再續弦？門外蕭蕭馬戾止，一老來修相見禮。身佩橐鞬道姓殷，家有初笄未嫁女；願充側室戴香纓，長捧盤匜侍君子。我急搖手解不遑，請翁覼我鬢邊霜。已經老圃橫秋色，忍把桃花種夕陽？殷翁心事從頭說，家本金陵舊黃籍。少走滇南長百夫，漸置田廬歸不得。公能攜女到江南，好替家鄉留一脈。我感翁言許迎娶，東風吹起沾泥絮。一夕金鑾產白家，四年玉鏡思溫婿。今朝與子結天親，殷翁見解信通神。果然此老嬉游處，安置他家女外孫。萬里合教青鳥使，一函先報白頭人。客冬臘雪紅燈映，剪刀遽作巾箱聘。秦晉絲蘿兩處牽，劉、盧仙籍三生定。新春園柳叫雎鳩，高固雙雙到此游。嬌娃抱出珠同耀，阿奶同來花見羞。人間似此婚姻様，一笑都將媒妁忘。要知萬事總由天，半是因緣半福量。君不見陵川集裡有長歌，天賜夫人作宰相！
（〈曹子建有感婚賦，余仿之作感婚詩寄省堂〉，卷27，頁587））

袁枚得知同年沈省堂六十歲後得一女，袁遲亦是袁枚六十歲後所生，因此袁枚詩云：「我戲盍作親家公」，沈省堂未諾先笑，道出箇中「奇緣」。原來沈全寶乃沈省堂晚年所納雲南殷姬所出。沈省堂彼時喪妻，無意納妾，但受到一舊藉金陵，後到雲南一帶發展的殷老所託，希望能將女兒嫁給省堂，望能「公能攜女到江南，好替家鄉留一脈」。袁、沈聯姻，正好圓了殷老想在江南留一血脈的心願。袁枚爲此巧合大感驚奇，同學、同年即屬天合，又同於六十歲後所生，又加此一因由，實爲天賜良緣，故云：「人間似此婚姻樣，一笑都將媒妁忘」、「要知萬事總由天，半是因緣半福量」。其次，袁枚與沈省堂的交誼深厚，袁枚爲之作傳，其中便述及兩人交誼：

> 君風趣與余絕不相似，而心契交深。常戲余曰：「子但能欺人，不能欺天！」余驚問：「何也？」曰：「子性儻蕩，口無擇言人也，是風流人豪耳。及省其私，內行甚敦，與外傳聞者不符，豈非欺人乎？然而造物暗中報施不爽，使子衰年有後，終身平善，豈非不能欺天乎？」嗚呼，君之知我，勝我自知，然而君之行事居心，即此亦可想見矣！
>
> 〔註 108〕

沈省堂與袁枚性情不同，但卻對袁枚知之甚深，以爲袁枚立身行事實是「欺人而不欺天」，使袁枚有「君之知我，勝我自知」之感。

綜觀袁枚的姻親關係可知，袁枚的姻親網絡是以同年與有所恩遇之情爲主，並不以門第爲重，或以財貨爲尚。袁枚有詩云：

> 少同筆硯老絲蘿，天與姻緣天執柯。
>
> 我抱嬌兒拜圖畫，畫中更覺笑容多。
>
> （節錄，〈余與省堂觀察同學、同年垂五十載矣，花甲後各生子女遂訂婚姻。冬至前七日為蹶父相攸之事小住隨園，出姚夫人小照命題〉，補遺卷 2，頁 991）

「少同筆硯老絲蘿，天與姻緣天執柯」可說是說明袁枚姻親網絡的

〔註 108〕袁枚：〈江西督糧道省堂沈公傳〉，《小倉山房（續）文集》《袁枚全集》第二冊（南京：江蘇古籍出版社，1993 年），卷 31，頁 555。

最佳註解。袁枚透過姻親之故，再續同年交誼，亦或恩師情緣，皆見袁枚透過姻親網絡維繫與拓展社會體系的努力。

小　結

本節以袁枚安居隨園後所開展的親情世界為研究對象，探討袁枚如何安頓血緣親族（長輩與平輩），又選擇如何在隨園中教育下一代，顯現隨園在袁枚生命與親族中的重要性。此外，袁枚是以親族網絡作為社會聯繫的一個管道，希望藉著考察袁枚詩歌中親族網絡的社會建構，得以對隨園與社會的聯繫進行理解與補充。最後，當親友紛紛遠離凋零時，袁枚如何因應此種生離死別也是探討的對象，希冀能對隨園的親情世界的特質充份展現。試歸納幾項論點如下：

一、從袁枚安居隨園後對親族的安頓來看，本該遭遇相當大的壓力，然由於父親在移家入園前逝世，袁枚可說是豁免來自父祖輩的傳統壓力，且袁枚幼年父親經常不在場的缺憾，卻因隨園而得以補償，意外地成為袁枚安居隨園的關鍵。

二、袁枚移家入園，袁枚詩中時以春到隨園相稱，可見袁枚對親族的重視與興奮之情。袁枚著意塑造隨園成為人倫的樂園，得以在其中展開新生活。袁枚對於三位早寡的姐妹充滿護惜與不捨，儘管提供衣食無缺的生活環境，依舊無法弭平禮教帶來的創傷，益加深袁枚對於禮教的痛斥。

三、袁枚與髮妻王氏、與眾多姬妾的相處也是隨園親情世界的重要面向。袁枚的髮妻王氏對袁枚充滿包容與理解，袁枚得以在隨園享有眾花環繞之福，王氏是重要關鍵。袁枚對「老妻」的情感，多顯露在陪伴與日常照護上；袁枚對於姬妾的情感表達，尤以對方聰娘的最為外放深摯，充分顯現兩人的如膠愛情。

四、袁枚對子女與諸弟的教養與要求大不相同，對兒子與女兒也不一致。袁枚對兒子的教養重在生命哲學的傳授，且「不教應試只教吟」，讓二子順應本性發展；對於女兒則是詩書與繡花並重，但詩書的比重顯然較大，可謂是才女的教育；袁枚對後輩子弟的要求，則是希望他們走上正統仕宦為官的道路。袁枚對兒子與後輩子弟期望的差異，在於前者有隨園足以依恃，後者則無，在現實的考量下而有此不同。

五、從袁枚對隨園親族倫理的安頓、承繼與開展來觀察，袁枚對於長輩的關係仍維持儒家的標準，尊崇孝道；然對於後輩則較為開放，不強制遵循一定的禮儀成規，允許不同的可能性，象徵袁枚有意在隨園內創建一個新世界的可能性。

六、綜觀袁枚的姻親關係可知，袁枚的姻親網絡是以同年與有所恩遇之情為主，並不以門第為重，或以財貨為尚。「少同筆硯老絲蘿，天與姻緣天執柯」可說是說明袁枚姻親網絡的最佳註解。袁枚透過姻親之故，再續同年交誼，亦或恩師情緣，皆見袁枚透過姻親網絡維繫與拓展社會體系的努力。

第五章　隨園的詩性特質與詩歌創作

本章旨在探討隨園詩性空間的建構，希冀能夠彰顯隨園的詩性特質。所謂的「詩性特質」，係指袁枚以隨園爲生活空間所創造的詩意氛圍，進而探究這些詩意特質又如何承載、造就袁枚的社交活動與詩歌特質。以空間建構視同詩歌創作的建築師陳維祺認爲：「詩性在希臘文的原意是指通向美所過濾的造做，正是指這種將平凡事物，通由巧緻精煉的匠心所重新創造的不凡」、「生活是空間的目的，生活是多樣而豐富的，空間應要能包容這豐富多姿的生活本質，並且提升生活至一個詩性的境界，給予我們永恆更新的喜悅與感動」〔註1〕，而法國現象學家則認爲人與空間是相互生發的關係：「空間並非填充物體的容器，而是人類意識的居所……我們詩意地建構家屋，家屋也靈性地建構我們」〔註2〕。袁枚在隨園的生命體驗，便時常展現生活與空間的共構性質。本章擬從四個角度切入：其一探討隨園中的詩性空間與生命體會，袁枚在隨園的生活實踐，呈現出獨特的生命態度與生命體會，體現一種詩意的生命向度；其二是從「安身浮世外」的視角，探討隨園中的社交活動與詩人群體，隨園是對眾人開放，不論高官亦或老農，而隨園在士人眼中卻又有著如

〔註1〕陳維祺：〈尋找詩性的智慧〉，《省思建築——尋找詩性的智慧》（台北：美兆，1998年），頁8。

〔註2〕〔法〕加斯東．巴舍拉：《空間詩學》（台北：張老師，2008年），頁14。

同「世外」的獨特意涵，並且提供一個兼容男／女詩人群體的活動空間；其三是從袁枚的詩人自覺意識入手，探討袁枚對於「詩人」的定義，在時文與詩歌之間的抉擇與其詩歌中流露的創作主張。其四則是探討隨園如何對袁枚詩的創作特質產生交互影響。希望藉由這四個角度的切入，能夠顯現隨園詩性空間的特質。

第一節　隨園中的詩性空間與生命體會

一、老少憑儂自爲：生活空間中的時間氛圍

空間的意涵因爲納入時間而呈現更豐富的變化。袁枚在隨園度過將近五十年的歲月，這段期間袁枚過得極爲悠閒，自然時間不會爲任何人停留，但卻會因爲人爲心境的變化而產生不同的作用，關鍵在於「閑」字。袁枚褪去外在官場的束縛後，詩意地棲居在隨園這座園林中，時間彷彿就此延長起來：

> 搖竹一身雨，摘花滿手香。自離城市遠，只覺歲華長。
> 舊墨摩頻仄，新弦爪易傷。閑中參物理，獨立詠蒼茫。
> 雨過一蟬鳴，空廊坐有情。人衰秋雁語，花老蜜蜂聲。
> 水曲如招隱，山高亦近名。終當率妻子，郊外事躬耕。
> (〈閑中〉，卷 11，頁 212)

袁枚詩中經常有表現他在園中閒遊的描述，在這首詩中，袁枚便是描述他在園中閒遊得出的體會。「自離城市遠，只覺歲華長」，隨園地處南京的城郊，遠離忙碌的城市中心，自己能夠掌握時間便多了起來。此種所謂時間延長的感覺，係指心理時間的變化。〔註 3〕誠然，自然時間無能改易，但心理時間的感觸卻會隨著人的主觀情緒

〔註 3〕心理時間，即相對於「生理時間」而言。在文學表現上，前者呈現書寫者因所思所感造成的時間變異，對於時間的感懷可以隨著書寫者的主觀意識而流動，時間是一相對的概念；後者則是不會受任何事情改變的眞實時間，時間是一絕對的概念，錢鍾書又稱之爲「客觀時間」，亦即牛頓所謂「絕對眞實數學時間」。參考錢鍾書：《談藝錄》(台北：書林書局，1999 年)，頁 25。

而異，如袁枚因心情的閒適而感到一種時間的充裕感。因爲感到時間的充裕，故而能夠靜下心欣賞園林的景緻：「閑中參物理，獨立詠蒼茫」。袁枚亦認爲，通過這種閒適的心情，能使人更從容地觀照內心。袁枚詩有云：

靜裡功夫見性靈，井無人汲夜泉生。

蛛絲一縷分明在，不是閑身看不清。(〈靜裏〉，卷 26，頁 578)

在這首詩中，袁枚明確拈出「靜」與「閑」的重要。二者可視爲一種心理狀態，亦可視爲一種修練功夫。袁枚認爲，唯有在靜中才能見出性靈，即便夜裡無人汲取的古井，亦有泉水在底部汩汩流動；徹夜結成的細微蛛絲網絡，也唯有在閑中才能看得分明。又如〈偶成〉一詩云：

安身浮世外，行止自徐徐。白鷺替迎客，春風爲捲書。

吟罷自書竹，茶烟吹入窗。輕雲含雨重，孤蝶得花雙。

一月關門住，忘書記復清。詩情似池水，都向靜中生。

(卷 25，頁 517)

由此可見，處於浮世之外的隨園，沒有太多匆忙的理由，舒緩的生活步調正好適合直觀性靈，詩意便從中產生。隨園經常遊人如織，但袁枚也有閉門不見的時候〔註 4〕。唯在袁枚與隨園獨自相對時，始能「詩情似池水，都向靜中生」。足見袁枚經常是以「習靜」作爲修煉詩意的工夫，並認爲唯在靜中始能見出「性靈」。袁枚在隨園空間中，自然時間因主觀心態的閒靜而顯得緩慢，袁枚乃在尋梅倚竹間尋求詩意，在靜謐中醞釀詩情。

與時間相息息相關的便是人的衰老。由於袁枚對於時間的敏感，對於「老」這個議題自然相當在意。〔註 5〕袁枚對於時間流逝與年歲

〔註 4〕隨園儘管遊人如織，但袁枚讀書、創作時往往不見訪客，而獨與隨園山水往來。如〈偶作五絕句〉：「好學原爲福，無情不是才。吟詩推客去，開閣放山來」(節錄，卷 19，頁 375)

〔註 5〕袁枚詩中常有論及年歲流逝的詩句，有〈喜老〉〈惡老〉等詩。廖師美玉的研究指出：「袁枚對衰老的眞實感知特別強烈……對於老年與詩也有獨特的體會」。詳參廖師美玉：〈記憶蘇小——由袁枚詩看情欲理的

增長的看法，入園前與入園後有明顯的不同。袁枚有詩云：

當時只望老，以便好辭官。此時只畏老，以便常尋歡。
望之恰已至，畏之不能逃。始知望與畏，兩念俱徒勞。
（〈遣興〉，卷 15，頁 279）

這首詩爲袁枚 44 歲所做，詩中提到袁枚入園前後對時間流逝截然不同的感受：未入園前，袁枚希望時間能夠過得快些，盼望早達退休年齡以便告老辭官；入園後，美好的生活令人留連，袁枚便希望時間能夠過得慢些，更害怕日漸衰老而減少四處尋歡的時間。即使袁枚未老便已辭官，但逐漸邁向老境的事實仍無所遁逃，足見自然時間仍是無人而敵，對抗只是「徒勞」。事實上，袁枚亦無意對抗自然時間，袁枚只是單純地將自己的好惡明白表現出來。是以袁枚先是「惡老」，後則轉爲「喜老」。袁枚即在同一年作有〈惡老〉與〈喜老〉二詩，可發現袁枚對於「老」的獨特看法：

老人慣早起，如盤古開天。獨來又獨往，四望無人烟。
欲盥水未溫，欲飲茶未煎。兒女門户閉，僮僕縱橫眠
豈不欲嗔喝？猛然記少年。記得少年時，鼾聲如雷顚。

身欲往某處，必是有所謀。及至行中路，業已忘因由。
偶呼奚僮來，意有所分付。及其來至前，翻問來之故。
李崇或損腰，周仁時溺褌。窺園奴急扶，登樓人盡怖。
事事受人憐，方知老可惡。

支筇豈不佳？因是累其手。高談覺傷氣，眞乃口戕口。
厭坐起而行，行亦不能久。有意珍藏物，及尋轉無有。
昨宵所見客，今日問誰某。愁看細字書，畏逢禮多友。
魯昭心雖童，梁王已呼叟。只好學模稜，唯唯又否否。

看老天光景，漸漸不相容。有目漸不明，有耳漸不聰。
卿輩雖難記，徐陵終不恭。訓人至萬語，毋乃王世充！
屬饜羹便卻，須臾腹又空。鬱悉偶免冠，軌噎又受風。

攙合與肆行〉《「明清文學與思想中之情、理、欲」國際學術研討會論文集》（台北：中央研究院中國文哲研究所，2007），頁 15。

圍棋陣易劫，看書卷難終。驚視倉山嶺，斜陽紅不紅？

一兒能吟詩，不教其應試。一兒太蠢愚，但教其習字。擇善最不祥，我豈爲兒累！學《禮》與學《詩》，聖人亦寫意。倘鯉不趨庭，或竟任嬉戲。高鳥自翔天，芳草自覆地。

昔吾少也賤，性卻愛豪奢。慕人衣裘美，羡人膳飲嘉。所思恒不遂，隱隱生嘆嗟。于今衣頗華，老醜不相稱。旨畜亦多珍，果腹能幾頓。我欲訴眞宰，還我前景光。寧可少時富，老來貧無妨。

出門四月餘，箋素動盈尺。非是索標題，兼且乞親筆。知其畏我死，取之及其生。桃符又性急，應付心始寧。麵糊用一斗，墨水飲三升。行樂吾有分，節勞吾不能。動說精神好，欺人語勿聽。

精神爲主人，形骸爲屋舍。主人漸貧窮，屋舍亦頹謝。將頹未頹時，主人強支架。導引以養生，醫藥爲補罅。及乎無可爲，主人亦告罷。何如蛤與蜃，江湖能變化？旁有趙大夫，凄然爲涕下。（〈惡老〉，卷 36，頁 882～883）

其後又有〈喜老〉一詩：

初覺老可惡，旋覺老可喜。廿五科翰林，世上曾有幾？我非挾長者，其奈無敵體。偶遇士大夫，論交一掄指。非其大父行，即是年家子。初見問誰何，道破重拜起。莫怪武夷君，人人曾孫矣！

筋力不爲禮，人拜我但扶。鄉黨莫如齒，首坐常晏如。張蒼怕食乳，愈欲精庖廚。陸展無側室，久不染髭鬚。前途知有限，錢亦不留餘。兒婦知我老，抱孫來揶揄；賓朋知我老，携尊來相於。我亦自知老，行樂爭須臾。笑問「老」一字：千金肯賣歟？

漢廷夏侯勝，宮中延爲師。以其年篤老，瓜李無嫌疑。我亦大耄年，傳經到女士。班昭、蘇若蘭，紛紛來執贄。或捧靈壽杖，或進上尊酒。入謁必嚴妝，惜別常握手。雖然享重名，不老可能否？

夏禹惜寸陰，揚雄常愛日。味此古人言，我卻無慚色。十載宰相身，吏民尚懷德。養母三十年，晨昏常侍側。種松高十丈，著書盈三尺。五岳山已游，四朝事能說。清夜自思量：此老老亦得。

老姊相依住，將開百歲筵。老妻亦八十，齊眉在案前。僮奴各班白，霜雪盈其巔。人指老人國，我游羲皇天。更有分壽者，率兒孫乞憐。要我手摩頂，以爲結善緣。偶然游四方，觀者走跰躚。以爲觀一面，勝如遇一仙。我乃囅然笑：人老竟值錢。

嫫母不知醜，西施不知好。我亦將毋同，八十不知老。宴客必張燈，吟詩尚留稿。或栽雨後花，或剗風中草。一起百事生，一眠萬事了。眠起即輪回，無喜亦無惱。何物是眞吾，身在即是寶。就使再龍鍾，憑人去笑倒。試問北邙山：年少埋多少？

生時自己啼，死時他人哭。我啼人輒喜，人哭我當樂。逝者如斯夫，風輪如轉轂。改燧不改火，後燭及前燭。可笑世間人，紛紛仙佛供。修煉既身勞，禮拜亦頭痛。卒竟歸渺茫，風影不可控。果然呼即來，一笑吾從眾。

（〈喜老〉，卷 36，頁 886～887）

二詩成於同一年，先有〈惡老〉後有〈喜老〉。在〈惡老〉詩中，袁枚關注因年老而漸趨衰朽的身軀，與有別於少年時的生活轉變，諸如晨起、健忘、行走需有人攙扶等，使得袁枚感到年歲老大的無奈。袁枚對於老態的描摩至爲生動：「看老天光景，漸漸不相容。有目漸不明，有耳漸不聰」，最後更以精神爲主人，形骸爲屋舍爲比喻，表示對自己勉以精神強力支架的費力勞心，足見形骸的老去是袁枚此時關注的重心，因此全詩瀰漫著自傷年老之意。然至〈喜老〉一詩，袁枚拋開對形骸老去的憂慮，而從年老所帶來的精神效益進行觀看，諸如因年老而得享盛名：「我乃囅然笑：人老竟值錢」；或因自知年老而得以更理直氣壯地及時行樂：「我亦自知老，行樂爭須臾」；亦或身雖年老，但回顧一生無所遺憾：「清夜自思量：此老老亦得」

等。可見若不論形體、精神上的衰老，年老實際上帶給袁枚不少益處，則「老」之令人喜或惡，亦純爲主觀心境。袁枚享有高壽，四方人士慕名前來拜謁者甚多，其詩〈八十自壽〉（卷 36，頁 874）便云：「桑榆晚景休嫌少，日落紅霞尚滿天」，可見袁枚是懂得珍惜老境的人。

儘管袁枚認爲生理性的年紀漸長不能抵擋〔註 6〕，但心理性的老少實是由人的主觀意識所主導，可有不同選項，其〈六言四首〉詩云：

> 酬應則吾老矣，嬉游則吾尚少。
> 老少憑儂自爲，不免旁人一笑。……
> 夏五日長如歲，況兼無事閑居。
> 傍晚回思早起，宛然三代唐虞。
> 一切總求徹底，便生無數疑端。
> 不若半明半昧，人間萬事相安。
> 宣尼待予如客，想見胸襟洒然。
> 不是趨庭獨立，聞詩聞禮何年？（卷 32，頁 766）

這首詩成於袁枚 72 至 75 歲之間，袁枚剛從武夷遊罷，返園有感而作。第一首詩云：「酬應則吾老矣，嬉游則吾尚少。老少憑儂自爲，不免旁人一笑」，對袁枚來說，在一些事上他感覺自己已經年老，如酬應之事，由於早達兼聲名早播，酬應對袁枚來說並不陌生，但他對此已經不再精力充沛。相反地，在一些事上他感到自己還很年少，例如遊山玩水。袁枚晚年始離園遠遊，並感到正興致盎然。「老少憑儂自爲」，老與少實是可以自己衡量掌握的。袁枚又有詩云：

> 天地有春秋，來往不能了。不爲拘者多，不爲達者少。

〔註 6〕例如袁枚便對新年「守歲」一事不以爲然，認爲「守歲」是一件徒勞無益之事。袁枚有詩〈嘲守歲者〉云：「有錢尚須散，有歲何必守？不知人世間，此例何時有。徹夜全家忙，守子直到丑。誰知重門關，依舊歲逃走。雖燒紅燭光，難掩黃雞口。我道子胡然，別歲如別友。故人自然佳，新人未必否。任其自去來，只要我長久。不學傅修期，年年六十九；只學賈浪仙，祭詩且沽酒。」（卷 36，頁 891）

> 達者貴行樂，行樂還須早。使我明日飢，我已今日飽；
> 使我明年死，我已今年好。不得行胸臆，頭白亦爲夭。
> 苟得快須臾，童殤固已老。
>
> （節錄，〈雜詩八首〉，卷 7，頁 117～118）

袁枚認爲，若不能自己作主，自出胸臆，做自己樂做之事，即使活到頭髮灰白亦屬夭折；若能及時做一些喜愛之事，即便童殤這一生也已足夠。由此可見，袁枚重在能夠隨時行自己樂行之事，自然永遠如處年少；如果一生都不能行自己樂行之事，即使年少也如年老般。自然時間的推移是必然，但心境卻可有不同的選擇，可說是袁枚對於時間的獨到見解。

綜觀袁枚在隨園內所展現的時間向度，可見袁枚對於自然時間的流逝有著敏銳的感知，入園前希盼時間過得快些，早日得以告老退隱，入園後卻又希望時間慢些，能夠更長久享受園林生活。儘管實際上此「望」與「畏」只是徒然，卻反應出袁枚內心主觀的期待。而入園後的生活步調確實舒緩，由於心情的閒適，時光彷彿延長，使得袁枚得以在靜中直觀性靈，提煉詩情。至於與時間息息相關的衰老問題，袁枚厭惡因年老帶來的肉體衰敗與精神消退，但對年老所帶來的盛名晚景亦不排斥。至於年紀的老少，袁枚認爲老少憑儂自爲，自出其心，貴在及時，若能及時行喜作之事，即使身體逐漸老去，仍可「返老還童」，重點在於心境的調適。袁枚在隨園中所呈現的時間向度，可說是展現以人的主觀感受爲主體的思考。袁枚有詩云：

> 惜入山時怕出山，巢由不老發長嘆。
> 而今又被巢由笑，老到來時也不難。
>
> （〈余三十三而致仕，有句云：「可惜巢與由，此身不肯老。」今八十一矣，偶讀此句不覺失笑〉，卷 36，頁 891）

由三十三歲與八十一歲的體會加以對照，可見生命的不肯老與老的到來，時間的流逝往往是出乎我們意料之外，因而直指內心的經營。袁枚在隨園中所營造詩意的時間氛圍，正符合巴舍拉《空間詩學》

中所謂「私密性」的特質：

「私密性」係指人與自己的關係。人自身與自己最接近，
亦即最富有眞摯性，最深入自己而不能自己。〔註7〕

對袁枚來說，隨園正提供他一個能夠「最深入自己而不能自己」的處所。袁枚〈隨園四記〉云：「園悅目者也，亦藏身者也」，在園林這個既私密又開放的空間裡，袁枚彷彿能夠掌握時間，將生活過得有滋有味。

二、達者貴行樂：及時行樂的生活態度

袁枚生命中經常表現出及時行樂的生活態度，源自於他對於「美」的易逝本質的體認。袁枚自歸入隨園，園林生活遂成爲其生命的重心之一，能使園林增色的即是群花。在袁枚心中，花顯然成爲美的一種象徵，因此，袁枚總是將花點綴在隨園的每一個空間，其詩有云：

一枝桃插膽瓶斜，未許春歸到別家。
攔路蜜蜂狂太甚，公然來采手中花！
（節錄，〈春日雜吟〉，卷17，頁346）

袁枚除在園林植有花卉，也在室內放置瓶花，除了點綴景致，更是「未許春歸到別家」，可見袁枚對於美的事物的獨占性。事實上，袁枚愛花，進而惜花、護花，實已到一種「耽溺」的地步，請見以下諸詩：

花太嫣紅病易侵，爲他張幔結層陰。
敢遮赤日當天影，恰是慈雲覆物心。
甘后帳深難辨玉，阿嬌屋好那須金！
平生怨雨愁風意，每倚雕闌思不禁。（〈花幔〉，卷22，頁459）

半夜忽驚醒，無言心自嘆：今宵霜降矣，忘卻護幽蘭。
（節錄，〈雜書三絕句〉，卷23，頁477）

〔註7〕〔法〕加斯東・巴舍拉：《空間詩學》（台北：張老師，2008年），頁7。

白髮雙趺坐，黃花四面圍。夢爲蝴蝶去，猶繞冷香飛。
（〈對菊睡去〉，卷 20，頁 407）

由此可見，袁枚對於花的深心護惜，不論是替群花建造花幔，或是半夜驚醒只因忘了替園中幽蘭遮蔽寒霜；亦或夢爲蝴蝶，終日繞著菊花飛舞。凡此皆可見袁枚對花的深情護惜，也見袁枚是一多情之人：「無情何必生斯世？有好都能累此身」（〈書懷〉，卷 11，頁 214）。然而袁枚從美的事物中也體認到，美的事物往往不能長存，對於花的凋落尤其不安，袁枚有詩云：

春宵好景怕相忘，有得頻題墨數行。
花落竟疑鋪錦地，鳥啼如入選歌場。
鏡收山色成圖畫，書作屏風掩洞房。
莫道主人不知樂，夜深猶自繞回廊。（〈偶成〉，卷 17，頁 343）

白髮對花落，悄然心不安。未知來歲發，可有老夫看？
欲掃且停帚，將歸更繞欄。多情蜂與蝶，伴我忍春寒。
（〈偶成〉，卷 25，頁 527）

梅花盛開時，杏花若相覬。杏花正紅酣，海棠有爭意。
一花復一花，循環作交替。容華非不佳，過者便憔悴。
春風非無情，不能將花繫。開落曾幾時？在花如一世。
旁有看花人，凄然自隕涕。（〈悼花〉，卷 25，頁 517）

袁枚不捨春宵好景，夜晚仍繞至迴廊對殘花深深致意；對於花開花落的必然，袁枚則感到人身之不可依恃：「未知來歲發，可有老夫看？」，對比花的自然開落，人生不可預料的因素反而更多。而在〈悼花〉一詩中，袁枚更從落花身世〔註 8〕中引發對於美，甚至是人生短暫的感觸：「開落曾幾時，在花如一世」。事實上，袁枚很早便對

〔註 8〕關於袁枚詩中「落花身世」的討論，廖師美玉認爲袁枚雖很早在殘雪與流水的變化中體悟到「色即空」，但終究沒有走入宗教的空寂：「有不必分明處，即有更見分明處，袁枚乃在倏忽人生的『不分明』與『分明』之間，揮灑出極爲繽紛的色彩，把落花身世的深切感受，營造成詩壇的一片春色。」詳參廖師美玉：〈記憶蘇小——由袁枚詩看情欲理的攙合與肆行〉《「明清文學與思想中之情、理、欲」國際學術研討會論文集》（台北：中央研究院中國文哲研究所，2007 年），頁 14。

美的事物本質進行追問，如〈殘雪〉一詩云：

捲簾殘雪望無窮，世事方知色即空。
萬片落花何處去？數聲流水一年終。
陰陽爐炭思玄化，冷淡生涯怕熱中。
逐漸闌珊誰護惜？爲渠容易惱春風。

（節錄，〈殘雪〉，卷 4，頁 51）

從殘雪如落花的消逝狀態中，袁枚體認到色身難以長存。然而「美」果眞無法長存嗎？袁枚認爲，人間繁華不可長存，物之色美亦有盡時，唯化成文字墨跡始能久留。袁枚有詩云：

展卷方知色不空，幾行綠字襯殘紅。
十三年上春還在，逃出華嚴劫數中。
霓裳久已散仙班，一片香雲影獨還。
寄語成烟先去者，無書原不住人間。
月地雲階事渺茫，蠹魚也知護紅香。
看渠風雅歸依後，洗盡鉛華換墨妝。
留仙珍重說持裙，可奈吟殘手又分！
改置離騷第三冊，招魂開卷易尋君。
絕代穠華逝水流，啼痕鬢影惹春愁。
傷心玉貌誰長在？不是人身尚可留。

（〈翻書得花數瓣，上寫「庚午年收藏」，愴然有作〉，卷 17，頁 344）

這首詩述及袁枚某日從書中翻得多年前所夾花瓣數朵，花瓣原初的鮮美早已不存，但卻讓袁枚升起一絲希望：「十三年上春還在，逃出華嚴劫數中」、「看渠風雅歸依後，洗盡鉛華換墨妝」、「傷心玉貌誰長在？不是人身尚可留」。由此可見，儘管物之色美不可長存，仍可藉由另外一種形式保存，對比起來人身才是最爲短暫。因此，當此身尚在時，便要懂得及時把握。袁枚詩中有著對於生命本質的思索，諸如：

朝起萬般有，宵眠一念無。不知人世上，何物是眞吾？

（〈朝起〉，卷 33，頁 814）

嫫母不知醜，西施不知好。我亦將毋同，八十不知老。
宴客必張燈，吟詩尚留稿。或栽雨後花，或剗風中草。
一起百事生，一眠萬事了。眠起即輪回，無喜亦無惱。
何物是眞吾，身在即是寶。就使再龍鍾，憑人去笑倒。
試問北邙山：年少埋多少？（〈喜老七首〉，卷36，頁887）

這兩首詩並非成於同時，但卻對何謂「眞吾」提出相同的思考。所謂「眞吾」，係指褪去一切拘束的眞實自我。在〈朝起〉一詩中，袁枚提到生命朝起則有，宵眠則無，則「何物是眞吾，身在即是寶」。原來只要此身尚在，生命便存在，眞吾便在其中：「任其自去來，只要我長久」（節錄，〈嘲守歲者〉，卷36，頁891），足見袁枚是以「身在」作爲眞吾等存在的必要條件。若無此身，則一切無所依附，因此得把握此身尚在的清醒時刻，把握這形神相交的偶然。袁枚有詩云：

人老惜分陰，一日如一歲。但問一歲中，幾度得心醉？
人生行樂耳，所樂亦分類。但須及時行，各人自領會。
我生嗜好多，老至亦健忘。惟有兩三事，依舊歡如常。
攤書傍水竹，隨手摩圭璋。名山扶一杖，好花進一觴。
談文述甘苦，說鬼恣荒唐。七十苟從心，逾矩亦何妨！
形神偶相交，忽然竟有我。及其既散時，空雲無一朵。
來非我有心，去非我有意。物物有一生，人人有一世。
所以達觀人，游行在空際。來共雲捲舒，去隨風搖曳。
不談佛與仙，恐受彼拘繫。既已說長生，何以悠然逝？
既已悟無生，何必又詞費？（〈書所見〉，卷32，頁768）

這首詩亦成於袁枚晚年72至75歲間，在第一首詩中以「健忘」消解諸多人世俗事，而留下更多的空間放任自己從心逾矩，從「攤書傍水竹」到玩玉、遊山、賞花、談文，乃至「說鬼恣荒唐」，生活空間顯得更爲遼闊。第二首詩中袁枚提到人的生命即是形與神的偶然相交，來去不由自己：「來非我有心，去非我有意」。追求「長生」的道教與悟得「無生」的佛教，在袁枚看來仍未通達生命的本質，因「此生」

才是袁枚關注的目標，亦是袁枚所欲積極掌握的對象〔註9〕，如第一首詩云：「人生行樂耳，所樂亦分類。但須及時行，各人自領會」。人生苦短，一日如同一年，此中又能有多少快樂的事呢？因此得及時行樂「但須及時行，各人自領會」。袁枚另有一詩闡述此種「及時行樂」的生活態度：

> 昨日之日背我走，明日之日肯來否？走者刪除來者難，惟有今日之日惟我有。消除此日須行樂，行樂千年苦不足。縱使朝朝能秉燭，燭殘雞鳴又喔喔。人生行樂貴未來，既來轉眼生悲哀。昨日之日今日憶，有如他人甘苦與我有何哉！樂既不可遇，不樂又恐悲。安得將樂未樂之意境，與我三萬六千之日相追隨？君不見陶潛、李白之日去如風，惟有飲酒之日存詩中！（〈對日歌〉，卷7，頁124）

對袁枚來說，昨日已然消逝，未來不可預知，唯有今日可以掌握，如同生命只有清醒的時候才可覺知一樣。把握今日最好的辦法莫過於行樂：「消除此日須行樂，行樂千年苦不足」。袁枚有詩云：

> 見月思幽人，踏月走林莽。柴門風竹喧，未撞已聞響。
> 主人臥而起，枕痕猶在顙。剪燭哦新詩，忘言契真賞。
> 訝我月未圓，胡爲急見訪？我道來日難，陰雨或者倘。
> 別後果連陰，回首成惘惘。黑雲半遮渡，急浪欲沉槳。
> 枯坐湖樓中，翻把前日想。豈徒判鴻溝，直欲分天壤！
> 嘆息月一輪，消受不能強。何況行樂處，得往宜速往！
> （〈四月十一夜月色小明，步往泊鷗莊與陶篁村論詩。次日連雨，方喜前夜之不負也〉，卷26，頁556）

這首詩記述某夜袁枚見月思人，興起訪友，然友人不解袁枚急訪因由，袁枚則表示明日實不可依恃：「我道來日難，陰雨或者倘。別後

〔註9〕袁枚以爲「好生而惡死」乃人之常情，無須隱匿。其〈答錢竹初〉：「人在天地間，不有生，何有死？僕昔有句云：『若云死可悲，當知生已誤』早道破機關。然人之常情，莫不好生而惡死，雖聖人亦與人同。……好之無所爲非，惡之不足爲怪；又何必矯情拂性，強所不好以爲好，強所惡以爲不惡哉？」。詳見袁枚：〈答錢竹初〉，《小倉山房尺牘》《袁枚全集》第五冊（江蘇：江蘇古籍出版社，1993年），卷7，頁143。

果連陰，回首成惘惘」，若未能興起時及時訪友，或許就要等上許久才能見面：「豈徒判鴻溝，直欲分天壤！」，此詩的結語是：「何況行樂處，得往宜速往！」。足見「及時行樂」是爲袁枚的基本生活態度。從袁枚詩中對美的易逝本質之思考，再到生命本質的思考，以至「及時行樂」的生活態度之形塑，可見袁枚對個人生存空間、生命意識的關懷。從袁枚與隨園的關係來看，袁枚重視現世的幸福，隨園讓他得以及時實踐這種理想，從中展開不同於時人的生命向度。

三、萬事偶然耳：有寄無求的生命體會

袁枚詩中除了從美的易逝與人生短暫的本質思考中提煉出及時行樂的生活態度，袁枚也從日常生活的細瑣事物中抉發出生命感懷〔註 10〕，如其詩云：「老住空山歲月更，閑思物理最分明。青苔避日葵爭日，同領春風各性情」（〈老住〉，卷 19，頁 392）袁枚認爲，各個事物的性情各不相同，卻同處在一個世界，每個人的生命體會都有其獨到之處。所謂「物理」，即是事物的道理。〔註 11〕就袁枚來說，人的生存空間與世事遭遇無非出於一個偶然，往往不是一己所能控制，袁枚詩有云：

> 風豈愛吹花落地，雲非肯讓月當天。
> 要看遭際竟如此，世事悠悠總偶然。
> （〈遭際〉，卷 10，頁 196）
> 喜怒不緣事，偶然心所生。升沉亦非命，偶然遇所成。
> 讀書無所得，放卷起復行。能到竹林下，來去亦無故。
> （節錄，〈隨園雜興〉，卷 6，頁 95）
> 汝賤非汝拙，汝貴非汝才。不能領此意，青天生禍災。
> 禍福何足論？所惜九重恩。萬世一時遇，而無雲雷屯。

〔註 10〕專注從細瑣事物中抉發生命感懷，非始於袁枚，唐宋便已開始。詳參廖師美玉：〈物理人情——宋詩中所映現的生命樂境〉，《回車：中古詩人的生命印記》（台北：里仁，2007），頁 372～373。

〔註 11〕此部份所討論之「物理」，非近代西方物理學之物理，係指事物的道理。

顏駟用太遲，終軍用太早。所以漢家業，人才多草草。

（節錄，〈偶然作〉，卷 13，頁 243）

在這三首詩中，袁枚提到世事無非出於偶然的信念：「升沉亦非命，偶然遇所成」，若要窮究其中的是非因果，無疑是自覓煩惱：「汝賤非汝拙，汝貴非汝才。不能領此意，青天生禍灾」，世事的是非因果經常是人爲難以控制的。然而，袁枚自己身處如斯的生命情境時，又是如何因應與面對呢？袁枚認爲，因應之道在於「隨雲去處去，隨風來處來」。袁枚有詩云：

古來功名人，三皇與五帝。所以名赫赫，比我先出世。
我已讓一先，何勞復多事！平生行自然，無心學仁義。
婚嫁不視歷，營葬不擇地。人皆爲我危，而我偏福利。
想作混沌人，陰陽亦相避。灌花時雨來，彈琴山月至。
天地亦偶然，往往如吾意。

（節錄，〈陶淵明有《飲酒二十首》，余天性不飲，故反之作不飲酒二十首〉，卷 15，頁 293）

有心積陰德，殊非高士懷。而況讀葬經，貪鄙尤可哀！
古有端木叔，六十兒散財。彼豈眞老悖，不念子孫哉？
實見身後事，非我所安排。宣尼大神聖，晚年伯魚灾。
昭王溺于楚，成、康非禍胎。看破此機關，浩浩與天偕。
出門不選日，入廟不持齋。陰陽非所忌，仙佛難我紿。
隨雲去處去，隨風來處來。

（節錄，〈遣懷雜詩〉，卷 31，頁 735）

有酒我不飲，無酒我不歡。不如招酒人，痛飲使我觀。
王郎知此意，清晨擔杯盤。諸客從而後，來泛杯胡船。
幽花隨春開，好香隨風傳。有月便歸去，無雨且盤桓。
問我飲不飲，存杯聽自然。所以主人翁，自號稱「隨園」。

（〈十九日梅坡招孟亭、南臺再集，得「觀」字〉，卷 6，頁 94）

浮生何必苦安排，隨意閑行心自開。
失物每從無意得，懷人恰好有詩來。

（節錄，〈春日偶吟〉，卷 32，頁 764）

在以上這幾首詩中，袁枚均提到自己是順應自然，隨意而行：如第一首詩：「平生行自然，無心學仁義」；第二首詩：「隨雲去處去，隨風來處來」、「看破此機關，浩浩與天偕」；第三首詩「問我飲不飲，存杯聽自然。所以主人翁，自號稱『隨園』」，可見袁枚將隨園之「隨」字賦予「隨意自如」的意涵，亦可視爲此園林的主要思想；第四首詩：「浮生何必苦安排，隨意閑行心自開」，即不必太刻意強求，懷抱無所求的態度心情自然開闊，順應自然而行，則「天地亦偶然，往往如吾意」。袁枚又以生活中的細微瑣事爲喻：

> 口齒三十六，巉巉相依倚。同在此人身，稟受如一矣。
> 胡爲脫落時，遲早分彼此？或壯已乖離，或老猶附體。
> 此是何因由？問齒齒不理。似非齒所知，亦非口所使。
> 莫之爲而爲，無從著議擬。使知天於人，亦如口與齒。
> 愛之不能生，惡之不能死。一言以蔽之：萬事偶然耳！
> （〈落齒有悟〉，卷 28，頁 640）

在這首詩中，袁枚從落齒一事得知，同爲一口中的齒牙，掉落的時間卻不定，有的很健康卻很早脫落，有的幾乎毀壞卻仍緊附口中：「似非齒所知，亦非口所使。莫之爲而爲，無從著議擬。使知天於人，亦如口與齒」。袁枚將牙齒的存與落非齒牙本身能決定的思考，進而用以比附人世際遇，亦是「愛之不能生，惡之不能死。一言以蔽之：萬事偶然耳！」除了更加確定袁枚對於世事無非偶然的想法，也見袁枚認爲因應之道在於順應自然。此種順應自然的因應之道，具體落實便是無所求、無所爲的生活態度。袁枚有詩云：

> 萬物赴生意，不能無所求。麟鳳至蟣虱，亦各有營謀。
> 爲佛爲仙者，剌剌尚不休。何況侵晨鳥，能不鳴啾啾！
> 我飢亦思食，我寒亦思裘。不謀固不可，太謀亦徒憂。
> 適可而止耳，如水行輕舟。（節錄，〈書所見〉卷 14，頁 259）

自然，人生在世，完全無求不太可能，但袁枚認爲此種有目的性的追求須適可而止，以免徒增煩惱：「不謀固不可，太謀亦徒憂。適可而止耳，如水行輕舟」。即使袁枚平生最愛的讀書一事，袁枚亦認爲爲自己而讀才是眞正的快樂。其詩有云：

> 一日不讀書，如作負心事。一書讀未竟，如逢大軍至。
> 妻子咸我嗤：名傳亦難恃。何如梁蕭恭，歌舞日歡喜？
> 余噤不能答，推書行復起。似乎未死前，我法當如是。
> 有所爲而然，俱非眞好耳！（節錄，〈秋夜雜詩〉，卷 10，頁 197）

袁枚認爲：「有所爲而爲，俱非眞好耳」，因此也以此勸勉子弟勿爲功名而讀書，「甲乙丹黃萬卷餘，兒孫珍重好家居。但看手澤應思我，莫爲科名始讀書」（節錄，〈八十自壽〉，卷 36，頁 875）。袁枚理想中的境界，是爲「無求」。若將此反應在審美態度上，則更能詩意地反映出詩人的生命體會：

> 有寄心常靜，無求味最長。兒童擒柳絮，不得也何妨！
> （〈偶成〉，卷 18，頁 362）
> 風霽月色明，露影蒼苔上。幽人清興發，杖策成孤往。
> 不知所尋誰，寓目即心賞。鄰人知未眠，水面高聲響。
> （節錄，〈陶淵明有《飲酒二十首》，余天性不飲，故反之作不飲酒二十首〉，卷 15，頁 292）

由此可見，袁枚重視的是過程而非結果，過程往往比結果來得更有滋味：「兒童擒柳絮，不得也何妨！」，換言之，生命的過程與體會才是最重要，最值得珍惜與把握；在第二首詩中，詩人無目的性的興起閒遊，正可見詩人隨意自如卻又充滿韻味的舉措：「不知所尋誰，寓目即心賞」，可見袁枚重視無求的生命體會與審美態度。

第二節　隨園中的社交活動與詩人群體

袁枚的社交活動極爲繁富，全面探究非本論文所能涵攝，故本節嘗試從「安身浮世外」、「世外」的角度出發，聚焦在袁枚以詩文會友的部分，探討袁枚在隨園中的社交活動，包括袁枚摒除哪些人的到訪？又特別歡迎哪些訪客？並藉由隨園中與詩人有關的社交活動，探索其所映現的詩人群體。

一、文字因緣：隨園社交活動的詩性特質

隨園除了是袁枚個人生活的居所，亦是一座開放性的園林，其中游人士子往來如織：「無驛遠來千里客，終朝忙答九州書」（節錄，〈遣興〉，卷 36，頁 897）。袁枚在隨園所展開的社交網絡，體現了袁枚作爲中國十八世紀城市知識分子的一個特殊案例。造訪隨園的遊人中，根據近人王標的研究，可分爲三類：一類是在南京任職的地方官，一類爲鍾山書院的學者，另一類則是日常交游士人，大部分是三年一度來南京參加鄉試的士子〔註 12〕。王標歸納袁枚在南京的詩友情況，得出袁枚在南京的交遊網絡「政治要素比較濃厚」〔註 13〕的結論。誠然，這是一個透過對其詩友的社會階層的科學化分析得出的結果，袁枚確實與地方官員的交相唱和甚多，甚至在不同城市如蘇州、杭州也擁有不同的交游網絡，開展了我們對袁枚研究的新視域。然而，若深究袁枚詩中的內容可發現，袁枚實有一套連結群我的重要法則，而且是超越社會階層的限制。袁枚〈山中行樂詞十二首〉詩便云：「公卿與寒士，來者便依依」（節錄，卷 24，頁 490），這是袁枚在其詩中所不斷強調，但卻經常受到忽略的。若能了解這個法則，相信可以對袁枚橫跨士、農、商的交遊網絡與其受到的誤解，能有比較切實的理解。

從袁枚詩作中可發現，袁枚相當明確說明自己交游的原則，即是一種特重「因緣」的交往方式。所謂的「因緣」，《隨園軼事》中曾有如是的註解：

> 「因緣」二字，爲世俗口頭語，而先生獨取之，以爲足補聖經賢傳之缺。身在名場五、六十年，或昨識面而相憎，或未識面而相慕，皆有緣、無緣故也。已亥省墓杭州，商丘陳藥州觀察顧見甚殷。先生以其素昧生平，實不解其何故。晤後，

〔註 12〕王標：《城市知識分子的社會型態——袁枚及其交遊網絡的研究》（上海：上海三聯書局，2008 年），頁 100～105。

〔註 13〕王標：《城市知識分子的社會型態——袁枚及其交遊網絡的研究》（上海：上海三聯書局，2008 年），頁 111。

方知其尊人履中者，曾在尹制府署中，雖彼此兩未謀面，而先生之文之名，久在其耳目聞見中。觀察幼時，輒聞其尊人所稱道，事已數十年，芝蘭雅契，異世猶通。又與其外舅李存仁大令有師生誼，兩重世好，歡宴月餘，自此遂訂知交也。先生曰：「此其中蓋有緣在！」〔註14〕

從此段說明可知，袁枚的交往之道，竟在「因緣」二字。袁枚又有詩云：

一見動相慕，未見早相惡。問其所以然，有緣無緣故。
緣法苟未終，臨死捕一面。如其無緣者，抵死不相見。
豈徒今人哉？于古亦如此。或佞我愛之，或賢我不喜。
緣之所由來，其中豈無因！知者其天乎？板板偏不言。

（節錄，〈遣懷雜詩〉，卷31，頁735）

袁枚對於友朋之來往，關鍵往往在於彼此是否「有緣」。因此其詩云：「一見動相慕，未見早相惡。問其所以然，有緣無緣故」。有人袁枚一見就心生厭恨，有的未曾謀面卻心嚮往之，就是對於古人亦是如此：「或佞我愛之，或賢我不喜」，而袁枚皆認定此爲「因緣」所左右。事實上，袁枚雖將朋友結交推向「因緣」此類「不解何故」的因素，實際上出於袁枚個人主觀的因素甚多，並非全是不可知的「因緣」主導，只是這種主觀的喜好，有時需要許多不可知的「因緣」促成。據以促成之「因緣」，從袁枚的詩作中可發現，袁枚經常是以「詩」作爲彼此結交的「因緣」。最著名的例子，即爲袁枚與並稱乾隆三大家之一的蔣士銓之相識，便來自於山壁題詩的觸動：

余甲戌春，往揚州，過宏濟寺，見題壁云：「隨著鐘聲入梵宮，憑誰一喝耳雙聾？杪欏不解無言旨，孤負拈花一笑中。」、「山水爭留文字緣，腳跟猶帶九州煙。現身莫問三生事，我到人間廿四年。」末無姓名，但著「苕生」二字。余錄其詩，歸訪年餘。熊滌齋先生告以苕生姓蔣，名士銓，

〔註14〕蔣敦復撰、王英志校點：《隨園軼事》《袁枚全集》第八冊（江蘇：江蘇古籍出版社，1993年），頁9。

江西才子也。且爲通其意。苕生乃寄余詩云：「鴻爪春泥迹偶存，三生文字繫精魂。神交豈但同傾蓋，知己從來勝感恩。」已而入丁丑翰林，假歸，僑寓金陵，與余交好。〔註 15〕

袁枚偶然見到蔣士銓在壁上之題詩，顯然深受感動，因而「余錄其詩，歸訪年餘」，始獲結交。袁枚彷彿能從詩句中認識一個人的質素與性情是否與自己相合，是否有所「宿緣」。因而類似袁枚與蔣士銓因詩結交，繼而相識相知的經驗，在袁枚詩中實屢見不鮮。如袁枚與陶篁村之結交亦是。其〈和良鄉題壁詩〉詩云：

天涯鴻爪認前因，壁上題詩馬上身。
我爲浮名來日下，君緣何事走風塵？
黃鸝語妙非求友，白雪聲高易感春。
手疊花箋書稿去，江湖沿路訪斯人。（卷 8，頁 135）

在這首詩中，袁枚在詩人陶篁村偶然留下的雪泥鴻爪中認得「前因」，因而「手疊花箋書稿去，江湖沿路訪斯人」。經過十七年後兩人始獲一面，袁枚又有詩記云：

壬申過良鄉，和篁村題壁詩，遍訪不知何許人。後十餘年，勞觀察宗發來云，渠宰此邦，同制府方公見此詩而愛之，禁止店主圬去，今又隔六年矣。在梁方伯席上晤篁村，方知蕭山人也。姓陶，名元藻。告以故，陶感知己恩，而悲勞、方兩公之已亡，重賦二詩，附錄于後。

當年相思村店壁，今朝相見菊花天。
同生此世原非偶，聽說前緣各惘然。
有數才人天地內，無端良會水雲邊。
也虧彼此吟懷健，耐得人間十七年。
（〈喜晤陶篁村　有序〉，卷 21，頁 439～440）

袁枚相當珍惜這種因詩而結交的緣分：「同生此世原非偶，聽說前緣各惘然」。此中所謂「前緣」，可說是透過這首詩而串起勞觀察、梁

〔註 15〕袁枚：《隨園詩話》，《袁枚全集》第三冊（南京：江蘇古籍，1993 年），頁 14。

方伯與陶篁村等人的「緣分」。詩末附有陶篁村詩〈感舊作〉有云：「人如曠世星難聚，詩有同聲德未孤」，足見袁枚等人經常是以「詩」作爲結交的媒介，多是「先吟其詩而相慕」〔註16〕。《隨園軼事》亦云：「以文字通聲氣，往往有契合於無形者」〔註17〕。由此可見，袁枚據以認定彼此是否有「緣」之處，往往在於其「詩」與性情的相契。袁枚又有一信述及此種「文字因緣」：

> 文人之生於世也，天必媒之，使相悅介之，使相通也，亦不知其所以然而然者也。僕與先生年垂八十矣！相離之路幾萬里矣！以常情測之，無幾相見，無信可通，此必然之勢也。不意前歲遼州王柏厓來作少尉，讀其詩，驚衙官中有屈、宋，問其淵源，云得宗師于先生。因此又得讀先生之詩，新妙奇警，奪人目光，因憶生平編纂《詩話》，十五省中獨缺肅州一省，如《國風》之遺吳越，心常缺然。忽得先生以補之，頗似《周禮》一書，最後得于山岩屋壁之上，聲應氣求，天之所相，非偶然也。伯厓又遞到尊札及全集見示，如獲護世城中美饍，窮日夜餔啜之，而不能即休焉。若命加以箴規，是造五鳳樓手，而問巧拙于箍桶匠也；奚可哉？集中見星樹、蓉裳兩弟子，俱得廁名其間，誠爲厚幸。未知蓉裳現官何方，有信一函，望爲交付。〔註18〕

袁枚認爲文人之相知：「天必媒之，使相悅介之，使相通也，亦不知其所以然而然者也」，因此儘管兩人相距萬里，無幾相見，無信可通，但若能在詩作中「聲應相求」，則「天之所相，非偶然也」，距離與年紀亦不構成問題。袁枚對於此種「文字因緣」的傳播深具信心，袁枚有詩云：

〔註16〕「余因思未見其人，先吟其詩而相慕者，一爲蔣君士銓，一爲陶君元藻，皆隔十餘年，欣然握手，爲董君則始終隔面。」詳見袁枚：《隨園詩話》（南京：江蘇古籍出版社，1993），頁311。

〔註17〕蔣敦復撰、王英志校點：《隨園軼事》《袁枚全集》第八冊（南京：江蘇古籍出版社，1993年），頁3。

〔註18〕袁枚：〈答臨洮吳信辰先生〉，《小倉山房尺牘》《袁枚全集》第五冊（南京：江蘇古籍出版社，1993年），頁144。

我昔弱冠游幽、燕，于今五十有九年。金蘭簿上三千客，回頭一顧如飛烟。忽然洪太史，誇我得奇士：西川張船山，槃槃大才子。我因猛記當年車笠盟，中有思曼年最輕。得毋與渠有瓜葛，寄聲相問心怦怦？蒙君答書禮甚恭，道是尊人太守公。我如吳通晉路得狐庸，又似宋家掘井忽得翁。始知文字因緣勝香火，不然兩家天南地北何由逢！太守聞之喜動色，萬里馳書道相憶。更問當年趙世家，可憐蕭瑟無從說。船山養志求親悅，勸儂遠踏峨嵋雪。我道君言亦自佳，無如老身衰矣精力差，星飯水宿愁天涯。只望君持旌節江南走，定遣花輿迎太守。我當左扶笻，右執酒，遠迎故人到江口。故人見必驚且狂，縱談十日猶未央。南山風吹已作地，東海沙涌都栽桑。古強勸瞍莫笞舜，孟岐摩足扶成王。此雖荒言杳渺無足據，後生聽者亦覺奇古非荒唐。但怕武夷君，高唱人間可哀曲。我願太守來，同爲劉阮相徵逐。我三到天台，但吃胡麻飯便回，桃花笑我非仙才。倘得髫年好友結伴去，或據華頂，或登瓊臺，定有群仙招手相追陪。不許兩家兒子高揭零丁來尋覓，直待七世以後皤皤二叟各攜玉女同歸來。

（節錄，〈答張船山太史寄懷即仿其體〉，卷 35，頁 855～856）

張問陶爲清中葉後詩人，被視爲性靈派門人，小袁枚 48 歲，四川人。兩人結識時，袁枚已高齡八十，張問陶才三十初度而已。袁枚時居金陵小倉山，張問陶卻是蜀中人。兩人年紀、居處環境相距甚遠，儘管張問陶相當仰慕袁枚的才情，但交接卻十分不易。張問陶有詩云：「人海何茫茫，望公如隔世」〔註 19〕。然透過洪亮吉「得一詩人，必通書相告」〔註 20〕之舉，使袁枚得知張問陶之詩才，因而意外知道彼此早有宿緣，原來袁枚與張問陶父親在袁枚弱冠遊幽、燕時早已相識，袁枚亦不禁驚呼：「始知文字因緣勝香火，不

〔註 19〕清．張問陶，《船山詩草》（台北：學生，1975），頁 487～488

〔註 20〕袁枚：《隨園詩話》，《袁枚全集》第三冊（南京：江蘇古籍出版社，1993），頁 673～674。

然兩家天南地北何由逢！」。可見「因緣畢竟緣文字」〔註 21〕，此中「因緣」乃藉由詩的傳播而促成，是以「詩名」而非一般以「官名」作爲彼此吸引的媒介，而這些文字因緣便建構出袁枚最爲珍視的社交網絡。

然而，袁枚與眾多達官貴人的龐雜詩文應酬的確不可否認。趙翼有〈甌北控詞〉便稱袁枚：「結交要路公卿，虎將亦稱詩伯」〔註 22〕。事實上，袁枚某些詩文應酬確實有媚俗之處，因爲「潤筆」是袁枚的一個經濟之道。袁祖志《隨園瑣記》便云：

> 先大夫解組入山時，囊橐蕭然，祇三千六百金。五十年中賣文爲活，竟有一篇墓誌贈銀萬金者，以故可以擴充園圃結構亭臺，種竹栽花，命儔嘯侶，優游自得之趣。〔註 23〕

蔣敦復《隨園軼事》亦載：

> 先生生全盛時，江淮之間，鹺業極盛。業鹺之家，富有而好名，以先生主持風雅，咸願執贄門下。有鹺商安氏者，爲揚州巨富，重刻孫過庭《書譜》數石，以二千金求先生題跋。先生僅書「乾隆五十七年某月某日隨園袁某印可，時年七十有七」二十二字歸之。安氏已喜出望外，先生之名重如此。〔註 24〕

由此可見，由於袁枚的文名，四方求潤筆者眾多，袁枚以賣文爲活，竟有一篇墓誌達萬金者，是袁枚重要的收入之一。要維繫隨園的安逸生活，經濟實是袁枚不可忽視的。袁枚曾有詩云：「解好長卿色，亦營陶朱財」（節錄，〈秋夜雜詩〉，卷 10，頁 197）。「潤筆」〔註 25〕對

〔註 21〕清・張問陶，《船山詩草》（台北：學生，1975），頁 487～488

〔註 22〕袁祖光：《說元室述聞》，引自王英志輯錄：《袁枚評論資料》《袁枚全集》第八冊（南京：江蘇古籍出版社，1993），頁 26。

〔註 23〕清・袁祖志：〈記軼事〉，《隨園瑣記》（《叢書集成三編》，第 76 冊，台北：新文豐，1996 年），頁 115。

〔註 24〕清・蔣敦復撰、王英志校點：〈重潤筆〉，《隨園軼事》《袁枚全集》第八冊（南京：江蘇古籍出版社，1993 年），頁 88。

〔註 25〕潤筆之風古已有之，據顧炎武《日知錄》記載最早西漢即有文人潤筆之事，關於文人潤筆一事之歷史，詳參顧炎武：《日知錄》（台北：

袁枚來說正是一個重要的營生管道，而當時尋求潤筆者，多爲要路公卿與江淮鹽商，因此袁枚的士商關係比其他詩人都要複雜，原因在此。故袁枚便有爲商人回護之語，如：

> 「柳絮飛來一片紅」，鹺商程某即席杜撰語也，合座嘩然；先生故爲之回護曰：「此元人詩，諸君不知上句爲『夕陽返照桃花岸』乎？」眾遂無言。程某大喜，私以千金爲先生壽。同時又有某鹺商亦在席間，令至之時竟無以應，先生以箸繫酒盞三，某忽悟曰：「三月桃花朵朵紅。」語極俚俗。先生曰：「君豈亦知劉、阮事耶？此天台摩崖語也。」座客以先生言信爲眞，其實先生亦故爲回護之言也。某壽先生金如程。而主人一席酒，先生已得二千金矣。〔註 26〕

由此可見，袁枚在與商人的交往中，巧語曲爲回護，既解商人強爲附庸風雅之困境，同時亦獲得可觀的回報。袁枚早年經濟不佳，賣文爲活，諸多應酬之作可理解爲是爲經濟所使然。然整體而言，袁枚實對這些文字應酬相當不耐。其詩有云：

> 出門四月餘，箋素動盈尺。非是索標題，兼且乞親筆。
> 知其畏我死，取之及其生。桃符又性急，應付心始寧。
> 麵糊用一斗，墨水飲三升。行樂吾有分，節勞吾不能。
> 動說精神好，欺人語勿聽。（節錄，〈惡老八首〉，卷 36，頁 883）

> 久耽水竹賦《閑居》，偏有榮光照草廬。無驛遠來千里客，終朝忙答九州書。家藏帝子量才尺，門走雲鬟問字車。身在虛名竟如許，未知身後更何如！（節錄，〈遣興〉，卷 36，頁 897）

> 虛名何苦累袁絲，酬應如麻力不支。
> 塞屋魚箋堆案絹，差徭繁重是題詩。
> （節錄，〈庚戌春暮寓西湖孫氏寶石山莊，臨行賦詩紀事〉，卷 32，頁 793）

> 安老原應百事休，誰知晨起便生愁。

明倫，1970 年），卷 21，頁 562～563。

〔註 26〕清・蔣敦復撰、王英志校點：〈酒令〉，《隨園軼事》《袁枚全集》第八冊（南京：江蘇古籍出版社，1993 年），頁 88。

徵銘索序兼題畫，忙煞人間冷應酬。
平生作字類塗鴉，況復衰年腕力差？
爭奈家家親索筆，不容老樹不開花。
（節錄二首，〈遣興〉，卷 33，頁 807～808）

從這些詩作中可發現，袁枚對這種紛至沓來的文字應酬感到心煩：「徵銘索序兼題畫，忙煞人間冷應酬」，諸如撰寫墓誌銘、題序、題詩等，使袁枚常有應接不暇之感。尤其袁枚晚年經濟稍寬，對詩文酬應也不是全盤接受。袁枚於〈答嚴歷亭司馬代人求墓志書〉便云：

所托某公墓志一事，不得不以鄙懷奉告。從古傳志之文，筆墨之役，有六說焉：其最上者，一代賢臣名匠，勛業巍峨，借彼聲華，壯我撰述。此彼雖不求，而我當先訪，所以作集中之冠冕也。其次，事雖無可紀載，而與我交誼最深，性情相契，其中有一段悲歡離合，從心敘出，可泣可歌，此亦文章之必傳，而集中之不可少者也。再其次，無事可紀，無情可說，而其後人以潤筆相求，未免貪心重而下筆輕。韓文公輦金幣如山，致諛墓之金爲劉乂所攫。白香山與元微之交好最篤，而受其名馬十匹，繒彩千端，於心不安，爲造湘宮寺一區，以作元家功德。此皆古文章家之成例，每況愈下者也。再不然，韓熙載受賄志墓，但書宮爵、子女，不稱功德，其人不悅，乃取稿歸而送金幣還之，此一法也。再不然，陶胡奴拔刀相向，袁宏不得不應聲作贊，宋子仙以兵三千圍庾肩吾，逼令賦詩，性命所關，萬難辭謝，此又一法也。再不然，葉法善以神咒攝李邕魂，使夢中書《娑羅樹碑》，醒後驚悔，亦已無及，此又一法也。

若其人無此六說，并未識荊，不過卑官末節，鄉里善人，則誰無子孫，誰不欲表彰其祖父者？紛紛麻起，別（男女男）成文，將使《史記》、《漢書》都變作里巷彈詞，僧家緣簿，可以塞破屋子矣！獲小竊而大書露布，對村婆而各絮生平，費盡氣力，徒招人笑。棘闈榜發，所張挂者，皆不識姓名之人，則主司房考，亦爲之減色，不特此也。凡人之所以求傳志者，爲僕之文足以榮其祖若父也。倘僕濫爲應付，東撰一家傳焉，西作一墓銘焉，人將笑爲不必翻閱之文，而得之者反足以辱其先人，非孝子賢孫之本意也。曾見鳳毛麟角，家家可以畜取，而猶稱端物者乎？某生所呈節略，有看不清楚處，老人年登八十，不能作無米之炊。祈閣下善爲我辭焉。幸甚！〔註27〕

從這篇文章可知，袁枚認爲爲人做傳志之文可分六類，最上者爲名臣賢相，功業輝煌，此人縱不請袁枚作誌：「彼雖不求，而我當先訪」；其次並無豐功偉業，但若與袁枚「交誼最深，性情相契」，則是「集中之不可少者」；再次則是「無事可紀，無情可說」，即是所謂潤筆之作，則「貪心重而下筆輕」，又可再細分數種情形，袁枚舉歷史名人爲例，或是受賄太多，於心不安；或是但書功爵，子女，不稱功德；或是性命受到脅迫不得不爲，凡此皆程度越下，越爲不堪。第二段袁枚則說明自己的原則，表明自己不能「濫於應付」，因而辭退。由此可知，袁枚是將這些純粹酬應式的往來與性情、文字相契者的往來，即前論所謂「文字因緣」，分別的相當清楚。二者袁枚皆有往來，但在袁枚心中是有所分野的。若彼此有交誼，性情相契，袁枚便樂於從事。袁枚在〈麗川中丞五十壽詩〉中序言有云：

壽詩非古也。古之人隨時可以爲壽，詩所稱「介壽」，史書所稱「爲某壽」者，俱不指生日而言。今之人以生日爲壽，隔十年而一大慶，必有詩文申其頌揚，其中有公焉，有私焉。公者，其人之德之才克副所稱，如歐公之〈晝錦堂記〉是也。其私者，各有恩知，不得不以文報德，如高僧智之于高令公是也。有公無私，則鋪敍陳迹，尊而不親；有私無公，則但可作一家言而不可以供眾覽。其它敷衍酬應者更無譏焉。枚之以詩壽麗川中丞也，其在公與私之間乎？

〔註27〕袁枚著、王英志校注：《小倉山房尺牘》《袁枚全集》第五冊（南京：江蘇古籍出版社，1993年），頁150～151。

> 枚受公知，從皖江始；聞人稱公之賢，亦從皖江始。未幾，公遷粵西矣。枚到粵西，聞賢公者如在皖江也。未幾，公遷蘇州矣。枚到蘇州，聞賢公者如在粵西也。又未幾，公以方伯遷巡撫矣。枚在金陵，聞賢公者如在方伯時也。公如明月在天，南北東西照臨如一；而枚恰如微星螢火，往往附月而飛。公之賢久而不變，枚之受知則久而愈深。初以文字相契，繼以縞紵相貽；繼而觀過知仁；再繼而略形骸、忘貴賤，衣公之衣，眠公之榻，坐公之舟，或千里相迎，或數旬留宿。其神交意合光景，旁觀者不知其所以然。公與枚亦不知其所以然。惟其不必然而竟然，無所爲而爲之，是以天合，非以人合也。古之英雄，愛其人者，至于鑄金鑄像；報其人者，至于摩頂捐軀：大率類是哉！今當公五十生辰，一時士大夫祝釐者道枚必有詩。枚自問當有詩，即公亦未必不料枚之必有詩也。然而枚衰矣，才盡氣索，何能操禿管美盛德之形容？況寂處空山，久不與人間事。凡公尊主降民之勋業，無從探聽而張皇之，只可就其所見者、所聞者、所身受者，學嵩高之頌中伯，閟宮之祝魯侯，韻其詞以獻。所以數止于九者，亦古人九如稱祝之義也。（〈麗川中丞五十壽詩　并序〉，卷35，頁859～860）

麗川中丞（奇豐額）爲滿州正白旗人，乾隆五十三年（1788）至乾隆五十七年（1792）爲江蘇布政使，乾隆五十七年至乾隆六十年（1795）任江蘇巡撫，是袁枚重要的一位在朝支助者。袁枚在序中表示，爲人作壽詩「申其頌揚」，「其中有公焉，有私焉」。公者與傳主並無交誼，純就其生平傳述，以求名實相符；私者則「各有恩知」。袁枚爲麗川中丞作壽詩，則是介於公與私之間。袁枚受麗川中丞關照甚多，兩人先是以文字相契，後又受到麗川中丞經濟上的資助，相知愈深而愈見深入，繼而「略形骸，忘貴賤」，「其神交意合光景，旁觀者不知其所以然。公與枚亦不知其所以然。惟其不必然而竟然，無所爲而爲之，是以天合，非以人合也」。足見袁枚替麗川中丞所作壽詩，是介於公與私之間，並非單純酬應之作，而是屬於文字因緣的層次，超越彼此身份、地位，是屬「天合」，是無所爲而爲。誠然，這中間仍有現實的經濟因素在內，〔註 28〕但袁枚認定的交往是超乎地域、身分，自然也超越富貴貧賤之外。袁枚有詩云：「公卿與寒士，來者便依依」（節錄，〈山中行樂詞〉，卷 24，頁 490），又云：「仕隱雖分途，言笑常同歡」（節錄，〈哭李猗南〉，卷 32，頁 775），關鍵在於「一樣論詩重性情」（節錄，〈寄懷阿雨窗轉運〉，卷 35，頁 853）。如袁枚與尹繼善之往來，尤其引人誤會。尹繼善爲政府高官，與袁枚唱和往來尤密，時人多所誤解，袁枚便云：

> 枚乞養山居，原不敢望履舄於公之門矣，而公挾師傅之尊，強召之、宿留之、詩文以唱喁之。所以然者，牙琴相應，啓予者商。公之近枚者，公之所以自爲，而非爲枚也。世人不察，但見公紆尊降貴，有意其存之，遂謂公寵枚、縱枚、過譽枚、聽從枚；而枚於公前之不乞一恩、不干一事、不妄一語、不求一賜者，則非外人之所得而知也。於是耽耽然環起而辟倪焉。嗟乎，嗟乎！是何異闌猿檻鶴，偶一玩弄於王公貴人之前，旁觀者疑若奇榮極耀；而孰知猿鶴之心，以爲有苦而欲逃也久矣！枚爲公故，招人多言，公又爲人多言故，加枚訓詞。恩勸不已，祇益爲累，盍亦淡置夫夫也而聽其相忘於江湖之爲安也哉？
>
> 說者又謂，窮居故宜加謹。是言也，枚尤非之。夫因窮居而加謹，將必因顯貴而大縱也，是奚可也？今聖世雍熙，草木群生之物，皆有以自樂；而士君子乃戚戚嗟嗟，如含瓦石，不與無病而自灸者等乎？然而公之心，枚亦知之。〔註 29〕

其引人誤解之處，在於袁枚所招惹的趨炎附勢之嫌：「於是耽耽然環起而辟倪焉」。然究其事實，實爲尹繼善：「挾師傅之尊，強召之、宿留之、詩文以唱喁之」，袁枚並未對尹繼善有所求：「枚於公前之

〔註 28〕作爲袁枚的資助者。

〔註 29〕袁枚：〈答尹相國〉，《小倉山房文集》《袁枚全集》第二冊（南京：江蘇古籍出版社，1993 年），卷 19，頁 316～317。

不乞一恩、不干一事、不妄一語、不求一賜者，則非外人之所得而知也」，面對外人的責難與批判，袁枚實相當無奈：「嗟乎！是何異闌猿檻鶴，偶一玩弄於王公貴人之前，旁觀者疑若奇榮極耀；而孰知袁鶴之心，以爲有苦而欲逃也久矣！」從袁枚與麗川中丞的序文與尹繼善書信可知，袁枚心中實有著一把尺，對於純粹潤筆酬應或是有詩文相好、性情相契的交遊是有所衡量的。只是時人有所嫉妒或是無法理解，因而有誤解產生。袁枚於尺牘〈莊滋圃新參〉一文又云：

> 枚初覺兩宰相，一山人，鳩鳳相參，殊不倫類，意欲辭別；既而思之，公西華之肥馬輕裘，與顏淵之簞食瓢飲，何以同侍孔門之側，而彼此相忘，其中道妙，必有在富貴貧賤之外者。〔註30〕

袁枚引孔門之兼容公西華與顏淵，思索自身社交活動的特質，認爲其中「必有在富貴貧賤之外者」，不能單以官名或社會觀感而有所拘限，此爲其社交活動的重要特質。

二、忘是尊官忘是客：隨園所呈顯的詩友網絡

隨園儘管主要作爲袁枚個人詩性的生活空間，然而隨園這座園林的存在，對於當時社會卻有著特殊的象徵意義，具體呈現在時人對「隨園雅集圖」的題詠，亦即題畫詩中。此節擬探討隨園所呈顯的詩人網絡，首先是以「隨園雅集圖」中時人對於隨園的吟詠與觀感來進行觀察。其次再從時人對於入隨園前的特殊舉措來觀察，可見隨園所呈顯的詩人社交網絡及其意義。

（一）從「隨園雅集圖」題詠進行觀察

1.「隨園雅集圖」題詠的成員與其意義

探討「隨園雅集圖」所呈現的意義之前，須先對「隨園雅集圖」

〔註30〕袁枚：〈莊滋圃新參〉，《小倉山房尺牘》《袁枚全集》第五冊（南京：江蘇古籍出版社，1993年），頁32。

本身的形成加以說明。「隨園雅集圖」之形成，梁國治有〈隨園雅集圖記〉記其源流：

> 隨園在金陵小倉山，有水石竹木之勝，主人仿西園雅集故事，繪圖一卷。老人執杖立者吾師太子太傅禮部尚書長洲沈歸愚先生也，年九十三。垂竿以釣者，編修鉛山蔣君士銓，年四十。伸紙執筆者，相國尹公之第六子慶蘭，年二十八。把卷而倚石者，江寧司馬秀水陳君之孫熙，年十八。趺坐而抱琴者則主人也。主人姓袁名枚字子才，錢塘人，已未翰林改知江寧縣事，辭官奉母居園十七年矣，年四十九，乾隆三十年，歲在乙酉，八月八日梁國治書。〔註31〕

由此可知，「隨園雅集圖」乃是仿中國歷史上有名的西園雅集而繪，圖中所繪爲隨園的一次文人雅集，與會者有沈德潛、蔣士銓、尹慶蘭、陳熙與袁枚五人。既然此圖乃仿西園雅集而成，其形成之原因必與之有所關聯。西園雅集，相傳爲北宋時期一次盛大的文人雅集，但是否眞有此雅集仍是歷史上的一件公案。相傳米芾著有〈西園雅集圖記〉一文記載此事，上載西園雅集圖爲李公麟（李伯時）所繪，並爲一難得的文人聚集。〔註32〕姑且不論西園雅集眞實發生與否，但西園雅集已成爲歷代畫家描繪的一個重要主題，其被賦予的文化內涵已超越其本身的眞僞，從中也顯見圖畫具有跨越時空的重要意義。〔註33〕反觀袁枚的「隨園雅集圖」，可以想見袁枚有意藉此圖傳達某些意涵。根據衣若芬先生的考究，西園雅集啓人疑竇之處，在於他遍查與會文人的資料均未見對此一雅集的記載，因而後人對西園雅集之記載眾說紛紜，甚至對是否眞有此雅集都有質疑的聲音。依此來看袁枚的「隨園雅集圖」，據〈隨園雅集圖記〉所載，隨園雅

〔註31〕梁國治：〈隨園雅集圖記〉，收入袁枚輯：《隨園雅集圖題詠》（《叢書集成續編》，第116冊，台北：新文豐，1989年），頁720。

〔註32〕衣若芬：〈一樁歷史的公案——「西園雅集」〉，《中國文哲研究集刊》第10期（1997年3月），頁221。

〔註33〕衣若芬：〈一樁歷史的公案——「西園雅集」〉，《中國文哲研究集刊》第10期（1997年3月），頁255。

集與會者有沈德潛、蔣士銓、尹慶蘭、陳熙與袁枚五人，參加此雅集且有題詠者，有沈德潛與蔣士銓二人，沈德潛有文一篇，蔣士銓則有詩一首：

沈德潛〈隨園雅集圖題詠〉云：

> 子才奉母愉怡，暇常集友生，興高觴酌，拘忌之客不與焉。因彷西園雅集意，命薛生壽魚寫隨園雅集圖，昔王晉卿以天家懿戚聚名流女士侍側，聲華耀艷，隨園擬之，何啻江黃，仰視荊楚究之。西園之傳，不以聲華，仍以文藻，則今之會合隨園者，或饜飫風騷，或穿穴經籍，或六法八法，分擅人功，或觀魚聽松，並涵天趣今，今人何不相及耶？（節錄）〔註34〕

蔣士銓〈題隨園雅集圖〉云：

> 雲壑風泉共此心，況於城市得山林。
> 畫來恰喜生同世，傳去遙知後視今。
> 老輩鬚眉隨樹古，先生情意此秋深。
> 就中悟徹忘筌旨，還似昭文不鼓琴。〔註35〕

從沈德潛這段文章可知，袁枚經常在隨園舉辦文人宴集，並明指「隨園雅集圖」爲薛壽魚所寫，並且比擬西園之傳係以「文藻」，因此特別標舉「今之會合隨團者」乃「或饜飫風騷，或穿穴經籍，或六法八法，分擅人功，或觀魚聽松，並涵天趣今」，不是各有所長的詩人、學者、藝術家，便是觀魚聽松的雅士，應是實有此雅集。文末沈德潛署名「歸愚沈德潛，時年九十有三」，亦與梁國治〈隨園雅集圖記〉所載相同。蔣士銓詩中亦表現他曾參與此次雅集，其詩云：「畫來恰喜生同世，傳去遙知後視今」，表現一種生命無常的文人存在感，藉由這張圖這首詩而保存下來。然而，是否有可能這只是一幅把曾經在不同時間到過隨園的文人雅士彙集起來的非「寫實」作品？彭啓

〔註34〕沈德潛：〈隨園雅集圖題詠〉，收入袁枚輯：《隨園雅集圖題詠》（《叢書集成續編》，第116冊，台北：新文豐，1989年），頁720。

〔註35〕蔣士銓：〈題隨園雅集圖〉，收入袁枚輯：《隨園雅集圖題詠》（《叢書集成續編》，第116冊，台北：新文豐，1989年），頁724。

豐〈題隨園雅集圖〉詩序有云：

> 予展圖一過，懷念舊游，宛如昨日。繼觀諸名公題詠，多以不獲與於斯圖爲憾，即余亦爲之憮然也。雖然圖有五人，而歸愚先生先已下世，其他諸君子各散處一方，重舉故事，曾不可得。然則覽斯圖也，如水中月，如空中花，求其實而初無有也。夫與斯圖者，既未嘗實有，而不與斯圖者，更未嘗實有也，兩者既皆不有，又何足容心於與不與之間哉？〔註36〕

彭啓豐此篇序文寫於圖成後五年，有許多題詠者以未被寫入圖中而感到遺憾。此時人事已非，沈德潛已謝世，其餘四人「各散處一方，重舉故事，曾不可得」。耐人尋味的是「然則覽斯圖也，如水中月，如空中花，求其實而初無有也」，這段敘述明確指出圖中所繪的「隨園雅集」乃本無其事。不少學者便據此對隨園雅集的存在保持著懷疑的態度。〔註37〕就探討隨園雅集圖的詩友網絡而言，是否眞有此雅集並不重要，而是隨園雅集圖所伴隨的文人名士之題詠所代表的意義更爲重大。姚鼐於〈題隨園雅集圖〉有云：

> 夫人與園囿有時變遷，而圖可久存，終亦必毀，而文字可以不泯，千百年後必有想見先生風流者。〔註38〕

姚鼐爲清代著名學者與古文家，與袁枚之結識是由於程魚門的介紹，因而得以一窺隨園，未久程魚門逝世，姚鼐與袁枚相對嘆息，姚鼐自認不足爲此圖題詠，但基於「先生故人皆有題詠，獨魚門無名字其間，鼐識其辭蓋可爲補闕云」的緣故而有題詠。因爲程魚門

〔註36〕彭啓豐：〈隨園雅集圖題詠〉詩序，收入袁枚輯：《隨園雅集圖題詠》（《叢書集成續編》，第116冊，台北：新文豐，1989年），頁724。

〔註37〕王英志認爲「圖中五人確實是『雅集』。但五人之雅集並非寫眞，而是虛構。」詳參王英志：《袁枚評傳》（南京：南京大學出版社，2002年），頁202。；王標認爲「隨園雅集」與「西園雅集」一樣，「其實也是一次『缺席』的雅集」、「它的虛構性可以得到確認」。詳參王標：《城市知識份子的社會型態——袁枚及其交游網絡的研究》（上海：上海三聯書局，2008年），頁192～193。

〔註38〕姚鼐：〈隨園雅集圖題詠〉，收入袁枚輯：《隨園雅集圖題詠》（《叢書集成續編》，第116冊，台北：新文豐，1989年），頁731。

的逝世，使姚鼐益覺人身之易逝，而圖亦容易毀壞，「而文字可以不泯」，比起圖畫，題詠文字更可長存，可見隨園雅集圖題詠蘊藏的歷史意義。

今日所見隨園雅集圖題詠，作者共有 45 人，依文類則有記 1 篇、文 9 篇、詩 70 首與詞 2 闋，人數可謂眾多。試先列表如下：〔註 39〕

隨園雅集圖題詠者關係列表：

序號	題詠者	題詠文體	關係／身分	題詠時間	籍貫與其他
1	梁國治	記一篇		乾隆乙酉 30 年（1765）	
2	尹繼善	文一篇	業師／文淵閣大學士	乾隆乙酉 30 年（1765）	滿人
3	沈德潛	文一首	同年	乾隆乙酉 30 年（1765）	
4	錢陳羣	詩一首	乾隆「致仕九老」之一員。與史貽直同年恩遇；乾隆南巡，與沈德潛等迎鑾，同年加太子太傅		
5	錢維城（文敏）	詩一首	同年		
6	王鳴盛	詩十首			江蘇
7	佚名	詩一首			
8	嵇璜	詩二首	塾師		
9	劉綸	文一首	編修	乾隆丙戌 31 年（1766）	江蘇
10	錢大昕	詩八首	後學		

〔註 39〕此表格所參考依據有三，一爲朱彭壽編，朱鼇、宋苓珠整理：《清代人物大事紀年》（北京：北京圖書館出版社，2005 年）。二爲與王建生《隨園詩話中清代人物索引》（台北：文津，2005 年）三爲王標：〈袁枚的交游網絡（數據庫）〉《城市知識份子的社會型態——袁枚及其交游網絡的研究》（上海：上海三聯書局，2008 年），頁 290～313。

11	蔣和甯(用庵)	詩一首	座主，與裘曰修同出門下		
12	蔣士銓	詩一首	翰林館編修		江西
13	彭啓豐	詩一首	長洲同館。兵部尚書。與錢陳群同爲「致仕九老」一員。與袁枚姻親史奕昂於乾隆41年（1776）乾隆東巡迎鑾受封，加尚書銜。	乾隆35年（1770年）	江蘇
14	汪端光	詩二首		乾隆癸巳38年（1773）	
15	朱筠（竹君）	詩一首	學士／詩友	乾隆癸巳38年（1773）	
16	彭元端	詩一首		乾隆乙未40年（1775）	江西
17	錢載	文一篇	同舉博學鴻辭，召試保和殿。又與盧文弨、蔣和寧、翁方綱、胡德琳同年。		
18	嚴長明	文一篇	江寧後學	乾隆庚子45年（1780）	
19	沈榮昌(沈省堂)	詩二首	同年、姻弟／江西督糧道	乾隆辛丑46年（1781）	浙江
20	史奕昂(史抑堂)	文一篇	姻世弟／兵部右侍郎	乾隆48年（1783）	江蘇
21	陳淮	詩一首		乾隆壬寅47年（1782）	
22	梁同書	詩四首	侍講	乾隆壬寅47年（1782）	浙江
23	鄭虎文	詩一首	太史	乾隆壬寅47年（1782）	
24	錢維喬(竹初)	詩四首	錢維城弟	乾隆壬寅47年（1782）	
25	江恂	詩二首		乾隆壬寅47年（1782）	

26	王文治	詩三首	弟子／知府	乾隆 48 年（1783）	江蘇
27	吳玉墀	詞一闋	同鄉／浙中校官。袁枚稱爲「四十餘年鄉里故人，二十年前詩中知己」		浙江
28	盧文弨	詩三首	湖南學政	乾隆乙巳 50 年（1785）	浙江
29	周厚轅	詩一首		乾隆乙巳 50 年（1785）	
30	洪亮吉	詩一首		乾隆丙午 51 年（1786）	江蘇
31	畢沅	詩一首	總督	乾隆丁未 52 年（1787）	江蘇
32	趙翼	詩一首			江蘇
33	姚鼐	文一篇			江蘇
34	孫士毅（補山宮保）	詩一首	同鄉／文淵閣大學士	乾隆 56 年（1791）	浙江
35	王昶	詩一首	刑部右侍郎	乾隆 58 年（1793）	江蘇
36	袁鑑（春圃）	文一篇	族弟		
37	奇豐額（麗川）	詩一首	中丞		
38	阿林保（雨窗）	詩四首	杭州轉運使		滿人
39	張朝縉（松園）	詩二首	同鄉／浙江布政使。受知於福康安、畢沅	乾隆甲寅 59 年（1794）	浙江
40	曾燠	詩一首		嘉慶丙辰元年（1796）	
41	尹慶霖	文一篇	尹繼善子／青州都統	嘉慶戊午 3 年（1798）	滿人。袁枚死後所題
42	尹慶保	詩一首	尹繼善子	嘉慶丁卯 12 年（1807）	袁枚死後所題

43	鰲圖	詩四首	明府。		袁枚死後所題
44	談祖綬	詩一首			袁枚死後所題
45	吳錫麟	詞一闋	同鄉	嘉慶辛未 16 年（1811）	袁枚死後所題

在這 45 位題詠者中，出現在圖中並有題詠者，惟沈德潛與蔣士銓二人，其餘均未出現圖中。在這些題詠者中，多數有留下題詠的時間與因由。初步觀察題詩者的時間，有成於同時（乾隆 30 年）者，最晚則是距離圖成已有 46 年（嘉慶 16 年），此時袁枚業已逝世 11 年，可見其題詩時間跨度甚廣，然多數在袁枚在世時便已完成。就題詩者的身分而言，儘管大部分的題詩者並未參與雅集，但彼此皆有一定的關係，多數爲袁枚師友、同年、同鄉、後學、弟子與親友。師友如尹繼善、嵇璜；後學如曾燠；姻親如沈榮昌、史奕昂，親戚則有袁鑑（春圃）；詩友則有趙翼、蔣士銓、錢維喬、王文治等。在社會地位上，多數擁有官職，有達官貴冑如孫士毅、奇豐額、阿林保，亦有平民，如當時已解組的趙翼。有漢人也有滿人，有平民也有達官貴冑。其中牽涉最廣，地位最高者爲尹繼善。尹繼善爲袁枚爲庶吉士時館師，與袁枚關係極深，其子弟與袁枚亦有往來，圖中尹似村便是尹繼善第六子，而袁枚過世後始有題詩的尹慶霖、尹慶保亦爲其子弟。尹繼善〈題隨園雅集圖〉云：

> 吾兒慶蘭以駑鈍之資，得與把卷之後生共廁其間，執經請業，俱非厚幸。且爲之題名者莊滋圃大參，爲之紀事者梁瑤峰，悉皆當代之名公鉅卿，而圖中諸人非予之相契及門，即門生所得士，此誠一時盛事，未可作西園雅集觀也。〔註 40〕

確如尹繼善所言，圖中袁枚、沈德潛爲其門生，陳熙爲其門生所得

〔註 40〕尹繼善：〈隨園雅集圖題詠〉，收入袁枚輯：《隨園雅集圖題詠》（《叢書集成續編》，第 116 冊，台北：新文豐，1989 年），頁 720。

士，而尹似村爲其子，蔣士銓亦爲同館後生，而日後所題詠者中，彭啓豐、沈榮昌亦稱尹繼善業師，可見其彼此關聯。隨園雅集圖題詠可說具體而微地展現以袁枚爲中心的師友／詩友網絡。如果說「隨園雅集圖」展現袁枚對隨園有意的自我展現與詮釋，〔註41〕那麼「隨園雅集圖」題詠則展現這種自我展示與外在世界的互動與對話，值得深入觀察。以下便是以「隨園雅集圖」題詠的內容爲觀察對象，探討其所映現的詩友網絡。

2. 「隨園雅集圖」題詠中所呈現的詩友關係

（1）圖內與圖外：文采風流所連結的社交網絡

在「隨園雅集圖」題詠中，多數題詠者將此一雅集比附西園雅集，不少表達希望能夠被畫入圖中的願望，諸如：

錢維城

五君識者我有三，文采風流此其選。
索我題詩我不辭，世間會合不可期。
行污點墨向公畫，千秋人識曾相知。
袁公袁公且安坐，我今走筆要公和。
更請畫師添一人，著我樹旁石上臥。（節錄）〔註42〕

王鳴盛

相思廿載馬牛風，何日將身入畫中。
文采聲名雖絕遠，心空世締或能同。（節錄）〔註43〕

〔註41〕王標認爲，此圖有著象徵意涵：「畫家吳省曾在圖中將其作爲表現隨園風雅的道具（媒介）進行了使用。而垂釣則是隱者日常生活的象徵。沈德潛與袁枚各自是支配當時正統和在野詩壇的領袖人物。蔣士銓也是不可輕視的一位詩壇大將。慶蘭是貴公子『附庸風雅』的代表。陳熙則是隨園風雅的後繼者。於是，隨園的尚雅精神、隱逸志向、文壇的支配地位（權力）都隱藏在這些符號化了的雅集圖登場人物群像及其各自的道具中。」詳參王標：《城市知識分子的社會型態——袁枚及其交遊網絡的研究》（上海：上海三聯書局，2008年），頁190。

〔註42〕錢維城：〈隨園雅集圖題詠〉，收入袁枚輯：《隨園雅集圖題詠》（《叢書集成續編》，第116冊，台北：新文豐，1989年），頁721。

〔註43〕王鳴盛〈隨園雅集圖題詠〉，收入袁枚輯：《隨園雅集圖題詠》（《叢

劉綸

> 由余之恨不得與五君同此集，則知五君亦必恨此集之不得與余同。(節錄)〔註44〕

由此可見，能夠被繪入圖中，彷彿即是「文采風流」的象徵，因而錢維城希望「更請畫師添一人，著我樹旁石上臥」；王鳴盛自認文采不及，但也希望有日能夠畫入圖中。劉綸貴爲文淵閣大學士〔註45〕，亦爲自己未入圖中深以爲恨，但也認爲圖中五君亦也會爲不得與余同而感到遺憾。凡此可見，能夠被畫入圖中即是一種肯定。彭啓豐謂：「繼觀諸名公題詠，多以不獲與斯圖爲憾，即余亦爲之憮然也」〔註46〕，特別的是，此種想要被繪入圖中的心願，多出現在早期的題詠作品中，隨著時間的增加，距離日漸遙遠，轉而呈現能夠題詠其上便是一種肯定的想法。

除此之外，繪入圖中與題詩其上也可視爲社會對於袁枚社交網絡的一種連結與認定的意義。圖內與圖外界線分明，因而有些人便爲一些「缺席者」打抱不平。沈德潛認爲，尹繼善是爲隨園雅集圖重要的缺席者，其〈隨園雅集圖題詠〉云：

> 吾師望山尹公亦嘗游憩於此，寫圖時適臨他郡，圖中闕如，然公之德言道範，不遇於圖中，轉遇於圖外，遇圖中者披卷而始得，遇圖外者常在心游目想間也。(節錄)〔註47〕

袁枚與沈德潛皆奉尹繼善爲座師，儘管尹繼善有題詠錄於其上，但沈德潛仍以爲不足，「然公之德言道範，不遇於圖中，轉遇於圖外，遇圖中者披卷而始得，遇圖外者常在心游目想間。」沈德潛認爲遇圖中

書集成續編》，第116冊，台北：新文豐，1989年)，頁722。

〔註44〕劉綸：〈隨園雅集圖題詠〉，收入袁枚輯：《隨園雅集圖題詠》(《叢書集成續編》，第116冊，台北：新文豐，1989年)，頁723。

〔註45〕詳參朱彭壽編，朱鰲、宋苓珠整理：《清代人物大事紀年》(北京：北京圖書館出版社，2005年)，頁807。

〔註46〕彭啓豐：〈隨園雅集圖題詠〉，收入袁枚輯：《隨園雅集圖題詠》(《叢書集成續編》，第116冊，台北：新文豐，1989年)，頁724。

〔註47〕沈德潛：〈隨園雅集圖題詠〉，收入袁枚輯：《隨園雅集圖題詠》(《叢書集成續編》，第116冊，台北：新文豐，1989年)，頁720～721。

者披卷即得，遇圖外者卻常在心游目想間，想是基於尊重座師的理由。其次則是袁枚的摯友程魚門，姚鼐因程魚門而得識隨園，因此欲藉由題詠紀念此一因緣：

> 曩者鼐居京師，友人程魚門爲語在江寧時嘗寓居袁簡齋先生隨園幾一月，其水石林竹，清流幽靜，使人忘世事，欲從之終老也。簡齋先生與鼐伯父薑塢先生故交友，而鼐未見，獨聞魚門語，識之不能忘。後鼐以疾歸，閑居於皖。乾隆四十八年簡齋先生年近七十，游登黃山過皖，鼐因得謁見先生於皖。又後七年，鼐至江寧，始獲造隨園觀之，魚門語不虛也。而魚門於前數年卒於陝，獨家歸江寧，因見先生，述其語而相對太息。先生故有隨園雅集圖……先生以示鼐，放作圖之年與魚門語鼐時相次，時陳文學纔十八，今先生外惟文學尚存。……圖後名公卿題識數十人，於今求之，非特昔之耆耇宿德邈焉已往，即與鼐年輩等者，亦零落殆盡，獨先生志泉石四五十年，以文章魁傑，長詔後學於茲。夫豈非得天之至厚而鼐亦幸值之於是時也。圖有山陰梁相國記，五人爵里具焉。先生俾鼐書其末。夫人與園囿有時變遷，而圖可久存，終亦必毀，而文字可以不泯，千百年後必有想見先生風流者。然而鼐固非其人不足託也。先生故人皆有題詠，獨魚門無名字其間，鼐識其辭蓋可爲補闕云。〔註48〕

由此可見，姚鼐因程魚門之語得以造訪隨園，後程魚門意外逝於畢秋帆府中，姚鼐再與袁枚相見，述及此事，無限感慨，見袁枚出示之隨園雅集圖，意外發現「作圖之年與魚門語鼐時相次」，再觀圖中人物與題詠者，零落殆盡，可見唯有文字足以長存，因見「先生故人皆有題詠，獨魚門無名字其間，鼐識其辭蓋可爲補闕云」，故爲文以誌之。姚鼐此文應成於乾隆52至56年間，距離圖成已超過20年，猶爲之「補闕」，足見「隨園雅集圖」題詠在袁枚詩友網絡中的代表

〔註48〕姚鼐：〈隨園雅集圖題詠〉，收入袁枚輯：《隨園雅集圖題詠》（《叢書集成續編》，第116冊，台北：新文豐，1989年），頁。

意義。尹繼善與程魚門因與袁枚感情深厚，即使在寫圖之時不在隨園，但基於「隨園雅集圖」在袁枚詩友網絡中的意義，此二人即使不入圖中，也應入題詠中。然而，「隨園雅集圖」題詠中亦有屬於應酬性質之作，沒有特殊意義，如臨別贈詩一般。如袁枚壬寅暮春寓居西湖，將爲天台之遊，便要太守鄭虎文題詩，鄭虎文以久不作詩與體弱理由辭退。不料臨行前袁枚以圖告行，因而鄭虎文只好略綴數語於其上，於此袁枚似乎將隨園雅集圖視爲其簽名簿（guestbook）一般。

總結言之，隨園雅集圖題詠中所呈現的，無論是畫入圖中或題詩其上，均有著象徵文采風流的社交意義（儘管有些並非眞有文采），大抵仍可視爲袁枚詩友網絡中的認定與連結的意義。

（2）隨園的「世外」意涵

隨園雅集圖題詠的第二個特質，在於題詠者多以「世外」的角度形容隨園，此種情形越到晚期的題詠越明顯，甚至有被神聖化的傾向。最常被拿來比附的是東晉陶淵明的桃花源，略舉數詩爲例：

王鳴盛〈隨園雅集圖題詠〉云：

過頭扶去步徐徐，不律拈來意灑如。
琴是無絃聊送目，竿雖在手已忘魚。（其六）

地似仙家人亦仙，泉聲石色鏡中天。
花源俗客無由到，只許洪厓與拍肩。（其九）

相思廿載馬牛風，何日將身入畫中。
文采聲名雖絕遠，心空世綈或能同。（其十）〔註49〕

錢大昕〈隨園雅集圖題詠〉云：

萍池竹里輞川同，如此園林屬寓公。
偶爾數入成小集，德星指點聚江東。（其一）

才名蚤歲玉堂傳，穩臥山中又卅年。
手撫陶潛琴一隻，算來得趣在無絃。（其二）

〔註49〕王鳴盛：〈隨園雅集圖題詠〉，收入袁枚輯：《隨園雅集圖題詠》（《叢書集成續編》，第116冊，台北：新文豐，1989年），頁722。

那知誰主復誰賓，散坐科頭面目眞。

寫入畫中全不俗，只緣都是讀書人。（其三）〔註 50〕

江恂〈隨園雅集圖題詠〉云：

靜地遠塵俗，幽懷得暫開。（節錄）〔註 51〕

周厚轅〈隨園雅集圖題詠〉云：

多謝小眠齋一宿，得輕凡骨近仙鄰。（節錄）〔註 52〕

畢沅〈隨園雅集圖題詠〉云：

一螺幻出小倉山，天教營作詩人窟……

風波一葉早收綸，花影琴聲了俗塵。（節錄）〔註 53〕

張朝縉〈隨園雅集圖題詠〉云：

應做柴桑作後身，無絃琴撫總吾眞。

江山平遠全歸畫，耆舊東南獨結鄰。

星聚閑園俄往事，風清曠世永懷人。

賸將一卷留天地，不許龍華換劫塵。……

雪泥鴻印原無跡，名在清涼便是仙。（節錄）〔註 54〕

曾燠〈隨園雅集圖題詠〉云：

知公白下園林間，隔江似忘三神山。

仙源有路不可入，但聞昔時漁者曾往還。

雅集流傳在圖幅，圖中公尚鬚眉綠。

今日疑公隔世人，巋然一老靈光獨。（節錄）〔註 55〕

從這些詩句題詠來看，由於袁枚在畫中手撫無絃琴，相傳陶潛不會

〔註 50〕錢大昕：〈隨園雅集圖題詠〉，收入袁枚輯：《隨園雅集圖題詠》（《叢書集成續編》，第 116 冊，台北：新文豐，1989 年），頁 723。

〔註 51〕江恂：〈隨園雅集圖題詠〉，收入袁枚輯：《隨園雅集圖題詠》（《叢書集成續編》，第 116 冊，台北：新文豐，1989 年），頁 728。

〔註 52〕周厚轅：〈隨園雅集圖題詠〉，收入袁枚輯：《隨園雅集圖題詠》（《叢書集成續編》，第 116 冊，台北：新文豐，1989 年），頁 729。

〔註 53〕畢沅：〈隨園雅集圖題詠〉，收入袁枚輯：《隨園雅集圖題詠》（《叢書集成續編》，第 116 冊，台北：新文豐，1989 年），頁 730。

〔註 54〕張朝縉：〈隨園雅集圖題詠〉，收入袁枚輯：《隨園雅集圖題詠》（《叢書集成續編》，第 116 冊，台北：新文豐，1989 年），頁 733。

〔註 55〕曾燠：〈隨園雅集圖題詠〉，收入袁枚輯：《隨園雅集圖題詠》（《叢書集成續編》，第 116 冊，台北：新文豐，1989 年），頁 733。

彈琴但喜彈無弦琴，因而眾人題詠中皆有桃花源之想，將隨園視爲桃花源一般的世外之地。如王鳴盛詩云：「文采聲名雖絕遠，心空世締或能同」，儘管文采不及，但若能在心中屏除俗務世締，或亦能寫入畫中；錢大昕則直指袁枚「手撫陶潛琴一隻，算來得趣在無絃」，並將隨園比爲輞川，且認爲能畫入圖中定非俗人「寫入畫中全不俗，只緣都是讀書人」；張朝縉更直指袁枚爲柴桑後身，曾燠亦將隨園視爲桃花源：「仙源有路不可入，但聞昔時漁者曾往還。雅集流傳在圖幅，圖中公尚鬚眉綠」，袁枚化身成爲桃花源中不知外頭世事變遷的老農；而在江恂、周厚轅與畢沅的詩句中，隨園彷彿能夠使人滌盡凡塵，一展幽懷。

隨園雅集圖題詠所賦予隨園此種世外的意涵，具體呈現出題詠者的心態。不少題詠者便會爲自己仍有官職而自慚形穢，諸如：

錢維喬〈隨園雅集圖題詠〉云：

吟詠多前輩，風流數十公。
猶爲折腰吏，名愧綴圖窮。（節錄）〔註 56〕

袁鑑〈隨園雅集圖題詠〉云：

然以熱官來清涼山下，情景況味，格格不相入。（節錄）〔註 57〕

奇豐額〈隨園雅集圖題詠〉云：

我纔濡墨復閣筆，吏身羞對泉石逸。
圖中況乃多名流，琳琅仙句珍珠綴。（節錄）〔註 58〕

在錢維喬、袁鑑與奇豐額的題詠中，他們都爲自己身爲「折腰吏」、「熱官」與「吏身」感到羞慚。事實上，這些官員將隨園視爲世外的舉措，只是他們自身理想的投射，並非袁枚原先所想。這些官員對袁枚的禮

〔註 56〕錢維喬：〈隨園雅集圖題詠〉，收入袁枚輯：《隨園雅集圖題詠》（《叢書集成續編》，第 116 冊，台北：新文豐，1989 年），頁 729。
〔註 57〕袁鑑：〈隨園雅集圖題詠〉，收入袁枚輯：《隨園雅集圖題詠》（《叢書集成續編》，第 116 冊，台北：新文豐，1989 年），頁 732。
〔註 58〕奇豐額：〈隨園雅集圖題詠〉，收入袁枚輯：《隨園雅集圖題詠》（《叢書集成續編》，第 116 冊，台北：新文豐，1989 年），頁 733。

敬，甚至會在入園前屏去車馬，單車入園，以示敬賢：

> 仕隱兩不同途，先生退居小倉山，久已將官場習氣一概掃除，是以達官拜訪，亦必于千里外屏去騶從。〔註59〕

> 先生園居之時，自制府、將軍以下，驅車來訪者，于一里外，即屏去騶從，單車入園，自是禮賢之意。且張蓋入山，恐山靈亦將騰笑也。嗣後自然習慣，雖先生故後數十年，而當道鹵簿，仍截止于紅土牆頭，未嘗或過。是以林文忠公督兩江，嘗輕車減從，由署旁箭道微行而到園也。〔註60〕

從這些官員輕車簡從入園來看，可見隨園在這些官員心中確實代表著不受官場拘束的治外天地，有著崇高的地位，彷彿隨園眞的成爲一個世外之地。就袁枚自己的角度來說，他拒絕官場〔註61〕，但不拒官場之人。袁枚不喜官場作風，久已屏除官場習氣，即使官員來訪亦不著朝服，不著朝靴。〔註62〕袁枚希望官員來訪勿乘車馬，原在害怕車聲驚嚇園中群鳥，馬兒踩踐草地：「君來莫乘車，車聲驚我鳥」、「君來莫騎馬，馬口食我草」（節錄，〈隨園雜興〉，卷6，頁96）。官員的禮敬與袁枚的屏除官場習氣，凡此皆使隨園化身成爲一個世外之地。試看以下二詩：

> 忘是尊官忘是客，杯盤草草竟留公。
>
> （節錄，〈七夕後三日尚衣局寅公過訪山中，賦詩奉餉〉，卷23，頁469）

> 憶作粗官日，曾經侍大賢。琴尊爭往返，簿領共周旋。彼此形骸忘，官階禮數捐。先生方綰綬，賤子早歸田。分手

〔註59〕蔣敦復：〈某學士〉，《隨園軼事》《袁枚全集》第八冊（南京：江蘇古籍出版社，1993年），頁5。

〔註60〕蔣敦復：〈大官屏去騶從〉，《隨園軼事》《袁枚全集》第八冊（南京：江蘇古籍出版社，1993年），頁98。

〔註61〕參袁枚詩〈某學士已謫降矣，猶責余不以公服相迎。余雖謝過而退後不能無詩〉（卷25，頁506）

〔註62〕即使袁枚辭離官場，詩中有時仍有抵抗官場文化的痕跡，如〈某學士已謫降矣，猶責余不以公服相迎。余雖謝過而退後不能無詩〉（卷25，頁506）：「何苦蓬門閙閙譁？私蛙猶道是官蛙。一枝紅蓼雖孤潔，生就人間瑣碎花！」；〈望山公嫌枚踪跡太疏，賦詩言志〉（節錄，卷17，頁338）：「聽來官鼓心中怯，換到朝靴足便驚。」

情猶摯，推襟意更憐。簫聲朝置酒，燭影夜題箋。九月花黃日，三春雨細天。攜孫入山裏，問字到堂前。玉貌驚雕武，鴻才愛服虔。餘情忝媒妁，納幣聘嬋娟。（公長孫熙娶於錢氏，枚爲執柯）冉冉雲烟度，悠悠歲月遷。量移山左地，皋榷水衡錢。語笑風吹斷，音書雁代傳。卅年如夢過，八秩未華顚。剩有丹青畫，能描陸地仙。庚桑風拂拂，丙舍樹連連。童子將書立，閑鷗倚檻眠。貌如松鶴健，瞳映水雲鮮。故吏雖衰矣，披圖尚宛然。願言打雙槳，來訪五湖烟。（節錄，〈題陳省齋太守《雲溪書屋圖》〉，卷 25，頁 530）

由此可見，入隨園後則一切官場拘束可以不論，「吏隱雖分途，言笑常同歡」，對這些達官貴人來說，這無疑是有一種「滌盡凡塵」的作用。然而此種社會理解，與袁枚的自我詮釋不盡相同。先前曾論及，袁枚之歸隱不在追慕往哲，借以鳴高，而是爲能成全私我，且袁枚對經濟相當看重，並非「不慕榮利」，但這些看在世人眼裡，似乎不是那麼重要而被略過。由此可見，在世人的理解脈絡中，袁枚之盛年歸隱仍是屬於東晉陶淵明所開創的隱逸傳統，被美化成不爲五斗米折腰的高潔形象，顯見袁枚自我詮解與社會理解間的巨大差距，但袁枚已不像早年會去自我辯解，甚至有些放任其自然發展。王標認爲，袁枚與部份高級官員之來往，特別是以滿人出身者，其所推崇袁枚的，與袁枚所思所想不盡相同：

他們所推崇的可能只是隨園的生活方式及袁枚的才氣橫溢、詼諧機敏、八面玲瓏的一面，對於袁枚的眞正思想內核卻未必是知音，相反有時不能容忍。〔註 63〕

由此可見，隨園所代表的社會意義，正在「幽人家住雲深處，白雲帶入朱門去」（節錄，〈新正四日望山尚書召飲，四鼓方歸，次日將此夕言論賦詩呈覽〉，卷 17，頁 341），儘管袁枚也有性情相契的官場友人如尹似村、李漪南，但並不是所有人都可以同袁枚一樣毅然

〔註 63〕王標：《城市知識分子的社會型態——袁枚及其交游網絡的研究》（上海：上海三聯書局，2008 年），頁 107。

地辭離官場，因而隨園便成爲眾多達官顯要得以暫時擺脫俗務、滌盡凡塵的最佳處所。

當然，也有人對袁枚此種與達官顯要的頻繁交接不以爲然，如與袁枚、蔣士銓並稱乾隆三大家的趙翼，於〈隨園雅集圖題詠〉便云：

> 歸愚老食尚書俸，簡齋卑官未竟用。牽連作圖殊不倫，壇坫齊名乃伯仲。華簪青篛兩突兀，始知人不以官重。何哉題卷仍列諸鉅公，官非僕射即侍中？毋乃處士索高價，牙行須藉朝貴充？笑公竟學黨家畫，黃金點出雙明瞳。及觀諸老總名宿，一字不肯輕標目。燕公手筆一代推，王令文章萬人讀。若非被公才名壓，方峻龍門豎旗纛。詎使低頭拜東野，各致瓣香題滿幅。是知隨園尺五山，直比東林聲氣聯朝局。丈紙名章無空處，寄來又索我題句。我亦無官似野鷗，安可附他鸞鳳翥。公謂不可缺斯人，後世倘稽名士數。我披圖中識三人，心餘已歿似村貧。獨有主人尚跛扈，黑鬚亦已白如銀。陳跡難追一轉瞬，所不沫者名流韻。此卷傳流天地間，要知好事爭摹印。〔註 64〕

趙翼提出一個尖銳的問題：既然袁枚不以官爲重，何以題詩者皆爲名公巨卿？因而推想大概是袁枚受到太多的資助「毋乃處士索高價，牙行須藉朝貴充？笑公竟學黨家畫，黃金點出雙明瞳」。此中是否有利益交換難以探知，或許有實質的利益交流，或許正是袁枚的隨園雅集圖與其題詠，乃至於隨園，給予達官要人一個「身在青雲間，貌在白雲外」的機會，這無疑也是一個很大的利益交流。

總結而言，從《隨園雅集圖題詠》中的題詩可發現，隨園在世人中有著如同「世外」的意涵，得以進入隨園，或是在《隨園雅集圖》上進行題詠，彷彿即能「幽人家住雲深處，白雲帶入朱門去」。其次，從《隨園軼事》等若干文獻與袁枚詩中可發現，官員每至隨

〔註 64〕趙翼：〈隨園雅集圖題詠〉，收入袁枚輯：《隨園雅集圖題詠》（《叢書集成續編》，第 116 冊，台北：新文豐，1989 年），頁 730。

園參訪，往往會在幾里外屏去騶從車馬，單車入園，表示禮敬之意，或是輕車簡從，入內後往往不計官場禮數，可見隨園具有著宛如「世外桃源」般的社會意義。

三、星娥月姊在門牆：隨園女弟子的詩友網絡

袁枚晚年最重要的詩歌活動，非袁枚在西湖湖樓大會女弟子此事莫屬。清代爲女性詩人輩出的時代，清代中期是爲清代婦女文學的「極盛時期」〔註65〕，原因與當時的文學風氣、官宦世家的提倡、婦女選集的出現與文人之獎掖有關，而袁枚正是這股風潮中最重要的文人獎掖者之一。袁枚廣收女弟子，始於其七十歲時〔註66〕。關於袁枚女弟子之主要文獻記載，有《隨園女弟子詩集》、《同人集．閨秀篇》與蔣敦復〈隨園女弟子姓氏譜〉。袁枚於《隨園詩話》中亦蒐羅不少女弟子的詩作。〔註67〕其中最重要之事件，則爲兩次於西湖的雅集，又稱之爲「湖樓雅集」。袁枚晚年廣收女弟子，又召開兩次女性詩社，在當時造成極大的影響。清代儘管女性詩人甚多，但並不代表女性的書寫就此躍居正統地位，不少保持禮教正統思想的人紛起反對，反對最力者如章學誠，但此種反對聲浪正說明了清代女性詩人的存在儼然已成爲不可遏止的趨勢。袁枚晚年收女弟子，對其個人聲譽影響甚鉅，使其聲名更加毀譽參半，但就其個人而言，這似乎是不得不然之事。

〔註65〕清代爲女性詩人輩出的時代，此爲不爭的事實，此說可參考梁乙真《清代婦女文學史》（台北：中華書局，1979年）；近代研究者鍾慧玲《清代女詩人研究》：「胡文楷所撰《歷代婦女著作考》一書，共收錄四千餘家，其中清代即佔三千餘家。此固然由於近世載籍蒐羅較易，但是，有清一代的婦女文學蔚然大觀，遠邁前朝，則是不爭的事實。」（台北：里仁，2000年），頁5。

〔註66〕袁枚首位女弟子爲陳淑蘭，爲其68歲所收。

〔註67〕袁枚《隨園詩話》中所收錄的女性詩人不少，計有吳荔娘、周月尊（周漪香）、孫雲鳳、王端淑等人。詳參鍾慧玲：《清代女詩人研究》（台北：里仁，2000年），頁70～71。

袁枚晚年之廣收女弟子，在於他對女子才華的重視，《隨園詩話》有載：

俗稱女子不宜作詩，陋哉言乎！聖人以〈關雎〉、〈葛覃〉、〈卷耳〉冠三百篇之首，皆女子詩也。第恐針黹之餘，不暇弄筆墨，而又無人唱和而表章之，則淹沒而不宣者多矣。〔註 68〕

袁枚一向認爲女子可以學詩。袁枚上溯《詩經》，認爲〈關雎〉、〈葛覃〉諸篇皆爲女子之作，但依舊列爲《詩經》之首，可見女子詩作是足登大雅之堂。若從個人生活的角度觀之，在袁枚對女兒的教養中，袁枚曾親授女兒學詩，彷彿也是一件非常正常的事情。袁枚認爲女子可學詩，主要是在其詩人的傳播系譜中，閨閣是不可缺少的一塊。袁枚〈覆感遇上人〉一文有云：

僕非不欲序上人也，嘗謂詩人之傳，爲王侯將相爲最易；其次則閨閣、方外而已，神仙、鬼魅、妓女而已。上人居易傳之地，抱可傳之才，存欲傳之心，索助傳之序，宜也。然余自問：其地其才其心，俱未足以自傳，又烏能傳上人耶？學問之道，若涉大海，其無津涯。願上人暫息乎其所已能者，而勤思乎其所未能者。假我數年，貫休齊己之序，微隨園其誰與歸？〔註 69〕

此篇文章主要是袁枚認爲自己尚不足以爲方外之士（上人）寫序，因而引出袁枚道出他個人對於詩人可傳、易傳之看法。對袁枚來說，詩人的傳播，是以王侯將相最易，其次則爲閨閣、方外，再其次則爲神仙、鬼魅、妓女而已。袁枚雖不信佛教，但對僧侶其實頗爲敬重，〔註 70〕因此認爲尚不宜爲詩僧詩集寫序。重要的是，袁枚

〔註 68〕袁枚：《隨園詩話補遺》，《袁枚全集》第三冊（南京：江蘇古籍出版社，1993 年），卷 1，頁 570。

〔註 69〕袁枚：〈覆感遇上人〉，《小倉山房尺牘》《袁枚全集》第五冊（南京：江蘇古籍出版社，1993 年），頁 21～22。

〔註 70〕徐珂《清稗類鈔》有載：「金陵水月庵僧鏡澄能詩。然每成，輒焚其藁。檇李吳澹川錄其數首呈袁子才，激賞之。澹川謂鏡澄宜往謁，

是將「閨閣」，即女子之詩與僧人之詩並列，都是王侯將相之外容易流傳者，可見袁枚對女子作詩持肯定態度。基於女詩人屬於袁枚心目中易於流傳的詩人系譜，袁枚之廣收女弟子，其目的與動機便不難理解。又如袁枚有隨園雅集圖，上有當時名流雅士之題詠，惟獨缺少女性。袁枚對此感到遺憾，便敦請畢秋帆中丞側室，後來亦列名女弟子的周漪香爲之品題：

> 先生畫《隨園雅集圖》，垂三十年，名流題詠殆遍；唯少閨秀一門。畢秋帆中丞簉室周月尊，字漪香，長洲人也，工吟詠。先生知其在蘇州，逕自修札，索其題詩，自覺冒昧不安；乃甫封寄，而漪香亦書來，索題采芝小照：不謀而合，業已奇矣。先生臨《采芝圖》副本，後到蘇，告知漪香，漪香亦將《雅集圖》臨本出視，彼此大笑，以告中丞，中丞命漪香師事先生，先生以次子阿遲寄名漪香膝下，通姻好焉。〔註 71〕

袁枚的《隨園雅集圖》是其文學聲譽的一大展現，上頭的題詠顯見袁枚的影響力，但獨缺閨秀一門，使得袁枚耿耿於懷，因而親自請人題詠，可見袁枚對女性詩人的重視。除周漪香外，之後袁枚亦請孫雲鳳、孫雲鶴兩女弟子爲此圖題詠，〔註 72〕深感：「披圖頃刻香氣起，開到西湖姐妹花」（卷 32，頁 788）。由此皆見袁枚對於閨閣詩才之重視程度。袁枚晚年始開始招收女弟子，應是有意之安排。其詩有云：

> 漢廷夏侯勝，宮中延爲師。以其年篤老，瓜李無嫌疑。我亦大耄年，傳經到女士。班昭、蘇若蘭，紛紛來執贄。或捧靈壽杖，或進上尊酒。入謁必嚴妝，惜別常握手。雖然

鏡澄曰：『和尚自作詩，不求先生知也。先生自愛和尚詩，非愛和尚也。卒不往。』」詳參清．徐珂：〈袁子才愛和尚詩〉《清稗類鈔》（台北：商務印書館，1966 年），第 29 冊，頁 84。

〔註 71〕蔣敦復：〈同周漪香互相題圖〉，《隨園軼事》《袁枚全集》第八冊（南京：江蘇古籍出版社，1993 年），頁 74。

〔註 72〕詳見袁枚詩：〈謝女弟子碧梧、蘭友題隨園雅集圖〉（卷 32，頁 788）

享重名，不老可能否？（節錄其三，〈喜老七首〉，卷36，頁886）

袁枚對女性詩才之重視，非從晚年才開始。但袁枚晚年得以大招女弟子，便在於他年紀已大，可以不避嫌疑，因而得以「傳經到女士」。就清代詩壇來說，對於男性文人獎掖女性詩人一個重大批判，便在於「慕色」大於「慕才」的爭議，章學誠〈詩話〉即云：

> 詩話論詩，非論貌也。……且其敘述閨流，強半皆稱容貌：非誇國色，即詡天人；非贊聯珠，即標合璧。遂使觀其書者，忘爲評詩之話，更成品艷之編。〔註73〕

章學誠對袁枚廣召女弟子一事撻伐最烈，便是從傳統禮教的觀念入手，以爲其書「忘爲評詩之話，更成品艷之編」。在當時尚有女子焚燒詩稿的年代，〔註74〕袁枚自然瞭解到此舉可能招來的非議。因此袁枚七十歲後始廣召女弟子，大開湖樓詩會，或許正如其詩所言：「以其年篤老，瓜李無嫌疑」。儘管袁枚依舊受到極大的爭議，不過可見袁枚的用心。

關於袁枚女弟子的具體成員與數量，歷來說法不盡相同，此關聯著「隨園女弟子」的定義與分類問題。〔註75〕若根據嘉慶年間集結而成的《隨園女弟子詩選》，共輯錄19位女詩人的作品，再加上袁枚兩次湖樓雅集所參與的女性詩人，則增至46人，若再加入《續同人集．閨秀篇》中所著錄的女詩人，則遠超過50位。此外，袁家三妹袁棠、袁杼、袁機與袁家後代女性能詩者亦可列入隨園女詩人之列，則其女弟子的行列便更龐大了。〔註76〕然其共識皆以袁枚居於當時獎掖婦女文學之冠。袁枚與女弟子的往來，見於袁枚詩與女

〔註73〕章學誠：〈詩話〉，《文史通義》（台北：國史研究室，1973年），頁158～159。

〔註74〕鍾慧玲：《清代女詩人研究》（台北：里仁，2000年），頁307～315。

〔註75〕關於隨園女弟子之研究，可分爲專門研究與專書中之部份討論。前者如王英志先生與相關碩論，後者則有如梁乙眞《清代婦女文學史》中有三節討論隨園女弟子。

〔註76〕關於隨園女弟子的具體成員之研究，詳參王英志：〈關於隨園女弟子的成員、生成與創作〉，《井岡山師範學院學報（哲學社會科學）》第23卷第1期（2002年）。

弟子詩中。就袁枚詩中提及女弟子之詩作內容觀之，是以題詩最多，尤其是題畫詩，如〈題駱佩香《秋燈課女圖》，卷 34，頁 845〉、〈題侄婦戴蘭英《秋燈課子圖》，卷 36，頁 877〉、〈駱佩香女士《歸道圖》，卷 36，頁 903〉等，或是酬答之作，如〈答碧梧夫人　附來札　卷 32，頁 783〉，或是感謝女弟子爲其「隨園雅集圖」題詩；其次，則是以記載彼此交誼，或過訪留贈，或述及他對女弟子之評價，或是雅集留別之作爲多。從這些詩作可知，袁枚頗以自己能有女弟子自豪，如：

惹得袁絲喜欲驚，千秋佳話在門庭。
河汾講席公侯滿，可有天邊織女星？
（節錄，〈謝女弟子碧梧、蘭友題《隨園雅集圖》〉，卷 32，頁 788）

紅妝也愛魯靈光，問字爭到寶石莊。
壓倒三千桃李樹，星娥月姊在門牆。
（女公子張秉彝、徐裕馨、汪妽等十三人以詩受業，大會於湖樓）
（〈庚戌春暮寓西湖孫氏寶石山莊，臨行賦詩紀事〉，卷 32，頁 793～794）

珍藏合把戒香薰，當作天孫織錦文。
誇向河汾諸講席，門牆可有薛靈芸？
閨閣如卿世所無，枝枝筆架女珊瑚。
將儂詩獨爭先和，領袖人間士大夫。
（和章千里寄來，而城中紳士尚無一人和者）
（節錄，〈歸佩珊女公子將余〈(擬) 重赴鹿鳴、瓊林兩宴詩〉，以銀鈎小楷綉向吳綾，見和廿章，情文雙美。余感其意愛其才，賦詩謝之〉，卷 37，頁 924）

袁枚的自豪之感，盡現於詩中，其詩云：「河汾講席公侯滿，可有天邊織女星？」、「壓倒三千桃李樹，星娥月姊在門牆」、「誇向河汾諸講席，門牆可有薛靈芸？」袁枚與女弟子之結交，一是來自女弟子主動獻詩請益，一是結交其兄長，因而結識〔註 77〕。若從女弟子之

〔註 77〕如袁枚詩〈寄懷前杭州太守明希哲先生　有序〉：「先生守杭時，余

詩作來看，除了兩次雅集，袁枚亦曾邀請弟子至隨園賞花觀燈。但女弟子至隨園，多是懷著拜謁求教的心情，如駱綺蘭〈隨園謁袁簡齋夫子〉詩云：

柴門一徑入疏筠，爲訪先生到水濱。
絕代才華甘小隱，名山從古屬詩人。
閨閣聞名二十秋，今朝才得識荊州。
匆匆問字書窗下，權把新詩當束脩。〔註 78〕

駱綺蘭，字佩香，袁枚與女弟子駱綺蘭的交誼甚深，曾兩度拜訪。〔註 79〕從駱綺蘭這首詩可知，在親往隨園拜謁之前，早已得知袁枚文名長達二十年。此次造訪，駱綺蘭更不忘「束脩」，向袁枚請益。即使沒有帶著束脩，只是單純游觀，隨園在女弟子的眼中也充滿著詩意，如陳長生〈金陵阻風侍太夫人游隨園作〉：

輕帆三日滯江干，爲訪名園足勝觀。
點染總教詩意滿，安排只恐畫工難。
一簾風月洪濡筆，六代鶯花伴綺蘭。
卻怪西泠山水窟，尚無勝地臥袁安。〔註 80〕

陳長生，字秋穀，杭州人。此詩爲游園之作，陳長生以爲此園足堪遊賞，但其神韻要能描摹恐怕不易：「點染總教詩意滿，安排只恐畫工難」，原因在於此爲詩人之居，在其眼中自是富含詩意。陳長生是杭州人，游園後才明白爲何袁枚定居於此，因爲杭州尚無此勝地。自然，也有前往拜謁卻正值袁枚出外壯游而不遇者，沒有主人的隨

以民禮修謁。先生一見如舊相識，即命梧桐、柚香二姬受業門下」（節錄，卷 35，頁 864）

〔註 78〕駱綺蘭：〈隨園謁袁簡齋夫子〉，收入袁枚編：《隨園女弟子詩選》《袁枚全集》第七冊（南京：江蘇古籍出版社，1993 年），卷 3，頁 59。

〔註 79〕見袁枚詩〈京口宿駱佩香女弟子家七日，賦詩道謝〉（卷 34，頁 837）、〈寓佩香女士聽秋閣，主人未歸，蒙左蘭城、家岸夫分班治具。都統成公屢以詩來，同至焦山餞別〉（卷 36，頁 893～894）

〔註 80〕陳長生：〈金陵阻風侍太夫人游隨園作〉，收入袁枚編：《續同人集・閨秀類》《袁枚全集》第六冊（南京：江蘇古籍出版社，1993 年），頁 229。

園，遊客亦能在其中游賞。陳淑蘭〈甲辰春月偶過隨園，適夫子赴粵游羅浮，奉懷四詩書于壁上〉：

> 爲訪名園偶駐車，游仙人已去天涯。自慚綉得簪花格，猶領春風護絳紗。(蘭所綉詩句，夫子裁作門簾，故云）高下亭臺位置宜，花飛水面鳥穿枝。貪看魚影歸家緩，閑倚闌干弄釣絲。天與精神看好山，先生此去幾時還？公然白髮添游興，天與精神看好山。幾度蒙招未暇過（蒙招看梅看燈），居然人似隔天河（五字乃公朝考詩句）。非關儂性耽疏懶，半爲風多半病多。〔註81〕

陳淑蘭，字蕙鄉。由這首詩可知，袁枚曾多次相招至隨園賞花，但都未成行。此次陳淑蘭過訪隨園，卻值袁枚外出赴粵，因而不能奉詩請教，只能在園中遊賞，卻見自己所綉詩句被製成門簾，再見到園中亭臺，花香魚影，更不捨離去。由此可見，無論是前往隨園拜謁請益，亦或游園賞觀，隨園在女弟子心中是一個詩意充滿的空間。

第三節 隨園中的詩人自覺與創作主張

此節旨在探討袁枚的「詩人自覺」與其創作主張。在文人（時文）與詩人（詩歌）的抉擇間〔註82〕，袁枚決定以詩人身分終此一生，並在隨園貫徹其詩人生命與詩歌主張。袁枚對於「詩人」的定義是首先探討的重點，此即爲袁枚所展現的「詩人自覺」；其次探討袁枚的詩歌主張，袁枚論詩強調獨抒性靈，「詩人者，不失赤子之心也」〔註83〕，重視詩心大於詩藝，萬事萬物無不擁有詩意。袁枚個人在創作上遵守此一法則，善於從四周尋常事物中探求詩意，袁枚

〔註81〕陳淑蘭：〈甲辰春月偶過隨園，適夫子赴粵游羅浮，奉懷四詩書于壁上〉，收入袁枚編：《隨園女弟子詩選》《袁枚全集》第七冊（南京：江蘇古籍出版社，1993年），卷3，頁102。

〔註82〕袁枚：〈答友人某論文書〉，《袁枚全集》第二冊（南京：江蘇古籍出版社，1993年），頁319。

〔註83〕袁枚：《隨園詩話》，《袁枚全集》第三冊（南京：江蘇古籍出版社，1993年），卷3，頁71。

對於詩琢磨亦深，一詩千改乃是常事。

一、人在詩中過一生：袁枚的「詩人自覺」

嚴迪昌《清詩史》稱袁枚爲中國歷史上少數的「專業詩人」，理由便來自於他投注全部心力在詩歌的創作上。〔註 84〕袁枚辭離官場，便是爲了能全力在詩歌事業上努力，其詩有云：「好詩難與官同作」（節錄，〈洲上寄許南臺〉，卷 5，頁 73）。事實上，袁枚對於「詩人」的定義，亦在於「專精」二字。袁枚〈答友人某論文書〉書云：

> 人必有所不能也，而後有所能。世之無所不能者，世之一無所能者也……僕不敢自知天性所長，而頗自知天性所短，若箋註、若曆律、若星經地志、若詞曲家言，非吾能者，決意決之，猶恨其多愛而少棄也……
>
> 足下來教曰：「詩不如文，文不如著書，人必兼數者而後傳。」此誤也。夫藝苟精，雖承蜩畫筴亦傳；藝苟不精，雖兵農禮樂亦不傳。傳不傳，以實求，不以名取，安在其兼不兼也！……
>
> 要知爲詩人，爲文人，談何容易？入文苑，入儒林，足下亦早自擇。寧從一而深造之，毋泛涉而兩失也。嗟乎！士君子意見不宜落第二義。足下好著書，僕好詩文，此豈第一義哉？古之人，其傳也，非能爲傳也，乃不能爲不傳也。何也？使人謀傳我則易，而我自謀其傳則難也。僕與足下生盛世，不能爲國家立萬里功，活百姓；又不能伏丹墀，侃侃論天下事；并不能爲游徼嗇夫，使鄉里敬之信之；而乃欲爭名於蠹簡中，狹矣！然僕竊喜自負者，王荊公云：「徒說經而已者，必不能說經。」僕固非徒爲詩文者也，或與夫足下所引終身著書諸人，其容有間乎？〔註 85〕

從此文可知，時人對於詩文的觀念，有著「詩不如文，文不如著書，

〔註 84〕嚴迪昌：《清詩史》（台北：五南，1998 年），頁 711。

〔註 85〕袁枚：〈答友人某論文書〉，《小倉山房文集》《袁枚全集》第二冊（南京：江蘇古籍出版社，1993 年），頁 318～319。

人必兼數者而後傳」的想法。此中所謂的「文」，即是指當時的時文「八股文」，而「著書」，應是指考據之學。就時人的觀念來說，詩不如文，文不如著書，若能並重始能傳世。袁枚的八股文造詣很好，著有《袁太史稿》，此書被當時士子視爲科舉考試的重要參考書。袁枚儘管駢文造詣極高，但卻認爲學習八股文不宜過深，因過深則有害于詩：

> 時文之學，有害于詩；而暗中消息，又有一貫之理。余案頭置某公詩一冊，其人負重名。郭運青侍講來，讀之，引手橫截于五、七字之間，曰：「詩雖工，氣脈不貫。其人殆不能時文者耶？」余曰：「是也。」郭甚喜，自誇眼力之高。後與程魚門論及之，程亦韙其言。余曰：「古韓、柳、歐、蘇所爲策論應試之文，即今之時文也。不曾從事于此，則心不細，脈不清。」余曰：「然則今之工于時文而不能詩者，何故？」程曰：「莊子有言：『仁義者，先王之蘧廬也；可以一宿，而不可以久處也。』今之時文之謂也。」〔註 86〕
>
> 時文之學，不宜過深，深則兼有害于詩。〔註 87〕

從這份資料可知，袁枚認爲時文有學習的必要，不學則「心不細，脈不清」，但學之過深則有害于詩。由此可見，在袁枚心中詩的重要性遠大於時文，此爲袁枚與時人不同之處。在時文與詩歌創作的抉擇間，袁枚是以詩爲優先；在文人與詩人的身分上，袁枚認爲要擇一而深入，勿求兼顧：「寧從一而深造之，毋泛涉而兩失也」。換言之，袁枚認爲學貴專精：「夫藝苟精，雖承蜩畫筴亦傳；藝苟不精，雖兵農禮樂亦不傳」。再者，袁枚認爲人各有所好，他自認對箋注、曆律、詞曲並不擅長，因而「決意決之」。就袁枚自己而言，在儒林傳與文苑傳之間，他很清楚自己的情性是傾向文苑傳，傾向

〔註 86〕袁枚：《隨園詩話》，《袁枚全集》第三冊（南京：江蘇古籍出版社，1993 年），卷 6，頁 191。

〔註 87〕袁枚：《隨園詩話》，《袁枚全集》第三冊（南京：江蘇古籍出版社，1993 年），卷 8，頁 258。

文學。其詩有云：

> 鄭、孔門前不掉頭，程、朱席上懶勾留。一帆直渡東沂水，文學班中訪子游。（節錄，〈遣興〉，卷33，頁808）

袁枚對經學並無興趣〔註88〕，對程、朱理學也沒有熱情，唯有對孔門中的「文學」一派有興趣，而在文學中，袁枚又是以「詩人」作爲自己投注最深的身分與目標，且此生不移。其詩有云：「心從天外來千里，人在詩中過一生」（節錄，〈答似村以詩見寄〉，卷 32，頁773）、「豈徒吏術堪千古，便作詩人也一生」（節錄，〈五答〉，補遺卷2，頁978），可見袁枚相當堅定以「詩人」作爲畢生努力的方向。換言之，袁枚將詩的地位擺放在極高的位置。不僅袁枚自身有此詩人自覺，袁枚也以此作爲他辨識優秀詩人的基本要求。例如袁枚看重一位無名詩人何南園，其人貧窮，不爲人所知，但袁枚卻爲之刻印詩集，主要原因便在於何南園「生而與詩俱來者也」：

> 何子南園，生而與詩俱來者也。雖爲秀才，不喜制藝；雖讀書，不衿博覽；雖爲詩，不事馳騁。其志約，故邊幅易周；其思專，故性情易得。居秣陵，城闉愔愔然；竹籬堇垣，與方外人游憩；薄醉微慵，雨餘風停，有愜于懷，一付于詩。久之，而何子與詩亦兩相忘也。〔註89〕

從袁枚對何南園的評價可知，何南園「不喜制藝」、「不衿博覽」、「不事馳騁」，然卻志向堅定「有愜於懷，一付於詩」，將詩歌作爲生命最重要的呈現方式。在創作態度上，袁枚認爲「其志約，故邊幅易周；其思專，故性情易得」，即是指何南園專心於詩歌創作，始能開展出廣闊的創作視域，而思想之堅定專一，則易展現性靈。而最終之境界，則在「何子與詩兩相忘」。由此可見，袁枚是以詩歌作爲生命最主要的展現，以詩人作爲畢生職志，就清代詩壇來說，袁枚確實獨樹一幟。

〔註88〕袁枚有《隨園隨筆》，這是類似讀書筆記般的著作。

〔註89〕袁枚：〈序〉，《南園詩選》《袁枚全集》第七冊（南京：江蘇古籍出版社，1993年），頁1。

二、靈犀一點是吾師：袁枚的詩歌創作主張

袁枚是以隨園爲基地進行詩歌創作，其詩歌創作主張與隨園息息相關。袁枚是清代性靈詩派盟主，主張詩獨抒性靈，〈答何水部〉云：

> 若夫詩者，心之聲也，性情所流露者也。從性情而得者，如出水芙蓉，天然可愛；從學問而來者，如玄黃錯采，絢染始成。閣下之性情，可謂眞矣！〔註90〕

在詩歌創作上，袁枚是以「詩心」重於「詩藝」。凡從性情而出者，即「天然可愛」，從學問而出者，則屬「絢染始成」，不若前者之「眞」。因著此種主張，袁枚認爲事事皆富有詩意，人人皆可爲詩人，亦可與之學詩。《隨園詩話》有如是記載：

> 擔糞者、野僧皆可爲師
>
> 少陵云：「多師是我師。」非止可師之人而師之也。村童牧豎，一言一笑，皆吾之師，善取之皆成佳句。隨園擔糞者，十月中，在梅樹下喜報云：「有一身花矣！」余因有句云「月映竹成千『個』字，霜高梅孕一身花。」余二月出門，有野僧送行，曰：「可惜園中梅花盛開，公帶不去！」余因有句云：「只憐香雪梅千樹，不得隨身帶上船」〔註91〕

從《隨園詩話》記載中，可知袁枚認爲萬事萬物無不擁有詩意，只要善取便成佳句：「村童牧豎，一言一笑，皆吾之師，善取之皆成佳句」。因此即使被視爲工作低賤、毫無詩意的擔糞者，也會站在梅樹下感受到「一身花矣」，袁枚亦能從中獲取詩的靈感；又如袁枚出門遇有野僧送別，在其尋常的應答中袁枚總能從中汲取出詩意。由此可見，袁枚的詩歌創作總來自一己詩心與四周尋常事物的交相呼應：

〔註90〕袁枚：《小倉山房尺牘》《袁枚全集》第五冊（南京：江蘇古籍出版社，1993年），頁147。

〔註91〕袁枚：《隨園詩話》，《袁枚全集》第三冊（南京：江蘇古籍出版社，1993年），卷2，頁33。

愛好由來落筆難，一詩千改始心安。
阿婆還是初笄女，頭未梳成不許看。
讀來獨往一枝藤，上下千年力不勝。
若問隨園詩學某，三唐兩宋有誰應？
但肯尋詩便有詩，靈犀一點是吾師。
夕陽芳草尋常物，解用都爲絕妙詞。
（節錄，〈遣興〉，卷 33，頁 807）

此爲〈遣興〉一詩節錄關於袁枚詩歌創作主張的部份。在第一首詩中，袁枚強調自己作詩之愼重，經常「一詩千改」始能面世；第二首詩則是強調詩主性靈，以己身獨與天地萬物往來，因而「獨來獨往一枝藤，上下千年力不勝」，不主張一味地模擬仿效古人；第三首詩則探討詩興的起源，袁枚認爲只要富有詩心，詩意俯拾即是：「但肯尋詩便有詩，靈犀一點是吾師。夕陽芳草尋常物，解用都爲絕妙詞」。由此可知，袁枚詩意的興發來自日常尋常事物，強調直抒性靈，但眞正落實到具體的創作時，袁枚卻是相當謹愼的。往往一首詩的形成，得需要經過千錘百鍊的修改：

早殘燈在，門關落日遲。雨來蟬小歇，風到柳先知。
借病常辭客，知非又改詩。蜻蜓無賴甚，飛滿藕花枝。
（〈起早〉，卷 15，頁 286）

倚馬休誇速藻佳，相如終竟壓鄒、枚。物須見少方爲貴，
詩到能遲轉是才。清角聲高非易奏，優曇花好不輕開。須
知極樂神仙境，修煉多從苦處來！（〈箴作詩者〉，卷 23，頁 477）

由第一首可見，袁枚對於詩歌創作是全力投入且相當嚴謹的：「借病常辭客，知非又改詩」；在第二首，袁枚亦告誡作詩者，詩意的興發固然隨處可得，但落筆爲之則須謹愼：「清角聲高非易奏，優曇花好不輕開。須知極樂神仙境，修煉多從苦處來！」袁枚之所以時時改詩，在於希望能夠達到：「役使萬書籍，不汩方寸靈」的境界，其〈改詩〉一詩有云：

改詩難於作，辛苦無定程。萬謀箸不下，九轉丹難成。

游覺後歷妙，陣悔前茅輕。抽絲緒益引，汲井泉彌清。
妝嚴絕色顯，葉割孤花明。如探海岳勝，人到仙不行；
如奏鈞天律，烏啞鳳始鳴。脫去舊門户，仍存古典型。
役使萬書籍，不汩方寸靈。恥據一隅霸，好與全軍爭。
吹角不笑徵，塗紅兼殺青。相物付所宜，千燈光晶熒。
寧亢不頹墜，寧險毋甘平。動必拔龍角，靜可察蝓蠅。
選調如選將，非勝不用兵；下字如下石，石破天方驚。
豈敢追前輩？亦非畏後生。常念古英雄，慷慨爭功名。
我噤不得用，借此鳴訇鏗。盡才而後止，華夏有正聲。
凡彼小伎藝，傳者皆其精。奚可聖人教，飽食忘經營？
止怒莫如詩，歌之可怡情。多文以爲富，擁之勝百城。
既省絲竹費，兼招風月聽。上鳴國家盛，下使群賢賡。
縱死見玉皇，猶能獻韶英。(〈改詩〉，卷 15，頁 286～287)

從這首詩可知，詩意之興發固然容易，但要能不落窠臼，則需要不斷修改，因而改詩是必要的。對袁枚來說，改詩是一門苦差事：「改詩難於作，辛苦無定程」，因爲袁枚期望自己的詩歌創作能達至「寧亢不頹墜，寧險毋甘平」、「下字如下石，石破天方驚」的地步，更重要的便是能「役使萬書籍，不汩方寸靈」。其中袁枚提到「役使萬書籍」，提到「學問」的問題。事實上袁枚作詩很重視「學」，只是強調不能因此汨沒性靈，否則就是本末倒置。關於詩歌創作與學問的關聯，袁枚曾有如是之說明：

人有滿腔書卷，無處張皇，當爲考據之學，自成一家；其次，則駢體文，儘可鋪排。何必借詩爲賣弄？自《三百篇》至今日，凡詩之傳者，都是性靈，不關堆垛。惟李義山詩，稍多典故；然皆用其才情驅使，不使砌塡也。余續司空表聖《詩品》，第三首便曰「博習」，言詩之必根于學，所謂「不從糟粕，安得精英」是也。近見作詩者，全杖糟粕，瑣碎零星，如剃僧髮，如拆襪線，句句加注，是將詩當考據作矣。〔註 92〕

〔註 92〕袁枚：《隨園詩話》，《袁枚全集》第三冊（南京：江蘇古籍出版社，

萬卷山積，一篇吟成。詩之與書，有情無情。鐘鼓非樂，
捨之何鳴！易牙善烹，先羞百牲。不從糟粕，安得精英！
曰「不關學」，終非正聲。(〈博習〉，卷 20，頁 415)

從以上資料可知，袁枚認爲「言詩必根于學」，〈續詩品〉又有「博習」，強調「不從糟粕，安得精英！曰『不關學』，終非正聲」。可見袁枚認爲作詩是需要學習的。袁枚〈續詩品〉又有二詩可供參酌：

學如弓弩，才如箭鏃。識以領之，方能中鵠。
善學邯鄲，莫失故步；善求仙方，不爲藥誤。
我有神燈，獨照獨知。不取亦取，雖師勿師。
(〈尚識〉，卷 20，頁 417)

千招不來，倉猝忽至。十年矜寵，一朝捐棄。
人貴知足，惟學不然。人功不竭，天巧不傳。
知一重非，進一重境。亦有生金，一鑄而定。
(〈勇改〉，卷 20，頁 421)

袁枚欣賞司空圖《二十四詩品》，因而有〈續詩品〉之創作。袁枚於〈續詩品〉詩前有序云：「余愛司空表聖《詩品》，而惜其祇標妙境，未寫苦心，爲若干首續之」。葉廷琯《鷗陂漁話》認爲，司空表聖重在體現詩的意境，而袁枚則強調「作詩用功之法」，二者的性質並不相同，〔註 93〕袁枚〈續詩品〉所欲突顯的是詩歌創作的方法。從所引的這兩首詩可知，第一首詩提到詩歌創作中才、學、識的關係，袁枚認爲「學如弓弩，才如箭鏃。識以領之，方能中鵠」，才學識三者密不可分；第二首詩則強調要作詩須「勇改」，因「人貴知足，惟學不然。人功不竭，天巧不傳」，因爲永遠都有進步的空間，如同學習一樣，可見袁枚強調學的重要性。

儘管袁枚在詩歌創作上強調處處皆有詩意，強調學的重要，但袁枚亦不否認學詩有天賦高下之分。試觀以下二則資料：

1993 年)，卷 5，頁 141。

〔註 93〕葉廷琯：「隨園所續，皆論用功作詩之法」，引自司空圖：《詩品集解》(台北：河洛，1974 年)，頁 186。

> 詩文之道，全關天份。聰穎之人，一指便悟。霞裳初見余時，呈詩十餘首。余不忍拂其意，盡粘壁上；渠亦色喜。遂同游天台，一路唱和，恰無一言及其前所呈詩也。往反兩月，霞裳歸家，急奔園中，取壁上詩，撕毀摧燒之，對余大笑。余亦戲作桓宣武語，曰：「可兒！可兒！」〔註94〕

> 詩不成于人，而成于其人之天。其人之天有詩，脱口能吟；其人之天無詩，雖吟而不如其無吟。同一石，獨取泗濱之磬；同一銅，獨取商山之鐘：無他，其物之天殊也。舜之庭，獨皋陶賡歌；孔之門，獨子夏、子貢可與言詩：無他，其人之天殊也。劉賓客亦云：「天之所與，有物來相。」彼由學而至者，如工人染夏以視羽畎，有生死之殊矣。〔註95〕

第一則資料取自《隨園詩話》。袁枚明白拈出「天份」的重要：「詩文之道，全關天份」，並舉弟子劉霞裳爲例，原先詩作不佳，但在同遊天台途中稍加提點，便能有所進步，袁枚稱「聰穎之人，一指便悟」。第二則資料節錄自袁枚爲詩人何南園《南園詩選》所做序文，其中提到「詩不成于人，而成于其人之天」。所謂「其人之天」，即是指天才稟賦。袁枚認爲「其人之天有詩，脫口能吟；其人之天無詩，雖吟而不如其無吟」，足見袁枚認爲詩歌創作還是有天才稟賦之別。有詩才者脫口即吟，無詩才者縱使能詩還不如無詩。袁枚更舉孔門爲例，就是孔門七十二弟子，也只有子夏、子貢可與言詩，足見詩人之生成，全在「其人之天殊也」。

第四節　安居隨園與詩歌創作的交響

此節擬探討安居隨園與詩歌創作二者的交互影響，從兩方面探

〔註94〕袁枚：《隨園詩話》，《袁枚全集》第三冊（南京：江蘇古籍出版社，1993年），卷14，頁472。

〔註95〕袁枚：〈序〉，《南園詩選》《袁枚全集》第七冊（南京：江蘇古籍出版社，1993年），頁1。

討，其一是從隨園與袁枚詩歌創作特質的關係，其二則是探討隨園與袁枚生命特質的聯繫，是將本論文的研究成果進行一個總結與探究。

一、園林之道即詩歌之道：隨園與袁枚詩創作特質的關係

（一）此中有我的主體建築與詩中有我的創作特質

隨園是袁枚主要的生活空間，基於空間與人共構的性質，二者常常是息息相關。隨園與袁枚詩歌創作特質的第一個關聯，在於此中有我的主體建構策略與詩中有我的詩歌創作態度。袁枚自入山志定後，遂展開此中有我的主體營建。〈隨園後記〉云：

> 惟夫文士之一水一石，一亭一臺，皆得之於好學深思之餘。有得則謀，不善則改。其蒔如養民，其刈如除惡，其創建似開府，其浚渠簣山如區土宇版章。默而識之，神而明之。惜費，故無妄作；獨斷，故有定謀。及其成功也，不特便于己、快于意，而吾度材之功苦，構思之巧拙，皆于是徵焉。(節錄)

爲使隨園展現主體精神，袁枚親力親爲，時時修建，務使隨園體現一己之精神。特別的是，袁枚在詩歌創作上也秉持同樣的精神。袁枚〈續詩品〉中有一詩云：

> 不學古人，法無一可：竟似古人，何處著我！字字古有，言言古無。吐故吸新，其庶幾乎！孟學孔子，孔學周公。三人文章，竟不相同。(〈續詩品·著我〉，卷20，頁421)

袁枚爲性靈詩派領袖，主張詩應本出性靈，因而詩歌創作首重「著我」，主張在詩歌中體現一己之精神，反對因襲模仿：「竟似古人，何處著我！」。《隨園詩話》又有一則記載云：

> 人閒居時不可一刻無古人，落筆時不可一刻有古人。平居有古人，而學力方深；落筆無古人，而精神始出。〔註96〕

〔註96〕袁枚：《隨園詩話》，《袁枚全集》第三冊（南京：江蘇古籍出版社，

由此可見，袁枚詩歌創作首重一己之精神：「寧可不吟，不可附會」（節錄，〈續詩品．澄滓〉，卷 20，頁 420）、「詩如鼓琴，聲聲見心」（節錄，〈續詩品．齋心〉，卷 20，頁 420）對照袁枚對於園林主體建構的營建策略，可說如出一轍。在具體實踐上，袁枚時時改詩，務使其中有所新意，園林時時修建，則是務使其中有我存在，二者皆是爲能體現一己的精神。

（二）重視曲折的園林建築與貴「曲」的論詩主張

在美感空間的營造一節中曾提到袁枚善於營造一種令人目迷心醉的曲折美感，諸如動線設計上講究「紆行勿直行」，或是在建物上採取紆曲的設計，或在園中處處置鏡，皆使遊人在園中感到步移影換，美感橫生。如〈隨園四記〉云：

> 今視吾園，奧如環如，一房畢復一房生，雜以鏡光，晶瑩澄澈，迷乎往復，若是者于行宜。〔註 97〕

由此可見，袁枚在園林建構上善於塑造一種曲折美感。在詩歌創作與詩歌鑑賞上，袁枚亦是重曲不重直。袁枚有詩云：

> 揉直使曲，疊單使複。山愛武夷，爲遊不足。
> 擾擾闤闠，紛紛人行。一覽而竟，倦心齊生。
> 幽境蠶叢，是誰開創！千秋過者，猶祀其像。
> （〈續詩品．取徑〉，卷 20，頁 418）

在這首詩中，袁枚提出詩歌創作應該「揉直使曲，疊單使複」，並舉遊山爲例，若是一覽而竟，則無遊趣，最好是「幽境蠶叢」，如此才能引發遊趣。《隨園詩話》又云：

> 凡作人貴直，而作詩文貴曲。孔子曰：「情欲信，辭欲巧。」孟子曰：「智譬則巧，聖譬則力。」崔念陵詩云：「有磨皆好事，無曲不文星。」洵知言哉！〔註 98〕

1993 年），卷 10，頁 339。

〔註 97〕袁枚：〈隨園四記〉，《小倉山房文集》《袁枚全集》（南京：江蘇古籍出版社，1993 年），卷 12，頁 207。

〔註 98〕袁枚：《隨園詩話》，《袁枚全集》第三冊（南京：江蘇古籍出版社，從此則記載可知，袁枚明確指出詩文貴曲的說法。至於具體作爲，係指在意義上勿過於直露，而能夠「語不涉己，若不堪憂。是有眞宰，與之沉浮」〔註 99〕袁枚認爲詩文貴曲的說法，對時人影響甚大。邱煒萲：《五百石洞天揮麈》云：

> 爲人貴直，惟作詩文則不貴直而貴曲。此袁隨園先生之言也。談藝家奉爲金科玉律。〔註 100〕

對照袁枚在隨園塑造的曲折美感，與其在詩歌創作中展現「貴曲」的要求，同樣是基於相似的美學要求。從袁枚在園林營建與詩歌創作上兩個相似特質可見，袁枚在詩歌創作與園林建築上的基本原則與要求是可以互通。換言之，園林之道與詩歌之道是相通的。

二、園林之道即生活之道：隨園與袁枚生命特質的關係

（一）志小才大的園林建構與應世之道

袁枚居於隨園長達五十年，在隨園的營造與生活間，也從中體現其對生命的看法，二者有互通之處。袁枚從多年的隨園營建中，領悟到「志餘於才則樂，才餘於志則不樂」的道理。〈隨園五記〉云：

> 志餘於才則樂，才餘于志則不樂。吾志願有限，而所詣每過所期。自分官職得郡文學已足，而竟知大邦；家計得十具牛已足，而竟擁百畝；園得一椽已足，而竟四記之，疏名目而分詠之。私揣余懷，過矣哉！不意數年來，過之中又有過焉。〔註 101〕

由此可見，袁枚對隨園本來沒有很大的野心與期待，但後來越來越符合自己的期待，甚至大大超越，這是他始料未及的。也讓他領悟到人生的哲學：志餘於才則樂，才餘于志則不樂。袁枚又有詩云：

1993 年），卷 4，頁 107。

〔註 99〕司空圖：〈含蓄〉，《詩品集解》（台北：河洛，1974 年），頁 21。

〔註 100〕轉引自王英志輯：《袁枚評論資料》《袁枚全集》第八冊（南京：江蘇古籍出版社，1993 年）頁 22。

〔註 101〕袁枚：〈隨園五記〉，《小倉山房文集》《袁枚全集》第二冊（南京：江蘇古籍出版社，1993 年），卷 12，頁 208。

> 大風拔樹不拔草，駭浪驚人不驚鳥。男兒入世才須長，達者求歡志要小。越人誇射能參天，五步之內矢已顛。廣廈萬間苦偪仄，茅屋數椽足晏眠。吾常讀書史，吃吃笑不止。公孫皇帝自尊嚴，結局不如劉孟子。（〈七月廿六日大風，園中古樹盡拔而小草晏然，因之有作〉，卷 32，頁 798）

在這首詩主要是記述某年大風，袁枚巡視園中情況，發現園中大樹盡傾而小草晏然，因而詩云：「男兒入世才須長，達者求歡志要小」。此意正可與袁枚隨園建構中「志餘於才則樂，才餘於志則不樂」的思考相互印證。

（二）即景成趣的園林書寫與及時行樂的生活態度

袁枚詩中有眾多描寫隨園、紀錄隨園的文字與詩句，這既是一種園林書寫，也與袁枚重視及時行樂的態度有關。先前曾提到，袁枚及時行樂的生活態度來自對美的易逝本質的體認，對袁枚來說，園林之美也要及時捕捉，否則稍縱即逝。如同袁枚喜歡鏡子一樣，鏡子可以及時反映出園中美景，袁枚於園中賦詩，如同對園中勝景即景快照一般，得以留住當下美好的一刻。是爲當下而寫，非爲過去，亦非未來。袁枚〈續詩品〉中有一詩云：

> 混元運物，流而不住。迎之未來，攬之已去。
> 詩如化工，即景成趣。逝者如斯，有新無故。
> 因物賦形，隨影換步。彼膠柱者，將朝認暮。
> （〈續詩品・即景〉，卷 20，頁 421）

從「詩如化工，即景成趣。逝者如斯，有新無故」可知，袁枚是以詩歌捕捉園林之美，藉以保存。袁枚又有一詩云：

> 春宵好景怕相忘，有得頻題墨數行。
> 花落竟疑鋪錦地，鳥啼如入選歌場。
> 鏡收山色成圖畫，書作屏風掩洞房。
> 莫道主人不知樂，夜深猶自繞回廊。（〈偶成〉，卷 17，頁 343）

由此可見，袁枚深怕春宵好景就此消逝，因而心有所感便賦詩紀念。袁枚對美景之不捨與耽溺，從「莫道主人不知樂，夜深猶自繞回廊」

一句即知。關於即景書寫與及時行樂之關聯，李漁有「隨時即景就事行樂之法」言之：

> 行樂之事多端，未可執一而論，如睡有睡之樂，坐有坐之樂，行有行之樂，立有立之樂，飲食有飲食之樂，盥櫛有盥櫛之樂，即袒裼裸裎如廁便溺種種穢褻之事，處之得宜，亦各有其樂。苟能見景生情，逢場作戲，即可悲可涕之事，亦變歡娛。如其應變寡才，養生無術，即徵歌選舞之場，亦生悲戚。茲以家常受用，因便制宜，各存其說於左。〔註102〕

李漁此說主要是談行樂之道，以爲「處之得宜，亦各有其樂」、「苟能見景生情，逢場作戲，即可悲可涕之事，亦變歡娛」。若與袁枚的即景書寫互參，則可推知袁枚亦有隨時即景就事行樂之意。

小　結

本章旨在探討袁枚在隨園生活中所創造的詩意氛圍，而這些詩意特質又如何承載、造就與影響袁枚的詩歌特質與生命樣貌。初步歸納數個論點如下：

一、綜觀袁枚在隨園內所展現的時間向度，可見袁枚對於自然時間的流逝有著敏銳的認知，入園前希盼時間過得快些，早日年老得以退隱，入園後卻又希望時間慢些，能夠享受園林生活，儘管明知此「望」與「畏」只是徒然，卻反應袁枚內心主觀的期待。而入園後的生活步調確實舒緩，由於心情的閒適，時光彷彿延長，使得袁枚得以在靜中直觀性靈，提煉詩情。至於與時間息息相關的衰老問題，袁枚厭惡因年老帶來的肉體衰敗與精神消退，但對年老所帶來的盛名晚景亦不排斥。至於年紀的老少，袁枚認爲老少憑儂自爲，自出其心，貴在及時，若能及時行喜作之事，即便童殤亦屬善終，

〔註102〕清・李漁：《閑情偶寄》（台北：明文，2002年），頤養部，行樂第一，頁280。

即使身體逐漸老去，仍可「返老還童」，重點在於心境的調適。袁枚在隨園中所呈現的時間向度，可說是展現袁枚對時間既清醒而又超脫的思考。

二、袁枚生命中時常表現出及時行樂的生活態度，源自於他對於「美」的易逝本質的體認，從「美」的易逝中體認到色身不可長存，因而更突顯此身尚在的珍貴性。袁枚以此對應到生命本質的思考，以爲「此身／生」是作爲眞實自我存在的必要條件，故得把握這形神相交的偶然，積極掌握，從中形塑「及時行樂」的生活態度，「此身／生」才是袁枚目光所關注的焦點。從袁枚與隨園的關係來看，袁枚重視現世的幸福，隨園讓他得以及時實踐這種理想，從中展開不同於時人的生命向度。

三、袁枚認爲世事無非出於偶然：「升沉亦非命，偶然遇所成」，若要窮究其中的是非因果，無疑是自覓煩惱：「汝賤非汝拙，汝貴非汝才。不能領此意，青天生禍灾」世事的是非因果經常是人爲難以控制的。身處如斯的生命情境，袁枚追求因應之道在於「隨雲去處去，隨風來處來」，即是一種「有寄無求」的生命體會，反對過度有目的性的追求。生命的過程與體會才是最重要，最値得去珍惜與把握。其詩「不知所尋誰，寓目即心賞」一句正展現袁枚此種重視無求的生命體會與審美態度。

四、從隨園詩友活動的特質來看，隨園內遊人往來如織，既有達官貴人，亦有市井小民，然從袁枚詩中進行觀察，袁枚實有著一套連結群我的重要法則，而且是超越社會階層的限制，即是因文字所串起的諸多因緣，本文又稱之爲「文字因緣」，是爲袁枚社交活動的詩性特質。在袁枚眾多社交酬應中，袁枚最是珍視因文字所結的「因緣」，袁枚以爲文人之相合，天必媒之，此結合的媒介即是「詩」，如袁枚與蔣士銓、陶篁村的交接便是。然面對其他大量的文字酬應，有些是基於經濟的需要，例如潤筆，爲求利益，袁枚難免有趨炎附勢之舉，然袁枚心中實將此種酬應式的潤筆與其所謂的文字「因緣」

分別甚明。文字因緣是袁枚社交活中一個重要的詩性特質，而「潤筆」是其營生經濟之道。

五、隨園是一座開放的園林，其中的詩友網絡與其所呈顯的意義，從其性質來看，有其應酬的部份，但袁枚更重視因文字與性情所串聯的文字因緣。隨園所表現的社會意義，從隨園雅集圖題詠進行觀察，是袁枚師／詩友網絡具體而微的呈現，也是其自我展示與詮釋與外在世界的互動與對話。被畫入圖中或是題詩其上，皆是文采風流的表徵。其次，隨園經常是以「世外」的角度被進行詮釋，與袁枚的自我理解不同。在現實中，官員的禮敬與袁枚的屏除官場習氣，給予達官要人一個「身在青雲間，貌在白雲外」的機會，凡此皆使隨園宛如形成一個世外之地，具有著宛如「世外桃源」般的社會意義。此外，隨園亦提供男／女詩人相互交接的空間，在隨園女弟子的心目中，隨園更是一個詩意充滿的處所，因爲袁枚在此安居，因此無論到此拜謁求教，或是單純游賞，皆展現女弟子對隨園的仰慕之情。

六、袁枚安居隨園與詩歌創作間的交互關係，存在許多共通的法則。其一在隨園與袁枚詩歌的創作特質上，此中有我的園林建構與袁枚主張詩中有我的創作特質恰可形成共鳴；在審美表現上，袁枚在園林與詩歌上皆強調曲折的美感。其二在隨園與袁枚生命特質的關係上，其志大才小的園林營建正與其應世之道相通，而袁枚重視及時行樂的生命特質，則直接反應在即景成趣的園林書寫上。由此可見，對袁枚來說詩歌與園林宛如同一種藝術，而且詩歌、園林與生命在袁枚身上是融合一體，相互補充的。

第六章　結　論

本論文是以袁枚安居隨園爲論述核心，探討袁枚詩中所呈現的生命向度。試歸納心得如下：

一、實踐「味早易撤席，游早易回車」的生命哲學

從袁枚對官場與草野的辨證上，可發現他視二者爲兩個對等的價值體系，因而不以自己辭官爲高，也不以自己屬於陶淵明以降的隱逸傳統。這種生命的轉向對他來說不成問題，經營隨園生活與經營官場生活具有同等的價值，袁枚選擇在隨園別創世界，以詩歌作爲最高的策勛，開展屬於一己的生命價值與生活美學。基於此種思考，袁枚續以詩歌體現一種及早「回車」的生命哲學，知道自己何時該進，何時該退，一己的出處行藏惟自己才能作主。這是一種對個人出處自主的堅持。就袁枚來說，及早入仕始能及早抽身，是以官宦生活爲一種必要的體驗，而非一種理想的生活方式。「挂冠偏與少年期」才是袁枚認爲最理想的人生抉擇，如此才能提早過自己想過的生活。「晚香偏早聞，豈不高一籌？」正是此種思考的展現。從文化史的角度來看，袁枚此種及時回車、重視自我的生命型態，體現了明清文人「閒隱」的生命價值，亦是文人文化發展的極致表現。

二、建構「栽花如養民，建亭似開府」的生活園林

袁枚對於隨園的營建，乃是隨著居住時間愈長而愈見深入。從最初欲再現隨園的風華，隨其自然而營造，到三十八歲入山志定後，遂開始展開主體性空間的營建，務使園中亭臺樓閣皆有園主的痕跡，具體的實踐便是透過時時修建與生命踐履，即便錢財不足，也有變通之道，以園林之道與學問之道相通，並以一己之生命在園中悠遊，使成爲一生活的園林。從明、清園林的發展來看，從時人「作而不居，居而不久」到「安居隨園」，袁枚可說是少數眞正悠遊在園林生活並得以享受園林意趣的著名文人。袁枚更突破園林虛幻的本質，著力經營隨園，使園林經營提高至建亭開府的地位，從明末清初文人的「心不在焉」到袁枚對園林的「全神貫注」，可發現袁枚是以生活經營作爲生命的重心所在。

三、經營「全家試水泛輕舠，小妹張篷阿姊搖」的親情世界

從袁枚對隨園親族倫理的安頓、承繼與開展來觀察，袁枚對於長輩的關係仍維持儒家的標準，尊崇孝道。袁父未入園而亡，尅免袁枚歸隱隨園可能遭逢的壓力，而袁父之葬於隨園，使得袁枚幼年父親經常不在場的缺憾，因隨園而得到彌補；就平輩而言，袁枚對於三位早寡姐妹的憐惜與照護，體現袁枚對女性處境的同情與理解；袁枚對於後輩則較爲開放，不強制遵循一定的禮儀成規，允許不同的可能性，象徵袁枚有意在隨園內創建一個新世界的可能性。袁枚對兒子與諸弟要求之不同，在於前者有隨園，後者則否。袁枚與髮妻王氏、與眾多姬妾的相處也是隨園親情世界的重要面向。袁枚的髮妻王氏對袁枚充滿包容與理解，袁枚得以在隨園享有眾花環繞之福，王氏是重要關鍵。袁枚對「老妻」的情感，多顯露在陪伴與日常照護上；袁枚對於姬妾的情感表達，尤以對方聰娘的最爲外放深摯，充分顯現兩人的如膠愛情。從以上對隨園親情世界的初步

探索可知，親族是袁枚隨園生活的一大重心，袁枚對於親族的安頓與照料，充分展現袁枚的苦心孤詣。此外，親族亦是袁枚維繫與拓展社會體系的一個管道。

四、營造「安身浮世外，行止自徐徐」的詩性特質

袁枚在隨園生活中所創造的詩意氛圍，反映在袁枚的生命體會、社交活動、詩人自覺與詩歌創作上，顯現生命、詩歌與空間相互影響建構的特質。在生命體會與生活態度上，袁枚呈現及時行樂的生命態度與有寄無求的生命體會，顯見詩意的生命向度上；在社交活動與社會意義上，袁枚有著一套連結群我的重要法則，且是超越社會階層的限制，即是因文字所串起的諸多因緣，本文又稱之爲「文字因緣」，是爲袁枚社交活動的詩性特質。隨園所表現的社會意義，從隨園雅集圖題詠進行觀察，是袁枚師／詩友網絡具體而微的呈現，也是其自我展示與詮釋與外在世界的互動與對話。在社會意義上，隨園經常是以「世外」的角度被進行詮釋，而在現實中，官員的禮敬與袁枚的屏除官場習氣，給予達官要人一個「身在青雲間，貌在白雲外」的機會，使得隨園彷彿形成一個化外之地，有著「世外桃源」般的社會意義。在袁枚安居隨園與詩歌創作間的交互關係，存在許多共通的法則。在隨園與袁枚詩歌的創作特質上，此中有我的園林建構與袁枚主張詩中有我的創作特質恰可形成共鳴；在審美表現上，袁枚在園林與詩歌上皆強調曲折的美感。在隨園與袁枚生命特質的關係上，其志大才小的園林營建正與其應世之道相通，而袁枚重視及時行樂的生命特質，則直接反應在即景成趣的書寫策略上。由此可見，對袁枚來說詩歌與園林宛如同一種藝術，而且詩歌、園林與生命在袁枚身上是融合一體，相互補充的。在未來的研究開展性，由於袁枚詩歌中所開展的豐富生命向度與文化意涵，引發我對明清詩人的研究興趣，袁枚此種生命型態究竟是特例亦或是普遍的文化現象呢？是否有其承繼或者延續的意義呢？我想唯有從點的深入擴展至線與面的探討才有可能解決這個後續問題，而這正是我未來需要努力與改進的方向。

參考書目舉要

每大類依作者姓氏筆劃排序，同一作者再依書籍筆劃排序

一、古籍類

（一）袁枚詩集與相關著作

1. 〔清〕袁枚：《小倉山房詩集》（南京：江蘇古籍出版社，1993 年）。
2. 〔清〕袁枚：《小倉山房文集》（南京：江蘇古籍出版社，1993 年）。
3. 〔清〕袁枚：《小倉山房尺牘》（南京：江蘇古籍出版社，1993 年）。
4. 〔清〕袁枚：《隨園詩話》（南京：江蘇古籍出版社，1993 年）。
5. 〔清〕袁枚：《續詩品注》（台北：河洛，1974 年）。

（二）其　他

1. 南懷瑾、徐芹庭註釋：《周易今注今譯》（台北：商務印書館，1988 年）。
2. 〔漢〕孫希旦：《禮記集解》（台北：文史哲，1982 年）。
3. 〔晉〕陶淵明：《陶淵明集》（台北：里仁，1985 年）。
4. 〔唐〕司空圖《詩品集解》（台北：河洛，1974 年）。
5. 〔唐〕韓愈：《韓愈全集校注》（四川：四川大學出版社，1996 年）。
6. 〔宋〕歐陽修：《歐陽文忠公文集》（台北：商務，1967 年）。
7. 〔清〕李漁：《閑情偶寄》（台北：明文，2002 年）。
8. 〔唐〕馮翊子《桂苑叢談》，（《景印文淵閣四庫全書》，台北：商務，1983 年）。

9. 〔清〕席佩蘭等著、袁枚編：《隨園女弟子詩選》，（南京：江蘇古籍出版社，1993 年）。
10. 〔清〕徐珂：《清稗類鈔》（台北：商務，1983 年）。
11. 〔清〕袁祖志：《隨園瑣記》（《叢書集成三編》，第 76 冊，台北：新文豐，1996 年）。
12. 〔清〕袁棠、袁杼、袁機著，袁枚編：《袁家三妹合稿》（南京：江蘇古籍出版社，1993 年）。
13. 〔清〕張問陶，《船山詩草》（台北：學生，1975 年）。
14. 〔清〕張潮、楊復吉、沈楙惠編：《昭代叢書》（上海：上海古籍出版社，1990 年）。
15. 〔清〕章學誠：《文史通義》（台北：國史研究室，1973 年）。
16. 〔清〕蔣敦復：《隨園軼事》（南京：江蘇古籍出版社，1993 年）。
17. 〔清〕錢泳：《履園叢話》（北京：中華書局，1997 年）。
18. 〔清〕顧炎武：《日知錄》（台北：明倫，1970 年）。
19. 趙爾巽：《清史稿》（北京：中華書局，1977）。
20. 趙爾巽等：《清史稿》（北京：中華書局，1977）。
21. 計成著、陳植注：《園冶注釋》（台北：明文，1982 年）。

二、近人相關研究論著

1. 〔法〕加斯東・巴舍拉：《空間詩學》（台北：張老師，2008 年）。
2. 毛文芳：《物・性別・觀看——明末清初文化書寫新探》（台北：學生書局，2001 年）。
3. 王俊義、黃愛平：《清代學術文化史論》（台北：文津，1999 年）。
4. 王建生：《隨園詩話中清代人物索引》（台北：文津，2005 年）。
5. 王英志：《袁枚評傳》（南京：南京大學出版社，2002 年）。
6. 王標：《城市知識份子的社會形態：袁枚及其交游網絡的研究》（上海：上海三聯書局，2008 年）。
7. 王毅：《中國園林文化史》（上海：上海人民出版社，2004 年）。
8. 司仲敖：《隨園及其性靈詩說之研究》（台北：文史哲，1988 年）。
9. 朱彭壽編著，朱鰲、宋苓珠整理：《清代人物大事紀年》（北京：北京圖書館出版社，2005 年）。
10. 余英時：《中國近世宗教倫理與商人精神》（台北：聯經，2007 年）。
11. 余英時：《紅樓夢的兩個世界》（台北：聯經，1987 年）。

12. 余新忠：《中國家庭史．第四卷明清時期》（廣東：廣東人民出版社，2007 年）。
13. 李孝悌：《昨日到城市：近世中國的逸樂與宗教》（台北：聯經，2008 年）。
14. 李孝悌：《戀戀紅塵：中國的城市、欲望與生活》（台北：一方，2002 年）。
15. 李孝悌編：《中國的城市生活》（台北：聯經，2005 年）。
16. 李豐楙、劉苑如主編：《空間、地域與文化：中國文化空間的書寫與闡釋》（台北：中研院文哲所，2002 年）。
17. 杜松柏：《袁枚》（台北：河洛，出版年不詳）。
18. 杜維運：《趙翼傳》（台北：時報，1983 年）。
19. 段義孚：《逃避主義》（台北：立緒，2006 年）。
20. 段義孚：《經驗透視中的空間與地方》（台北：國立編譯館，1998 年）。
21. 范宜如、朱書萱：《風雅淵源：文人生活的美學》（台北：臺灣書局，1998 年）。
22. 張紹勛：《中國印刷史話》（台北：臺灣商務印書館，1996）。
23. 曹林娣：《中國園林藝術論》（太原：山西教育出版社，2003 年）。
24. 曹淑娟：《流變中的書寫——祁彪佳與寓山園林論述》（台北：里仁，2006 年）。
25. 梁乙眞：《清代婦女文學史》（台北：中華書局，1979 年）。
26. 梁啓超，《清代學術概論》（上海：上海古籍，2006）。
27. 郭松義：《倫理與生活——清代的婚姻關係》（北京：商務印書館，2000 年）。
28. 陳文新：《率性人生——袁枚的生命哲學》（台北：揚智，1995 年）。
29. 陳從周：《園林叢談》（台北：明文，1983 年）。
30. 陳從周主編：《中國園林鑒賞辭典》（上海：華東師範大學出版社，2001 年）。
31. 陳維昭：《帶血的挽歌——清代文人心態史》（河北：河北教育出版社，2001 年）。
32. 陳維祺：《省思建築——尋找詩性的智慧》（台北：美兆，1998 年）。
33. 傅璇琮、謝灼華主編：《中國藏書通史》（浙江：寧波出版社，2001 年）。
34. 焦樹安：《中國古代藏書史話》（台北：商務，1994 年）。

35. 馮爾康、常建華：《清人社會生活》(天津：天津人民出版社，1990)。
36. 黃長美：《中國庭園與文人思想》(台北：明文，1986年)。
37. 楊鴻勛：《江南園林論：中國古典造園藝術研究》(台北：南天，1994年)。
38. 葉高樹：《清代前期的文化政策》(台北：稻鄉，2002年)。
39. 廖師美玉《回車：中古詩人的生命印記》(台北：里仁，2007)。
40. 潘朝陽：《心靈．空間．環境——人文主義的地理思想》(台北：五南，2005年)。
41. 盧建榮主編：《性別、政治與集體心態：中國新文化史》(台北：麥田，2001年)。
42. 蕭東發：《中國圖書出版印刷史論》(北京：北京大學出版社，2001)。
43. 錢仲聯主編：《清詩紀事》(江蘇：古籍，1987～89年)。
44. 錢鍾書：《談藝錄》(台北：書林書局，1999年)。
45. 鍾慧玲：《清代女詩人研究》(台北：里仁，2000年)。
46. 簡有儀：《袁枚研究》(台北：文史哲，1988年)。
47. 嚴迪昌：《清詩史》(台北：五南，1998年)。

三、單篇論文（期刊、論文集）

1. 王英志：〈關於隨園女弟子的成員、生成與創作〉，《井岡山師範學院學報（哲學社會科學）》第23卷第1期（2002年）。
2. 王鴻泰：〈美感空間的經營——明、清間的城市園林與文人文化〉，《東亞近代思想與社會：李永熾教授六秩華誕祝壽論文集》(台北：月旦，1999年)。
3. 石玲：〈承遞與開啓——袁枚詩歌的過渡意義〉，《新亞論叢》總第4卷（2002年第1期）。
4. 江應龍：〈風流儒雅一奇才——袁枚與隨園〉，《國文天地》第3卷6期（1987年11月）。
5. 衣若芬：〈一椿歷史的公案——「西園雅集」〉，《中國文哲研究集刊》第10期（1997年3月）。
6. 余群：〈論袁枚對情範疇的開展〉，《上饒師範學院學報》第28卷第1期（2008年2月）。
7. 李孝悌：〈皇權與禮教之外：十八世紀中國傳統中的自由〉，《當代》67期（2001年10月）。
8. 李宗侗：〈清代對年青翰林習滿文的辦法〉，《中華文化復興月刊》第五卷第十一期（1972年11月）。

9. 沈玲：〈隨任性情的私語化創作——論袁枚的詩歌創作風格〉，《雲夢學刊》第 27 卷第 5 期（2006 年）。
10. 周昌龍：〈明清之際新自由傳統的建立〉，《當代》67 期（2001 年 10 月）。
11. 林彬暉：〈袁枚抒情詩淺論〉，《鎮江師專學報（社會科學版）》第 4 期（1998 年）。
12. 邱仲麟：〈西洋鏡與晚明以降的社會生活〉「中央研究院歷史語言研究所八十周年所慶學術研討會」論文（台北：中研院史語所，2008 年 10 月 22 日）。
13. 邱仲麟：〈誕日稱觴——明清社會的慶壽文化〉，《新史學》11 卷 3 期（2000 年 9 月）。
14. 邱燮友：〈袁枚〈落花〉詩探微〉，《第六屆中國詩學會議論文集》（台北：萬卷樓，2002 年）。
15. 張健：〈袁枚的不飲酒詩十二首析論〉，《第五屆清代學術研討會論文集》（高雄：中山大學中文系主編，1997 年）。
16. 張紹華：〈爲生命而歌——袁枚自嘲、自贈詩作簡論〉《楚雄師範學院學報》第 22 卷第 11 期（2007 年 11 月）。
17. 曹淑娟：〈祁彪佳與寓山——一個主體性空間的建構〉，《空間、地域與文化——中國文化空間的書寫與闡釋》（台北：中研院文哲所，2002 年）。
18. 梁文玲：〈明清文人的疏離心態與意象載體〉，《廣東教育學院學報》第 25 卷第 6 期（2005 年 12 月）。
19. 梁結玲：〈袁枚詩歌的生命意識〉，《學術探索》第 5 期（2006 年）。
20. 陳國雄：〈袁枚的園林美學思想研究〉《理論月刊》第 7 期（2007 年）。
21. 廖師美玉：〈世變之後的詩人選項——同榜異軌的沈德潛與袁枚〉，《東西方研究國際學術研討會論文集》，（香港：香港大學，2007 年）。
22. 廖師美玉：〈記憶蘇小——由袁枚詩看情欲理的攙合與肆行〉「明清文學與思想中之情、理、欲國際學術研討會」論文（台北：中研院文哲所，2007 年 11 月 21～23 日）。
23. 熊秉眞：〈好的開始：近世士人子弟的幼年教育〉，《近世家族與政治比較歷史論文集》（台北：中研院近史所，1992 年）。
24. 劉世南：〈論袁枚思想及其性靈詩〉《江西師範大學學報（哲學社會科學版）》第 29 卷第 1 期（1996 年 2 月）。
25. 劉長泉：〈以眞達情——袁枚抒情詩的特色〉，《湖南教育學院學報》（1999 年）。

26. 劉晉淵：〈論乾嘉之際詩歌創作力量結構及其詩史意義〉《西北師大學報（社會科學版）》第 43 卷第 5 期（2006 年 9 月）。
27. 劉翠溶：〈清代老年人口與養老制度初探〉，《近世中國之傳統與蛻變——劉廣京院士七十五歲祝壽論文集》上冊（台北：中研院近代史研究所，1998 年）。
28. 劉鳳雲：〈清代文人官僚與城市私家園林的興衰〉，《故宮博物院院刊》第 1 期總 93 期（2001 年）。
29. 蔡瑜：〈試論陶淵明隱逸的倫理世界〉，《漢學研究》第 24 卷第 1 期（2006 年 6 月）。
30. 嚴壽澂：〈近代實用型儒家循吏之學——袁簡齋論治發微〉第 27 卷第 2 期《國立編譯館館刊》（1998 年）。

四、外文相關論著

1. J.D.Schmidt, Harmony Garden：The life， Literary Criticism and Poetry of Yuan Mei（1716～1798）（London：Routledge Curzon, 2003）

五、學位論文

1. 王鐿容：《傳播・聲譽・性別——以袁枚《隨園詩話》爲中心》（南投：暨南大學中文所碩士論文，2002 年）。
2. 趙杏根，《乾嘉代表詩人研究》（蘇州：蘇州大學中國古代文學博士論文，2005 年）。

六、網路資料

1. 中央研究院漢籍電子文獻，
網址：http://dbo.sinica.edu.tw/ftms-bin/ftmsw3
2. 中國期刊全文資料網，
網址：http://156.csis.com.tw/kns50/Navigator.aspx？ID=CJFD
3. CEPS 中文電子期刊服務，
網址：http://www.ceps.com.tw/ec/echome.asp